オーバーロード 14

滅国の魔女

OVERLORD [14] The witch of the Falling kingdom

丸山くがね イラスト●so-bin

Kugane Maruyama | illustration by so-bin

エンターブレイン

目次 Contents

Prologue

ナザリック地下大墳墓、第九階層にあるアインズの自室。

間取りの中で最も廊下に近い、執務室として改造されたその部屋に主人の姿はない。にもかかわらず、室内には書類をめくる音が静かに響いていた。

いたのはナザリック地下大墳墓守護者統括アルベドだ。

アインズが普段使っているどっしりとした机の横に、それよりは小ぶりだが品の良い机と椅子が置かれ、そこに座ったアルベドが机の上の書類に目を通していた。

勿論、アルベドの執務室はちゃんと用意されている。

アインズと同等——新規ギルドメンバー用の予備室——の部屋が与えられており、そこを自由にしてよいという許可が出ていた。彼女はそこを自室として、その中で執務していた。

しかしある時、ついに我慢できなくなって自らの主人に嘆願したのだ。

同じ部屋で仕事がしたい、と。

最初はあまり良い返事をもらえなかったが、実務面で数多くの利点があると誠心誠意訴え、根気強く説得することでようやく許可をもらったという経緯がある。

　アルベドは空席に目をやり、僅かに俯くと少しだけ唇を尖らせる。今日のアインズの部屋付メイド——アインズ付きメイドとは別人だ——はアルベドの背後に控えているので、そんな彼女の珍しい表情は誰からも見られない。

　アルベドの唯一の主人は離席中であり、ナザリック地下大墳墓内にもその姿はない。

　主人は現在エ・ランテルで恒例の仕事をしている最中だ。

　許されるなら、主人と共に仕事をするという素敵な時間を奪った者たち——今日、主人と面会する愚物どもを全て処分したい。

　無論、そのようなことを許してはもらえないだろうが、脳内でエ・ランテルを焼き払う妄想を浮かべ、溜飲を下げる。しかし所詮は一時しのぎ。腹の底に溜まった苛立ちが言葉となって漏れ出てしまう。

「不快ね……。虫けらどもが……」

　ざわっと天井から恐怖の気配が発せられるが、アルベドはそれをあえて無視する。あの時、自分の邪魔をしたことを忘れてはいない。あと数回は怯えさせてもいいだろう。ちなみにマーレは譲ってくれたので既に許している。

　少しだけ気が紛れたアルベドは「ふぅ」と息を吐き、それから肩を軽く回すと、次の書類に目を落とす。

ナザリック——いや、魔導国は順調に拡大を続け、仕事の量は膨大になってきている。

外交——

各国との交渉の陰で、水面下での諜報戦などは活発化している。

法国、王国、都市国家連合の諜報員がエ・ランテル内に潜入していることは確認しているが黙認している。この件に関しては現在デミウルゴスが担当し、アルベドは上がってくる情報を頭の中に入れる程度だ。

内政——

エ・ランテルでは様々な種族を抱え込んだ影響で起こる問題はほぼない。完全に皆無とは言い切れないものの、他国と比べれば驚くほど少ない。

別に脅したわけではなく、自主的に——魔導王とその配下のアンデッドの恐ろしさを知るからこそ、全ての者が行儀よく生活している。犯罪発生率は非常に低く、微罪はあっても重犯罪は起こらない。婦女子が夜でも平気で外を歩けるほど安全な都市へと変わってしまった。今では罪人という名前の実験動物が不足し、帝国に要求するほどだ。

そんな治安の良い都市で起きる犯罪にこそアルベドは注目する。ハインリッヒの法則において一件の重大な事故の裏には二十九の軽微な事故があり、その裏には三百の異常があると言われるが、一つの異常すら見逃さず対処すべきだ。

手に持ったバインダーに挟まれた紙の束は、エ・ランテル内で起きた裁判記録一ヶ月分だ。

細かく書かれているため、一冊、目を通すにも結構な時間を要する代物だが、アルベドの処理速度は常人とは比べものにならないほど速いため、ほとんど見ていないようにも思える速度で、どんどんページを捲《めく》っていく。

それと同時にペンを持つ手が素早く動き、気になる点を白紙に書き出していく。

裁判は適切なものだったか。

この犯罪者はなぜ、そのような罪を犯したのか。そしてそこから推測されるエ・ランテル内の現在の治安、民心などに問題はないのか。

新たな法案を作成するべきなのか。

書類の山をひっくり返さなければならない、もしくは各署の多くの官僚が集まる必要があることを、アルベドは一人で何も見ずに分析、判断、処理していく。内政のありとあらゆることを熟知していなければできない、まさに化け物じみた明晰な頭脳だ。

一冊を読み終え、それと同時にペンを止める。

そしてキーワードだけが書かれた書類を元に清書していく。

主人が読むのだから、汚い字などは許されない。先ほどの書類を読む以上の時間をかけ、要点や提案などを書いた書類を用意し終える。

書き終わった書類に上から下まで目を通し、アルベドは小さく微笑みを浮かべる。

一つの仕事が終わったことに対するものではない。また一つ主人の役に立ったという満足感がその表情を浮かべさせるのだ。

　バインダーに挟み込むと、それを軽く持ち上げる。すると後ろに控えていたメイドがそれを受け取り、主人の机の上に置く。

　今日だけで五冊目だ。

　アルベドは少しだけ表情を曇らせる。

　これはよろしくない状況だ。

　直接的、間接的にも魔導国は領土を広げた。そのために生じる問題は多岐に渡り、以前に比べて主人に回さなければいけない書類の量が増えてしまった。そんな――統治者が大量の書類を処理しなくてはならないというのは、組織に欠陥がある証拠だ。

　本来であれば、上に立つ者は方針を決めるだけ――大目標を設定してくれるだけでよい。あとはただ玉座に座り、造物主たちによって作り出された者たちが必死で働く姿を眺めるだけで良いのだ。

　それができないのは、もちろん主人の責任ではない。至高の君が求める水準にある者が少ない――要するに人材不足だ。内政と共にナザリックの人員管理を任されているアルベドとしては汗顔の至りであり、手は打ってあるものの、まだまだ先行きは明るくない。

（お手を煩わせるなど言語道断。でも……人種の融和方針、国法の試案、経済政策、まだ色々と判断していただかなくてはならないことがあるわ……。それに各階層守護者に割り振っている仕事の状況確認を、私の段階で終わらせてしまうと、モモンガ様にお会いできなくて皆が不満に思うでしょうし……）

一応、アルベドは自らの主人から全権委任されてはおり、アルベドが良いと思えばそれで構わないとも言われている。それでも念のために確認は取っている。アルベドとて失敗したこともあるからだ。

自らの主人を侮辱した——侮辱しているとアルベドたちが判断した——者は一族郎党、氷結牢獄送りという刑罰を定めるにあたって、これを侮辱罪と名付けるか、それとも愚劣罪にするかについて採択を仰いだ際、その刑罰そのものに反対されて驚愕するということがあった。

主人の御心の寛大さへの理解が足りなかったと、今でも思い出すたびに反省する。

（モモンガ様が慈悲深いことはよく分かっていたのに……）

むー、と下唇を突き出す。アルベドにしてはやはりこれも珍しい表情である。ただ、主人がいないからこそできるそんな表情を作るのも一瞬だ。

すぐに普段の微笑に戻すとアルベドは次の書類——これもバインダークラスだ——を手に取る。

内容を頭の中で審査しつつ、同時に別のことを考える。

最も警戒している階層守護者——デミウルゴスに関してだ。

聖王国での一連の作戦を終え、デミウルゴスは情報機関の設立に向けてナザリックを中心に飛び回っている。アルベドとしては面倒な組織の設立だ。無論、守護者統括であるアルベドがその上に立つのが妥当だろうが、そのポストにデミウルゴスが納まる可能性も少なからずあり、そうなった場合厄介なことになるのは自明の理。

出来ればその権限を剝奪し、他の御しやすい人物をそこに据えたい。

幾人かの顔が脳裏をよぎるが、どれも決定的なものに欠けている。

（私がなれなかった場合、十歩ほど譲ってパンドラズ・アクターぐらいかしら。でもデミウルゴスから権限を奪うとなると面倒なことになるし……）

そうやって動いた場合、彼がアルベドの真意に気が付かないとも限らない。

それは困るので下手にちょっかいを出さない方が安全だろう。

自分の姉あたりが良いのかもしれないが、あれは姉ではあるが、無条件の味方ではない。アルベドの真意を知れば敵に回りかねない。

ナザリック最強の個である妹は信用できるし、アルベドの真意を知っても味方はしてくれるだろう。

ただし、それは自らの主人がアルベドに従えと言ったからだ。

（やれやれね）

手が足りない。

いや、人員だけではない。色々なものが足りない。例えばアルベド個人が自由に動かせる金銭などだ。ならば——主人がナザリック外に組織を膨らませてくれたのは彼女の利になる。

（新たに再編した冒険者組合に私の手を……。マーレの動きを……。アウラは警戒する必要が……。コキュートスの指揮下に……。ヴィクティムから情報を……。シャルティアの交通網は価値が……。商会を経由して裏金を作って……。人員は……。あとはデミウルゴスとあの娘か……）

短時間で常人には不可能なほど多岐に渡って熟考したアルベドは僅かに眉を寄せる。

（駄目ね。デミウルゴスには気をつけなければいけないし、あの娘を取り込むのは危険が大きいわね。下手すればデミウルゴスより警戒すべき相手になりかねないか……）

脳内で様々な策謀を練りつつ、彼女はまた一つ仕事を終わらせる。

そして次のバインダーを手に取った。

これに挟まれた資料はかなり少ない。新しい問題が持ち上がったのか、それともシャルティアのようにあまり書類を作り慣れていない者が作ったものかのどちらかだ。

アルベドは表紙に目をやる。

そこには「聖王国への食料支援部隊に関して起きた問題」と書かれている。

どうやら前者であったらしい。アルベドの記憶の中に、こんな問題はなかった。

何があったのかと読み始めたアルベドは瞬きを繰り返し、目を丸くする。そして頭から読み直すが、内容が何かの隠喩や偽装をされているということではないと知ると、呆けたように口を少しだけ開けた。

「え？」

理解できないというような、困惑したものをその整った顔立ちに浮かべた。

ナザリック最高の知者の一人であるアルベドがそのような表情をすることは滅多にない。

それほどの事態でありながら、アルベドの明晰な頭脳は回転を始め、書類に書かれた問題が生じた理由や可能性を考える。

（最もあり得るのはあの娘が裏切ったのだということでしょうけど……。別の組織からもっとメリットのある提案を受けた？　私の見立てではあれ以上の提案はないと思ったのだけど……。いえ、なんにせよ確定はできないわね。単純に情報が足りていないわ）

報告書を上げてきた者に詳しい話を聞くと同時に、この問題に大きく関係してくるであろう同僚――デミウルゴスと相談する必要があるだろう。

主人に報告するのはその後だ。

他の二つの報告にも目を通し、さほど重要ではないことを確認すると、後ろに立つメイドに声をかける。

「緊急で会議を開く必要があるわ。まずはデミウルゴスと相談しに第七階層に向かいます。私を訪ねてくる者がいれば、しばらくは離席していると伝えなさい」

命令を下すと、左手の薬指にはめているリング・オブ・アインズ・ウール・ゴウンを起動させる。

守護者統括として各階層守護者がどこにいるのかは常に把握している。

デミウルゴスは聖王国での仕事を終わらせ、評議国、法国、都市国家連合に関する謀略のプランニングのために第七階層の己の住居に戻っているはずだ。

いないのであればエントマをつかまえて〈伝言《メッセージ》〉を頼むか、己の姉に場所を調べてもらえばよい。

アルベドは転移を行った。

リ・エスティーゼ王国王都リ・エスティーゼ。

ロ・レンテ城ヴァランシア宮殿執務室。

歴代の王が執務してきた部屋に本来の主人たるランポッサⅢ世の姿はなく、代わりに第二王子たるザナック・ヴァルレオン・イガナ・ライル・ヴァイセルフの姿があった。

ザナックは上げられた書類に目を通し、暗い表情で重いため息をつく。この書類に目を通して、明るい表情を浮かべられる者もそういないだろう。

書類に書かれているのは王国の現状を知らしめるものだ。

カッツェ平野の戦い——それとも虐殺と呼ぶべきだろうか——で多くの民が死亡した。とはいえ、王国が致命傷を受けたというほどではない。王国の民はおおよそ九百万。戦死者はその内の十八万程度。2％の被害しか出ていないとも言える。それに農村の次男、三男などの予備とも言える者たちやまだまだ尻に殻の付いた徒弟などが多く、言葉は悪いが死んで困るわけではない。

それでも死んだのは男の4％。それも働き盛りの男たちだ。その歪みがゆっくりと現れてきているのが書面からうかがい知れた。

ザナックは「ふん」と鼻息荒く、書類を机に放ると、この部屋にいるもう一人の人物に視線を投げかけた。

「おい、妹。お前だったらどうする？」

その質問に少し離れたところにある長椅子に座っていた妹――ラナー・ティエール・シャルドロン・ライル・ヴァイセルフが顔を上げた。

別の書類に目を落としていたラナーが困ったように笑う。

「どうする、と聞かれましても……。お兄様、もう少し質問の内容を詳しく話していただけませんとお答えのしようがありません」

「これだ」

ザナックは説明せず、放り出した書類を手に取り、ピラピラと扇ぐ。ラナーは立ち上がるとザナックのところまで来て書類を受け取った。

「……これですか」書類の上から下まで目を動かすとラナーは軽い口調で言う。「えっと……どうしようもないんじゃないですか？」

「おいおい……」

ザナックは天を仰いだ。

自分よりも優秀な妹にそう言われてしまったらどうしようもない。ただ、それでも投げ出してしまったら為政者としては失格だ。

「そんなに困ったことになりますか？　一時的に国力は低下しますが、あくまでも一時的です。私はそこまで何かしなくてはならないとは思いませんよ？」

「国力が低下しては餓死者が出たりするだろう？」

帝国との度重なる戦争によって食料をあまり備蓄できない状況が続いてきた。そんな中で王の直《ちょっ》轄領《かつりょう》であり、食料生産量に優れていたエ・ランテル近郊を魔導国に分割。そして戦死者の数だけ働き手は減っている。

今はまだ大丈夫かもしれない。しかしながら数年後、食料の生産量減少によって値が高騰し、結果として貧困層に食料が回らなくなるという可能性は十分に高い。いや、確実に起こり得る未来だろう。

「そうですね」

「おいおい、妹。そうですね、と軽く言うが、これで旱害《かんがい》や冷害などで凶作となればどうなるか分からないぞ」

「高位の森祭司《ドルイド》の方々は天候操作なども出来るそうですから、日照りなどはなんとかなると思いますよ。冒険者の皆さんを雇えばいいわけですから、費用対効果は高いと思います。とはいってもそれほどの高位の森祭司《ドルイド》の冒険者さんがいるかどうか、早いうちに探しておいた方が良いかもしれませんね。昔であれば、いざとなったら帝国の冒険者さんにも協力を仰げたかもしれませんが、今は魔導国の属国ですし、難しいかもしれませんから」

「ああ、旱害などであればそれでいいだろうな。それでは、妹。冷害などの場合は？」

「やっぱり森祭司《ドルイド》さんたちに頑張ってもらいます」

ザナックはラナーの顔をしげしげと見る。見馴れた妹の顔だ。

知らないのか、とザナックは思う。

ラナーの言う通り、高位の森祭司《ドルイド》の魔法で一時的に雨を降らせることはできるため、旱害には対応できる。しかしながら、冷害などの場合には森祭司《ドルイド》の魔法は無力だと、自らの腹心だったレエブン侯から聞いた覚えがあった。

冷害だとその季節を乗り切るだけの気象を維持しなくてはならないからだ。そうなると高位の森祭司《ドルイド》を村一つに一人張り付けなくてはならなくなる。滅多にいない高位の森祭司《ドルイド》を何百人もそろえるなど、とてもではないが現実的とは思えない。

こういった魔法的な知識は一般的な教養には含まれていないため、貴族家でも教えられておらず、王家でもその状況は同じだ。

ザナックが知っているのは個人的に教えてもらえたためだ。

これは王国では魔法詠唱者《マジック・キャスター》があまり高い地位に就いていないゆえの弊害だろう。帝国のように、かの三重魔法詠唱者《トライアッド》のような偉大な人物がいれば別だったかもしれない。しかし王国は魔法への無理解と勇壮な騎兵への憧れが文化として根付いており、それを覆すような魔法詠唱者《マジック・キャスター》が現れなかった。

結果として、戦において「魔法、惰弱《だじやく》なり」という精神的土台を持った貴族が連綿とその教えを子々孫々に伝え続け、魔法に対する無知から魔法を侮《あなど》り――という負のスパイラルに陥っていた。

ザナックからすれば、魔法とは凄まじい力を持っている技術だ。

下らない因習によってこの技術から遠ざかったままなら、やがて王国は近隣諸国との競争に敗れ、戦わずして窒息死することだろう。なのでザナックは将来自分の子供には魔法知識の教師を付けようと考えていた。王族が魔法の勉強を始めたと知れば、それに倣う貴族たちも出てくるだろう。

いや、そんなことをしなくても、魔導王という強大な魔法を使う存在が出てきたことによって貴族を含めた国民全体の意識改革が行われ、誰もが魔法について学ぼうとする時代が来るかもしれない。

外的要因が切っ掛けと言うのは少し情けない気もするが、王国にとっては良い事なので目を瞑るべきだろう。

そんな王国の現状を考慮すれば、ラナーが知らないのは当然と言える。

たとえ天才的頭脳の持ち主でも、知らない分野においては間違った答えを導き出してしまうということだろう。そうなると妹に全幅の信頼を寄せるのは危険だということになる。

だがラナーはアダマンタイト級冒険者〝蒼の薔薇〟と親しくしている。気になる魔法について詳しく知ることは難しくないだろう。ザナックも知っているような事柄を、この知能の特異点ともいうべき妹が思いつき、確認しないなどということがあるのだろうか。

とは言えラナーがこんな小さなことで嘘をつく理由も無く、単に彼女が滅多に見せない人間味を覗かせた——つまり、たまたまちょっと抜けていただけなのかもしれない。

ラナーが王位には興味がないことは十分に分かっている。

ラナーの目標はザナックからすれば小さいものなのだ。というよりもラナーの願いは王座に就いてしまえば絶対に叶わない類のものだ。ザナックを嵌めて、利益が得られるわけでもないのだから。

「――妹。森祭司《ドルイド》の力でも冷害は難しいぞ」

「そうなんですか？　そうなると不味いですね。あ！　ですけど問題は食料ですよね？　でしたら十分にあるから問題にはなりませんね。良かったですね、お兄様」

ザナックは笑顔のラナーとは全く正反対な表情を浮かべた。

「お前の言っている食料というのはあれのことだろ？　あれには手を出したくないぞ。……沢山食べるとアンデッドになるんじゃないか？」

現在、王国に余剰食料が「あるのか無いのか」と聞かれれば答えは「ある」だ。

商人たちの倉庫には十分すぎるほどの食料が眠っている。ただし、それをあてにした計画を立てることはできない。というのも、その食料は厳密に言えば王国の物ではないからだ。

あの恐ろしいアンデッドの王――魔導王が支配する魔導国が王国の商人たちから倉庫を借り受けるという契約で置いてある食料なのだ。こんなことは今まで聞いたことがない。王国の歴史を見てもなかった形だ。

この食料は商人の裁量で販売しても構わないらしいが、その価格は一般的に流通しているものよりも関税の分だけ割高になっている。この価格は魔導国からの指定であり、値引きは許されてない様子だ。そのため民たちが購入することはなく、ただ倉庫に置かれているだけとなっているらしい。

なので今のところは王国の財貨が魔導国に流れるという訳でもなく、はっきり言って王国に不利益はない。

現状、何も問題はないように思える。

しかしながらザナックは——ラナーの意見もそうだったが——これは魔導国の策謀の一環だと見なしていた。

「ですけど聖王国ではあの食料を口にしているわけですし、あれ自体は無害なんでしょうね」

「いや、そう思わせるのが狙いで、罠が仕掛けられた食料だけが王都に残されているのかもしれないぞ？」

ラナーが苦笑いを浮かべた。

「本気でそう思われているわけではないですよね」

「まぁ、な。中身はチェックさせているからな」

王都の倉庫を利用することについて魔導国から伝えられた一応の名目は、聖王国支援のための物資貯蔵目的ということになっている。

ここから聖王国まで食料を輸送するという手はずだ。

輸送については安全保障などしていないので、山賊やモンスターに襲われても魔導国の自己責任だ。傭兵を雇うのはもちろんのことだが、魔導国は自衛のために、輸送に使う荷馬車は魔導国のものと一目でわかるように旗を取り付けたいと申し出てきた。無用なトラブルを避けたい王国としては、通行税や魔導国のアンデッドを王国内に入れないなどのいくつかの条件と引き換えにこれを呑んだのだが、これが間違いだった。

魔導国の旗を高々と掲げた馬車が隊列を作って王都の中を歩くことになったのだ。馬車隊はそのまま街道を堂々と突き進み、聖王国への航路を持つ港に至るまでそれが続く。魔導国に対する立場の弱さを内外にアピールするようなものだ。しかも魔導国は素晴らしく支援に熱心で、この輸送は頻繁に行われるのだ。

こうして尊厳を一つずつ引《ひ》き毟《むし》っていけば、やがて王国は拳を振り上げるか膝をつくかの二択を迫られることになる。恐らくこうした攻撃の末に、帝国は後者を選ぶことになったのだろう。実に効果的で陰険なやり口だ。

たちの悪いことに、表向きは人道支援なので王国はやめろとも言えない。

魔導王によって滅ぼされた、かつて王国の王都においても暴れた大悪魔ヤルダバオト。彼に支配された亜人たちの襲撃を受け、聖王国北部はズタズタにされた。それは王国など比にはならないレベルでの被害だとザナックは聞いている。

ただし、聖王国北部は壊滅的だったが、南部の被害はほとんどなかった。

そこに聖王女死去、続く聖王即位。北部有力貴族たちが亡くなったことによる北部の混乱と南部有力貴族内部の対立など数多《あまた》の問題。

これらが積み重なり、聖王国を南北で二分する利権と権力闘争が始まった。

その結果、北部の民への支援は遅れ、その日の食事にさえありつけない有様だったらしい。

それを救ったのが王国王都の倉庫から陸路と海路を使って聖王国へと運搬されている魔導国提供の食料だ。

良い手だ、とザナックは思う。

この最悪な状況下で食料を支援してくれるなら、アンデッドということを気にするようなものはいないだろう。

「我々が食料を支援できれば、魔導王が稼いでいる好感度をそっくりもらえたんだがな。だが……あの状況下では絶対に無理だ」

もし、あの戦いがなければ。

いや、せめてこの王都でヤルダバオトが暴れ、様々な物が奪われるということがなかったなら、もう少し状況は変わっていたかもしれない。聖王国に食料支援を行うことによって、あのアンデッドの評価をそこまで高めないようにできただろう。

そういったことが一切できなかったことによって、新たな聖王が立ったときに送った使者は、実に冷たい遇され方だったという報告を受けている。

遠交近攻という考え方による冷戦状態というわけではない。前聖王――聖王女カルカ・ベサーレスの時代には王国と聖王国との関係はそれほど悪くはなかった。

ただ、食料支援が出来なかったという以前に、ヤルダバオトが聖王国を荒らしていた時に支援要請を断ったのが友好関係の致命的悪化に繋がったのだろう。

勿論、あの時に手を差し伸べることなどできたはずがない。魔導王アインズ・ウール・ゴウンの強大な魔法によって多くの死傷者が出たことにより、今以上に混乱があった頃だ。それに王国最強として名高かった戦士長――ガゼフ・ストロノーフを始めとした名だたる戦士たちが散ったのだ。あれほどの強大な悪魔を討つための支援などどうやったらできるというのか。

しかし何を言ったところで、薄情な王国の苦しい言い訳に聞こえるだろう。いや、援助を求められたどこの国も王国と同じ反応だったはずだ。ただ魔導国だけが剣とパンを送ってくれた。そして比較論的に王国が貶《おとし》められることとなった。

事実、聖王国北部では親魔導国の風潮が非常に強いと外務が言っていた。

「一つ一つの問題に対処できない遅れが……」

後になってより大きな問題になって戻ってくる。

偶然の積み重なりだろうが、この状況の全てが繋がっているような気さえしてくる。

「いや、もしかし――」

「お兄様！」

「あっ！　……おい、妹。そんな大きな声を出さないでも聞こえているぞ。俺はまだまだ若いからな」

「……目の前にいる妹を無視して自分の世界に籠もったりするから、少しぐらいは嫌な思いをお兄様もしてください。それで何をお考えになっていたんですか？」

「いや……少し……考え過ぎだな」

ラナーが可哀想な相手を見る目を向けてきた。

「良くは分かりませんが、きっとそうですよ。暗い話題しかないから、悪い方へ悪い方へと考え過ぎているだけだと思いますよ？」

確かに言われてみたらそんな気もしてくる。

「そうかもしれないな」

「ええ、そうですよ、きっと。……聖王国と言えば北部聖王国と南部聖王国に分裂し、内戦が勃発するかもしれないという状況ですけど、どちらが勝つと思いますか？　疲弊している北部聖王国側の勝算は低いと私は思いますけど……」

「まぁ、そうだろうな。特に北部の名の知れた強者たちが亡くなっているのが大きいな。それにあの女聖騎士まで亡くなったというのが……」

「よく知らないのですが、有名な方、なんですよね？」

「ああ。うちでの戦士長殿に匹敵すると言われる人物だな。王国に来たという話は聞いていたが、残念ながら会うことはできなかったな」

正式な使者でもない相手に、面会の順番を飛ばして軽々《けいけい》に会ってしまっては内外に示しがつかない。早々に会っては王家が舐められる。外務などがそう判断している間に王都を出立《しゅったつ》してしまった。

こんなことになるのであれば一度会って話ぐらいはしておいた方が何かの布石になったかもしれない。

「あの時、お前が外務の判断が正しい、と俺に強く言わなければ会っても良かったな。王がすぐに会うのは確かに不味いが、王子なら問題はなかったかもしれん」

「判断されたのはお兄様じゃないですか……」

ぷくっとラナーが頬を膨らませる。男なら魅了されてしかるべき可愛らしさだ。騙される人間が多いのも分かるというものだ。

「お兄様は次の王です。でも全ての者が推しているわけではありません。少しでも嫌われることは避けていただき、確実に王となってくださらないと困ります。それにすぐに反乱など起こされては困るんです。私との約束を守っていただけなくなってしまいますもの」

「ああ。そうだな……」

自分の欲望を隠さない発言ではあっても、納得できる答えと言えた。

「うーむ、普通に考えればそうだが……今のままでは北部聖王国を支援する魔導国が、そのまま自分の都合の良い国を作るかもしれないな。南部とコンタクトを取ってみるか？」

北部聖王国が魔導国と友好的な関係なら、南部にとって魔導国は仮想敵国となる。王国が南部と手を組んでおくことは魔導国への牽制となるはずだ。

「そうですね。それも悪くありませんね。対立の一つの要因となっている顔なしとか言う女教祖の教えはあまり王国には良いものではないですしね」

「ああ、あれな……」

顔なし。

ヤルダバオトが暴れた後、聖王国に出現した教祖の異名《いみょう》だ。ちゃんとした名前もあるそうだが、本名よりも顔なしという異名の方が轟き渡っている。

多くの信徒を抱えている彼女の教えは「弱者のまま努力しない者は悪であり、全員が強者になるべく努力すべきである」という、なんとなく理解できなくもないものだ。

これは北部では広く支持されているらしいが、南部では人気がないどころか排斥されているようだ。だが、それも当然だろう。その思想には支配者層の立場を揺るがしかねない怖さがある。

この辺りも貴族たちが力をまだ持っている南部と、弱体化した北部の対立の要因になるのだろう。

そんな顔なしに導かれた者たちは宗教というよりは一種の共同体のようで、四大神も普通に信仰しているため宗教論争などに発展せず、新たに聖王に即位した人物が黙認しているのがまた南北の溝を深くしているらしい。

「……常識的に考えて、顔を隠すとか怪しくないか？」

顔なしは人の前に出る時は仮面を被っているそうだ。

王国が送った使節団の者たちは、ザナックと同じ疑問を持ったらしく、顔なしの教団の構成員に質問を投げかけたらしい。しかしながら誰もが言葉を濁し、まるで禁忌に触れるという態度だったとのこと。

　あまりにも胡散臭い。

　顔を隠すとは、やましいことがありますと言っているようなものではないか。

「親はかなり著名な戦士だったらしいが、であれば顔を出して堂々と教えを語った方が知名度を高めるという点でも良いだろうに。もしかするとそれが嘘だからこそ顔を見せられないのか？」

「そんなつまらない嘘をつきますか？　偽ることのメリットとデメリットが釣り合ってないと思いますよ？」

「だよな……。もしかして人間じゃなくアンデッド、とかはどうだ？」

「——魔導王陛下の手の者ですか？」

「そう考えると色々と納得がいくような気がするぞ？」

「納得はいきますけど、顔を仮面で隠すような——見るからに怪しんでくれという姿をわざわざ取りますか？」

「そうなんだよなぁ……。しかしそれ以外に顔を隠す理由があるか？　ヤルダバオトの襲撃の際に傷を負ったから、とかならありそうだが、魔法で癒せるしなぁ。ヤルダバオトほどの悪魔からの傷は治せなかったとかはどうだ？」

「それは先ほどのよりも納得がいきますね。女性ならなおさらに」

　傷があるならそれを晒した方が同情を買えて都合が良さそうな気もするが、傷の度合いにもよるだろう。

「とりあえず、いつでも南部に援助出来るように、聖王国内部の詳しい情報を集めるよう指示を出しておくか」

「それが良いと思います」

「南の聖王国は半分が親魔導国。東の帝国は魔導国の属国。厄介だな」

「ですね」

さらっと答えたラナーをザナックはジトッとした目で見る。

「……軽いな」

「え？　ですけどそれ以外に何を言えと言うのですか？　実際、周辺国家の状況を考えると、かなり不味いことになっていますよね。今、お兄様が言った内容に加えて、王国内の闇組織も依然として残っていますし」

「八本指か。このごろ、麻薬の禁断症状で暴れる者が出ているらしいな。奴らも活発に動いているということか？　あの大悪魔《ヤルダバオト》が出てこなければもう少し八本指の力を削げたかもしれないのにな」

ザナックは溜息を吐き出した。

ガゼフ・ストロノーフという王国最強の武が失われたため、八本指と本格的に事を構えるのは避けたい。個としての強者が足りていないのだ。

ただ、唯一。

ラナーが抱えるブレイン・アングラウスという男ならば、という期待はある。ただし、あの男はラナーだから仕えているという態度であり、ザナックに仕える気はないようだ。一応、恩を売るべく行動はしたが、あまり効果はないような感じだ。

（……自分は王国の戦士長になる気はない。優秀な才を持つ者を見つけ、次の王国戦士長になるように鍛え上げてやる、か。せめて国宝であるあの剣を貸し出すとかしてやりたいんだが、親父がなぁ）

父王にとってガゼフ・ストロノーフは大きすぎたということだ。

玉座は孤独だと言う。

自身がその座につく時が間近に迫り、ザナックもなんとなく分かってきた。

ガゼフ・ストロノーフという人物はそんな孤独な父にとっての篝火《かがりび》だったのかもしれない。年は離れていたが、友達——もしかするともっと強いつながり——と言える存在だったのだろう。

そんな存在がいた父親が、少しだけ羨ましい。

第二王子だったザナックにはそういった存在はいない。兄が王位を継ぐと思われていたのだ。予備でしかないザナックにそこまで深い結びつきを持とうとする者はいなかった。大公になる人物との縁を得られることよりも、ボウロロープ侯に睨まれる方がデメリットは大きいと判断されたということだ。

結びつきを持とうとしてくれたのは、王国の将来を憂えたレエブン侯ぐらいだが、それでも協力者という立ち位置の方が強く、友達にはなれなかった。だからこそザナックは少しだけ暗澹《あんたん》たる気持ちを抱く。

　ずっと孤独に生きることになるのだろうか、と。

　ザナックは頭を振って、暗い考えを追い出す。目の前にいるラナーが不思議な生き物を見るような目を向けてくるが、無視だ。

　ブレインといえば、自分が王となったときの最初の仕事は父から四つの国宝を回収することかもしれない。

　素直に受け入れてもらえるかどうかは分からない。しかし、ブレインにそれらを渡すためだ。それぐらいしなくては彼の労力に釣り合わないだろう。

　王国の戦士長ではなく、ラナーの部下に過ぎず、忠誠心のほとんどない平民に貸し出せば、貴族から反感を買うかもしれない。

　それでも、だ。

「魔導国に属国となることを誓うというのはどうですか？」

　ラナーの目的は小さな荘園でクライムと共に暮らすことだ。それは魔導国の属国となった後でも叶うだろう。いや、逆に王族の価値が下がった方が自らの安全にもつながるので、ラナーとしてはそちらの方が良いと考えているのかもしれない。

「はん！」ザナックはラナーの提案を鼻で嗤《わら》い飛《と》ばす。「帝国とは置かれている状況が違うからな。そんな手に出れば最初に起こるのは内乱だろうが」

帝国は鮮血帝の下《もと》、ほぼ一枚岩となっていた。反対できるような貴族たちはすでに粛清されていたため、属国となることを決めても抵抗などほぼなかった。何より、帝国は魔導国から殴られたことがない。忌まわしく思っていても、恨みも憎しみもなく、だがその恐ろしさだけはよく知っている。しかしながら王国は違う。

現状、王国の派閥は、王派閥、貴族派閥、無所属派閥、そしてあの戦争後に生まれた新興派閥の四つに分かれている。数は、3：3：2：2という感じだ。

この中で最も面倒なのが新興派閥だ。

新興派閥の何が面倒かというと、この派閥は党首や次期党首などを失った、もしくはたまたま権力が転がり込んだ者など、貴族社会の常識や暗黙のルールに疎い者たちで構成されている。そのため品や教養に欠ける者が多く、内偵すると権力に溺れる者たちが多数確認された。

国の膿《うみ》だ。

しかし領内では自治権があるので、彼らが王国法を破らない限り、手は出しにくい。仮に破っていたとしても、王権を行使すればそれはそれで他派閥から何か言われるだろう。戦争前のように王派閥が力を持っていた時代とは違うのだ。

ただ——属国というラナーのアイデアは悪いとは言い切れない。状況が大きく変われば考えるべきかもしれない。

「いえ、内乱なんてことにはなりませんよ、お兄様」

平然と否定するラナーに対して「嘘つきやがって」とザナックは心中で思う。

本気ではないだろうが、ザナックが愚かにも乗ってきたらそれでも構わない、という真意が透けて見えそうだった。

そんな女だからこそ信頼できるはずがない。

（エリアスが戻って来てくれればな）

突如としてザナックの内に寂寞の情が湧き起こる。レエブン侯は友とまでは言えなかったとしても、同じ憂国の士として信頼していた。だが彼と肩を並べて歩くことはもうないだろう。代わりに手元に残ったのは、恐ろしく優秀ではあっても制御が利かない鬼札だ。

ザナックは憂いを振り払うように、努めておどけた様子でラナーに向き直った。

「しかし、帝国はよく魔導国からあんな物を買えるよな」

「……結構無理に話題を変えてこられましたね。構いませんけど……。えっと、属国である帝国からすればそこまで悪い物ではないのではないですか？」

帝国に対する魔導国の輸出で一番大きな金が動いているのはアンデッドだ。単純労働用、兵士用、荷運び用と幾つかの種類があるらしい。

「おいおい、アンデッドだぞ？　生きる者全ての敵だぞ？」

「ですが、食料は不要で、疲労することもない。最高の労働力ですよね。確かに魔導王が支配するアンデッドを国内に入れて運用するというのは、危険だと言えます。自国の領内に他国の兵を入れるわけですから。ですけど、逆に属国であれば魔導国に何も隠していないと示す――嵌《は》めた首輪のリードを差し出すような行為とも言えます」

　ラナーが少し天井を見上げた。

「これはある意味見習うべき態度とも言えますよね。自分の弱みをわざと見せることで、いつでも脅せると相手に知ってもらうのは良い手です」

「そうだな。上に立つ者として信頼できない相手と相対するなら、相手に弱みがないよりはあった方が安心できるな。そういう観点からなら帝国の行動は理解できる。まぁ、それにエ・ランテルではアゼルリシア山脈のドワーフの国とも貿易を始めたようで、アンデッド鉱夫を貸し出し、新鮮な食料を販売する代わりに、鉱石やドワーフ製の質の良い農具を購入しているようだな」

　エ・ランテルに送った手の者が、出会ったドワーフたちから聞いた話だ。

「アゼルリシア山脈までの運搬にもアンデッドを使えば良いわけですし、運送にかかる費用や労力も無視できるでしょうから、王国から買うよりも安く上がるということですか。……アンデッドの労働力を受け入れるということは、ドワーフの国も魔導国の属国だとみなすほうがよいのでしょうね」

「だろうな」

「――評議国と同盟を結ばないのですか？」

「ああ、すでに動いているが――なかなか厳しいな。よい返事をしてくれている竜王もいるんだが、他の種族代表たちを説得するのに時間が欲しいということだ。ただ、もしかすると説得できずに手を組めないかもしれないという話も聞いている」

一部は嘘、だ。

対魔導国同盟は牛の歩みではあるが、順調に進んでいる。ただし、善意と友情に期待した援軍協定を何とか結べるかなという程度のものであり、現段階では明文化されない不確かな結びつきにとどまっていた。こんなものは同盟などと胸を張って宣言できるような代物ではない。

やはり、しっかりとした同盟ともなると色々と手間取ることが多く、更に数ヶ月の時間は必要だろう。

「そうなんですか……。早く軍事的な同盟が出来上がると良いですね。それじゃ、お兄様が王位を継ぐのはいつ頃になるんですか？　私としてはそろそろ約束を守ってもらえれば、と思うんです」

約束とは、ラナーをザナックのそばで働かせる代わりに荘園を与え、その後クライムと共にひきこもることを許可するというものだ。

「まぁ、待て。もう少しだ。内示はほぼ終わっているのはお前も知っているだろ？　あとは父上とも相談してあるが、父上が最後に一つ大きな政策を打ち出したらな」

国家運営の差配をし、致命的な失敗があれば国王が責任を取って退位する。

失敗がなければ、多くの貴族の不満が溜まるような政策を打ち出して反感を買ったところで、王子がそれよりは緩い政策を打ち出すことで不満を解消し、その後王の退位という形を示すことで貴族たちの好意を買う狙いだ。父王の晩年を汚すように見られるかもしれないが、それ以上に王家にとっての利益の方が大きい。

「そういえばお前のなんだったか、孤児院の方はどうだ？　料理を作りに行ったりしているのだろ？　金銭的な支援とかの必要はあるか？」

「大丈夫です。私の歳費だけで運営は問題ないです」

話では既に五十人近くはいるという。

これはかなりの人数であり、おそらくは王国内の全孤児院の中でも最も多いだろう。にもかかわらずラナーは、孤児院の運営を誰にも援助など求めず、自分の歳費だけでまかなっている。第三王女の歳費など高が知れているのだが、嫁いで王家から出た上二人の分が一部回ってきているから可能なのだろう。もちろん、身の回りの世話をするためのメイドなどを極力減らすなど、節約をしているからというのもあるのだろうが。

そう言えば——妹は同じ服をよく着ているな、と思う。

王族が貴族たちから舐められるようなことはするなという苛立ちにも近い感情と、どこに金をかければいいのかよく分かっているという誇らしげな気持ちが湧きあがる。

「いや、俺の歳費からも出そうか？　お前の孤児院は目に見える形での立派な行いだと思うしな」

「駄目、です」

珍しく強い口調で否定される。

「孤児院で優秀な子供がいたら、その子は私が荘園に連れて行くんですから。私の優秀な労働力を奪うことは許しませんよ」

「ああ、そういう考え方もあるか……」

「そうですよ。ブレインさんに頼んで剣の稽古をつけてもらったり、勉強を教えたり、今からしっかりと育てているんですからね」

「優秀じゃない子はどうするんだ？」

「計算とか読み書きとかが簡単にでもできるようなら、働き口はあると思いますから大丈夫ですよ」

「なら俺がもらっても構わないんだな？」

「そうしてくださいますと嬉しいですね。残った子供たちの心配をしなく――」

ドンドンと部屋の扉が荒々しく叩かれる音でラナーの言葉が遮られる。

「――一体、何事だ。騒がしい！」

ザナックが怒鳴ると、勢いよく扉が開かれた。

「殿下！　緊急事態です！」

見馴れた法服貴族が部屋に飛び込んでくる。内務官の一人だ。その手には羊皮紙が一枚握りしめられている。

「どうした！」

ザナックは渡された羊皮紙を眺め、そして驚愕の表情を浮かべた。理解できない。いや、脳が理解することを拒んでいる。

「どうしたのですか？」

答える気力もなく、ザナックは黙って羊皮紙をラナーの前に差し出す。そして――

「はぇ？」

妹らしからぬ、あまりにも間の抜けた声が上がった。

そら、また人間味を見せたぞ、とザナックはやけくそ気味の笑みを浮かべた。

1章 計算外の一手

Chapter 1 | An unexpected move

なみなみと注がれたエールをグイッとあおる。

領地では決して飲めない――しかしながら今では飲み慣れた一級品の味が喉を流れ落ちていく。

そして「ぷはぁ」とホップの香りが漂う息を吐きだし、まだ半分ほど入ったジョッキをテーブルに降ろした。もしこれが使い慣れた木杯であれば景気良く叩きつけるところだが、陶器製のものでそれをやろうとは思わない。

無論、このジョッキを壊したところで弁償する必要はない。ここは彼のパトロンであるヒルマ・シュグネウスが用意した酒場であり、彼の派閥に所属する貴族であれば――もしくは貴族に連れてこられた者であれば――全てが無料となっている。

なぜならこれは、将来の大貴族である彼――フィリップ・ディドン・リイル・モチャラス男爵に対する先行投資だからだ。

だからここでの感謝は、未来で返せばよく、それまでは積み上げておけばよい。

現状はフィリップでは到底太刀打ちできないような財を持つヒルマといえども、所詮は平民でしかない。権力の前には頭《こうべ》を垂れるしかないのだ。だからこそ貴族であるフィリップに取り入ろうとしているし、派閥を立ち上げるのに全面的な協力をしたに違いない。

　これこそがこの世界において最も強い格差。

　――身分の差である。

　ただ、そうやってたくさんの借りを作ってしまった。

　恩を疎《おろそ》かにはしない男と自負しているフィリップとしては、早くより上の地位に就きたかった。ヒルマだって男爵の権力で出来ることよりも、より上の貴族位で出来ることを望んでいるはずだ。

　そうしてさっさと貸しを返していきたい。

　そうでなければどうしても借りを作っているヒルマにある程度は譲歩しなくてはならず、自分の望んだ事でも許可を得たりしなくてはならないからだ。

　もっと自由に色々とやりたい。権力をもっと行使してみたい。

　それがフィリップの望みだ。

　しかしながら――

「何故、うまくいかん！」

　思わず心の声が口から漏れてしまい、周囲を見回す。

　庶民の酒場とは違い、ここはヒルマの持つ邸宅の一つを改造して酒場のように造り変えた場所で、下品な喧噪とは縁遠い。そのため大きな声は出してはいないが、周囲に誰かがいれば聞こえたことだろう。

こちらに注意を払っている者がいないことを確認し、安堵する。

自分が失敗しているという情報を大多数に知られることにメリットなどあるはずがない。

そう――自分は失敗しているのだ。

（死ね。無能どもが！）

苛立ちという感情の炎を消すように、フィリップはジョッキをグッと呷《あお》る。

勢いがつきすぎて口の端から僅かにこぼれたエールが喉を伝い、服を濡らす。

肌と服が貼り付く濡れた感触の不快感で、さらに不機嫌になる。

全然上手くいかない。

フィリップは顔を怒りで歪める。

フィリップの当初の計画では今頃領内の生産量は何倍にも膨れ上がり、自分が新しい領主になったことに感謝する者たちであふれているはずだった。さらには周辺の貴族たちもその結果を賞賛し、名君として噂される予定だった。

だが、それがどうしたことか。

徐々に領内の食料生産量が下がっているだけでなく、村を歩けば村人たちが自分を蔑《さげす》んだ目で見ているような気がする。

（無礼者どもが！）

由緒あるモチャラス家を継ぐ自分に対し、村人風情《ふぜい》が礼儀をわきまえないなど許せるはずがない。

もしかすると村人たちはフィリップを失脚させるため、真面目に働いていないのではないだろうか。

あり得る。

世の中、才能を妬む愚か者は多い。己の器を理解も出来ず、才人を嫉妬し、罵声を上げ、そうすることで自分が大きくなったような妄想に駆られるのだ。

いや、そんな人間だけだとは思えない。村人はあれだけいるのだ。そうすると、もっと別の要因——例えば近隣の領主から利益供与を受け、フィリップの政策の邪魔をしているのではないだろうか。

ないとは言い切れない。

大体、儲かるものだけに集中して生産していけば、利益は破格なものになるのは自明の理だ。誰にだって分かる簡単な理屈のはずだ。畑をそちらに割《さ》き、一般的な食料は商人から買えばよい。

なのに、なんのかんのと反対する者が後を絶たないのだ。

（屑どもが！　ヒルマに言って、奴らに罰を与えたらどうだ？　そうすれば俺のためにしっかりと働くことだろう！　それに領主たる俺を裏切っていないか調べる必要もあるからな！　……いや、待て。罰を与えることぐらい俺だけでも出来るか？）

鞭で叩くのだ。牛馬のごとく。

（そうだな、ヒルマに言う必要もないだろう。これ以上ヒルマに恩を売られるのもな……。うーむ、考えてみるとヒルマには色々と世話になっているし、いい加減この辺で少しは恩を返した方が良いんだが……）

大貴族となるべき自分が庶民であるヒルマへの借りを踏み倒し、搾取するのは容易い。だがそのやり口は野盗と大差がなく、自分のような気高い貴族としては忌むべき行いだ。となれば今のうちに返せる分を返すべきだろう。

将来、恩義の大きさから覚える引け目によって、彼女の言葉を突っぱねられなくなっても困る。

（問題はどんな形で返せばいいのか、ということだ……）

当初の予定通り、村の収益が一気に上昇していればそこから金銭という形で返すことができたのだが、現状ではそれは無理――いや、かなり難しい。

ならばフィリップが頭角を見せつつある、この新興派閥でヒルマにメリットがあるように行動すればよいのか。

（だがなぁ。まだこの派閥を完全に俺が掌握したわけではないからな……）

この新興派閥に所属し、色々とコネクションを強めてきた。

そうしてフィリップがこの派閥の旗振り役になるということへの賛同者を増やしてきたが、未だ全ての貴族が納得してくれているわけではない。

ヒルマも支援してくれてはいるが、年齢や地位などの壁はどうしても厚い。自分が逆の立場ならどうだ、と考えると他の貴族たちの気持ちも確かに分かる。

年嵩《としかさ》の伯爵と若い男爵が同じことを言っても説得力が違うように感じてしまうだろう。ただ、それでは今までの――旧態依然とした派閥と何も変わらないではないか、とフィリップは思う。

わざわざ新興派閥に所属したからには、古臭い組織として行動するのではなく、今までとは違う風を吹き起こすべきだ。だからこそフィリップのような新しいことにチャレンジする男が旗印として相応しいのだ。

（本当にどいつもこいつも分からん奴らだ）

フィリップが苛立ち紛れに傾けたジョッキは、いつの間にか空になっていた。

「おい！　代わりを持て！」

「はい。畏《かしこ》まりました」

この酒場で働くメイドのような女が丁度良く通りかかったので、そいつに命令する。

深々と一礼すると、腰を振るような――目を釘づけにされてしまう歩き方で去っていく。そこまで厚くない服のせいか、尻の形が何となくわかる。

「むふっ」

魅力的な尻も素晴らしいが、即座に自分に従って働く姿が、支配者と被支配者の関係が端的に現れているようで、非常に心地が良い。

こんな感じのメイドをフィリップは二人ほど借り受けている。

何をしてもよく、給金の支払いもしなくて良い娘たちだ。今では家のこと全般を完全に任せている。

他にも執事や御用商人まで、ヒルマの世話になっていた。

出来れば昔から家で働いている者たちを解雇し、自分の部下たちだけにしたいのだが、父親がうるさく、諦めている。父の我が儘を許せるのも、ヒルマが金を出してくれているからこそなんとかなるのであって、もしこれが自腹だったら無駄な人件費削減のため絶対に辞めさせてやるところだ。

フィリップがぼんやりとそんなことを考えていると、声がかかる。

「おや、モチャラス男爵。一体全体どうなされたのですか？　ご機嫌がよろしくない御様子」

声をかけてきた方に目をやればそこにいたのは二人の貴族。

二人とも同時期に爵位と領地を継いだ、同じこの派閥に所属する仲間だ。片手にはジョッキが、もう片手にはナッツ類が入った小皿があった。

「おお！　デルヴィ男爵にロキルレン男爵！」

デルヴィ男爵はさえない細身の男で、貴族らしい品格や威厳に酷く乏しい。服だけが彼の身分を表しており、もしこれが平民の服であったら、彼が貴族社会に連なる者だとはきっと誰も気付けないだろう。今の状態でさえ、滑稽劇で貴族を演じる役者だと紹介されれば信じてしまうことだろう。

それに対してロキルレン男爵の体軀は見事なものだ。がっしりとしており、縦にも横にも前後にも厚みがある。かなり威圧感のある外見の男だが、見た目に反して自己主張が弱く、使うよりは使われる側の人間だというのがフィリップの抱いた偽らざる印象だ。

この二人は領地が隣同士らしく、一緒に行動している姿を頻繁に見かける。自分のように一人で行動すればよいのに、と思っていたので覚えている。

「こちらの席、よろしいですかな？」

「おお、どうぞ、どうぞ」

デルヴィ男爵に続き、ロキルレン男爵も軽く頭を下げると席に座った。そのタイミングを計ったかのように女が酒を持って現れる。

「さて、乾杯と行きましょう！」

「よろこんで！」

乾杯は互いの杯を強く合わせることで酒を混ぜ、毒など入っていないことを証明するものだという。フィリップはそれを知っているから、多少強めに二人のジョッキにぶつける。

零れた酒が僅かにテーブルに飛び散る。

「おっと！」

デルヴィ男爵の衣服にも少しかかってしまったようだ。

外見に相応しいと言っては失礼だが、貴族風ではあるもののそれほど新しくない服だ。いや、歴史あるというべきか。昔のフィリップであれば着ていそうな、誰かのお下がりのように見える。

哀れみがフィリップの胸中に湧き起こる。

今のフィリップの着ている服はヒルマに言って仕立ててもらった高級品だ。つまり、この二人はヒルマからすればそこまで投資する価値がない、という事なのだろう。

その人間の将来性でこれほどの差がつくということに、この世界の無常を感じながらフィリップは問いかける。

「それでお二人も酒を飲みにこちらに？」

「――ええ、その通りです。その通りです。ただ酒を飲みに来てみたら、我らがモチャラス男爵のお姿がありましたのでこれはご機嫌を伺わねば、と思いましてな！　なぁ!?」

「その通りです、モチャラス男爵」

「いや、いや、ご機嫌を伺うなどと仰《おつしや》らないでください。我々は同じ立場、協力し合える仲間、ではありませんか」

「おお！　モチャラス男爵ほどの御方が私どものような者にまでそう言って下さいますか！　これは嬉しいですな！　なぁ!?」

「その通り。よろしければ、これをお召し上がりください」

　スッと乾きものが出される。

「ありがとうございます、ロキルレン男爵」

「おっと！　モチャラス男爵、そのような他人行儀な呼び方はなさらないでください。私のことはヴィアネ、こっちはイーグとお呼びくださいますか？」

「お二人とも分かりました。それでは私のこともフィリップと！」

　三人で機嫌よく笑いながらエールを飲む。

「それで――フィリップ殿。いったい、どうされたのですか？　先ほど何やらご機嫌が悪そうなご様子でしたが？」

「先程、ですか？」酒精《アルコール》によって少しだけ——そう少しだけ回転が鈍った頭で先程の怒りを思い出す。「ああ、無能どもに頭を痛めてまして。おっと、この無能というのは私の領内の平民どもです」

「なるほど、なるほど。分かります！　フィリップ殿のような賢明な御方であれば、己の考えが理解できない者たちに対してのお怒りは当然、我々の比ではないでしょう！　なぁ？」

「その通り。フィリップ殿ほど賢い方であれば当然のお怒りですな」

二人から賛同を得られ、フィリップは感動する。

流石は同じ貴族だけあって分かってもらえるか、と。彼らもまた平民の愚劣さには頭を悩ませているに違いない。

「分かってくださいますか！」

「ええ、分かります！　分かります！　私も、流石にフィリップ殿ほどではありませんが同じ思いをしたことがありますから。なぁ？」

「その通り。——どうやらジョッキが空の様子。——おい、早くフィリップ殿に飲み物を用意しないか！」

呼び掛けられ、すぐに女がフィリップの前にエールを持って来る。なみなみと入ったそれをフィリップは持ち上げた。

「さぁ、もう一度乾杯と行きましょう！」

再び杯をぶつけ合う。

フィリップはエールを流し込む。

美味い。

今までで一番美味く感じられた。これも自分の苦労を理解してくれる仲間たちと飲むからだろう。

この派閥のリーダー的存在ということもあって、フィリップは少し遠慮されがちで、友誼《ゆうぎ》を結ぶ相手はいなかった。だからこそ、親しくしてくる二人が嬉しい。思わず肩を組んでしまうぐらいだ。

「おっと、フィリップ殿！　肩を組んでくださるとは嬉しい限り。しかし、零れてしまいますぞ。もっと飲んでからの方がよろしい——おっ」

また少し零してしまったようだ。無料とはいえ、無駄にしてはヒルマに悪い。

フィリップは肩を組んでいた腕を外し、エールをゴクゴクと音を立てて飲む。

「おお！　流石。酒もお強い様子ですな！　なぁ！」

「その通り。流石はフィリップ殿」

「プハァ！　いやいや、そのようなことはありません。ただ、お二方のような立派な方々と酌み交わす酒は、より美味しく感じるというだけです！」

「なんと！　なんと！　それは嬉しいことを仰ってくださる。酒に弱い私どもからすれば、その見事な飲みっぷり、賞賛に値します！」

「おや、お二人とも弱いのですか？」

確かに彼らは一杯目だし、あまり進んでいない様子だ。

「いやー、実はそうなのです。お恥ずかしいのですが、正直、酒の何が美味いのか分からない口でして……。なぁ？」

「その通り。しかし、こういった場では酒を飲まないと雰囲気を悪くしてしまう。だから舐める程度に飲んでいるだけで」

「その点フィリップ殿のように酒に強い男が羨ましい。さぁ、さぁ。私たちの分もお飲みください。ぐっと！」

二人に勧められるまま、フィリップは杯を重ねていく。

その内、頭が少しふわふわしてくるし、顔が火照《ほて》って熱くなってくる。

「そう、そう。ところで先程フィリップ殿は領内の無能な者たちに困っているという話をされておられましたが、一体、どのようにお困りなのですか？」

「ん？　あぁ、なんでしたか？　そんな話をしましたか？」

「ええ。そのような話をされていましたね。……少し飲み過ぎのご様子。酒精《アルコール》の入っていないものでもお持ちしましょうか？　なぁ？」

「その通り。フィリップ殿。水でもお飲みになられたらどうですか？　ここの水は苔臭くないですぞ」

「あー、いや、大丈夫です。大丈夫です」顔が真っ赤になっているのは鏡を見なくても、その火照りから分かる。「……ああ、困っているという話でしたな。金がないのですよ。金が」

　二人が顔を見合わせている。

「それは私どもも同じですよ。なぁ」

「その通り。私たちの領内もそれほど豊かではないからな」

「いや、違う。違うのだ！　私の言う通りにちゃんとすれば凄まじい金が入ってきたはずだった。それを奴らがだらだらと働いているのが、私の指示にのらりくらりと反対しているのが、悪い！　どいつもこいつも無能ばかりだ！」

「おお！　フィリップ殿の仰る通りです！　無能な者が多く、ご苦労されているのはよく分かります！　ちなみに——フィリップ殿の領内での名産品というのは何ですかな？」

「現在は農作物だけですよ、全く」

　色々と手を広げてはいるものの、そちらの結果はまだ出ていない。

「農作物ですか……。特産品があるならともかく、そうでないとすると……」

「一般的な農作物はそんなに高くは売れないからな。当たり前のことだ」

　二人の貴族がしみじみと言った。

　そうだ。だからこそ価値あるものを作る必要がある。すぐには収穫できないかもしれないし、ちゃんと育成できるかも調べなくてはならない。それでも将来への投資は必要なのだ。そう命じても今はそちらに回す力がないなどと言い訳をする。

「このままでは王国内で凶作でも起きて、農作物の値が上がるのを期待するほかないという状況だ！」

「自領で――」

何か言いかけたイーグにヴィアネが肘を叩き込んでいる。ヴィアネはフィリップに顔を近づけ、声を落として言った。

「そうですね。ただ、凶作でも高騰するとは限りませんよ？　ご存じでしょうか？　現在、王国内には魔導国からかなり安い値で食料が入ってきているらしいのです。ですので今後、一般的な農作物の相場が大きく変動することはないでしょう。特別な――付加価値がないと高くは売れないと思いますよ」

「なんだと!?」

「おっと、フィリップ殿。声が大きい」

フィリップは慌てて周囲を見渡し、それからヴィアネに小さい声で問いかける。

「本当にか？」

「ええ。信頼できる筋――というよりもこの王都では、一部の商人の間で取りざたされている話です。王都の商人たちが持つ倉庫に大量の食料が預けられているそうです。それらを販売しても構わないという話だとか？　まぁ、魔導国の意志が優先されるそうですけどね」

「ん？　商人が魔導国から食料を買って、それを王国内で売るというのではなく、魔導国が預ける？」

「ええ。詳しくは知りませんが、食料はあくまでも預けているだけで、商人は預かり賃……それとも倉庫使用料と言うのでしょうか？　そういった名目で些少だが金をもらっているそうです」

「……倉庫とはそんなに簡単に貸せる物なのか？」

「ええ、普通であればなかなか難しいでしょうが、ほら、あの悪魔の襲来で倉庫街が襲われましたよね？　そのため空だった倉庫が多いそうで、倉庫の持ち主は喜んで貸しているようですよ。なので、それらが捌《さば》けない限り、商人達は値を上げてくれないでしょう。こちらが高く売ろうとしても、『これ以上になるなら魔導国の農作物の方が良い』など言われてしまうのは予想できます。……そうそう、エ・ランテルの巨大食料貯蔵庫はご存知ですか？」

「い、いや、知らないが……？」

「〈保存〉が付与された巨大な食料貯蔵庫で、そこに入れておくと食料が傷んだりしないという場所――マジックアイテムがあるのです。これまでは毎年、帝国と戦争するにあたって、十万を超える兵に配布するための食料は近隣から時間をかけて集められていました。ただ、時間をかけて集めては食料が傷んでいきますし、時期によっては食料を集めるのが困難だったりもします。それを避けるために作られた物です。運搬できるマジックアイテムではないみたいで、魔導国にそのまま譲渡という形になったという話です。つまり――魔導国は消費されなかった農作物をそこに何年も保存できるんです」

「何年も保存できたとしても、魔導国はエ・ランテルしか都市のない国。そんなに食料を生産する力があるはずがない」

それが王国に流れてきたとしても、人口を考慮すれば多少値が下がる程度しか効果はないはず。

「いえ、それが、ですね。信憑性《しんぴょうせい》の高い噂ですが、魔導国はアンデッドを使って広大な農地を耕しているそうです。なので、食料の生産量はかなり膨大で、小さい領土でありながらも、王国全土にも匹敵するそうですよ？　確かに考えてみると、アンデッドは疲労も何も関係ないですからね。まぁ、アンデッドが作った食料と思うと気持ち悪くはありますが」

「なんだ、それは？　ずるいぞ！」

　フィリップは我慢できずに怒鳴る。自分が努力して領民たちにやらせようとしても無理なことを、魔導王という男が軽々とやっているのが許せない。自分が苦しんでいるように、魔導王も苦しめばよいのだ。

　それとも——自分もアンデッドを使う農法をするべきなのだろうか。

「とはいえ、眉唾なところはあります。流石にアンデッドが休みなく働けるからと言って、王国全体の生産量に匹敵する量を作れるとは……ただ、かなり食料生産量が多いのは事実で、現在、魔導国は聖王国に食料支援を行っているんですよ」

「食料支援？」

「ええ。聖王国内でヤルダバオトという悪魔——ほら、王都で暴れたのと同じ奴です。そいつが暴れたので食料が不足しているらしいんです。それで魔導国が王国の商人に預けている食料を使って支援しているということですね。私の領内を、食料を大量に載せた荷馬車隊が通って行きましたので、これは確かな話です」

「聖王国の支援に消費しているなら、そこまで商人の倉庫に残ってはいないのでは？」

「そうですね。ただ、凶作に備えて一定以上の備蓄量は保つ必要はあるでしょうし、それに魔導国も採れた食料の全てを支援に回すとは思えません」

それはそうだ。フィリップが魔導王の立場になったら、古くなったりした余った食料を支援として送るぐらいだろう。

「その通り。まぁそう簡単に凶作が来てもらっても、グッ――」

「――そんなわけで気候に期待するのは危険じゃないでしょうか。もっと良い手が――魔導国の食料がなくなるようなことがあれば、フィリップ殿の領内で採れる作物も高値で売れるチャンスが出てくるでしょうね。とはいえ、魔導国の食料を失わせるためだからといって、流石に戦争を仕掛けるわけにもいきませんし」

ふと、フィリップの脳内に閃くものがあった。

まず凶作が起きても農作物が一定の金額――安い金額でしか売れないというのは魔導国産の食料があるという前提条件のためだ。では、それが無くなればどうだろうか。

答えは一つしかない。

農作物の価格は上がる。

ならば次の問題だ。どうすれば魔導国が保有する農作物がなくなるだろうか。

ヒントはヴィアネが言っていたではないか。

魔導国の農業生産量が低下すればいいのだ。しかし、それは簡単な話ではない。流石にフィリップ一人で魔導国の領内に乗り込み、畑に火を放つなどできるはずがない。

ならば――その農作物を奪うことはできないだろうか。

その答えにたどり着いた瞬間、フィリップは雷に打たれたかのような衝撃に襲われた。

他国の物資を奪う。常識で考えれば危険極まりない行為だ。将来ならともかく、今のフィリップでは一国を相手にして勝てるはずがない。しかし、王国は魔導国を敵対国家とみなしているはずだ。戦争でかなりの自国民を殺されたのだ。敵とみなしていなければそちらの方が変だ。ならばそんな敵国から食料を奪うことができれば、それは素晴らしい働きなのではないだろうか。

そういうことであれば王国の上層部もフィリップの味方をしてくれるはずだ。もしかしたら働きに見合うだけの地位に引き上げてくれるかもしれない。

（……悪くないぞ。これはかなり良いアイデアではないだろうか？）

魔導国の食料を奪えば、商人たちもモチャラス領産の農産品をこぞって買い付けるかもしれない。

しかも、その上で奪い取った魔導国の農作物を売ったら――

（一石三鳥というレベルじゃないな。素晴らしいほど完璧な計画だ。……だが、どうやって奪う？ヒルマに相談して傭兵《ようへい》を雇うか？　いやそれは不味い。金で雇った兵など信用できるはずがない。脅されるネタを作るのは馬鹿のすることだ）

ここはやはり領内の兵でやるべきだろう。兵と言っても村人たちのことだが、フィリップは同時に昔から温めていた専業兵士のことを考える。畑を耕したことしかない村人より、訓練した兵士たちで部隊を作りたいと前々から考えていたのだ。奪った農作物は兵士たちの給料に回すというのも悪くはない。

（しかしそれでも魔導国領内に行くのは危険だ）

フィリップの領地から魔導国はかなり離れている。行軍に掛かる費用などを考えるとかなり無理がある。

（いや、待てよ？　……さっき、言っていたよな。領内を魔導国の荷馬車が通る、と。そこを襲ったらどうだ？）

しかし、一人で荷馬車を襲えるだろうか。村人を動員するにしても限界はある。相手が抵抗する気がなくなるほどの圧倒的な数が必要だ。

「二人ともいかがでしょう？　良い話があるのですが」

「良い――話ですか？」

「ええ。良い話です」

フィリップは二人に顔を寄せ、己の良いアイデアを得意げに聞かせるのだった。

「――ちっ。謝れよな」

フィリップと別れたヴィアネが吐き捨てるように言う。

酒を溢されたこの服は父が着ていたもので、生地もデザインもかなり古い。これは珍しいことである。服はこれから社交界へ本格的に顔を出すにあたり、新調しなければならないものでもある。

というのも、貴族というのは見栄を重んじる生物だ。服装も当然その一つであり、こんなのでは侮られるに決まっている。だが、ヴィアネは実際に貴族社会の底辺の立場にいる。少々背伸びをしたところで如何ほどの効果があろうか。

逆に、より大きな力の庇護下に入ろうとするなら、自分を小さな存在だと無言のまま伝えてくれるこの服は、むしろ有用であると言えた。この衣装は言ってみれば、サロンという舞台で弱小貴族という役を演じるために必要な衣装なのだ。次の役をもらうまでは世話になることになる。

だからこそ汚されてはたまらない。

「その通りだな」

横で相槌が打たれ、ヴィアネは発言者をジトッとした目で見る。

「……もう、それ止めていいぞ」

暗い声だった。先程まで一緒にいたフィリップが聞けば瞠目したかもしれないほど、雰囲気が明らかに違った。

　ヴィアネは決して陽気でもなければ、人と話をするのが好きな人間でもない。皮を何枚も被り、あの陽気でお喋り好きな自分を必死に演じているだけだ。

　そんなヴィアネの素《す》を知る友人のイーグは苦笑いを浮かべた。

「悪ぃな。どうもお世辞ってやつは苦手で、結局おめぇに任せっきりだ」

　一方のイーグも先ほどとは打って変わって、貴族らしからぬ野卑な口調になった。

「いや、本当に悪ぃと思うのならお世辞の練習はしておけよ。俺たちのような下級貴族は上に気に入られてなんぼ、だ」

「世知辛すぎるぜ。爵位が継げて華々しい貴族社会に行けると思ってたらよ……ゴマすり、おべっか、そんなもんばっかりで嫌になるってもんだ」

「けっ。何を言っているんだ……。平民たちだって同じだ。どっちの方が大変かは分からんが、大人って奴はおべっかが出来て一人前だ」

「だったら大人になんざなりたくなかったな。……木の枝をブンブン振り回して竜殺しの英雄になっていたあの頃に戻りてえよ」

「戻れないんだから諦めろ。兎に角、お前もゴマすりの練習はしておけよ。あの程度の脳味噌相手ならもってこいだぞ？　失敗しても損失は少ないし」

これが上位の貴族、もしくは人生経験が豊富な者——いうなればお世辞に慣れている者が相手なら、よほど上手くないと効果はない。だからこそ、経験を積める時に練習するのだ。

「そうか……。なら今度あれと会った時は出来るだけ頑張らねえとな」

「ああ、そうしろ、そうしろ。お世辞が嫌いな奴はいない。もし相手が不快そうな態度を取ったなら、それはまだまだお世辞が下手な証拠だ。……イーグ、苦手なのは分かる。お前の苦手なところは俺が助け、俺の苦手な分野はお前が助けてくれる。そういう約束だ。ただ、だからと言って苦手を克服しないのは不味い。いつも一緒にいられるとは限らないわけだしな」

ヴィアネは人より頭が回るが、運動神経が皆無だ。イーグはその逆。

同じタイプの者同士なら互いにライバル心を覚えたかもしれないが、そうならなかったことは幸運だったと両者とも思っている。普通は隣の領地の領主などそんな簡単に仲良くなれるはずもないのだが、彼らは元々三男か四男あたりの立場だった故に、過去にあったいさかいなどを教え込まれておらず、気楽な雰囲気で付き合えた。

それに何より、不思議と馬が合った。

「そーすっか。……で、あれと話してみてどうだった？」

「最悪だな」

ヴィアネは友人の質問に対し、迷うことなく即答する。

あんな男が派閥の長になりつつあるという現状は危険すぎる。

「まあでも、あんな奴だから上手く誘導できたっつーのもあるよな」

「まぁ、な」

この派閥は正直言って掃き溜めだ。

領地の経営に興味がなく、ただ貴族としての役得だけを欲する者。鉄の剣を持たされた幼子のように、突如手にした権能の重さに振り回される者。まだ何も成していないのに、全てのことが実現可能になったと過信する者。そんなどうしようもない人間——自分は平凡でよくいる貴族でしかないと理解しているヴィアネですら分かることが分からない者たちが多い。

だからこそ、というべきか派閥全体として大きな問題が一つあった。

「魔導国の食料品が王都に蓄えられている状況は良くない。販売価格は魔導国の匙加減で決まるそうだからな。王国が凶作になった途端に値を吊り上げるに決まっている。最悪なのは、そんな見え見えの罠を楽観視して、耕地を単価の高い作物の栽培にシフトしている領主が少なからずいるってことだ。いざとなったら、ちょっと高くても魔導国から買えば当座の飢えはしのげるってな」

この派閥にはそういう思考をしている領主が幾人もいたのだ。それがどれだけ不味いことか遠まわしに説得してみたものの、自分ぐらいは大丈夫だろうという態度が透けて見えた。きっと彼らはそれを実行することだろう。

「……あの戦争で働き手が失われた。少なくなったマンパワーをどこに割り当てるか、と考えれば目先の利益を追求してしまう気持ちは分かる」

少ない利益よりは大きな利益を求めるのは人として——上に立つ者として当然だ。

「だからと言って魔導国の輸送中の農作物を奪おうと考えるなんて頭がおかしいだろ。どんな馬鹿だって、魔導国の旗を掲げた荷馬車を襲えばそれはあの国に対する宣戦布告となり、苛烈な報復が来ると理解できるはずじゃないか。にも関わらず、あれは——待て？　これは嵌められたか？」

上手く利用された、という線はあるかもしれない。ただし、どういう狙いがあの男にあるのか、が分からない。そうなると、やはりあちらの提案を呑んだのは間違っていなかったかもしれない。

「いや、考え過ぎじゃねーか？　単にあいつが馬鹿だから何も考えずに提案してきただけだろう？」

「おいおいおい」ヴィアネは苦笑する。「荷馬車を襲った後のことも考慮しない——そこまでの馬鹿が本当にいると思っているのか？」

「確かに……言われてみりゃあ……」

幾らなんでも貴族としての基本も理解もしてないような、そんな馬鹿が貴族家を継げるはずがない。ならば、フィリップは何かを狙っているはずだ。その狙いはどこにあるのか。

「シュグネウスに言っておいた方が良いんじゃねぇか？」

「——いや、言わないでくれ」

——ヒルマ・シュグネウス。

この派閥を作るために尽力した女。ある伯爵の愛人だなどという噂は前からあったが、噂される伯爵にはこの派閥を作るメリットがない。そうなるとこれだけの潤沢な資金やコネクションなどはどこから出てきたのかという疑問が残る。

あの女の後ろに隠れているのは個人ではなく組織だろう。この王国内であれだけの力を持つ組織といえば、消去法で姿が見えてくる。

八本指。

この王国の裏の世界を支配する犯罪結社。

だとするとヒルマは使い捨ての人形なのか。

いや、違うだろうとヴィアネは感じている。

幾度か言葉を交わしたことがあるが、決して使い捨て要員には思えなかった。

恐らくではあるが上位の人間だ。そんな人物が派閥に根付いているという状況には不安が大きい。もちろん、貴族の中には後ろ暗い組織を通じて力をつけた者もいるようだが、ヴィアネとしては非合法組織と深い関係を築きたくはない。

上手く利用して如才ない立ち回りができると思えるほど、二人は自分を過大評価していないからだ。

「なんでだ？　……また何か難しいこと考えてるみてえだけど、そろそろ聞かせてくれよ。あいつの話に乗ったらやべえのは俺でもわかる。おめぇの領地で魔導国の馬車を襲うんだぞ？　骨野郎が黙ってるはずはねえ。あいつの首はもちろん、おめぇの首も寄越せって言うに決まってる」

その通りだ。イーグの言っていることは全面的に正しい。しかしながら一つ思うところがあって、その危険を理解したうえで同意したのだ。

「そこがあのバカの狙いなのかもしれない。俺たちだけに罪を着せて、自分は奪った荷物をどさくさに紛れて懐に入れるつもりとかな。だからそれを逆手に取ったらどうだ？　俺たちが領内を見回っていたら、野盗の群れ——それも魔導国の荷馬車を襲っている奴らを発見。それを撃退する。俺たちの手で始末するのは重要だ」

　自分のところの荷馬車が襲われたら、その襲撃部隊を始末したからと言ってそれで終わりにする貴族はそうはいないだろう。それが国家であればなおさらだ。苛烈な報復に出たとしてもおかしくない。だからこそ自分たちがそれに参加したという証拠は残らないようにするべきだし、自領で起きた事件を解決しようとしたという免罪符は絶対に必要だ。

「どうだ？　魔導国に恩を売れる良い手だろ？　関与を疑われても俺たちは輸送隊を助けるのに協力したと言い訳ができる。実行犯を確実に殺せば——死者は何も語らない、ってな」

「それはその後にこう続くぞ。しかしながら神に仕えし神官は死者を蘇《よみがえ》らす。ゆえに神官には隠し事をしても無駄だ、ってな」

「……死者を蘇らせることのできる神官が魔導国にいると思うか？　アンデッドが大手を振って街を歩き、命ある民を苦しめているという噂の？」

「いねぇ、だろうなぁ」

　イーグが言い、同じ意見だとヴィアネは笑う。

「あの男の意図は別にして、魔導国の馬車を襲うというアイデアそのものは利用できる。襲撃に成功しようと――するとは思ってないが、失敗しようと、また襲撃されるのではという警戒心を魔導国に抱かせ、魔導国が王国の商人に農作物を預けるのを止めるようになるかもしれない。そうなればこの派閥内の馬鹿たちの目も覚めて、もう少し地に足が着いた計画を立てるようになるだろうさ。それに――」ヴィアネは酷薄に笑う。「あの男はどちらに転んでも始末できる」

「あれにそこまでする価値はあんのか？　俺たちが危険を冒さにゃならんほどの？」

「あいつ自体にはない。しかし、あれの後ろにいるシュグネウスの手を一手でも潰しておく必要がある。シュグネウスの目的は間違いなくあの馬鹿という神輿《みこし》を担いで、この派閥を利用することだろ。裏組織が世間の表に出るためにな。そうじゃなければここまで金を出す理由が分からない」

　王派閥も貴族派閥もかつての力はもうない。ならばこの第三の派閥を自由に使えるようになれば、王国において恐るべき権力を握ることができるだろう。つまり八本指は王国の裏と表を支配できるようになるということだ。

「ここを腰掛ぐらいにしか思ってないってのに、おめぇはほんとよく考えるよ」

　イーグの言うとおりだ。こんなこと、一貴族、それも最下位の男爵風情が考えることではないだろう。無論、男爵と言ってもそれぞれで、より上位の貴族に匹敵するほどの大きな領地を持っている者もいるのは事実だ。しかし、残念ながら二人とも男爵に相応しいだけの領地しか持っていない、王国によくいる男爵の一人にすぎなかった。

　そんな王派閥にも貴族派閥にもコネクションがない一貴族が努力するのも、自領をより良い場所にしたいからだ。そのためにはやはり王国が少しでも良い国になってくれないと難しい。

　これは貴族としての考えだけではない。個人としての目的もある。

　今よりも裕福になりたいし、幸せになりたい。

　だからこそ少しでも有利になれるように立ち回る。

「この派閥よりももっと良い派閥に行くにしても、実績やコネなどは作っておく必要がある。違うか？」

「違わねぇ、さ」

　既に完成している派閥にはないチャンスを得ようと、ここに来た。しかし、あんな馬鹿を派閥の長に据えようとする八本指などが見え隠れするような派閥に来たのは、失敗だったかもしれない。

「ところでよ、これが切っ掛けになって、魔導国が戦争を仕掛けてくるってことはねぇか？」

　ヴィアネは少し考え、首を横に振る。

「ないだろ。あんな馬鹿の計画が成功するわけがないし、そこまで簡単に全面戦争にはなったりはしないはずだ。魔導国は一つしか都市のない国だ。王国全土を支配するだけの人的資源には乏しい。アンデッドを使ってるらしいが、単純な肉体労働だ。国の管理は無理さ。万が一戦争になれば魔導国に近い王国領を分割するような話になるかもしれないが……俺たちみたいな遠方の貴族にはそんなに影響はないだろうさ。——さて」

　握り拳を持ち上げると、イーグも同じようにしてぶつけてきた。

「やるぞ！」
「おうよ！」

2

デルヴィ男爵領の街道。昨日から兵士を連れて移動を開始したフィリップは、この領内で一晩野営した後、ようやく目的地――襲撃地点までやってきた。事前情報によれば、今日の昼頃にはこの辺りを魔導国の荷馬車隊が通るという。

フィリップは己の前に整列した兵士たちを、馬上から見下ろす。

自分の指揮する兵士――村人たち。

動員したのは全部で五十人。

領内の各所に労役《ろうえき》を要求したがあまり人は集まらなかった。村々から返ってきた答えは、既に労役は終わっているというものだった。

はっきり言えば不愉快だった。

今後の領内のために――領内の全ての者たちが幸せになるために今回の計画を立てた。そして得られる戦利品も膨大なはずであり、それを殆ど配ってよいとも考えていたし、提案もした。にもかかわらず協力しないという。

あまりにも愚劣である。

何が利益になるのか分からぬ、知恵なき者たち。いや、だからこそ知者である自分が支配し、導いて行かなくてはならない。

そう自分を納得させようと努めたが、やはり無理解な者たちへの怒りは大きかった。強制的に労役を課すことも考えたが、半分死んだような父親が激怒するのは間違いない。

なので、ヒルマから借りている金銭で前払いすることにした。

そうして何とかかき集めた五十人だが、働き盛りを遥か昔に過ぎた者や、明らかに貧弱な体格の者、粋がってよその村の人間に喧嘩を吹っ掛ける協調性皆無な者などが多いように思える。

はっきり言えば村の中でもお荷物になるような人間ばかりで、支払いに見合った人材には見えない。

とはいっても、兵士たちの視線を浴びていると、何とも言えない高揚感に心が震える。

自分の——謳《うた》われるべき英雄譚《えいゆうたん》がここから始まるような予感を覚える。

いや、事実、始まるのだ。

領地は広がり、地位は上がり、栄光が降り注ぐ世界に躍り出る。

この王国内で誰も出来なかった最初の一撃を魔導国に与えるのだ。魔導国に対する牽制《けんせい》の一手を高く評価した王族は、相応の地位を与えることでフィリップに報いる。もしかしたら、あの美しい王女を娶るということにも――

「――それで坊ちゃん。本当に襲って大丈夫なんですか？」

夢想していたフィリップは高揚感に水を差された気持ちになりムッとして、口を開いた兵士を見る。

三十歳ぐらいの凡庸な男だ。薄汚れた服を着て、なぜか木の鍬《くわ》を持っている。鍬を持つぐらいなら棍棒でも――ないならその辺の棒でも持てよ、と言いたいところだが、武器を持って集合という指示に従った結果なのだろうか。

正直、棍棒すら持っていない村人たちが幾人もいて頭が痛い。しかしながらそれを除けばトータルの評価としてはみすぼらしい盗賊風であり、だからこそいい感じに相手を騙せるだろうとフィリップは思えた。

男の発言は周囲の同意を得たものらしく、視界内の兵士たちが「俺もそう思う」と言わんばかりに首を縦に振っている。

「問題ない。これは王国を救うための一手なのだ」

「いや、坊ちゃん。王国とかスケールの大きな話をされても困るよ。俺たちは縛り首になったりしませんよね？」

別の者が声を出せば、周囲の者たちも「そうだ」「そうだ」と口々に語り始めた。

あまりにも大義を見ることのできない発言に、フィリップはあきれ返る。いや――

（――こういう人間が多いからこそ俺みたいに才能を持った者が統率していく必要があるんだな。そもそもこの程度の考えしか持たない者が多いから俺の開墾計画に従わないんだな……）

「問題ない、と言っているだろう。俺の言葉が聞けないというのか？」

「……いや、そうはいいませんけどね」

　不平不満があるのが見て取れる。

　一人ぐらい見せしめとして斬り殺し、活を入れるべきかもしれないが、それではまるで自分にカリスマ性がない――危険を承知で働かせることが出来ないようで恥ずかしい。

　ならばどうすればよいか、と迷っていると馬蹄《ばてい》が力強く大地を蹴りつける音が聞こえた。振り向くと、二騎の騎兵がこちらに駆けてくるのが目に映る。騎乗する者はそれぞれが覆面をしており、目しか見えない。それでも誰なのかは分かる。

　二人とも少し離れたところに止まると、手招きをしてきた。

　何でこちらまで来ない、とかそっちがこっちに来るべきじゃないか、などと思うが、もしかすると周囲の者には聞かせられない話なのかもしれないということに思い当たる。

「ふん。仕方ない、な」

　それっぽい台詞を吐くと何となく格好が良い感じがして、フィリップはだらしなく顔を歪ませた。

　馬に乗ったフィリップはそのまま二人の元へ進む。一応、練習はしているので馬を歩かせるぐらいであればなんとかなる。

「男爵。準備の方はどうですか？」

顔を隠しているので分からないが、声と体格からこちらがデルヴィ男爵――ヴィアネだと分かる。

　しかし、男爵とは思えないみすぼらしい格好だ。

薄汚れた皮鎧を着けており、腰には剣を下げている。馬の体は張りがなく、農耕馬のようにさえ見えた。しかもそれはロキルレン男爵――イーグも同じだ。まるで同じ格好をしているし、馬も同じような有様だ。

　パトロンがいるフィリップとは違い、両男爵とも金がないのだろう。あの時もみすぼらしい衣服を着ているのを見たではないか、と思ったフィリップは、同時に面《おもて》に出てしまいそうになる優越感を必死に隠す。

（これでは、この哀れな二人の前で兵の戦意が低くて苛立つなど、無様なところを見せられないじゃないか。困ったものだ）

　上に立つ自分は下の者よりも優れたところをみせなくてはならない。フィリップは社会の模範となるように振る舞うべきなのだ。そして下の者はそうしたフィリップに従う必要がある。そうすれば世界はよく回るのだ。

「お二人だけなのですか？　兵の準備は？」

「無論、出来ています。なぁ？」

「その通り。私どもの兵はフィリップ殿の陣の左右に展開しています。鶴翼《かくよく》の陣ですな」

「おお！　鶴翼の陣ですか！」

フィリップもその陣形ぐらいは知っている。そんな有名な陣形を作るということが非常に嬉しい。何か物語の主人公になったような気持ちである。

「なので、危なくなったらすぐに左右に分かれて逃げてください。片方に全員が逃げられると敵が分散しないでしょうから、逃げる時はちゃんと分かれてください」

「分かりました。そこまでしつこく念を押さなくても大丈夫——」

「——誰がどちらに逃げるか最初に決めておかれた方が良いのではないですか？　戦闘の恐怖の中、上手く逃げるのは大変ですから。フィリップ殿も同じですよ。どちらに逃げてこられますか？」

負けることが確定しているようなしつこい念の押し方に少しイラッとしてくる。

「そんなに私が負けると思われているのですか？」

「いやいや、そうではないですよ、フィリップ殿。引いたと見せかけ、追ってきた者たちを殲滅《せんめつ》するという計略をお聞きになったことはないですか？」

「——あ、ああ、聞いたことがありますね」

なるほど、とフィリップは納得する。ただ、それを知らなかったと素直に認めるのは悔しいので、知ったかぶりをしておく。

「やはり御存じでしたね。そういうことです。計略です。逃げるのも計略の内という事です」

そういうことであれば——と、どちらに逃げるのが良いかを検討しようとしたフィリップは重要な情報がないことに気が付く。

「お答えする前に一つ質問があるのですが、そちらの兵の数を聞いていないのですが、何人ぐらいいるんでしょうか？」

「それぞれ七十五名ずつです」

同数ならどちらに逃げても同じと思うよりも先に、自分よりも多い兵数を集めていることにフィリップは驚く。しかしながらここが彼らの領地であるということを思いだし、そこまで大変ではないか、と納得する。兵を集めるだけなら簡単なのだ。問題はそれ以前のところにある。もしこれが自分の領地であれば、フィリップだって今の倍以上動員出来たことだろう。

「……それだけの数であれば全員で一度に攻めた方が良いのではないですか？　全部で二百もの数なのですから」

「それも一つの手だと思います。しかしながらフィリップ殿の兵で頭を押さえ、我々が左右から押し込むべきでしょう。それが鶴翼の陣じゃないですか」

「ああ、その通りでしたな！」

その通りだ。それをすっかり忘れていた。

ふぅとヴィアネが息を吐きだした。どんな表情をしているかは覆面のせいで見えない。

「ご納得頂いたようで何よりです。それで、どちらの方に——後退されますか？」

「そうですな。ならイーグ殿の方に逃げさせていただきましょう」

「では左翼に逃げてこられるということですね。了解しました。あとは先の作戦通りでお願いします。

それと、くれぐれも弓矢には警戒してください。流れ矢に当たって落馬、馬に踏み潰されて死亡——というのは戦場ではよくあることです」

「この鎧であれば馬に踏み潰されたとしても死んだりはしないですよ。これは有名な職人が作った上に、魔術師組合で魔法を付与してもらった逸品ですから」

フィリップの着ている全身鎧《フル・プレート》はヒルマからの贈り物だ。この鎧はさらに防御力を上げる魔法が込められており、フィリップの家にあった家宝の鎧よりも遥かに優れた能力を持っている。貰ったはいいものの今まで着る機会がなかったが、ついに初お披露目だ。

その辺の男爵ではこれほどの物は持てないだろう。そんな優越感が声に出ないように、フィリップは努力する。

「それでも注意はしてください。貴方が向こうに殺されたら終わり、なんですからね」

「その通り。フィリップ殿は大将、ですから」

「それだけ立派な鎧を着用しているとはいえ、下手なところを刺されれば危険だ。それに金属鎧がどれほど強固でも魔法に対しては無力である場合が多い。ゆめゆめ、注意を怠らないように。フィリップ殿は大将ですから」

くどいほど念を押してくるが、彼らの気持ちも分かる。大将が殺されればすべて終わりなのは事実だ。

この二人が自分をトップだと認めているということに、フィリップは笑みがこぼれてしまう。

「もちろん、分かっています」

「……それとフィリップ殿はどの辺に陣を構えられるおつもりですか？　先頭に立つのは流石に危険だから後方に控えられると思ってはいますが、退却するお時間がなさそうな場合——すぐに駆け付けられるように場所を教えておいてもらえると助かります」

うむ、うむ、とフィリップは心の中で同意する。

大将が危険に陥った場合、すぐさま馳せ参じるのが部下の役目。当然の質問に対し、その辺りの指示を出していなかった自分にあきれ返る。

（そんなこと普段の俺なら気が付いたはず。……俺も興奮しているんだろうな。これだけの規模の戦闘をするのは初めてだからな）

フィリップは少し唾を飲み込み、深呼吸を繰り返す。

「ど、どうしました？」

「あ、いや。ちょっと戦闘への熱を冷まそうと思いまして」

「……あー、なるほど。そういうことですか。……えっと、それでフィリップ殿は最初、どちらに待機される予定なのですか？」

「とりあえず——」

フィリップは左右を見渡す。

舗装された街道はなかなかに広く、馬車が二台すれ違えるほどだ。デルヴィ男爵領にとってこの街道は大切な収入源の一つらしい。

　街道の左右にはうっそうとした森が広がっている。ただ、山賊などが身を潜めておけないように少し離れたところまでは下生え程度だ。身を伏せることの出来そうな場所は全て刈り取られている。

　ここは管理された森で、豚などを放してどんぐりなどを食べさせるために作ったそうだ。そのため森からモンスターや野獣が出てくることを警戒する必要はない。

　ならば――

「森に伏せるのが妥当なところでしょう」

「でしょうな。ならば丁度良い場所があるんです。馬で逃げられるように下生えや飛び出した枝などを刈った道が。そこではどうでしょうか？」

「そんな場所が？」

「ええ。この場所をフィリップ殿が選ばれた際、こんなこともあろうかと用意しておいたんですよ」

　幾つかの候補の中から、ここを襲撃場所に選んだのはフィリップだ。ヴィアネとイーグに意見を求めたが、両者ともにフィリップに任せると言って意見はくれなかった。それから準備をしたのであれば大変だっただろう。

「それはありがたい」

「いえいえ。一番槍という危険な仕事をお任せするのですから。お互い様です。なぁ？」

「その通り！」

二人に案内される形で広場に向かう。確かにヴィアネの言う通りの場所だ。これなら馬に乗って走ってもなんとかなるだろう。

さらに話を詰めた後で二人と別れたフィリップは、そのまま歩いて皆の元へと戻る。

着ている全身鎧《フル・プレート》は非常に重く、汗が噴き出る。それにこんな場所だ。兜《かぶと》を被ったままでは転倒しかねない。

「ふぅふぅ」

荒い息を吐きつつ兜を脱いで小脇に抱える。懐からハンカチを取り出すと、それで乱暴に額を拭った。

失敗したとフィリップは思う。鎧の防御力を高めるのも重要だが、それと同じぐらい動きやすさも重要だ。鎧の軽量化などの魔化もあるらしい。次はそちらを望むべきだ。それとこういった鎧を着て運動しても汗をかいたりしないような何かが欲しい。

また王都に行ったらヒルマに言っておかなくては。

そう心のメモ帳に書き留めておきながら戻ると、兵たちが所在なさげに立っていた。

「待たせたな」

「――ぼっちゃん。あの覆面の男たちは誰なんですか？　まるで野盗みたいな格好じゃなかったですか。騙されてませんか？」

「それはない。ちゃんとしたこの国の貴族だ。それと格好のことは言わないでやれ。貴族の全員が全員、全身鎧《フル・プレート》などを持っているわけではないんだからな」

さらにカッツェ平野の戦争で当主格を失った家は、同時に先祖伝来の武具も失っていることが多い。フィリップの家のように全身鎧《フル・プレート》を失っていれば、それを買うのも大変だろう。

兵たちはあまり納得してない様子だが、別に無理に納得してもらう必要はない。

「よし！　荷馬車が来るまで待機！　来たら襲撃するんだ！」

返事がない。なのでフィリップはより声を張り上げる。

「分かったか‼」

「分かりました……」

不承不承ではあったが、幾人かから声が上がった。

満足は出来ないが、とりあえずはこれでよしとしよう。彼らだって初陣《ういじん》だ。最初からあれもこれもと求めるのも間違っている。

そんな彼らが立派な兵士になれるように、道を示してやれば良いのだ。

そうフィリップは考え、疲労した身体が欲するがまま地べたに座った。

•

リ・エスティーゼ王国の闇に存在する巨大犯罪組織〝八本指〟。

そこには八つの部門が存在する。その一つである密輸部門に所属するクリストフェル・オルソンはれっきとした商人の顔も持ち、王都から王国西方にかけてある程度の販路と力を持つ男だ。ゆえにかのヤルダバオト災厄の際に己の持つ倉庫から様々な物を奪われた経験を持つ男でもあった。

生じた莫大な損失は彼の商会にとって致命的というほどではないにせよ、かなりの時間と労力をかけなくては回収できないほどだった。そのため一部の資金を八本指から借り入れる必要があった。

商いをするなら、より多くの金で商いをした方が利益も大きくなる。当然、損失も大きくなる可能性があるが、堅い商いならばそれはさほど心配する必要はない。

ただ、八本指のようなところから資金を借り入れれば、餌食にされてしまう。八本指は損失を抱えた商人に、犯罪——密輸や麻薬の販売や運搬——などを強要したりするのだ。

こうした商人の転落は時折ある。

では既に転落しているクリストフェルの場合はどうか。

今回、クリストフェルは金を借りるために八本指の最高幹部連と顔を合わせることになった。これは非常に驚くべきことだ。クリストフェル自身は密輸部門に所属しているので、金銭の借り入れ先は上——密輸部門の幹部であり、その他の部門の幹部に会うことは普通あり得ない。

にもかかわらず最高幹部たちに面会することになったのは、彼の仕事ぶりを高く評価してくれているためなのか、あるいは彼が知りようもない理由によるものなのか。結局それは幹部たちとの話が終わってもわからないままだった。ただ、裏社会で恐れられる八本指の最高幹部たちが異様に優しく、親しげであったことが疑問だった。

勿論、裏社会の重鎮の好意など上辺《うわべ》のものでしかない可能性の方が高いが。

それともう一つ思ったことは、流石に組織のトップクラスともなると健康には十分に注意を払っているのだな、ということだ。少し痩せすぎではないかと気にもなったが、自分のように太っているよりは健康的だろう。

そんな彼らから、その場で仕事を言い渡された。

こうした仕事というのは、借金の額、人間としての価値、今後も八本指に利益を与えてくれる存在か、などを考え合わせて回ってくる。評価の高い者には安全な仕事が、そうでない者には危険の付きまとう仕事が。

そして、そんな彼に回ってきた仕事が——

「——魔導国の食料運搬か。安全かどうかという点に関しては謎が残るが、な」

「うん？　なんだ？　何か言ったか、旦那」

「ああ。気にしないでくれ。あくまでも独り言だよ」

隣に座っていた傭兵頭に答える。

屈強な男だ。

四十歳にもなり胴回りに十分な脂肪を蓄えているクリストフェルとは違い、若さと精悍《せいかん》さを兼ね備えた男だ。

年齢は二十代半ばと聞いていた。

鋼《はがね》のブレストプレートを着用し、その下には鎖着《チェインシャツ》だ。すぐ傍《そば》には顔全体を覆う兜が置いてある。

そこには使い込まれた痕跡のある剣も置かれていた。

彼こそが七台からなる魔導国の食料を運搬する荷馬車隊を警護するリーダーだ。

警備兵の総員は二十四名。全員が八本指の構成員として禄を食《は》む身で、クリストフェルと同じ密輸部門に所属する者たちだ。

八本指の兵を使う場合、いつもなら同じ部門の兵だったとしても金を払わなければならない。しかも同じ力量の傭兵よりも割高で。その代わり、口外できない内容の仕事であろうとも口封じする必要がないし、何より任務に忠実だ。

手におえない危険に遭遇した際、ただの傭兵ならこちらを見捨てて逃げ出すかもしれないが、彼らは死ぬ気になって殿《しんがり》を務めてくれる。これは当然、見捨てて逃げれば上のメンツを潰すことになり、逃げたところで捕まって殺されるためだ。

なので、クリストフェルのように信頼できる傭兵のコネがない場合は、八本指の人間を使うのは最適な選択肢なのかもしれない。だが、そもそも今回は彼らを選ぶ以外の選択肢はなかった。

彼らを使えというのが上からの命令だったからだ。

自由度がない代わりに無料という恩恵があったため、浮いた金でさらに傭兵を雇うこともできた。

ただ、それをすると彼らを信用していないと捉えられてもおかしくない。それに彼らを指定されたのだ。それ以外の傭兵を雇うということはもしかすると上の意志に背くことになるかもしれない。

そう考えたクリストフェルは、傭兵を追加で雇うことはしなかった。

それにクリストフェルに貸し出された警備兵たちはなかなか頼りになる者たちらしい。勿論、その能力がどの程度なのかまでは、戦士ではないクリストフェルには分からない。ただ――優秀だと上が太鼓判を押してくれたと知っているからそれで良いのだ。理由の如何にかかわらず、上位者に逆らうのは危険なのだから。

とはいえ、これだけの人数での旅が安全かどうかを考えれば、本当ならもっと腕の立つ者たちを回してほしかったのも事実だ。

八本指の暴力を担当する警備部門のトップ、かの六腕クラスを一人でも貸してくれれば最高だった。無論、それが叶わぬ願いだというのはよく知っている。

かつて八本指の中で戦闘能力最強とまで言われた、部門の長――ゼロを含め、六腕はヤルダバオト災厄の直前に行われた王族との抗争で死んでしまったという話だ。

信頼度の高い情報によると、黄金の姫に仕えるブレイン・アングラウスという戦士に敗北したそうだ。

あの六人を一人で倒すというのは流石に嘘くさいが、アダマンタイト級冒険者チーム〝蒼の薔薇〟も動いていたそうなので、クリストフェルは六対六の戦闘で勝負が付いたのだろうと考えていた。

警備部門の構成員の大多数も抗争の中で命を落としたらしく、今は八本指の各部門が自分たちの兵を集めて、減った戦力を補おうとしている状態であり、暗殺部門に所属していたはずの者たちまでが表に出てきている有様という話だ。

しかしながらこれによって、八本指内部の空気はヤルダバオトが出現する前よりも格段に良くなっている。

昔は組織内でも平然と対立などがあったため、変な横槍が入ることがあった。中には密輸品を運んでいる最中に他部門のタレこみで摘発された商人だっているくらいだ。

だが、今では上層部が気持ち悪いほど協力し合っている。

そのために商売の幅が広がり、一度で得られる——違法な——利益は大きくなったらしい。

「ふぁ」

傭兵頭の欠伸《あくび》と共に、ぶふぅと屁の音がした。生理現象なので仕方がないことだが詫びる言葉はない。

品のない行為だ。

クリストフェルは眉を顰《ひそ》める。自分の世界から引き戻される音としては最悪の類だ。

文句を言いたいところだが、王国西方にある港湾大都市リ・ロベルまでの往復の付き合いとなると、仲良くやって行きたいと考えるクリストフェルはその気持ちを抑えた。

ちなみにリ・ロベルから聖王国までは船が使われるため、そこからは海運商人の仕事となる。クリストフェルもよく知る人物でかなりの大物だ。そんな人間も八本指の一員だというのだから、驚きだ。

無論、お互いにメリットがあるから協力しているだけ、というのが彼の言い分だそうだが。

　とはいえ、少し心配なのも事実だ。

「余裕だな。襲われない自信はあるのか？」

「ん？　ああ、ひりつくような感じがないし、問題――ああ、感覚なんかあてにできない、って言いたげな感じだな。まぁ、その気持ちは分かるけど、あんただって商売をやっていてこれはいける、とか思ったことがないか？　逆になんだか嫌な予感がして避けてみたらその通りだった、とか」

「……確かにある」

「ほれみろ。積み重ねた経験が直感のように働くんだろうなー」

　傭兵頭は見た目に似合わぬのんびりした口調でそう言った。

「そういうものか」

「そういうもん。まぁ、魔導国の旗まで掲げているんだ。この荷馬車隊を襲ってくる奴はそれすら知らない無知な奴ら――所詮は村人上がりの野盗だろうさ。そんなのなら百人いようと俺たちなら簡単に全滅させられるね」

「村人上がりじゃなかったら？」

「傭兵くずれを心配しているのか？　大前提にあんだけ噂になった魔導国の旗を知らないってのがあるんだぜ？」男は肩を竦《すく》めた。「場数を踏んだ傭兵ってのは、意外と物を知ってるもんだ。それがない――周辺国の国旗すら知らないやつらなら全然怖くないね。……信じられない、って顔をしたけど、冷静に考えてみろよ。どこの貴族に喧嘩を売っているのか知らないと、やばい事態に巻き込まれることがあり得ると思わないか？」

「確かにそれはあるな……。興味本位の質問なんだが、どんな貴族に喧嘩を売ると不味いんだ？」

「そいつは──有名どころじゃレエブンとかボウロロープのところだな。あの辺は自分のところに強い兵隊を抱え込んでいるから、ぶつかったらやばいな。まぁ、両方ともあの戦争で大きな被害を受けたらしいから、今は昔ほど危険じゃないかもしれないが……油断はできないな。ブルムラシューも金の払いが良いから出来れば敵には回したくないし……まぁ、どこにしてもお偉い貴族さまの恨みは買いたくないな」

「君の後ろ盾はあの犯罪組織だぞ？　それでもかね？」

「あんたのバックにも、だろ？　俺があの辺と喧嘩したら──上は平然と切り捨ててくると思うけどな。あんたもそうだろ？」

「そうだな」

　二人で黙ってしまい、少しばかり暗い雰囲気が立ち込める。

　上の非情さを思い出したからだが、利益などを求めてそういう組織に属しているのだから仕方がないことだ。もしかしたらこんな組織とは関係を持たずに生きる道もあったかもしれないが、そうなったらここまでの大商人にはなれず、今も小さい商いを繰り返していたかもしれない。

　もし、という可能性は無数にあったが、そこに戻るための方法など何もないのだから、現状に満足するほかないのだろう。

「……とりあえず、安心だということだな？　理解した。なら不味いパターンはどんな時だ？」

「相手が火矢などを放って、この荷馬車隊を焼き払おうとした場合だな。奪うのではなく、焼こうとして来るということはもっと大規模な陰謀——国家レベルの問題に巻き込まれたと思っていいはずだ。もしくは対立組織の陰謀とか」

「八本指の対立組織……可能性はあるのか？」

「分からないな。対立組織でも魔導国の物資を燃やすとは思えないが、よほど証拠を残さない自信があれば可能性はあるぞ。個人的にはそれよりも王国、もしくは周辺国の国家的な陰謀とか計画とかで襲われる可能性の方が高いと思うが……」

「そこまで行くと心配してもしょうがないな」

「だろ？　とりあえず、今のところ旅は順調そのものだ。心配しないでどっしりとしていてくれよ」

馬車は森にさしかかったようだ。

それで大体の場所が分かる。

クリストフェルは脳内に地図を広げて確認し、予定通りに進んでいることに胸をなでおろす。魔導国がらみの仕事で失敗したらさぞかし恐ろしいことになるだろう。

今が昼ぐらいで、このまま森を抜けたところで、休憩を取る予定となっている。原生林とは違って、ここは人の手の入った森だ。抜けるまでにそこまで時間はかからないはずだ。

ガタガタと揺れる馬車の中、駆けてくる馬の蹄の音がした。それと同時に荷馬車がゆっくりと速度を落としていく。

ちらりと傭兵頭を窺って見ると、先ほどとは違う、険しい雰囲気があった。

「悪いな。ちょっと仕事みたいだ」

幌馬車に二人の男たちが顔を覗かせた。二人とも傭兵頭の配下の者だ。

「すいません、ボス！　こいつが、村人たちが大勢、森の中にいるのを見たそうなんです」

傭兵頭がクリストフェルに対し、こいつと言われた男を斥候として先行させていたと説明してくれた。

「……野盗がいたんじゃなくて、村人か？　どこでそれが分かった？」

「へい。まず武装です。武器も持ってなければ、鎧も着ていませんでした。武器の代わりに鍬を持っている者が多数いて……梶棒じゃなくて鍬、ですよ？」

「石でも武器にはなるが……鍬、を持っている？　それはありえないわな。いや鉄の鍬か？」

「じっくり眺めたわけではないので自信を持ってはいえませんけど、あれは木、だと思います」

話を横で聞いていたクリストフェルからすれば、それは畑仕事の帰りのようにしか思えなかった。というよりそれ以外に何があるだろうか。

「え？　本当に鍬なのか？　ブラフ……か？」

「そんな風には見えませんでしたがね……」

「だったら何人か送って追い散らすか？　警戒し過ぎかもしれんが……」

傭兵頭がそう呟く。

一応、思うところは言っておくべきだろう、と、聞こえるように独り言をつぶやいたはずだ。多分。

「すまない。そちらの仕事に口を挟んで申し訳ないのだが、私の意見を言わせてもらっても良いか？」

「ああ、構わない。建設的な意見であれば幾らでも欲しいところだ」

「ありがとう。まず、この森は人の手の入った——植林した森で、豚などを放し飼いにしたりもする。それらを集めに来たんじゃないか？　だとしたら、追い散らかせば豚泥棒と思われるかもしれないぞ？　我々は魔導国の旗を掲げているんだ。魔導国が豚泥棒を働いたなど勘違いされたりして噂が広まったなどしたら……かの国に知られたら面倒なことにならないか？」

ちっ、と傭兵頭が舌打ちをした。

今までこの旗を掲げることで安全などが保障された。途中の都市を通り抜ける際も優先的に、それも非常に礼儀正しく対応された。それが恩恵ならばこれは枷だ。魔導国の顔に泥を塗るような行動を取った場合、それは彼らに災いとなって降りかかってくる。

だからクリストフェルは今回の旅に、違法な——「ついでの荷物」を運んで商売しようともしていない。

「さっき、お前は大勢、と言っていたな？　大勢、というのは何人ぐらいのことだ？」

「ざっと、ですが。五十人ぐらいはいたような気がしました」

「農作業にしちゃ多い気もするが、あんたはどう思う？」

そう言われても、クリストフェルは親もまた商人であり、豚の飼育などはしたことがない。

「い、いや、私もそれが多いのか少ないのか分からないぞ？　流石に豚を捕まえるのに何人でやるかまでは知らないからな。それにもしかすると植林とか、伐採とかしたりするために来ているかもしれないし。あとは聞いた話では豚を使った採取とかもあるとかないとか……」

鍬などを持っていることから考えると、そちらの方が可能性は高いのではないだろうか。

「なら、この辺の貴族の評判というのはどうなんだ？　食い詰め者が大量に出るようなやり方をしてるか、聞いたことがあるかい？」

傭兵頭の問いかけに、クリストフェルはだぶついた首の肉をつまみながら答えた。

「いや、たまたま会ったことがあるが、若いのにしっかりした領主だった。領地の経営は地に足がついているし、貴族社会の常識や政治の駆け引きについて学んでくれれば、将来有望な人物だと思えたね」

王都にある、八本指の息がかかった酒場に酒類を納品した時に軽く話をしたことがある。

御用商人というわけではなかったので、今までこの街道を通って領内を抜けた時、商いはしなかったのだが、それを少し後悔するだけの将来性があると感じた。決してこの荷馬車を襲うために村人を動かしたりするタイプではない。そしてその時の印象からすれば五十人もの村人が食べられなくなり、隊商を襲うような領地運営をしているとは思えなかった。

かの八本指の幹部であるヒルマ・シュグネウスに紹介された男とは比較にもならないレベルだ。いや、あの男では下を探す方が難しい。

あの場所で与えられた屈辱を思いだし、クリストフェルはこめかみをひくつかせる。

「ボス、襲いかかってきたとしても武装もしてない村人五十人ぐらいなら軽く蹴散らせますよ」

「それが囮《おとり》で、周囲に兵士を伏せている可能性はないか？」

傭兵頭の発言に、二人の部下たちが顔を見合わせた。

「あり得ますね。周辺を調べますか？　その場合は少しお時間を頂きますが」

「念のためにそうしておこう」

「あまり時間がかかりすぎて、予定を大幅に狂わせるのは勘弁してもらいたい。どこかで取り戻すにしても強行軍は避けたいしな」

「分かった。それじゃ、軽く見て回れ。急げよ」

斥候は頷くとそのまま走り去った。

それから十分ほどで戻ってきた斥候は、五十名以外に伏せている様子はないと報告した。

やはり何かの農業作業中なのだろうと結論付けて移動を開始したのだが、再び馬車が止まったのは五分もしない頃だった。

「……旦那。悪いな。ちょっと来てもらっていいか？　村人たちが道を塞いでいるらしいんだ。殺気立っているなら突っ込んで追い払うんだが、なんか奴らも及び腰というか、やる気がないというか。

つまり……雰囲気が変なんだよ。なので、ちょっと一緒に来て欲しい。勿論、安全には十分に注意を払うぜ。盾持ちを用意するからその後ろから話してもらっても良いか？」

傭兵頭の頼み事は正直断りたいところだ。腕に自信がないし、今までの人生で直接的な暴力沙汰とは縁がなかった。

ただ、この状況では行かざるを得ないだろう。ここで何かもめ事を起こし、この街道が使えなくなったりしたら、将来の自分だけではなく、商会を継ぐ子供たちにまで迷惑がかかる。

「……そうだな。行こうか」

クリストフェルは傭兵頭と一緒に荷馬車を降り、隊列の先頭に向かう。タワーシールドと言われる大きな盾を持った傭兵が一緒についてきて、その盾に体を半分は隠して交渉に参加してほしいということだ。

それ以外にも脅し用のハルバードをこれ見よがしに持った傭兵。更には森に身を伏せながら弓矢を持った傭兵たちも後ろからついてきている。勿論、傭兵頭もすぐ横だ。何かの時には彼の指示に従うように、と言われている。

両脇を森に挟まれた街道の先に、話で聞いていた村人たちの姿があった。

どう見ても野良仕事帰りの村人たちだ。

しかし、それなら何故、ここで立ち止まり邪魔をするのか。

そんな疑問が面に出たのだろう。傭兵頭がボソボソと語りかけてくる。

「な、分からないだろ？　もし襲うつもりだったら左右に分かれて森に伏せるなどの手が色々と取れるはずだ。何も堂々と街道に姿を見せる必要はない。どんな馬鹿な奴が指揮を執ったってそうするはずだ」

「示威《じい》行為では？」

「示威？　あの格好で？　あの人数で？　それは流石に俺たちを馬鹿にしているとしか思えないぞ？　旦那はその程度の傭兵しか雇ったことがなかったのか？」

　確かにその通りだ。

　言い返せずに、クリストフェルは村人たちと対峙《たいじ》する。とはいっても十分な距離は取っているし、前には傭兵たちが並んでいる。

「私は輸送の依頼を受けた、ただの商人だ。貴族への嘆願か何かで道をふさいでいるなら、我々は無関係だ。道を開けてほしい。このままでは自衛のためには剣を抜かざるを得ない」

　村人たちに語りかけると、森から男が姿を見せた。

見事な全身鎧《フル・プレート》に身を包んだ男だ。兜を外しているので、その顔がはっきりと分かる。

　クリストフェルには見覚えのある男だ。

「王国の将来のためにも残念だが通すわけにはいかない！」

「……は？」

　クリストフェルは思わず言葉をもらした。声は彼だけではなく周囲の傭兵たちからも上がる。

「……なるほど。何か勘違いしているようですが、我々は聖王国に食料を支援するという魔導国の考えに従って食料を運んでいるだけです」

「分かっていりゅる！　ん！　分かっている！　だからこそだ！」

こいつは何を言っているんだ、というよりどういう思考を経ると、そういうことになるんだ。

クリストフェルは心の底から困惑する。

いや――

（この不快な奴なら何を考えていてもどうでもいいか。第一、こいつの領土はこの辺じゃないはずだぞ？　なんでいるんだ？　グル、か？　しかし、ここの領主がこんな奴と組むか？）

まぁ、いい。とクリストフェルは考える。言質《げんち》は取ったし、相手が魔導国の邪魔をしたという言い訳は立つ。殺してしまっても王国と魔導国の問題にはならないはずだ。隣に立つ傭兵頭に殺害の指示を出そうとして、強い違和感を抱く。

このフィリップという男はあのヒルマ・シュグネウスが後ろ盾となっている貴族だ。侮辱を浴び、笑顔の下に怒りを隠したクリストフェルに、あの男は愚かであるが利用価値があるので先程の侮辱は聞き流せ、と教えてくれたこともあった。

八本指の手駒として利用価値がある男を殺していいのだろうか。

常識で考えれば魔導国の旗を掲げた一団を一地方貴族が襲うはずがない。そんなことをすれば魔導国が激怒して、国と国の争いになるのは誰にだってわかる。いくら馬鹿な貴族でもそこまで考えなしに行動するはずがない。

ならば――この男がこんな行動をとるのには何らかの理由があるはずだ。

（第一、野盗として積み荷を狙うのだとしたら、あの男が顔を隠していない理由が分からない）

どんな馬鹿だってばれないように顔を隠すはずだ。全身鎧《フル・プレート》を着用している以上、顔を完全に隠す兜だって持っているはず。だとすると――

（我々に顔を、フィリップという男の顔を見せるのが目的なのか？　そんなことを――あ！）

その瞬間、クリストフェルは幻術という魔法が存在するということを思い出す。

（それだ！　幻術だ！　フィリップという男に罪を着せるために幻術で顔を作り、それを晒しているんだ。もしかするとあの村人たちも村人ではないかもしれない……）

一部の隙もない完璧な推測だ。

では――

「つ、つまり、この魔導国より依頼された食料が欲しい、奪うということなのですか？」

「お、おい？　どうした旦那？」

隣の傭兵頭が困惑したように自分に問いかけてくる。それはそうだろう。こいつらを殺せという指示が出ると考えていた彼からすれば、まるで依頼人が狂ったように思えるはずだ。

「その通りだ！　その食料は我々が有効活用する！」

自慢げに仮称フィリップが答える。

（頭悪い事言っているなぁ。……言ってる本人もなんでこんなことアホなことを言っているんだろうとか思っているんだろうな。だが……）

　これが誰の書いた脚本なのか。まず考えられるのは、先ほど傭兵頭との会話に出てきた、八本指の敵対組織。次に考えられるのが八本指の幹部たち。

　前者なら全力でここを突破する必要がある。八本指が最も厳しい罰を与えるのは裏切り者に対して、その次が失敗した者に対してだ。しかしそうなると、相手もクリストフェルたちを撃破しうる戦力を整えておくべきであり、偽装だろうが何だろうが鍬を持った農民を用意するのは理屈に合わない。

　となれば後者であると考えた方が自然なのだが、そうなると厄介なケースと、実に厄介なケースが考えられる。つまり八本指の幹部はやはり一枚板ではなく、いつもの横槍が入ったのか、あるいは幹部全員の総意なのかということだ。

（——切り捨てられた？　それともフィリップという「王国の貴族」を殺すという事実を押し付けられた？　……既に本人は始末されているんだろうな）

　だとしたら最善の行動は何だろう。

「おい、旦那？　どうしたんだ？　怯えているのか？　あんなの簡単に蹴散らせるぞ？　あの貴族風の奴も確かに鎧は良い物っぽいが、腕は大したことがなさそうだ」

　傭兵頭が声を落とし囁いてくる。しかし、それどころではない。邪魔をしないでほしいところだ。

「——待て。ちょっと待ってくれ」

フィリップを殺す役目を押し付けられたとするなら、なぜ、それを前もって教えてくれなかったのかという疑問が残る。教えておいてくれれば、こんなに頭を悩ませずに野盗として問題なくすぐに処分したはずだ。

では、魔導国の依頼を受けた荷馬車隊が王国の貴族を殺したという事実でもって、王国と魔導国を戦争状態に持っていくという策略か？　と考えるが頭を傾げてしまう。

今の状況では王国の商人が自衛として王国貴族を殺したというだけで終わりだろう。

これで戦争を起こすのは少し無理がある。勿論、仕掛ける理由さえ作れればそれで構わないという者がそれなりにいることは、裏社会に繋がりがあるクリストフェルにはよく分かる。簡単なことで人を殺そうとする者だっているのだから。しかし国家としてそういった行動に出るとは考えにくい。

（……ならばもう一つの可能性。上では何か話が通っているが、俺まで話が来てないとか、勘違いしているとか？　ここにいる全員を皆殺しにして、情報が漏れないようにする自信があるというパターンは幾らなんでもないだろうからな）

ケアレスミスというのはなくならない。なので、ないとは言い切れないはずだ。だとしたらどういった選択肢が最良なのか。

勝手なことをしたら処分されるかもしれない。それを避けるためには、最悪でも何らかの言い訳が出来るように――責任を転嫁できるように動くべきだ。

（あのフィリップというのを殺すのは最悪だ。殺したらどうしようもなくなる。シュグネウス様の怒りを買うかもしれないし、そうなると……）

「……荷物を置いて……立ち去る。そうすれば追わないか？」

「は？」

隣で傭兵頭が困惑した声を出すが、クリストフェルは努めて無視する。

「無論だ！　王国の商人を傷つける意図はない！」

直接じゃなくても間接的に傷つけられているんだけどな、とクリストフェルは心の中で憎々しげに思うが、それは顔には出さない。

「おい、おい、おい？　本気か？　本気なのか？　どうしたんだ？　何があったんだ？　魔法でも食らったのか？　それとも俺には見えない軍勢でも旦那には見えているのか？」

「雇い主の命令だぞ。すぐに逃げる準備を始めてくれ」

傭兵頭が目を白黒させ、しばらく黙る。おそらくは魔法を受けている可能性や自分の立場や将来を考えているのだろう。やがてまるで納得していないのを表明するかのように、「分かった」と一言だけ呟いた。

クリストフェルは傭兵頭たちに守られながら後退する。

食料はこれで奪われた。しかし、何をどれだけ積んでいたかは分かる。最悪、食料は買い直して、聖王国に送れば問題はないはずだ。ここにある食料でなければダメということはないだろう。

待っているはずの海運商人には謝罪しなくてはならないが、とりあえずまずは王都に戻って、シュグネウス様を問いただすのが先決だ。

　クリストフェルは心の底から面倒なことになったとぼやく。

•

　商人たちはどちらが正しいのか理解できたのか、剣を執ることなく引き下がった。

　そして戦利品として荷馬車が複数台。

　中をのぞいてみれば樽や木箱が積み重なり、どれにも食料がみっしりと詰まっていた。保存が利く物ばかりで鮮度などは望むべくもないが、食べる分には何も問題はない。

　ただ残念なのはこれだけ物があるのに、どれもが食料ということ。

　フィリップが自らの成し遂げた偉業の記念に取っておきたいと思っても、流石に農作物を取っておくわけにはいかない。

（鎧とか剣があれば、それを記念の品にするんだが……。やはりあの男たちが持っていた武器も要求するべきだったか？）

　唯一、戦利品として残せそうな荷馬車をフィリップは観察する。

　馬は持っていかれてしまった。動かすことが出来なくなるので、勿論、馬も置いていくように命令はしたが、傭兵の頭と思われる人物が断ってきたのだ。

しかもそのタイミングでフィリップの近くの木に矢を射た。

フィリップとしては悔しかったが引くほかなかった。

（全身鎧《フル・プレート》を着ている俺は安全かもしれないが、兵士どもは違うからな。ふふ。あいつらのことを思って、得られる利益を失うとは慈悲深いじゃないか。まぁ、ここまで完璧に——誰一人として傷つかず、血が流れることなく綺麗に終わったのだ。ならば最後までそうありたいしな）

フィリップは戦利品を見渡し、置き去りにされた魔導国の旗に目をつける。

（これは記念になるな。カッツェ平野の戦いにおいて王国の軍勢二十万を撃退した魔導国の旗を奪ったのは俺が初めてだろう！）

うむ、うむ、とフィリップは頷く。

心の底から湧き上がる歓喜に抑えようとしてもついついにやけてしまう。

完璧な結果が自分に相応しく——自分が思っていた通りに優れた能力を持っていたということが嬉しい。

自分の優秀さの結果がここにある。

幾枚もあるのだから一枚ぐらいは良いだろうと、旗を地面に落とし、それを踏《ふ》み躙《にじ》る。

魔導国の国旗が土に汚れていく姿に強い興奮を感じる。こんなことは王国の誰にも出来なかったはずだ。

そう。誰にもできなかったことをフィリップはなしとげたのだ。

（見ろ！　やはり俺は出来そこないではない！　兄よりも、父よりも——王国の誰よりも！　俺の方が上なんだ！）

「あ、あの、坊ちゃん。本当にこれは貰っていい物なんですか？　それにここに残っていていいんですか？」

荷馬車を見て回っていた村人の一人が恐る恐る聞いてくる。喜びに水を差され、不機嫌さを少しも隠さずフィリップは問い返す。

「……何を言っているんだ？」

「いや、ほら、あの、逃げて行った人たちが兵士の方々を連れて戻ってきたりしませんかね？」

「なんだ？　あの商人たちを殺しておけばよかった、とでも言いたいのか？」

「い、いえ！　そんなことじゃないですよ！　殺すなんてとんでもない」

「それじゃ、なんだというんだ？」

「あのー、坊ちゃん。これ、どうするんですか？　持って帰るならどうやって持って帰ります？」

別の村人が声をかけてくる。それはフィリップも悩むところだ。

「どうするかな……」

五十人全員に無理して背負わせたとしても、ここにある多くの戦利品を運びきるには到底追いつかない。それに荷馬車自体も立派な幌のついた良品で、売ればそこそこの値がつくだろうし、そのままフィリップが使うにしても申し分ない。

ただ、これを人力で引っ張っていくのはかなり大変――かなりどころではない重労働。

フィリップが迷い悩んでいると、下生えを踏み分け走ってくる音が聞こえた。見れば二人の覆面の姿がある。

「フィリップ殿！」

声はヴィアネのものだが、その装備は先ほど来た時の物とはがらりと変わっていた。あの薄汚れた皮鎧の代わりにしっかりとした胸当てを着け、腰には剣を下げている。なぜ装備を変えたのか、少しだけ疑問が頭をよぎるが、それ以上に戦果を見てほしいという気持ちの方が強い。

「おお！　お二人とも！　さぁ、こちらへ来て――我々が手にしたものを見てください！」

「これは……一体、何があったのか……」

その場に立ち止まったまま、周囲を見渡しつつ不思議なことをヴィアネが言う。荷馬車が鎮座していることに何か疑問があるのだろうか。普通に戦って奪い取った以外の――そこまで考えた時、彼が何に疑問を抱いているか分かったような気がした。

そのフィリップの考えを肯定するようにイーグが口を開く。

「……その通り。見ればフィリップ殿の兵は誰一人怪我をしてない様子。地面にも――空気にも血の気配はなし。これはどのような戦術を取られたのか？　何か特別なマジックアイテムでもお持ちだったのか？」

魔法的手腕という意味であればそうだが、イーグの言いたいことはそうではないだろう。

「そのようなことはしてませんよ。流石にこれだけの人数を集めれば相手も死ぬ気で戦う気にはなれなかったということでしょう。……いや、もしかするとあの商人も魔導国に使われているのが嫌だったのかもしれませんね」

二人が顔を見合わせている。その顔は覆面で隠されているので、どのような表情をしているかは分からない。

「さて、それで――これらはどのように分配しましょうか」

正直に言うと、この戦果は全てフィリップの手腕によるものであり、後ろで見ていただけの二人に分けるというのは少々業腹《ごうはら》だ。しかしながら全てを独り占めすれば流石に不快に思うだろう。彼らだって自領の村人たちを動員しているのだから。八割をフィリップ、残りを二人というのが妥当な線だろうか。

（村人を動員しただけで一割ずつもらえるのだから嫌とは言わないだろう）

「ああ、それには及びません。私どもは何もしていませんので、それらを分けてもらうのは心苦しいです。全てフィリップ殿がお持ちください。異論なんかないだろ？」

「その通り。フィリップ殿が全て持ち帰ってください。その荷馬車も」

フィリップとしてもそう遠慮されるとなんとなく罪悪感を抱く。村は小さいから無理だと言われて泊めてはくれなかったが、この森の近くに天幕を張って、食料を準備してもらった恩がある。ここで返しておくべきだろう。

「いいえ、我々は協力し合った仲ではありませんか。些少ですが置いていきますので、お使いください」

「いや、本当に結構です、フィリップ殿」

スパンとヴィアネが強く言い切る。迷いなど微塵《みじん》も見せない返答だった。

「これは全て全てフィリップ殿がなし得た事。我々にも貴族の矜持《きょうじ》というものがあります。これらを受け取ることはできません」

「左様ですか？」

「はい」と二人とも返事をした。強固な意志を覆《くつがえ》すことは難しそうだ。ならば仕方がないだろう。全てを自分のものに出来たフィリップは心の中で歓喜のダンスを踊る。

「そこまで仰るなら、あれは全て私がいただきます。それで――恥ずかしながら一つお願いがあるんですが、荷馬車を引くための馬を貸してくださいませんか？」

「馬ですか……」

「……どうする？」

「少し二人で相談したいので、お待ちください」

その場から少し離れた二人は意見を交わしはじめたようだった。というのも十分な距離があるため、二人が本当に相談しているのかさえ分からないためだ。やがて二人の間で意見がまとまったのか、こちらに戻ってくる。

「馬は早急《さっきゅう》に貸し出します。軍用馬ではなく、農耕馬ですので、すぐに返してもらえますか？」

「感謝します」

「ああ、非常に大事なことですが、魔導国の旗は下ろした方が良いですよ。それと馬を連れてくるまでの間、この街道を使う旅人たちに見られないように、大変ですが荷馬車を森の方に移動させてもらえますか？」

「分かりました。そうさせてもらいますね」

二人はそれだけ言うと足早に去っていく。

すぐに後ろ姿は森に消えた。フィリップは再び荷馬車へと目をやった。

自分の勝利の証。

まるで自分の未来が燦々《さんさん》と煌《きら》めくようだった。

そしてフィリップの靴跡が残る、土に汚れた旗こそがかの国の行く末を暗示するかのようだった。

3

アインズはエ・ランテルの通りを堂々と歩く。

横にはモモン。

無論その正体はパンドラズ・アクターだ。

モモンの格好をしているため、全身鎧《フル・プレート》に包まれており、背中には二本の大剣を負っている。

その堂々たる歩き方は、讃えられるにふさわしい威厳に満ち、アインズが化けたモモンよりも遥かに英雄然としていた。正直、自分がモモンになった時とのギャップを市民たちが訝しく思いそうだから、もう少し情けなく歩いてほしいと思わなくもない。

もちろん、そんな事を口に出せるはずもないので、せめてその歩き方を盗んでやろうと時折、横目で観察をしているのだが、幸運なことにパンドラズ・アクターがそれに気が付いた様子はなかった。

そんな二人の後ろで周囲を警戒しつつ、しずしずと歩いているのはナーベ――ナーベラル・ガンマだ。三人の周囲には警護の者がいないように見えても、実のところハンゾウたちが身を隠して警護しているため、彼らより低位のナーベラルの努力は無意味だ。

しかしながら思い出してみるとアインズがモモンとしてエ・ランテルにいたときも彼女はこんな感じだったので、特に止めるようにという指示は出さなかった。

ちなみに三人は何かの目的があって都市内を練り歩いているのではない。

これは定例の行事なのだ。

モモン、そしてナーベを連れて歩くことで様々なことを周囲にアピールしている。アインズ付きメイドがこの場にいないのもそれに関係してだ。

狙いは幾つかあるが、その中でも最も重要なのは、今でもアインズとモモンは協力し合っているという事実を知らしめること。

だからこそナーベラルもいないと不味い。というのもモモンはいつも全身鎧《フル・プレート》の姿で、その下の素顔は誰にも分からない。そのためナーベラルを連れて歩かないと、「実はモモンは魔導王に殺されており、あの鎧を着ているのはアンデッドだ」という噂が立つ――実際立った。なのでそれを避けるためだ。

三人の姿を目にすると、全ての歩行者が道の端に寄る。まるで無人の野を行くようだ。

無論、これは魔導王が一緒にいるからだ。アインズがモモンの格好で歩いていてもこんなことはない。魔導国となってもう結構な時間が経っているにもかかわらず、いまだにアインズは恐れられているということだ。

そんな反応を示すのは人間だけではない。人間ほどではないが、亜人にもそういった姿を見せる者たちがいる。

というのも、エ・ランテルは人間しかいない都市ではなくなっており、人間に混じって亜人の姿もちらほらと見える。

視線を動かせば、通りに並んでいる商店の幾つか――数は非常に少ないが――には人間以外の種族の姿がある。これは店員、客、両方の意味で、だ。中には――たった一軒ではあったが――店主が亜人の店もあった。

かつてスラムと呼ばれた一帯を、アインズは亜人たちが住める区画へと作り変えた。そこでなら珍しい光景ではないが、今、アインズたちがいるのはエ・ランテル内の大通りの一つであり、元スラム街とはそれなりに離れている。

つまりそれだけ亜人たちがエ・ランテル内に進出しているということだ。

特に何をしたというわけではないが——頑張ったのはアルベドだ——これはアインズにとって誇れることと言える。種族間の融和が進みつつあるということなのだから。

（なら、より融和が進むような何か、を行いたいが……）

実のところ、一つだけアイデアがあった。元々アインズはエ・ランテル内に何か大きなイベントを起こしたいと考えていた。

観光客を呼び寄せ、外貨を稼ぐという狙いもある。ただ、それ以上にこの世界は思ったよりも祭り——イベントがない。そのため、少しつまらないと前々から思っていたのだ。

帝国のような闘技場も悪くないが、すでにあるものではなく、もっと別の何かを行いたい。

そんな皆が熱中できる新しいイベントを起こして、その中で他種族混合チームが活躍すればより種族間の融和は進むだろう。それに同じ趣味——話題を持っていると話は弾むものだ。

（野球やサッカーなどの球技がいいのか。それとももっと別のものが良いのか……）

何か参考になるものがあればと考えながら、アインズは亜人の店の主人である豚鬼《オーク》の姿を観察する。

店の中で客らしき人間と何事かを真剣——多分——な面持ちで話している。

おそらくあれはアインズが聖王国で出会った豚鬼《オーク》、もしくは憤怒の魔将に負ける形で荒野に向かったアインズがまとめ上げた中にいた豚鬼《オーク》なのだろう。それ以外の豚鬼《オーク》をエ・ランテルに招いた記憶はない。

しかしながらあの豚鬼《オーク》が誰か、ということになるとアインズにはさっぱり分からなかった。

支配下においた豚鬼《オーク》が大勢いたというのもあるが、それ以上に、人間的感性を持つアインズには、豚鬼《オーク》の見た目の区別は付かない。

これは他種族にも言える事で、ゼルンのメスのように、艶の違い——お前たちの視覚はどうなっているのだと突っ込みを入れそうになった——で個体が識別できるとか言われても、アインズには同じにしか見えなかった。

しかし見分けがつかないのはお互い様らしい。

豚鬼《オーク》からすると人間の容貌も見分けるのがなかなか難しいそうだ。

そのため髪の毛の長さや瞳の色などで特徴を摑むそうなのだが、幾度か小さな問題も起きている。似た人物——アインズからすればあまり似ていないが——と勘違いして、別人に約束したものを渡してしまった、などだ。

しかしながら魔導国は非常に治安のよい都市で、軽犯罪の件数も少なく、重犯罪などはめったに起こらない。法律が厳しいというわけではなく、死んだ後に自身の死体がアンデッドとなって使役されるのが嫌ということらしい。

そんなわけで、勘違いがあってもすぐに双方が許し合うため、大きな問題とはなっていなかった。

だからこそ豚鬼《オーク》でも人間相手の商売ができるのだろう。

「冒険者組合にも亜人たちが参加するようになってきたし、今後も様々な分野で亜人たちが活躍するようになるのだろうな」

ぽつりと呟けば、パンドラズ・アクターが追従する。

「アインズ様の仰られる通りでございましょう。亜人たちはアインズ様が創造されたアンデッドの兵を見て、兵士としての働き口が望み薄であることを悟っておりますれば、その能力を文化、生産、研究などの様々な分野に活かそうとしているようです」

現在は魔導国から「君の種族はこれに向いているからこの系統の仕事をしてね」と仕事を割り振っているが、様々な種族や文化に触れることで見聞を広め、自分はこれをしてみたいという欲求が、まだまだ小さな芽の状態ではあるが出てきているそうだ。

単純労働力をアンデッドで補っているというのも、こうした変化の要因となっているようだった。

「その辺りはアルベドがしっかりと管理をしていくことだろう。我々の手に余る技術の発展は阻止しないと不味いからな」

アインズたちは成長できない最強だ。だからこそ、成長できる弱者に負けないための備えは必要と言える。

その一つが言うまでもなく技術を発展させすぎない――弱者を弱者のままでいさせるということだ。

その反面、周囲の国家の技術力に負けてはいけないという縛りもあるのだから、そういった面倒な管理ができるのはアルベドぐらいだろう。

（そのためには周辺の情報、特に機密を集めることのできる諜報員が必要なんだが……その辺りは少し弱いな）

ナザリック内でポップしないモンスターを作り出すには二つの物が必要になる。そのシモベのデータとレベルに応じたユグドラシル金貨だ。

ナザリック内にある図書館には様々なモンスターのデータが本の形で存在するが、ユグドラシルにいた多様なモンスター全てのデータがあるわけではないし、持っているモンスターのデータにも数に限りがある。例えばハンゾウのデータはほとんど使ってしまったし、八肢刀の暗殺蟲《エイトエッジ・アサシン》のデータは図書館内にはない。

それに高位のシモベを作るには膨大な金貨が必要だ。

ならば弱いシモベでいいじゃないか、と言いたいところだが、そうすると潜入時などに発見される可能性が出てくる。

この周辺国家でモンスターを使っている国と言えば魔導国、と決めつけられても可笑しくないので、国家としての規模が小さい今は出来れば発見されないような高レベル帯のモンスターを使いたい。もしくは——

「——人間の隠密《おんみつ》か」

思わず思考が口から漏れだし、それを耳にしたナーベラルが後ろから声をかけてきた。

「アインズ様。そういえば諜報員の育成はどうなっているのですか？　私どもの方で唾をつけておきましょうか？」

アインズは声を落とし、答える。

「……ナーベよ。今のお前は人々の味方である英雄モモンの仲間、ナーベだ。立ち位置を忘れるな」

モモンとナーベはこの都市の住人を人質に取られて、アインズ・ウール・ゴウンに不承不承協力している身ということになっている。ただもう、十分に時間は経過しているので、魔導王に敬服したというロールプレイに移っても良いころかもしれない。とはいえ、その辺りはアルベドなどと相談して、シナリオを作ってからの方が安全だろう。それまではアインズに自分から提案するような発言は、ナザリック内でなら兎も角、外では避けてもらう必要がある。

「──申し訳ありません」

「許す」とは言えないなぁ、と思いつつ周囲を盗み見る。

こちらを注目している者たちは多い。そしてその表情には恐怖がある。これがナーベラルの発言を耳にしたからでないことを祈るだけだ。流石にバレたかもしれないという理由だけで民を抹殺などしていたら、今まで作りあげてきた「意外と話の通じるアンデッド」という評判がどこかに飛んで行ってしまう。

とはいえ──ナーベラルの質問に答えず、彼女がしょんぼりするだけに終わると言うのは可哀想だし、今後自分から提案をしない子になっては困る。なので、アインズは周囲に聞こえないように、ぼそぼそと答えておく。

「……ハンゾウを貸し出し、ティラを筆頭に鍛えさせている。正直に言えば、エイトエッジ・アサシン一体の方がはるかに優秀だが……まぁ、投資だな」

労力や金銭、時間に釣り合うだけのメリットを回収できない可能性の方が高い。しかしながら、もしかしたら――万に一つ以下の確率で回収できるかもしれない。この辺はルーンだってそうだし、それ以外の魔法技術もそうだ。

何が無駄になって、何が無駄にならないのか分からない以上、最低限の投資はしておいた方が良い。

話はそこで途切れてしまった。

そのまま三人は黙って暫く通りを歩く。

時折、デス・ナイト、デス・ウィザード、デス・ウォリアー、デス・プリースト、デス・アサシン各一体の計五体からなる街巡回チームとすれ違ったりもする。街中だというのに隊列をしっかり組んで、デス・アサシンが多少先行するという警戒態勢だが、これは別に街中が危険だというわけではなく、アンデッドなので最初の命令に従った隊列を維持しているだけのことだ。

ちなみにデス・アサシンは隠密系の能力は低く、致命的一撃《クリティカル・ヒット》率が高いというアタッカーだ。大したダメージではないと油断すると驚くほどのダメージを与えてきたりする。そんなアンデッドなので諜報員には向いていない。

これだけの数で隊列が組めるのは単純に余っているからだ。

（アンデッドを輸出しているけど、スケルトンとかの弱い奴がメインだからなぁ……）

当然、弱いアンデッドと強いアンデッドではレンタル料が変わってくるのだが、最も人気があるのは単純労働用だ。なので、安価な弱いアンデッドばかり貸し出されていく。ぶっちゃけアインズ社販売台数第一位はスケルトンだ。

そのため、デス・ナイトレベルのアンデッドはかなり余っている。

それでも、アンデッド作成を使わないで一日を終えるのは勿体ないので、毎日使い切るようにしている。このため、アインズがどうしようと頭を悩ませるほどアンデッドが余っているのは内緒だ。

（レンタル料を安くした場合、今後、その金額でないと借りてくれなくなりそうだから、単純な値引きはしたくはないし……。ポイントカードを作るとか？　帝国にはデス・キャバリエが結構貸し出されているから、今後は国の中枢に営業をかけていく方針で……しかし……）

アインズはちらりと隣のパンドラズ・アクターを窺う。

（無言で都市内を歩くのは気まずい。だけど、聞きたいことは特にないんだよなぁ）

ただ、仲が悪いと思われてはこうして歩いている意味がない。

「あー。ナーベ嬢」

パンドラズ・アクターに話しかけるのはどうもあれなので、ナーベラルを選択する。

「はっ！」

いや、そんな気合の入った返事をしなくても良いんだが、と思いながらも、アインズは何も言わない。彼女の行動はそこまで変なものではない。一応、モモンはアインズの部下的な位置づけなのだから。

「その、なんだ。ユリの孤児院はどうなっているか、見に行ったりはしているか？」

「いえ。しておりません」

すぱんと言い切る。

ユリと仲が悪いとかではなく、単純に興味がないのだろう。いや――

（――家族のような存在が働いている仕事場に興味ってわかないものか？　でも、ナーベラルならそんな反応が正しい気もするなぁ）

これがシズやエントマが働いている場所だったらもっと変わるのだろうか、などと思いつつ、アインズは肩を竦める。

「であれば見に行ってみるか？」

ユリに一切合財《いっさいがっさい》を任せているので、孤児院の内情などをアインズは詳しく知らない。勿論、計画書はアインズのところまで上がってきており、眺めてはいるはずだが、脳みその入っていない頭の中には欠片も残っていない。

孤児院での出費なども定期的に報告されているのだろうが、アルベドに全てを任せる気持ちでいたので、報告書は読んでいるふりだからだ。

英才教育などと謳っていたが、魔導国では平民全てに教育を施そうなどという酔狂な考えは持っていない。教育を与えることによって技術や文化は発展する。しかし、それはやはり弱者を強化することにもつながる。才人を見逃し、農民で一生を終わらせるということにもなってしまうが、ナザリックの平和こそ最優先だ。

「悪くないと思います」

パンドラズ・アクターの賛同を得て、三人はナーベラルを先頭に進路を変更する。

だが二分もしないうちに、アインズに〈伝言《メッセージ》〉が届く。

『――アインズ様』

「――エントマか。どうした」

歩きながらアインズは答え、同時に非常に嫌な予感を覚えた。

この一年。こうやって〈伝言《メッセージ》〉で呼び出された記憶はない。つまりこれは緊急事態が起きた可能性があるということ。

だが――アインズは不敵に笑う。

聖王国であれだけの無茶振りに応え、胃を痛くしたアインズからすれば大したことがない問題に違いないだろうと判断して、だ。

（あの地獄を乗り越えてしまった俺にやり過ごせない仕事などあるだろうか！）

ナザリックに至急帰還して欲しいという想像通りの要望を受け、すぐに行くと答えると、ナーベラルにメイドをナザリックまで連れてきてくれと頼む。その後、アインズは二人に別れを告げ、〈転移門《ゲート》〉を発動させる。これはアインズの周囲を警戒しているハンゾウを回収する目的のためだ。

そしてナザリックに帰還。

ここで後から〈転移門《ゲート》〉を抜けて来たハンゾウたちと別れ、出迎えてくれたソリュシャンからリング・オブ・アインズ・ウール・ゴウンを受け取り、その力で第十階層に転移。そこから歩いて目的の部屋まで移動する。

ナザリック内の、重要だったり、特別だったりする部屋にはタグが割り振られ、指輪の力で直接——目の前に転移することが可能だ。しかしながらそうではない部屋——元々が単なる部屋などにはタグが割り振られていないため、直通で行くことができない。

これだけがナザリック内を自在に転移することのできる指輪の唯一の弱点と言えるだろう。とはいえ、この機能を変えることはもはやできない。もしかするとユグドラシルのクリエイトツールがあれば出来るのかもしれないが、アインズは持っていないし、ナザリック内のどこにも存在していなかった。

目的の部屋の前にはアルベドが立っている。どうやらアインズを待っていたようだ。いつから待っていたのかを問うことはしない。その労苦をいたわるだけだ。

「——ご苦労」

「はっ！」

アルベドが深々と頭を下げるのを見ながら、アインズは心の中でため息を吐く。

すぐ行くとは言ったが、何分後に行くとまでは言っていない。そのため彼女を無意味に待たせていただろうと思うと申し訳ない気持ちになる。しかし、そうした思いを表には出さない。いや出せない。

かつて同じようなことは何度かあり、そのたびにアルベドに出迎えは不要だと言ったが彼女は頑として譲ろうとはしなかった。僕《シモベ》が主人の帰りを出迎えるのは当たり前のこと、と。

実際、同じようなことを各階層守護者のみならず領域守護者、はてはメイドにまで軽く投げかけてみたことがあるが、全員がアルベドと同じ答えを返してきた。メイドたちに至っては、その目を狂気に輝かせての返答であり、思わず後ずさりしながら謝ってしまいそうになるほどの覇気《はき》があった。

各員がそう考えているのなら、支配者アインズ・ウール・ゴウンは己一人だけの意見を呑み込むしかない。

アルベドが扉を開き、アインズを招く。

そんな立派な人間じゃないのに、と罪悪感を僅かに抱きつつもアインズは当然という態度で先にその部屋に入った。

シャルティア。

コキュートス。

アウラにマーレ。

そしてデミウルゴス。

部屋の中にはすでに各階層守護者が揃っており、全員片膝をついて部屋の奥にある黒鉄《くろがね》の光沢を放つ玉座へ頭を垂れている。

その後ろにはアインズ・ウール・ゴウン魔導国の国旗が掲げられている。

この部屋に集まるのはこれで全員のようだ。こういった集まりの場合、アインズが必ず最後に来るように手筈が整えられていた。よほどのことがない限り、アインズより後から来る者は誰もいない。

アインズは多忙な守護者たちをチラリと見る。

現在の各階層守護者は今までの業務に加え、ここ最近では更なる仕事も担当している。

ドラゴンを主とした飛行系モンスターを利用した空輸便によって、魔導国と帝国、ドワーフの国、聖王国東にある亜人たちの住む荒野などのネットワークを管理しているシャルティア。そのノウハウを活かして、今は陸送関係の交通網を確立する作業にも勤《いそ》しんでいる。

支配下に入った各地の天候操作、およびエ・ランテル近郊に作ったダンジョンの管理を行っているマーレ。新しく立ち上げた冒険者組合とも少し関係を持っている。

アンデッドを主とし、そこに多様な亜人種に人間を——少数ではあるが——加えた魔導国軍の運営管理、及び訓練に励んでいるコキュートス。

当初は己が支配している魔獣たちだけを使っていたが、それでは拡大する魔導国の支配領域の広大さに対応し切れなくなり、超広域警戒網の運営管理を行うための機関を作成している最中のアウラ。

諜報、情報機関を作るべくナザリック第七階層で業務に励んでいるデミウルゴス。

このように全体的に、各階層守護者の仕事量が膨大になってきた。

そのため、今までナザリック内の警備に当たらせているだけだった領域守護者やシモべなどに、これらの仕事を割り振る準備も始まっている。そして当然、それらをチェックし、請われればアイデアを出しつつ、魔導国の様々な業務の確認も行っている守護者統括アルベドはかなり忙しい。

ぶっちゃけ、一番暇なのはアインズだ。

日々、立派な支配者っぽく見える演技の練習を繰り返すのが仕事のようなものだ。はっきり言って肩身が狭い。

そんな忙しい彼らが全員揃うだけの重要な案件に呼び出されたということだ。

アインズは堂々と部屋を一直線に歩く。扉を閉めたアルベドがぴたりと後ろに付き従った。

そしてアインズは部屋に唯一置かれた椅子へと腰を掛けると、その前で片膝をついたアルベドが口を開く。

「アインズ様。各階層守護者、御身の前に揃いました」

揃うというか、最初からいたじゃん、などと言ったりはしない。言えるはずがない。

「――うむ。各階層守護者ご苦労。頭《こうべ》を上げよ」

「はっ！」

歯切れの良い返事と共に顔を上げる守護者たち。一糸乱れぬ統率された動きだ。

本来であればアルベドが許可を出したいらしいが、そればかりは止めた。上に立つ者は下の者に軽々しく声を聞かせるべきではないと言われても、そこまで隔絶されたくはない。

絶対の忠誠が漏れ出している各員の視線がアインズに向けられる。昔のアインズなら耐え切れなかったが、今の図太くなったアインズには何も問題はない。

（しかし……なぜなんだろう。気のせいかもしれないけど、昔よりも忠誠心が高まっているような……。いや……気のせい……だよな？）

忠誠心が高まるようなことをしている覚えがないアインズは、耐え切れなくなったわけではないが、各員から向けられる熱い視線を避け、部屋を軽く見渡す。

左右にはそれぞれ、入ってきたのとは違う扉があるが、ここ自体はそれほど大きくはない部屋だ。しかしながら見事な装飾が施されており、荘厳な雰囲気が漂っている。

ここはナザリック地下大墳墓内に作られた謁見室だ。ちなみにエ・ランテルにも同じものが作られている。

ナザリック内には歴《れっき》とした玉座の間があるが、あそこは少し広すぎて、人数を集めないとかなり寂しく感じられてしまう。大勢集めたら集めたで、ナザリックの最秘宝の一つ、世界級《ワールド》アイテムを軽々しく見せるのは不味いなどの理由もあり、地下大墳墓内に新たに謁見室を作ったのだ。

このナザリック地下大墳墓にあるものは全てかつてのギルドメンバーたちと作り上げたものだ。しかしながらこの謁見室はそうでなく、アインズの命令に従って各守護者たちが頭を悩ませ――本当に悩ませたかは知らないが――空き部屋を改装したものだ。

それが何となく嬉しい。

ギルドメンバーたちの作り上げたＮＰＣがＮＰＣとしての役目を離れ、まさに一人のプレイヤーとなっているのではないだろうか。

（子供というものは、いつかは親元から巣立つもの、か）

アインズは心の中で微笑む。

一人一人が誇らしい。

鈴木悟には子供はいなかった。ギルドメンバーの中でも子供を持っていた者は多くない。だから自信はないが――これは父性というやつなのではないだろうか。取り敢えず、母性ではないと思いたい。

少し感傷に浸ってしまったが、この場ではアインズが口火を切らないと何も始まらない。司会進行というわけではないが、アインズは口を開く。

「さて、アルベドよ。ここに全員を集めた理由を聞かせてもらおう。ナザリック――いや魔導国にとって重要な案件なのだろ？」

「はい。単刀直入に申し上げます。四日ほど前、聖王国に運搬途中の私どもの食料が王国内にて奪われました」

「ほう。……何者に？」

「王国の貴族です」

アインズは目の灯を瞬かせる。アルベドにしては歯切れが悪い。普段の彼女ならその貴族の名前や兵力、狙いを即座に聞かせてくれたはずだ。何か理由があるのだろう、と思いながらアインズは別の質問を投げかける。

「運搬を任せている八本指の息がかかった商人には警護の兵を付けているのではなかったのか？　それに我が国の旗まで掲げているという手筈だったな？　つまり――魔導国と正面切って戦うことを王国は選んだということなのか？」

　王国の態度からすると魔導国とは戦いたがらないと考えていたのだが、それは考え違いをしていたのだろうか。それともそれ自体が何らかの謀略なのか。そこでアインズは一つ気が付く。

「八本指が裏切ったという線もあるか」

「いえ、その……」

　言葉を濁しつつ、アルベドが目を伏せる。そしてちらっ、ちらっとアインズを盗み見るように視線を向けてきた。

　なんというか彼女がこんな態度を取るのは非常に珍しい。いや、もしかすると初めてかもしれない。まるでどこにでもいる怒られることに怯える小娘のようだ。今まで見せてきたナザリック地下大墳墓守護者統括の姿ではない。

「どうした、アルベド。何かあったのか？」

　堂々とした態度を崩さないように気をつけながらアインズの背中は嫌な汗に濡れた。無論、アインズは汗を流すことなどできないが。

もしかするとこれは何かアインズがミスをした結果ではないだろうか。そう考えるとアルベドの反応も理解できる。

これはきっとあれだ。社長がやらかしたとんでもなくお粗末なミスを指摘しなければならない社員の態度だ。

（王国の貴族とか全然思い当たらないが……何かしたか？　この数ヶ月、変なことはしてないよな？　いや、しているのか？）

数週間前にハンコを押した書類のことすら覚えていないアインズがもしかしたらと思えば思うほど、自分のせいかもしれないという不安が強まる。

（いや――待て！　そうだ！　そうじゃないか！　聖王国の時にアルベドとデミウルゴスには言ったじゃないか！　それから帰還した時にも色々な者を集めて言ったはずだ。わざとミスするからな、って！　あの頃の俺、えらい！　――いや。ここはそろそろ……そういうことにするべきだな！）

絶対支配者という看板を掲げていくのは無理があるといつも思っていたのだ。ついにその看板を下ろす時が来たようだ。

アインズは優しく微笑む。

「さぁ、アルベド。遠慮することはない。私に言ってみせよ」

「はい……。アインズ様。王国を支配下に置くために愚かな貴族を利用するという計画を覚えていらっしゃると思うのですが――」

ん？　とアインズは思う。自分の想像した話とは何か違うようだ。しかし、そこまで言われれば話の流れがアインズにも分かる。

「その愚か者が関係しているのだな？」

アルベドが頷く。

「はい。その愚か者が今回の事件を引き起こしました。ただ、アインズ様も可能性の一つとしてお気付きかもしれませんが、これ自体が王国首脳部の仕掛けてきた謀略という線もございます」

また何か勘違いしているな、などと思いながらも「ふむ」とアインズは言葉を漏らし、少し考える。深いところまでは分からないが、ナザリックが取り込んだ貴族を犯人に仕立て上げることは王国に利益をもたらすだろう。獅子身中の虫を潰せるのだから。

「理解したが……ただ、本当にその愚か者が関係しているのか？　やはり王国の欺瞞作戦ではないのか？　……いや、アルベドであればその情報の裏まで取っているな。下らない質問をして悪かった」

「いえ、当然の質問です、アインズ様。ですので、証人を用意しております。――シャルティア」

「了解でありんす」

シャルティアが一礼すると立ち上がり、左側の扉から出ていく。

すると、すぐにデス・ナイト二体に左右を挟まれた女を一人連れて、戻ってきた。

病人のように痩せており、目の下の隈は非常に濃い。化粧気はなく、髪はぼさぼさになっていた。目は充血しており、涙の跡が頬に残っている。目をキョドキョドと怯えた小動物のように動かしている女だ。

どこかで会った記憶はある。だが、名前や役職などの重要なことが浮かばない。

必死にアインズが己の記憶を探っていると、女を左右から掴んでいた手が離された。

すると流れるような動きで女が土下座をする。

あまりにも——見事だった。

その滑らかな動きは美しくすらあった。

よほどの訓練をしなくては、この境地には到達できまい、とアインズは少しばかり尊敬さえしてしまいそうだった。

「ま、ま、まどーおう」音程が狂った声であった。女は一瞬沈黙すると再び声を出す。「魔導王陛下におかれましてはご機嫌麗しく!!」

沈黙が場を支配する。どうやら次は自分の番のようだと分かったアインズはやはり重々しく尋ねる。

「——女。名を名乗ることを許可する」

「ははぁ！　ヒルマ・シュグネウスと申します、魔導王陛下！」

芋づる式に記憶が蘇ってくる。

王国に存在する犯罪結社、八本指の最高幹部だ。

「ああ」

思わず漏れたアインズの声をどのように受け止めたのか、今まで一度も顔を上げていなかったヒルマは床に額を擦りつけながら叫ぶ。

「わ、私はなにも知りません！　本当です！　決して皆様のご意向に反することをしようなどとは思ってはおりません！　食料が奪われた件とは全くの無関係です！」

　アインズは横目でアルベドの後ろ姿を窺う。

　この女が真実を言っているのか、それとも嘘をついているのか、調べることは簡単だ。だからこそ、アルベドがそれを確認していないはずはない。ではなぜ、それを自分に告げようとしないのか。

　アルベドの真意がどこにあるのかは分からないが、なんにせよアインズを陥れようとしての行動ではなく、全くその反対。評価が高すぎるという理解不能な勘違いが原因のはずだ。ならばそれを尋ねるのは少しカッコ悪い。

（でもそういったことの繰り返しで今のような事態に陥ったんじゃないだろうか……。この辺りでアルベドに分からないよ、とか言ってみるか？　でもアルベドだけなら兎も角、他の面々もいるし……）アインズはアウラとマーレを見る。（うん。また今度の機会にしておこう）

「――ふむ。まず、シュグネウスの言葉が真実か、私も確かめさせてもらおう。〈支配《ドミネイト》〉」

　シュグネウスに魔法がかかると、アインズは質問を投げかける。

「貴族が我々の荷を奪ったことにお前は関係があるか？」

「ございません！」

　被支配者は支配者に嘘は吐《つ》けない。つまりシュグネウスは直接は関係がないということだ。もしかすると間接的に関係しているかもしれないが、そこまで行ったら流石に責任はないと言える。もし、仮に嘘をついているとしたら記憶を書き換えられた場合だろうが――まず、あり得ないだろう。

　そうでないのであれば――。

「――多重人格などと言われたことはあるか？」

「ございません！」

「ふむ……。ならば我々に敵対する気持ちはあるか？」

「まったく!!　これっぽっちも!!　ございません!!」

　今までで一番の、凄く力がこもった断言だった。ならばと、アインズは〈支配《ドミネイト》〉を解除する。

「仮に彼女の害意無き行動が間接的に関与していたとしても、それで罪を問うのは少し厳しいというものだな。シュグネウスは無罪、だな」

　シュグネウスが少し頭を上げ、キラキラとした目でアインズを見てくる。少し怖いほどの熱がある。

「ですが、アインズ様。部下の失態は上の者の責任ではございませんか。あの馬鹿の管理はこの者に任せておりました」

　アルベドの言葉はその通りだ。

「お、お言葉ですが！　あそこまで勝手な行動を取るとは！　幾度も言ってはいたのです！　行動を起こす際にはこちらにも連絡せよ、と！　そのために息のかかった者を監視要員として傍に付けてもおりました！」

彼女の叫びに対し、アルベドは異論を唱えない。ならばそれは真実なのだろう。彼女は彼女なりに努力した、ということは全ての責任を問うのは酷というものだろう。

人事部《アルベド》の採用した若手《バカ》が回された部署《シュグネウス》で大きな失敗を起こした。回された先の部署にも問題があるだろうが、人事部に責任を問いたくなる気持ちはアインズにもよく分かる。

この瞬間において会社員《アインズ》はシュグネウスの味方だ。

アルベドたちに任せてはかなり厳しい罰が与えられるのは自明の理。ならば——

「——部下の失態は上の者の責任という言葉。それは私も同意するところだ」

シュグネウスの顔から全ての感情が抜け落ちた。それを目にしながらアインズは言葉を続ける。

「しかしながらそれは、上の者が部下の責任を取るために発する言葉であって、責任を押し付けるためのものではない。第一、それをどこまで適用するかという問題もある。アルベド、一つ聞きたい。馬鹿貴族の管理がシュグネウスの役目であるなら、シュグネウスの管理は誰が行っている？」

「それは————私になるか、と思います」

「ふむ。そしてアルベドの主人は私、だ。ならばこの問題の最終的な責任は私ということか？」

「め、め、滅相もございません。アインズ様に責任があるなどということは決して！」

アルベドが珍しく慌てふためきながら否定する。

先ほど死んだような表情をしていたシュグネウスが再び目をキラキラさせながらアインズを見上げている。本当にコロコロと表情が変わる。

「直接管理をしていたシュグネウスにも問題はあったかもしれん。しかしながら彼女は彼女なりに努力をしていた様子が見られる。ならば一度ぐらいはそのミスを許すべきだろう。一度目のミスは誰でもするミス。二度目のミスはケアレスミス。三度目のミスは改善を努力すべきミス。四度目のミスは無能のミスだ。――シュグネウス」

「ははぁ!!」

シュグネウスが深々と頭を下げた。ゴンと額が床にぶつかる音がした。正直痛そうである。

「今後このようなことが起きないよう、再発防止に向けて取り組め。お前の考えられる方策を複数用意してアルベドに伝え、その採択を仰げ。それをもって罰とする」

「ははぁあ!!」

シュグネウスが床に額を擦りつけている。頭部をどこまで低くできるか、その限界に挑戦しているようでもあった。

そこまでしなくても、と心の底から思うがアインズはそれを態度に出さずに守護者たちを見渡す。

「私の判断は以上だ。――何か意見のある者はこの場にいるか？　決して怒ったりはしない。思うところを述べよ」

異論が上がる様子はない。しかしながら「アインズ様の判断はすべてにおいて正しい」などと平然と言う者たちだ。思うところがあっても言わないだけかもしれない。一応、確認は取っておくべきだろう。

「――アルベド」

「ございません」

「――デミウルゴス」

「アルベドに同じくございません」

「――アウラ」

「ありません」

「――マーレ」

「あ、は、はい。ぼくも何もないです」

「――コキュートス」

「ゴザイマセン」

「――シャルティア」

「ありません」

本当に大丈夫なのか、それとも呑み込んでいるのか。アインズには分からないが、言質は取った。

アインズは大きく頷き、裁定を下す。

「……よろしい。それではシュグネウス。方策は近日中、そうだな……二日以内に準備しておくこと」

ばっとシュグネウスが顔を勢いよく上げる。

「畏まりました!!　寛大なる裁定!!　誠に、誠にありがとうございます!!　魔導王陛下!!　今後もこの私、ヒルマ・シュグネウスは誠心誠意仕えさせていただきます!!」

「そうか……」

前に会った目の怖い少女を思い起こさせるような、少し気持ち悪いほどの熱心さが今のシュグネウスにはあった。

「お前の忠誠、期待しているぞ。では、シャルティア。シュグネウスを戻してやれ」

「畏まりました」

シャルティアがヒルマを連れ、指輪の力を起動させる。あれで地表部へ転移し、その後、〈転移門《ゲート》〉を使うはずだ。ならばそこまで時間はかからないだろうと思って待っていると、事実すぐに一人で戻ってきた。

「さて——私を呼び出したのはあれの責任を問うためではないだろ?」

そんなことで呼んでくれたならありがたい。少しばかり願いを込めた質問はアルベドに即座に打ち砕かれる。

「はい。御賢察の通りです」

アインズはアルベドに少し恨みがましい視線を送る。もう少しの間でも希望を抱かせてほしかった。

「あ、何かございましたか?　もしや先の件で……」

「いや、なんでもない。それでは私を呼んだ——ここに各階層守護者を集めた本当の理由を聞かせてくれるか？」

　問われたアルベドがデミウルゴスと視線を交差させているのが見えた。

「まず、その馬鹿が一体、どのような目的で動いたか、に関してです。またその馬鹿を利用したどこの何者の陰謀なのか、ということもございます。これによっては今後の魔導国の対王国戦略を大きく変更する必要が出てくると思われますので、アインズ様のお考えを頂ければと勝手ですが判断し、ご足労いただきました」

「ふむ……。現在進めている王国支配の作戦は『飴と鞭』だったな。アウラ、マーレ、コキュートス、シャルティア。この四名に説明は済んでいるのか？」

「あの件は私とデミウルゴスで進めておりましたので、細かいところまでは話してはおりません」

「そうか。ならばアルベドよ。情報を共有せよ。各員の感想やアイデアも役に立つだろう」

「畏まりました」

　アルベドが四人に向かって説明を始める。

　王国を支配下に置く飴と鞭作戦――アインズが命名したところ分かりやすいと絶賛を受けた――は結局のところ、王国内部で内乱などを引き起こし、そこに魔導国が一部の民衆に望まれる形で平和的に介入するというものだ。

　デミウルゴスが関与しているためか、聖王国同様に内部に混乱を引き起こし、最初期に多くの人間が死亡することとなっている。物理的に侵略するような直接的な作戦ではなく、内部に混乱を起こす作戦を好むのは彼が悪魔だからなのだろうか。これがコキュートス、シャルティア辺りなら直接的な手段——侵略戦争を作戦として立案するのかもしれない。

ただし、元々これは王国のある人物からの提案であり、アルベドやデミウルゴスはそれをわずかに修正した程度らしい。

そんな作戦のキーとしてその馬鹿な貴族が存在する。

旗印になって謀反《むほん》を起こす。食料不足から内乱を引き起こす。魔導国に救援要請を出させる。用途は色々だが目的は同じだ。魔導国が介入する原因を引き起こさせるのだ。

つまりアインズからすれば現状は計画通りというところだ。その馬鹿貴族が引き起こした問題は魔導国が介入するには十分であるはずだ。

しかし、アルベドやデミウルゴスからすると少し困ったものである様子だ。ならばそこにはアインズが気付けない問題があるということに他ならない。

アルベドの説明が終わったところを見計らい、アインズは当然の質問を投げかける。

「さて、アルベドよ。根本的な質問をしたいのだが……実際にその貴族が問題を引き起こしたという確かな証拠はあるのか？　王国側の謀略という線はないのか？　確か……アルベドはその貴族を籠絡《ろうらく》すべく手紙を送っていたな？」

アルベドがアインズに何度も何度も「不快な貴族に手紙を送らなくてはならない」「人間ごときに……」などと言いながら、アインズに手紙の検閲を要求してきたので、何度も手紙は読んでいる。

ビジネス文書なら多少は知っていても検閲や添削能力に自信はなかったので遠慮したかったが、アルベドの要望だったので読まないわけにもいかなかった。

ちなみにこの世界に出現して結構な時間が経過しているが、アインズはいまだに文字が読めない。せいぜい、自分とモモンの名前が書けるのと、数字を覚えている程度だ。数カ国の文字を読み解けるアルベドやデミウルゴス——あとパンドラズ・アクター——とは頭の中身が違う。そのため、マジックアイテムを使いながら読んだのだ。

はっきり言って修正の必要がないと感じる文章だったので、そのままアルベドに返している。

「貴族からの返信も見せてもらったが、あれは完全にお前に魅了されていた様子だった。あれが魔導国に敵対するとは到底思えんぞ？」

ただ、可愛い相手に裏切られると非常に憎くなる、という話を聞いた覚えがある。応援している女性声優に彼氏がいることが発覚したとき、血の涙を流していた仲間の姿をアインズはシャルティアの後ろに見た。

ちなみにアウラとマーレの後ろにはそれを馬鹿にしていた姉の姿がある。

「はい。その辺りは詳しく調べましたが、旗印として食料を奪ったのは間違いございません。ただ……魅了や洗脳、などの手段によって操られたという可能性もないわけではありませんが……実行したのは事実です」

「しかし、我々の上を行く知者による謀略という点も棄てがたいのです。そうなりますと下手に動くと相手に良いように利用されるだけで終わるということもあり得ますし……」

アルベドが苦い顔をし、デミウルゴスも同じ顔をした。しかし、アインズには不思議だった。この二人に匹敵する知者が突然、現れたというのだろうか。それよりは――

「――その貴族が何も考えず行動しただけじゃないのか？」

という方がアインズ的には納得がいく。

「アインズ様、幾らなんでもそれはないか、と思うのですが……」

アルベドが申し訳なさそうにそう言う。もしかするとこんな態度を取られたのは初めてかもしれないとアインズは少し新鮮な気分になれた。

「いや、待ちたまえ、アルベド。私たちは知者の策を先回りする程度しかできないが、アインズ様は愚者の暴発さえも読み切る。もしかするとその可能性もあるんじゃないか？　いやその可能性こそが最も高いのではないかね？」

「で、でも……そこまで馬鹿だなんて……ありえるの……？　でもアインズ様が……」

「あのアインズ様がそう言うんだったらそれが正解なんじゃないの、アルベド」

「そ、そうなんじゃないか、って僕も思うんです……」

なぜかアウラとマーレから援護射撃が飛ぶ。ちょっとした雑談程度のつもりで口にしたアインズとしては驚きだ。

「だとすると――」

「ええ、そうしますと――」

アルベドとデミウルゴスが眉間にしわを寄せながら検討し始める。

「ま、待て。今回の作戦に関し、各階層守護者たちの意見も聞きたいところだ。疑問があるだろうからまずは質問時間を設けよう。疑問を持つ者は挙手し、アルベドかデミウルゴスに問うと良い」

決して自分には質問を投げかけないでください、とアインズは白旗を振っておく。

「えーっと、はい」アウラが手を挙げた。「なんで最初から多数の貴族たちを取り込む作戦にしなかったの？　そうすれば今回だってその貴族の首を切るだけで作戦はそのまま問題なく継続できたよね？」

答えるのはデミウルゴスだ。

「その予定も当初、あったのだよ。しかしながら我々で検討し、その案は棄却した。というのも優秀な貴族を取り込むならまだしも、馬鹿な貴族だね？　そうなると人数を増やせば増やすほど思わぬことから情報が漏れるだろうと考えたんだ。なので、一人に絞り、それに派閥を作らせる形で管理をしようと考えていたのだよ」

その旗印が暴走するとは思ってもいなかったということだ。

次に手を挙げたのはコキュートスだ。

「優秀ナ貴族デハ駄目ダッタノカ？」

「駄目ではないわ。実際、そちらも取り込んでいってるのだし。……子煩悩というのは脅迫の良い材料だったわ。でも一定以上の能力を持つ貴族は後々のために取っておきたかったから、処分してもいい貴族を選んだの。アインズ様が治めるに相応しい国にするには、愚かな者はなるべく掃除しておく必要があるでしょ？　だから無能を集めて派閥を作ったのよ。言ってみれば、先々捨てるためのゴミ箱を用意したってところかしら。もちろん人材の情報は様々な情報源から得ているけど、私たちの手でも情報収集しておきたかったの」

「一握りの優秀な貴族と、無欲で家畜のように働く貴族以外、魔導国には不要だからね」

「はい」とシャルティアが高々と挙手する。「分かりんせんでありんすね。その馬鹿な貴族が操られていようとも、魔導国に対して攻撃を仕掛けたのでしょ。なら魔導国として旗を掲げ、王国に攻め込めばいいのじゃありんせんでありんすか？　何者かの罠であればそれを嚙み砕いてしまえばいいのじゃありんせんでありんしょうかぇ？」

「確かにその通りなのよ。裏がないのであればなおさらそうね。……でも……ね」

アルベドがデミウルゴスをチラ見し、デミウルゴスが「その通りです」と言うとアインズに視線を送り、それからその目を守護者たちに向けた。

「今回の件は落としどころが難しいのだよ。アインズ様のご慧眼《けいがん》の通り、その貴族は何も考えずに行動したのだろうが、あまりに軽く済ませれば、それは魔導国自体が軽く見られるというもの。皆は魔導国の旗――つまりはアインズ様を示す印を掲げた馬車を襲った者、アインズ様のお顔に泥を塗った者に対しての罰はどれほどが相応しいと思うかね？」

「殺すべきだよね」

「うん。お姉ちゃんの言う通りだと思います」

「そうね。その通りだわ。それじゃ、そこで質問。その下手人を始末して終わり？」

「違うでありんす。その主人も同罪でありんす」

　コキュートスは無言で大きく頷く。

　アインズは驚く。

　全員の苛烈な考え方は確かに驚きだが、守護者の性格的にあり得そうな思考と言える。アインズが驚愕したのは、その貴族が何も考えずに行動したという自分の適当な発言が確定していることだ。

　はっきり言おう。かなり怖い。

「そうよね。私もシャルティアの判断に賛成だわ。アインズ様を愚弄したということに相応しいだけの罰を王国全土に与えるべきでしょう！　でも、ね……」

「アインズ様はかつてこうおっしゃいました。廃墟となった国では名前に傷がつく、と。しかも瓦礫の上に立つ趣味はないという話をされたということも聞き及んでおります。そのため私どもはできる限りそのようなことがないように努めてまいりました」

　デミウルゴスが言い、アルベドが頷く。

　そこで二つの疑問をアインズは覚えた。

　一つはそんなことを言ったか、である。

もし「アインズとデミウルゴスの二人が言ったこと。どちらが正しいと思うか」とナザリックの面々百人に質問すれば大多数。いや九十九人までの者が断言するだろう、アインズの方が正しい、と。

しかしながらたった一人――その意見に反対するアインズ・ウール・ゴウンという存在もまた断言する。

一週間前のこともろくに覚えていない自分など信用できない、と。

ゆえにアインズは記憶にないが、デミウルゴスがそういうのであれば自分はそんなことを口にしたのだろうと考える。だからここで正しい行動は一つだけだ。

「よくぞ、私の言葉を覚えていてくれたな、デミウルゴス。嬉しいぞ」

「わ、私も覚えています！」

「あたしもですよ、アインズ様」

「うむ。うむ。シャルティア、アウラ。お前たちにも感謝するぞ」

本気で皆が覚えているのか、それともアインズのように覚えていないがデミウルゴスに調子を合わせているのかは分からない。

というか、なぜ、自分が無能であるとここまで理解してくれないのだろうとアインズは考える。そんなに自分は演技のスキルが高いというのだろうか。

この世界にナザリック地下大墳墓の支配者として現れてからかなりの時間が経過している。その間、支配者としてずっと行動してきた。いい加減、支配者というメッキがはげ落ち、無能な鈴木悟の姿が見えてもいい頃ではないだろうか。

そうやってアインズが苦悩している間にも話は続いていく。

「なので、アインズ様のお言葉を重んじるためにも、王国全土に対する罰を与えるのは避ける必要があります。ですが、軽い罰で済ませることもできない。計画を一時中断、もしくは破棄。最低でも大幅修正が必要となったのです」

自分の言葉にそこまで頭を抱え込ませてしまい、アインズは結構な罪悪感を覚える。

「……なるほど。しかし、本当にデミウルゴス。今回の計画は失敗なのか？」

デミウルゴスとアルベド、それに王国の協力者という、アインズでは理解できないような天才たちが立てた計画でも失敗することがあるのだろうか。もしそうならこれまで以上に自分の発言には注意を払う必要がある。もしかすると今後一切喋れなくなってしまうかもしれない。なので、念を入れて聞いてみる。

「本当に今回の計画を破棄するのか？　飴と鞭、という計画は」

「…………」

デミウルゴスが訝しげにアインズを見つめてくる。何度も見た覚えがある。自分より遥か上の存在が放った婉曲な言い回しの、その裏に隠された真意を見出そうという表情だ。

違う、デミウルゴス。ただの確認だ。深い意味は無いんだ。ゆっくり風呂にでもつかって一旦落ち着くべきじゃないか。

アインズの胸中にそんな言葉が浮かんでは、喉の手前で消えていく。

嫌な予感がじわじわ押し寄せてきたその時、案の定、デミウルゴスは何かに気付いたように驚愕の表情を浮かべた。

「……いや、まさか……アインズ様。もしかしてですが、帝国をあのように綺麗に支配下に置いたのはそういう意図があってのことだというのですか？」

予感は大当たりだ。

何言ってんだ、こいつ。

アインズは即座に心の中でデミウルゴスに突っ込みを入れる。お前はどういう道順でそんな答えにたどり着いたんだ、と。

いや、そんなことはないです、と答えるのが一番だろう。しかしそう答えていいのだろうか。

「――――そうだ」

かなり迷ってからそう断言した瞬間、なぜかデミウルゴスではなく、アルベドがくわっと目を見開いた。

少し、いや非常に怖い。

「なるほど……。繰り返し尋ねられたということは……そういうことでしたか……。すぐに気が付かず、失望させてしまいましたことお許しください」

「いや、デミウルゴス。貴方ごとき、そして私たちごときにアインズ様の智謀を読み切れるはずがないわ。アインズ様の一手は複数の意図を込めた一手ということを失念していたという失態は大きいかもしれないけど」

「――ええ。全くだね。国家レベルでの飴と鞭とは。流石はアインズ様。至高の御方々をまとめ上げられただけのことはありますね……」

ふっ、とアインズは嗤う。

もはやこの二人が何を言っているのかさっぱり分からない。

その瞬間、アインズの脳内に煌めきが起こる。もしかしてこの二人はアインズが無能だと知りながら、それをうまくカバーするように動いてくれているのではないだろうか？

（この二人は知者だ。俺では理解できないほど賢いのは事実。そんな二人がいつまでも俺が有能だと勘違いするだろうか？　いや、ありえないじゃないか！）

「ヤハリアインズ様コソコノナザリック最高ノ知者……」

「ええ、そうだとも、コキュートス。千年、万年規模で智謀をめぐらされているアインズ様からすれば数年規模の計画などごく初歩ということですね」

「え？　そ、そうなんですか……流石です、アインズ様」

「千年って、凄いです……アインズ様」

デミウルゴスは何を言っているのか。

誰がいつ、そんな未来のことまで考えているなどと言ったのか。勝手に捏造するな、と叫びたい気持ちでアインズはいっぱいだった。特に純粋な二人の子供が信じているのが不味い。

しかし、普段からデミウルゴスの意見に乗っているため、どう反応するのがベストか分からない。否定したら今後に差し障りが出るかもしれない。

ここはやはりいつものようにすべきだろうか。

アインズにもし表情筋があれば曖昧な笑みを浮かべ、デミウルゴスの意見を肯定も否定もしないような、どっちとも取れそうな言葉を苦労してひねり出す。

「そ、そのようなことはないぞ」

「御謙遜されなくてもよろしいのでありんす。偉大なるアインズ様」

「ソレホド先マデオ考エトハ……。イエ、ソレホドデナケレバ至高ノ御方々ヲ纏メルコトハ出来ナカッタトイウコトナノデショウカ……」

駄目だ。もう諦めよう。

アインズはそう決めた。

「それではアインズ様のご許可も頂きましたし、王国への罰はもっと凄惨なものにしてやりましょう」

「え？」

今までの話からなぜ、凄惨という言葉が出てきたのか理解できない。

しかしながらアルベドは、手を可愛らしく合わせて満面の笑みと共に宣言する。

「アインズ様に即座に降伏した帝国という飴と、即座に降伏しなかった王国という鞭。この二つの事実を作ることによってありとあらゆる者たちへの布告としましょう。飴と鞭、どちらが欲しいかとこの世界の全ての者に問うてやりましょう。くふ、楽しくなってきましたね、アインズ様」

「…………あぁ」

ヒルマは乱暴に放り出される。振り返ればヒルマをここに運んだ〈転移門《ゲート》〉なる魔法が消えていくところだった。

放り出された時に打ち付けた腕をさすりながら周囲を見渡せば、見馴れた吹き抜けの大広間だ。

元々この場所は、賭博部門の長だったノア・ズィデーンが違法賭博場を開くため、王都内の広い土地を購入したものだ。そして土地の広さに釣り合うだけの大邸宅を建てたまでは良かったのだが、途中で色々とあって計画が頓挫してしまった。

兎に角、そういった理由でこの邸宅にはゲームをするための大きな部屋が幾つもあり、その中でもここは最大の広間だ。

ヒルマは大きく安堵の息を吐く。

その体は歓喜に支配されており、身震いさえ起こしてしまう。

「ヒルマ！」

仲間たちが駆けつけてきてくれた。部屋にいたのは三人。その内、オスキャスが机の上に置いてあるベルを振っている。

誰の目にも涙が浮かんでいる。

きっと自分を心配してくれていたのだろう。その顔色はあまり良くはない。

「無事か！　大丈夫か!?　胃の調子はどうだ？」

「果実酒があるぞ！　口直しの必要は!?」

「あとの奴らもすぐに来るぞ！」

「ノア、エンディオ、それにオスキャス――」ヒルマの声に三人が静まった。「――心配させたわね」

「そんなこと良いんだ、ヒルマ！　辛いこともあったかもしれん。すぐにゆっくりと休むべきだ」

ノアが目尻を拭いながら言ってくれる。きっとアレ、もしくはアレ並みに酷い事をされたと思っているのだろう。ならば言っておかなくてはならない。

「私はアレをされてないわ。何もされていないの」

ざわりと空気が揺らいだ。周りの仲間たちが驚愕の表情を浮かべている。そんなことがあるのか、と。

「私は陛下にお会いしたの。魔導王陛下よ」

ヒルマの潤んでいた瞳は決壊し、涙が後から後から零れ落ちる。

「魔導王陛下……」

その名を呟くことで想像を絶する恐怖が襲い掛かってくるとでも言うかのように、呟いたエンディオは信じてもいない神の印を結んだ。他の二人は怯えたように周囲に目をやる。

おそらくいるはずの監視者を探してだろう。しかしながらその姿をヒルマたちは一度も見たことはない。だが、いないはずがないというのが共通の認識だった。

「お会い――いや、拝謁し、よく無事に戻ってこれたな」

「ふふ……」

涙を流しながらヒルマはその質問に微笑んでしまう。

魔導王には皆で一度だけ拝謁したことがあるが、ほぼ頭を下げており、顔などは碌に見えなかった。ただ、集めた情報やちらりと見えた姿、そういったものから判断したヒルマたち八本指の面々からすれば、邪悪の化身だった。いや、あのような残酷な拷問を行い、王国の兵をあれだけ残忍に蹂躙《じゅうりん》する魔法詠唱者《マジック・キャスター》だ。それに生者全ての敵であるアンデッドとくれば当たり前の想像と言える。

「陛下は……陛下はとても理知的な御方だったわ。寛大であり、慈悲深いお方でもあるわ」

一瞬だけ世界の時が止まったかのようだった。

ノアははっとした後、痛ましいものを前にしたように顔を歪めて目を伏せた。

確かに、他の誰かがそんなことを言い出したら、数分前のヒルマもこう思ったろう。そうか、ついに壊れてしまったのか、と。

後ろの二人も目を赤くして、「ヒルマ……俺はお前が少しうらやましいぜ」とか、「ああ、俺もそっち側に行けたらどんなにいいかな……」などと呟いている。

「いや待て、精神操作の魔法を掛けられているのかもしれん。ヒルマ、そうなんだろ？」

ノアが縋るように尋ねてくる。もちろんそんな魔法は受けていないと断言できるが、彼らにそれを言っても信用してもらえる証拠がないのも事実だ。なので、それには知らない振りをして語るべきことを語ればよい。その中から何を真実と見なすかは彼ら自身の問題だ。

「私も戻ってこられるとは思ってもいなかった。でも、何もされずに帰れたのはあのお方がおられたからだわ。魔導王陛下――確かに王と呼ばれるのに相応しい御方だわ。もしあの御方がいらっしゃらなかったら……」

おそらくは責任を取らされることになっただろう。もしかしたら――いや、もしかしたらというレベルではなく間違いなく、あの愚か者と連座で地獄を味わわせられただろう。魔導国宰相アルベドはそうするつもりだったとしか思えない。

自分ならどうしただろうか、と考えると、やはり責任を取るべき者は必要になるので、殺さないにしても苦痛を与えたかもしれない。そう考えると魔導王の裁定は寛大だ。

「……ヒルマ。魔導王陛下の慈悲に感涙している所に悪いが、それは飴と鞭だ」

「そうかしら……。ええ、それもあるかもしれないわね」

口ではそう言うが、ヒルマとしてはそうではないと思っている。

ヒルマは相手の心理を声の抑揚や表情、癖などから読み取る。

これは特別な力ではなく、今まで積み重ねた人生経験が与えてくれたものだが、かなりの精度を誇っていた。その感覚を信じるなら、魔導王が飴役でも、アルベドが鞭役でもないように感じられた。

ただ、表情が一切ない魔導王はかなり読み取りにくい相手であり、自分の判断が絶対に当たっているとは断言できない。もしかしたら、彼らの言う通りなのかもしれない。

「そうね。私だってやったことがあるから、そういった方法はよく知っているわ。でも……ああ、鞭の痛みを知る者にとって、飴玉がこんなにも甘いなんて思ってもみなかった。騙されているのかもしれない。魔導王陛下は人の心を理解しない恐怖の存在で、側近の者たちが制御しているかもしれない。それでも、私は信頼できると感じたわ。いいえ……信じたくなってしまったの」

そうして男に入れ込み、破滅していった夜の蝶を何人も見てきたはずだった。今の自分が、そんな苦界《くがい》の底に沈んでいった女たちと同じ有様なのは自覚している。だが魔導王の持つ強烈な求心力に抗うことはできなかった。

「……ヒルマ。お前は多くの男を見てきたはずだ。俺たちの中でもお前の、特に男に対する人間観察は相当なもんだ。率直に言って魔導王陛下はどのような御方だ？」

高級娼婦として色々な男を見てきた。特に地位の高い男は嫌と言うほど。

それらと比較して分析すると——

「一言で言うなら度量の大きな方よ。しっかりとした自分の考えや判断を持った上で、部下の意見もよいと思えば取り入れる柔軟性があると感じられたわ。それと人を苦しめて喜ぶ、という性癖じゃないわね、この場合は。なんと言うのかしら……。そうね、そういう嗜好《しこう》はないと感じられたわ。無論——罰を与えるのであれば何処までも冷淡に与えるでしょうけどね」

「かなりの高評価、だな」

ヒルマは涙の跡が残る顔を微かに綻ばせて「ふふ」と笑った。

「そうね。あの御方はアンデッドではあるけど、公正さと寛容さを併せ持っているわ。冷酷ではあっても、残虐ではないと思う。私のミスとして罰を与え、あなたたちを引き締めることにも使えたのに、それを選ばなかった」

ごくりと誰かが唾を飲み込む音が、広すぎる室内に響く。

「私は魔導王陛下にはいつまでもいてほしいわ。あの御方であれば、きっと……」

胸が苦しくなるほどの沈黙だった。

「おお……」

誰かの口から吐息が漏れた。神託を聞いた信徒のように、奇跡の顕現に嘆息したのだ。

いつなんどきあの地獄がまた自分たちに降りかかるか、と恐怖している面々からすればそれはある種の救いだ。

「なるほど……。より一層の忠義を示すべき、だな」

「ええ、ノア。そうすべきよ。……それと分かっていたけど、魔導国宰相アルベド様は恐ろしい御方だわ。魔導王陛下の代わりにあの言葉を言ったとは思えなかったから……」

最後の方は独り言になってしまったが、声が十分に聞こえた仲間たちが不思議そうな顔をしている。

アルベドという悪魔も心理を読み取り難い相手だが、あの瞬間だけは異様な直感が働いた。

極限状況に置かれていたことによって、脳の働きが一時的に急激に上昇していたからこそかもしれない。

その直感は囁いていた。

魔導王はまだ温厚であるが、アルベドは人間をおもちゃとしか見ていない、と。

ヒルマは自分たちが何とかして魔導王の直轄《ちょっかつ》になることを願う。あの御方なら働きに見合う褒美で迎えてくれるはずだ。理不尽な扱いはされないだろう。

「みんな。魔導王陛下のためにもっと努力しないと」

ヒルマはそこにいた三人に語りかける。自分の今の考えを共有してもらおうと。そして、魔導王から与えられた課題への協力を要請するのだった。

2章 滅亡への始まり

Chapter 2 | Countdown to Extinction

1

リ・エスティーゼ王国王都ヴァランシア宮殿。

その一室は今、人の集まりが生む特有の熱気に満ちていた。人数はさほどでもないのだが、部屋自体がそこまで広くないことと、何よりも彼らの真剣さが室内の温度を上昇させている。

部屋の中央には長方形のテーブルが置かれ、その最も上座となる場所に座るのがランポッサⅢ世、そのすぐ右に座るのが第二王子であるザナックだ。

他に着席しているのは王国の各尚書などの重臣たちであり、ほとんどが高齢で、みごとな白髪頭や白髪交じり、また光を反射する頭が並んでいる。

本来なら王を除き全員が起立し、敬意を表す形で会議を始めるところだろう――それが礼儀というものだ――がそうではなく、更にはひとりひとりの前に置かれたコップには飲み物が注がれていた。これはこの会議が長く続くことを予測してのことだ。

全員を見渡し、用意されたものが皆の手元に回ったことを確認したザナックは声を張り上げた。

「それでは宮廷会議を行う。今回の議題は魔導国の宣戦布告の件に関して、だ」

「宣戦布告」と強い言葉を使ったが、全員に緊張感を持ってこの会議に臨んでほしいと思ってのことだ。

事実、白髪の——父と同じぐらいの年齢の——内務尚書が誰よりも渋い顔をして、緊迫した状況に深い懸念を抱いてくれたように見えた。

ザナックは父の横顔をちらりと盗み見る。最も心配なのは父の判断だ。この件がどれ程危険なのかを十分に理解し、最適な行動を取ってくれるだろうか。

（あいつを殺した魔導王に対して、思うところがあるだろうからな……）

戦士長、ガゼフ・ストロノーフが死んだと知ったときの父は我を忘れて動転していたという。その上、蘇生出来ないという説明を聞いた時にはザナックも一緒にいたが、その時の父は過去に見たことがないほど怒り狂っていた。

以来、父は一気に老け込んだように見えた。生気が失われて、本当に骨と皮だけの人形になったかのようだったのだ。

それだけのショックを受けた父に、不倶戴天の敵である魔導国に対して冷静な判断ができるだろうか。

（その場合は俺が——）

不安を呑み込み、ザナックは各尚書を窺う。

今回の議題は、数日前、魔導国から使者が訪れ、王国側に魔導国の国璽《こくじ》の押された正式な文書を渡してきたこと。その内容は「魔導国が聖王国に対する支援の一環として送っている食料を、王国の者がその武力で強奪した。これは魔導国に対する敵対行為とみなし、宣戦布告も辞さない」というものだ。

　更にそれに――魔導国の判断は間違ってないと賛同する国の国璽まで押されていた。

　使者にはこちらからの返書を渡すまで王都内で待ってもらっている。普通、国家の正式文書による返答ともなると、一週間や二週間ぐらいは待ってもらう場合もある。それでも、こちらの意志を一つにまとめた回答を渡すとなると、根回しや調査などでかなり忙しく動いてもなお時間が足りないかもしれない。

「使者が持ってきた書面に押された六つの印影の内、二つに関して調べがつくのが遅くなり申し訳ありませんでした」

　頭を下げたのは外務尚書だ。彼は国璽尚書も兼ねており、魔導国の判断に賛成する国の国璽を調べていたのだ。

「分かっていたのは魔導国、帝国、竜王国、聖王国の四つでしたな？」

　財務尚書の質問に、外務尚書は頷く。

「その通り。残りの二つ――一つはドワーフ国のものでした。ドワーフ風の意匠が施されていることから当たりをつけたのですが、二百年前の書類に押されたものとは多少の違いがございました。そこでリ・ブルムラシュールの協力を得て調べたところ、やはり似た印影が確認されましたので、恐らくどこかの時期に改刻されたものと見て間違いないでしょう。それと最後の一つ。聖王国の横に押されたものですが、これは〝顔なし〟という異名《いみょう》を持つ人物のもので間違いないでしょう」

「個人の印章を国璽と並べて押してあったのですか？」

軍務尚書が不思議そうに言う。

尚書の中では最も年若い男だ。ザナックと二人で平均年齢の引き下げに努めていると言っても良いほど若い。それでも四十は過ぎている。

そんな彼は軍務尚書という地位に就くにはあまりに貧相な体軀で、神経質そうな顔立ちはどちらかというと財務畑の人間に見える。

元々ガゼフとあまり仲が良くなかった――より正確には彼の方がガゼフを嫌っている素振りを見せていた――ため、ランポッサからも重用《ちょうよう》されていなかった人物だ。そのため宮廷会議などには欠席が多く、あまり接触しなかったゆえにどれだけの能力を持つかは詳しく知らない。

ただ、ザナックの協力者だったレエブン侯が高く評価し、太鼓判を押すほどの人物なので、世渡りはともかく仕事はできるのだろう。いや、そうでもなければ尚書になれるはずもない。

「軍務尚書はご存じないようですが、元々聖王国は国璽を押す時、神官長――神殿の印章も押す場合が多くございました。その流れなのでしょう」

「……つまり〝顔なし〟は今では神殿勢力を呑み込んだ、もしくは神殿勢力以上の権力を持っていると暗に伝えてきているわけだな」

「左様かと、殿下。現聖王即位の際には神殿のものが押されておりましたので、それ以降に――それも急激に力を増したということでしょう。それで、その〝顔なし〟の印影はこれまでに目にしたことがなかったため、確証は得られませんでしたが、聖王国の国璽の横に押されているので間違いないと考えて宜《よろ》しいかと存じます」

「評議国と法国以外は魔導国に賛同して王国を非難しているというのは、魔導国の謀略ではなく、事実なのだな」

「はい、陛下」

疲れたように父がため息を吐き出した。

「竜王国も魔導国に屈したか」

「とは言い切れません、陛下。竜王国で何かが起きたという情報は入って来ておりませんので、恐らくは言いくるめられた、もしくは王国に味方するよりは魔導国についたほうが利益が大きいと踏んだからと思われます」

竜王国はあくまでも魔導国に賛同しているだけであって、かの国自体がどうこう動く気配はないということなのだろう。

「そうか、分かったぞ、外務尚書。御苦労だった。それで……内務尚書よ。王国内のどれだけの者がこの内容を信じている？」

「はい。王国全体では不明ですが、この宮殿内ですと七割の者たちがこれは魔導国の陰謀だと判断している様子です。一割は野盗――一部のものを知らない平民たちがそのような愚かなことをしでかしたのではないかと考えているようです。最後の二割が第三国の謀略ではないかと」

「ふーむ。謀略と言うと王国か魔導国の力を削ぎたい、もしくは魔導国と王国の不仲を狙ったというところだな。その場合は評議国か法国になるな」

「殿下、そのお考えは早計かと。属国の立場から逃れたい帝国の謀略という線もございます。帝国騎士なら輸送隊を蹴散らすことなど訳もないでしょうからな」

　確かに、とザナックは口の中で言葉を転がす。とはいえ、それがもし真実だったら王国は既に詰んでいる。

「――あり得ない。事件の場は王国の領内。しかも調書によると数十人の姿があったというではないですか。帝国にせよ、法国や評議国にせよ、隠密裏にそこまでの数の兵士を連れてこられるはずがありません。ただ、手引きをした者がいるか、あるいは王国内で野盗もしくは傭兵を雇ったというのであれば可能でしょう。――どちらにしても王国の失態と言わざるを得ません」

　軍務尚書が他国の兵が王国で謀略をめぐらしたというのはあり得ないと断言する。

　あの戦争以来ガタガタになった国内の治安維持に彼が労力を割いているのは知っている。そのためにかなりの辣腕《らつわん》を振るった、とも。そんな彼だからこそ自信を持って断言できるのだろう。

「盗賊は難しいにしても、傭兵ぐらいは上手く取り込むようにしたいのですが、金銭的余裕がないためそれも叶わない」

「財務が悪い、と？」

「そうは言っておりません」

「そのようにしか聞こえなかったと言ってい――」

「――財務尚書。軍務尚書。両者とも諍《いさか》いは止めよ。今はそのようなことをしている時間はない」

王の言葉に二人が頭を下げた。

静かになった部屋の中、軍務尚書が続けて語る。

「……だが、何者かの謀略であることは間違いないでしょう。門番たちから話を集めましたが、荷馬車隊は魔導国の国旗を掲《かか》げ、しかもかなり腕の立つ傭兵に守られてこの王都を出立したそうです」

魔導国がカッツェ平野で大虐殺を行ったことは王国の多くの民が知っている。ならば、そんな恐ろしい国を刺激するようなことをする者が王国内にいるはずがない。

ならばどこの何者がという推測をすると、全てに当てはまる国が一カ国だけ出てくる。

誰もがその国の名前を脳裏に描いているだろう。

――魔導国だ。

自作自演の策謀だと考えれば全ての辻褄が合ってしまう。

荷馬車隊に命じ、食料を焼くなどして廃棄させ――もしくは最初から何も載せず――それを居もしない者たちに襲われて奪われた、と言いがかりをつけているということ以外、考えられない。

「ザナックよ。短い時間ではあったが、どこまで調べがついた？」

「実は……事件を誰が起こしたのかまでは分かっております」

　重臣たちが驚いたような表情を浮かべた。

「……ただ、だからこそ困っているのです。簡単に調べがついてしまったからこそ、これは何かの陰謀なのではないだろうかという迷いが生まれました。より詳しく調べたいと思うので、もう少し時間を貰えないでしょうか？」

「勿論、詳しく調べるべきだ。しかしながら今は少しでも情報が欲しい。分かっている——確実なところまで教えてくれるか？」

「はい、父上。これまでに分かったところでは、どうもフィリップ・ディドン・リイル・モチャラス男爵なる人物とその領民たちが犯人のようです」

「モチャラス？」「聞いたことがあるか？」「男爵と領民が襲撃したのか？」「あの戦争で死んだ者たちの復讐？」「そこまで考えなしか？」「人の感情は時に驚くほどの暴発を生むぞ？」などの声が重臣たちから上がる。

　そんな中、代表して口を開いたのは司法尚書だ。非常に不快気な顔をしている。

「これは陛下……。やはり魔導国の謀略なのではないでしょうか？　流石に王国の貴族が主となってあのようなことをしでかすとは思えません」

「確かに。あの魔導国は〈人間種魅了《チャームパーソン》〉を裁判の場でも平然と使う国ではないか。ならば国家間においてあり得ないような薄汚いことも平然と仕掛けてくる可能性があろう。例えば——その男爵に対し、

〈人間種魅了《チャームパーソン》〉をかけ、操ったのではないか？」

なるほど、などという声が上がる。続いての指摘は、ザナックも己の不手際を後悔するものだった。

「であれば急いでその男爵の身柄を確保した方が良いだろう。私も詳しくは知らないのだが、〈人間種魅了《チャームパーソン》〉とかいう魔法は解けても魔法がかけられている間にやったことを覚えているらしい。なので、その男爵が口封じされかねない」

ザナックは魔法に関する知識はそこまでない。なので、そんな初歩的な失態を犯してしまった。

「その男爵を早急に召喚し、その身の安全をはかると共に何があったかを調べねばなるまい」

「——父上」ザナックは言いたくなかったが言わざるを得ないと覚悟し、口を開く。「真相が解明された暁には、その男爵の首を土産に魔導国と交渉に入りますか？」

「何を言っている」

父の鋭い眼差が自分を刺し貫く。あれだけ乾いたような老人になっても、王という重責を長く担いできた男は違うと、素直に賞賛したくなるような気迫に満ちていた。

自分にはこれだけの威厳を身につけることなどできないだろう。しかし、引くわけにはいかない。もしこれが魔導国の陰謀だったとしても、相手の用意した戦場で戦うことにメリットがあるだろうか。結局は「陰謀だ」「陰謀じゃない」などの言い合いになって、全面戦争に突入する恐れがある。それぐらいなら、その発端となった貴族の首を差し出し、事態の鎮静化を図った方が賢い。

あの戦争であれだけの力を見せつけた相手と戦うなど愚か者の極みだ。戦争になった場合、あの惨劇を知る封建貴族たちが協力して兵を出してくれるとは到底思えない。

もし出してくれるとしたら、それは彼らにも危険が迫った時だろう。

「父上、私は魔導国と戦うべきではない、と思います」

「そのためであれば罪なき貴族を生け贄にしても構わない。——それが次期王としての言葉なのか、息子よ。よくよく考えて答えよ」

ザナックは唇を舐め、答える。

「どのように言われようと私の答えは変わりません。多くの犠牲を出す前に、より少数の犠牲で済ませることもまた重要だと思っております」

「それでは今後、魔導国が何かしかけてくる度に忠臣の首を差し出さなくてはならなくなるぞ？　分かっているのか？」

「分かっております。……それでも私と違い、父上はあのカッツェ平野の惨劇を目にしたはず。その上であの魔導国と争いかねない道を歩むというのですか？」

父王が「む」と一言だけうめき声を上げ、唇を真一文字《まいちもんじ》に引き結んだ。ザナックは駄目押しとばかりに「私は反対です。繰り返しますが、あれほどの国と戦うのは避けるべきだ、と考えております。罪なき貴族を差し出してでも」と告げる。

次期王としては情けない姿を晒しているかもしれない。弱いと陰口を叩かれ、臣下の忠誠心を失う行為かもしれない。しかし、そちらの道こそが王国の存続に繋がるとザナックは信じていた。

「……陛下。私は殿下のお考えを支持します」

賛同してくれたのは内務尚書だ。ただ、彼はもう少し踏み込む。

「陛下。多くの民を守りたいという気持ちは痛いほどわかります。ならばいっそ――魔導国の属国になるというのはどうでしょうか？」

内務尚書の言葉に「何を言う！」「誇りを忘れたか！」などの声が重臣たちから上がった。それらには一切目もくれず、内務尚書の目は真っ直ぐに父王を捉えていた。

売国の発言ととらえられることも辞さぬその意見に父王は静かに笑った。

「それは一層出来ない相談だ。過去に王国に仕えてくれた、また死んでいった者たちの忠誠を裏切る行為だ。彼らに顔向けができん。済まぬな、伯爵。進言感謝する」

「滅相もありません」

二人は目でそれ以上の会話を交わしているようにザナックには見えた。

自分にここまでの忠臣が出来るだろうか。

父は慈悲深いがそれだけの人間だ。しかし――いや、だからこそ補佐する人材には恵まれている。己より優れた者を集めるということに秀でているのだ。例えば、あの男、戦士長――ガゼフ・ストロノーフのように。

あの兄よりは自分が王になった方が良いと思っていた。あの兄は八本指、そして貴族派閥の操り人形として王国を統治し、ろくでもないことをしでかしそうな心配があった。だからレエブン侯と協力して王を目指す、もしくは力のある大公となって将来に備えるつもりだった。

しかし今では——妹のような知恵はなく、父のようなカリスマ性がない自分が王になっても、より良い王国を作りあげられる気がしなくなっていた。

ならば自分が変わるしかないのだが、この歳になるとそう簡単に性格は変わらないし、変われる気もしない。おそらくは死ぬまでこの性格のままだろう。

「——軍務尚書。参考までに聞きたいだけなのだが、どうすれば魔導国と戦って勝つことが出来る？」

「その前にどの国と同盟を組めるのでしょう？　我が国一カ国だけなのですか？」

ザナック、ランポッサⅢ世、外務尚書は視線を交わし、ザナックが代表して答える。

「評議国との同盟はあまり上手くいっていない。前々から——あの戦争が終わってから交渉はしていたのだが良い形での同盟は結べていないのだ。魔導国との仲がより険悪になったと知れば、断られる確率の方が高いだろう」

「左様ですか……。では殿下、次に大変失礼ながら勝つというのはどういった状態のことを仰っておられますか？　一度ぶつかって、相手を撃退すればそれで良いのですか？　それとも魔導王を殺す——ではなく滅ぼすというところまででしょうか？　もし後者なら皆目見当がつきません」

「……軍務尚書。そうではなく、相手が兵を引くだけでいいとしたら？」

「そうですね……」うーんと考え込んだ軍務尚書が首を傾げながら言う。「まず非常に幸運が味方してくれるとして、例えば魔導国がエ・ランテルから王都に進軍してくる間に、一軍を大きく迂回させてエ・ランテルに迫り、そのまま占拠すれば何か変わるかもしれません」

「あの三重城壁を打ち破るのか……」

「はい、殿下。それが可能なだけの大兵力が、魔導国の物見をすり抜けて進むという――まさに幸運が味方しなければ無理な話ですが。勿論、全てが上手くいったとしても、あのおそるべき魔法を平然と行使できる魔導王がエ・ランテルに残っているだけでこの作戦は破綻《はたん》します」

逆にそれ以外、幸運が味方しないで勝つことはできないということなのだろう。父にそれが伝わっているだろうか。

「そうすると、まず魔導国がちゃんと宣戦布告をしてくれなければ終わるな。不意をつかれたり、兵を集める時間がなければそれさえもできない」

宣戦布告とは国家間の慣習であり、紳士協定じみたところがある。言うなれば礼儀の一つだ。

これは宣戦布告をすることで、周辺国家に対して「我が国は礼儀を重んじる国だ」などと宣伝する意味があるからだ。これをしないと野蛮な国と見なされ、将来の外交で大きなマイナスとなる。

ゆえにこの礼儀というのは種族が違えば無視されるのが常だ。ただし、異種族同士の国家であっても、その国が出来てからの歴史や周辺国家との関係――つまりはそこに至る積み重ね――などによっても左右される。

ではこの場合、生者を憎むアンデッドに支配される国はどうなのだろうか。宣戦布告をしてくれる可能性はあるのか。

「――父上。やはり、このように戦争になれば勝ち目は薄いでしょう。ならば僅かな犠牲で切り抜ける努力をすべきではないでしょうか？」

「僅かな犠牲か……」

「はい、父上。すぐに男爵を召喚し、聴取。その後、有無を言わさず責任を全て取らせて、首を切ってしまいましょう」

「……止すのだ、ザナック。男爵を呼び、聴取するのは構わない。だが、彼が無実、もしくはそれに準ずるような何かであった場合は、そのようなことをするのは止めよ。私に良案がある」

「良案……ですか？　それは一体？」

　父王は黙って頭を振った。

　その姿にザナックは良案など嘘なのだろうと判断した。もし本当にあるのであれば口にすればよい。それが出来ないということは、男爵を救うメリットを説明できないため、嘘をついて誤魔化しているのだろう。

　ザナックは失望と共に自分がすべきことを考える。

（やはりどう考えてもこのままでは王国の未来は暗い。……ここは強引な手を使うしかない）

　まずあの男爵に全ての責任を押し付ける必要がある。

　大体、確率は低いと言うだけで、あの男爵が全ての――諸悪の根源かもしれないではないか。なんにせよ、そういう事実があれば、問題は解決する。

ただ、犯人に仕立て上げる方法が浮かばない。王都に来るまでに殺害し、全てを彼の責任にするのはどうだろうか。そうすれば父も納得するほかなくなるのではないだろうか。

(もしくは——あれ、か)

父が反対しても自分の意志を通せるようにすればよい。この事件を聞いた時、このような事態になるのではないかと思っていた。だからこそどうすればよいのか考え、出した答えが一つある。

簒奪《さんだつ》という名の大罪だ。

もう少しすれば何もしなくても手に入る王位をそのような手段で得ることのデメリットは数多い。メリットはせいぜい、今の問題に対してのみ。

ならば簒奪など愚かの極みだろう。しかし、このままだと王国はどうしようもなくなる。

最低でもここにいる重臣たちの賛同は取り付けたい。それに妹に頼んであの男——ブレイン・アングラウスだけは貸してもらわなくてはならない。ブレインさえいれば武力という点では負けるはずがない。

(——あー、腹がたつ！　なんでこんなことを企まなくてはならない！　魔導国なんてものがなければ！　あんな化け物みたいな力をもつアンデッドがいなければ！)

あの魔導国さえなければ、帝国との戦いにしゃしゃり出てこなければ、今頃、兄が王になっていたかもしれないが、しかしここまでの崖っぷちに王国は追い込まれなかったはずだ。

ザナックは心の中で悪態をつく。

その時、ゴンゴンと扉が叩かれた。

ザナックは嫌な予感を覚える。

重要な会議の場に慌ててやってくるというのはよほどの急用だろう。事実、ノックの仕方が荒い。

そこまでする用件の大抵は——いや、間違いなく悪いことだろう。そんな予感があるのだ。

ザナックが代表して入室の許可を出すと、騎士がやはり慌てふためきながら入ってきた。

「魔導国より先触れが到着。魔導国宰相アルベド様があと二時間もしない内に王都に到着されるという旨を伝えてきました！」

かつて会った時は守護者統括というよく分からない地位に就いているという話だったが、今は宰相という分かりやすい地位に就いているようだ。そんな人物が来たということは予感が当たったのか。

——いや、違う。

やはり予感は外れていた。悪いことではなく——最悪なことだ。

（それで——何の用件で来たんだ？）

国璽の押された正式な文書を持ってきた魔導国の使者は現在この宮殿にはいない。せめて城中の一区画に滞在してほしかったが、流石にアンデッドを泊める勇気はなかった。なので、貴族街にある一軒の邸宅に泊まってもらっている。

使者の安全を確保するという名目で邸宅の周囲には兵を配置し、粘体《スライム》の這い出る隙もない警戒を敷いていたが、魔導国と連絡を取った様子はなかった。

ならば、魔法的に連絡を取ったのか、それとも使者が戻らなくても来訪する予定だったのか。

それに魔導国を出る時に先触れを送るのではなく、この近くに来てようやく送ってくるという異常さは何を意味しているのか。

（とは言っても――いきなりの宣戦布告はない様子だな）

もしもこれが宣戦布告であれば、何が起きるか分からない敵地に、最高位に次ぐ人物が直接乗り込んでくるはずがない。

王国が他国からの使者である彼女を害することはない――などという甘い考えを持っているのかもしれないが、危険が少しでも予測される場所に乗り込んでくるほど、考えなしの人物ではなかった覚えがある。

「会おう。すぐに玉座の間を使えるよう準備するように」

「はっ！」

父の命令に従い、騎士が部屋を出た。

他国の重要人物だからと言って、いきなり来て当日に王と面会出来るはずがない。しかしながら、この状況下で、魔導国の宰相に対して「会談は数日後」などと言えるはずもない。

「皆、悪いが急いで正装に着替えて集まってもらえるか？」

王の言葉に、ザナックを含め重臣たち一同は頭を下げた。

使者を歓迎するための玉座の間――玉座が置かれた広間は用途に応じて複数ある――はそれほど広くはないが、それでも歓迎の準備となるとそれなりの時間がかかる。しかしながらゆっくりと案内させることによって――遅滞戦術というわけではないが――魔導国宰相であるアルベドが来るまでに十分な時間を作り、玉座の間の準備をし、重臣たちは式典用の衣服を着用して集まることが出来た。

切り取ったばかりの花の香りが部屋に広がる。

ザナックからすると青臭い気がするのだが、ラナーに言わせると「お兄様のお鼻は詰まっているようですね」とのことだ。

各自が付けている香水などがあるのだから切花は必要ないだろうとも思うが、ザナックも満開の花の美しさぐらいは理解できる。ただ造花で良いのではないだろうか、とは思う。しかし前例がないため、それをする――偽りの花で出迎えるという行為を使者が邪推し、歓迎していないなどと思われたら面倒だ。

こういったマナーというのは種族ごとに存在し、同じ行為でも種族によって反応が変わると思われる。ならば人間以外の種族が多様に存在する評議国はこの辺りの問題にどのように対処しているのだろうか。

そんなことをザナックがぼんやりと考えたのも、入室した魔導国宰相アルベドのその角や翼を見てだ。

魔導国宰相である彼女の薄闇漂うような妖艶な美貌はあの時から何一つとして衰えることなく、あの憎き魔導国の重鎮であるということを忘れてしまいかねないほどだった。恋人がいるのかいないのかは知らないが、彼女一人を巡って国が争うだけの美女。

それが魔導国宰相アルベドだ。

その美貌に心撃ち抜かれ、「ほぅ」という感嘆の溜息があちらこちらから聞こえてくる。声を発したであろう幾人もの貴族たちが賛美の視線を向けているのが分かった。

多くの人間を瞬時に虜《とりこ》にする美貌にわずかに浮かぶ微笑みはまるで慈母のようで、これほど魅力的な微笑みを人が浮かべることは出来ないだろう。

確かにザナックの妹であるラナーも美しいが、アルベドの美しさはそれ以上だと今では思うに至っている。

ただしそのドレスだけが異質だ。

薄い桜色のドレスは舞踏会であればこれ以上ないほど似合うだろうが、こういった場には相応しくない。

だからといって間違えて着てきたはずはない。ワザと、だろう。ならばそこに込められた意味は何なのか。

女のドレスに込められた意味など、ザナックは知らない。もしかすると妹なら何か分かるかもしれないが、あれも貴族の女としては少々いびつだ。着飾ることに興味がないというのは金がかからないという意味で、ザナックからすれば好感度は高いのだが。

ザナックは妹を盗み見る。

いつもの見馴れたドレスとは違って、式典用のドレスを着用している。ただ、前回アルベドを歓迎した時もあれではなかっただろうか。

侮られるから止めろ、と言いたいところだ。とはいえ、アルベドのドレスよりはまだまともだ。

ラナーの着ているのが前回と同じドレスであることに気が付いている重臣たちは幾人かおり、困ったものだという反応をちらりと見せたがその程度だ。

「久しぶりだな、アルベド殿」

ランポッサの声に幾人かの貴族たちが我に返ったような素振りを見せる。アルベドの美貌に心を奪われた者たちだ。

「こちらこそお久しぶりです、陛下」

美貌に釣り合うだけの美しい声で答える。背筋はまっすぐ伸ばしたままで、頭の高さは微かにも揺らがない。あの時と同じだ。柔らかな物腰とは裏腹に、人間ごときには頭は下げぬという傲然とした意思を感じる。

「お変わりがないようで喜ばしいことだ」

「陛下も」

お互いに笑いあう姿は友好的なものにしか見えない。

「あまり時間もないだろう。本題に入ろう。今回は何用でこちらに来られたのかな？」

「はい。先の件——我が国が聖王国を救うために運ばせていた食料を貴国の者が奪った件です」

微笑みを浮かべて言うような内容ではないにも関わらず、その表情は先ほどから何一つ変わっていない。

対して父は玉座から立ち上がると口を開く。

「なるほど、その件か。まず王国の人間の行いを謝罪させてもらう」

父が深々と頭を下げる。一国の王が相手の言い分をそのまま認めてしまった。外交上これは全くよろしくない。生き馬の目を抜くような外交の世界において、自国の非を認めることは大きなマイナスだ。

それも一国の王の謝罪は不味い。国が全面的に罪を認めたようなもの。

これでは魔導国の要求を全面的に受け入れる必要が出てくるだろう。いや——

（全面戦争を避けるという意味では良いのかもしれない。でも魔導国が男爵の首を求めてきたら仕方がないと渡すのか？）

しかし、先程の父の発言からはそれは考えられない。もしここまで来て魔導国の要求を突っぱねるのであれば、先程の謝罪は父ではなく、ザナックがすべきだっただろう。一国の王とその息子では言葉の重さに大きな開きがある。

　そんなことを考えていたザナックは続く父の言葉に目を見開く。

「そして……私の首一つで許してはもらえないかね？」

　父がそれを口にした瞬間、室内の雰囲気が一瞬で凍りついた。

　驚愕が去り、ザナックは己を心の底から恥じる。

　これが父の切り札だったのは間違いがない。

　事件の規模にもよるが、今回の件であれば謝罪の証が一国の王の首であれば誰もが納得するほかない。いや、それ以上の要求をするのであれば、相手方こそ狭量だと非難されるだろう。

　そして父は己の命で支払うことを苦とも思っていない。死にたがっているのではない。王国のためであれば己の命すら差し出せるという王の矜持だ。

　自分の父こそまさに王だ。

　甘いのは事実だろう。しかし、そんな父を自分は軽く見ていなかっただろうか。

「勿論、魔導国が失った食料は王国で補塡をするし、その量を倍にしても構わない。そこに私の首だ。どうだろう、アルベド殿？」

「く――」

　アルベドの笑みが深くなった。美女が笑っているだけだというのに異様なほど恐ろしい。

「――ふふふふ。少し……ほんの少し読み違えていたみたいね。ランポッサⅢ世？」

アルベドの視線が動き、妹を捉えたようだった。

「あの男を失ったから？　それとももっと別？　そっちの」続いてザナックに向けられた。「子供の優秀さを知って変わったのかしら？」

「変わってなどいないと思うが……」

「変わったわ。今までの貴方であればそういった選択肢は選べなかった。……複数の要因があったからこそ、かもしれないわね。でも根本的な部分は大きく変わったというわけではないのかしら？　まあ、いいわ。どちらにせよ、私たちの対応は変わらない」

アルベドの雰囲気の変化が異常すぎて気付くのが遅れたが、彼女はもはや一国の王に対しての礼儀を棄て去っていた。たとえ他国と言えども、国の頂点たる王へ向ける態度ではない。しかしながらザナックは、不思議とその有《あ》り様《よう》の方がストンと胸に落ちた。元々王国の国王と魔導国の宰相などという関係性自体が歪《いびつ》だったのだ。

人間と悪魔。

この構図こそが最も自然なのだ。

だからなのだろうか。誰にも不快感を言葉にさせない圧力じみた何かを、アルベドは放っていた。

だがそれも一時だった。悪魔は再び魔導国の使者という皮をかぶり直した。

アルベドは左右に居並ぶ重臣たちを見渡し、声を張り上げた。

「魔導国は王国に対し宣戦布告をします。兵を動かすのは今より丁度一月後の正午！　ただし、そちらが先にエ・ランテル――魔導国領内に兵を進めて来た場合はその限りではありませんが」

「待たれよ！」

「待つ気はありません。さて、これで私のすべきことは終わりました。最後に陛下――」

「――こうするために謀略を巡らせたのか」

重臣の一人からの怒りに満ちた声を聞き、アルベドが目を細めた。そこに宿っているのは怒りだろう。

「魔導王陛下のお言葉を伝えようとした私の言葉を遮るとは――人間。一ヶ月後を待たずに死にたいの？」

声を上げた重臣の顔がみるみる青くなる。アルベドはことさら声を張り上げたわけでも何かをしたわけでもない。にもかかわらず、時には後ろに兵士たちを並べた封建貴族たちからの脅しを受けたこともあるであろう男が、美貌の女性一人の眼差一つで表情を変えた。

「……ふぅ。残る魔導王陛下のお言葉を伝えます。あの時のような大きな魔法を使うつもりはないので、じっくり楽しもう。以上です」アルベドがここで初めて困惑した表情を浮かべた。「謀略と言われましたが、正直、今回の件はこちらとしても想定外でした。どうしてこんなことになったのか私どもが知りたいぐらいです」

アルベドのその表情や声音はあまりにも真摯《しんし》で、嘘がないように思えた。無論、それ自体が演技という可能性は非常に高いが。

「……我が国の謀略だと思いたいのであればそう思ってくださっても問題はありません。歴史は勝者が作るもの。皆さんの言い掛かりなど全て塗りつぶしてしまえばいいのですから」

魔導国のスタンスが見えた。

戦争を避けようという思考自体が無駄だったのだ。

魔導国は戦争を仕掛け、領土を奪うことが目的なのではなく、王国を完全に滅ぼすつもりなのだ。

もはや戦争は避けられない。一月後、魔導国のアンデッドたちが王国へ進軍してくることだろう。

「見送りは結構です。皆さんのこれからの大切な時間を奪う気はありません」

アルベドは、言いたいことはすべて言い終わったという態度で優雅に振り返ると、背中を見せて歩き出す。

彼女をこのまま無事に返すことは王国にとってメリットがあるのだろうか。

宰相という地位にいる女性を殺せば、魔導国の政治が一時的に混乱し、戦争を仕掛けてくる余裕がなくなるのではないだろうか。

しかし、そのあまりにも堂々とした後ろ姿が躊躇わせる。

ザナックがそうしている間に、誰にも止められることなくアルベドはこの部屋を出て行く。

扉が閉まり、アルベドの姿が向こうに消えてからザナックは父に声をかけた。

「どうしますか？　追って……？」

「そのようなことはするな。使者を殺害するようなことがあれば完全に非は我が国にあることとなる。

どの国も助けてはくれなくなるだろう」

　頭が痛いとでも言うように額に手を当てた父が、力ない声で答える。ザナックは父が先程よりもさらに老けてしまったように見えた。

「陛下。魔導国に対し、陛下が自分の首をもって謝罪をしようとしたことを各国に伝えたいと思います」

「……うむ、よろしく頼む、外務尚書。これで……最悪の場合」

「最悪の場合などと仰らないでください。魔導王の軍勢に打ち勝てばよいだけのことなのですから」

「うむ、うむ。そうだな」

　外務尚書の言葉に少しだけ父の顔に明るさが戻った。ただ、浮かべる笑顔は悲しいものだ。

「ザナック、ラナー。話がある。後で私の部屋に来てはくれないか？　それでは皆。済まぬが、一時間後にもう一度集まり、一月後に向けての相談を始めよう」

　重臣たちが頭を下げた。

　侍従長に連れられ部屋を出ていく父を見送った後、ザナックはラナーと共に部屋を出る。

　外に出るとブレインとクライムというラナーの警護役が待っていたが、自室で待っていてほしいとラナーが伝えると、二人はザナック達が立ち去るのを見送ってくれた。

　廊下を二人で並んで歩く。

「それで妹。父は一体全体どうして我々を呼んだんだ、と思う？」

「はい。お兄様が考えられている通りだと思います」

「そうか。アルベド殿が持ってこられた美味しいお菓子を分けてくれるということか」

「はい！　流石はお兄様。絶対にそうだと私も思っています！」

ジロリと睨むと、平然とした顔で笑いかけてくる。本当に食えない女だ。

「お前はどうするんだ？」

「んー」

顎に人差し指を当て、小首をかしげる。ザナックは「はー」とこれ見よがしに大きなため息を吐き出した。

「兄にそうやって可愛い子ぶっても何の意味もないぞ？　クライムにやってやれ。あれなら簡単に騙されるだろ」

「酷い言いようです、お兄様。それは今度ちゃんとやっておくとして——私はそのつもりはありませんが、お兄様こそどうされるんですか？」

「俺はまぁ、逃げたいな。しかし、逃げるわけにもいかんだろ。どうせ、魔導国からの追っ手が来るだろうしな」

「それは私も同じだと思いますよ？」

身分違いの男と結ばれるためにわざわざザナックと手を組んだ女にしては潔《いさぎよ》いことだ、と思う。もっとこう、生に執着して、明日には王宮を出る予定ですと答えるのかとも思っていた。あの魔導国からは逃げられないという諦めでもあるからなのだろうか。

盗み見たラナーの顔からはその辺りの感情を掴むことは出来なかった。

二人で父の部屋に入ると、最初に投げかけられた言葉はやはり予期した通りのものだった。

「ザナックよ。ラナーよ。二人ともこの地より逃げるがいい。お前たちはまだ王子、王女。この国と運命を共にする必要はなかろう」

二人で顔を見合わせ、答える。

その気はない、と。

父は嬉しそうな、悲しそうな、そんな表情を見せた。

「そうか……。だが、まだ時間はある。お前たちの気が変わったらすぐに教えなさい」

変わるとは思えないが、人の気持ちは移ろいやすい。

ザナックは父に軽く頷いた。

横で同じようにラナーもまた頷いていた。

2

ブレインが家に戻ってくると、それを目にした子どもたちが駆け寄ってきた。

「おっちゃん、お帰り！」

「おっちゃん、おっちゃん！」

わらわらと十人の子供たちがブレインにまとわりつく。男が九人で女が一人という内訳だ。この子らはもともと孤児である。見込みがあると思われた子たちを自宅に住まわせ、剣を教え込んでいたのだ。

つらい生活環境にいたためか、彼らは暴力の重要性を十分理解しており、厳しい稽古にもよくついてくる。とはいってもまだまだ雛《ひな》であり、ブレインが望む領域まで到達できるかはわからない。しかしながらこのまま鍛えていけばクライム級にはなれることだろう。

そんな子供たちは全員が汗臭い。ただ、不快ではない。ブレインだって訓練すればそうなるし、これは彼らがそれだけ頑張ったという証拠なのだから。

「おいおい、お前たち。剣の稽古は終わったのか？」

「休憩――」

「めっちゃ――」

「腕が――」

口ぐちに語り出すため、彼らの言っていることを全てを把握するのはかなり難しい。しかしながら稽古が終わっているというのは分かった。

「なら、ちょっと離れて休んでろ。休むのも稽古のうちだ、って言われたことがあるだろ？」

子供たちが口ぐちに同意をする。

「もう少ししたら今度は俺が稽古をつけてやる。その時に疲れたから動けないとか言わないようにな」

再び子供たちが口ぐちに了解の意を示した。

「よし！　それと水分もちゃんと取るんだぞ。あと、汗をかいているんだから塩も忘れるな！」

一部の子供が分かってるよ、とかおっちゃんは五月蝿《うるさ》いな、とか言っているが、大半の子供たちは素直に返事をしてくれた。

「よし、それなら行け。あっと、その前にあの二人は今どこだ？」

代表して一番年長の少年が「裏庭だよ」と教えてくれた。

ブレインは「おう」と短く返し、子供たちと別れて裏庭に向かう。

子供たちは家の中に入っていった。家の中で準備をして待っている老夫婦から飲み物や食べ物を貰って、そのあとひと寝入りするのだろう。

よく動き、よく食べ、よく眠る。そうすることで立派な肉体が作られるのだ。

ブレインは満足げに頷いた。

「待っていましたよ」

裏庭に来たブレインに女の声が投げかけられた。

「ああ、悪かったな。お姫様に付き添ってもらって貴族や商人なんかに根回しをしてきたものでな。かなり遅くなった」

そこにいたのは二人の男女だ。子供たちに稽古をつけにきてくれているのだ。

ブレインに声をかけた女は、髪の毛をアップにして、団子のような形でまとめている。マゲ、なる南方の髪型らしい。

整った顔立ちは、美人と言うよりは冷たいとか鋭利という印象を強く抱かせる。身長はそれほど高くはなく、女性の平均身長を下回るだろう。

もう一人はむっつりと黙った男だ。

無愛想ではあり、見るからに不機嫌そうではあるが、決してそうではない。ブレインに片手を上げることで挨拶の代わりとしているのだから。

彼は単に言葉を喋るのが苦手なのだ。実際、彼が喋る声を幾度か聞いたが、蚊が鳴くようなという表現が相応しい小ささだった。

男の身長は高くなく、足は短く、体格はがっしりとしている。山小人《ドワーフ》の血が流れていると噂されるのも仕方がないと思えるほどだ。

両者ともヴェスチャー・クロフ・ディ・ローファンという剣士が開く道場の、六高弟に数えられていた。

ブレイン個人としては彼らの指導に関して色々と思うところが多い。お座敷剣術よりは実戦剣術というのがブレインの考えだ。素振りを何百回もするより、実剣――模擬剣などでも良い――で切り合え、である。体を鍛える以上に経験を積んだ方が役に立つと信じている。

しかしながら彼らは技術を習得し、十分な素地を築いてから実戦に臨んだ方が死ぬ可能性は減る、という考えだった。

どちらが正しいとは言えない。

これはどのように強さを得てきたか、という互いの生き方の違いだろう。

ただ、ブレインも、子供たちが才能を開花させることなく死んでいっても困るので、彼らの稽古を取り込みつつ、自分の経験も活かすように鍛えている。だからこそ一層、子供たちの鍛錬が厳しいものになるのだが。

「もしかして子供たちの受け入れ先が決まったんですか?」

「ああ、なんとかようやくな。北西――評議国の近くにある都市に向かう隊商に乗っけてもらう予定だ」

女が少し眉を顰《ひそ》めた。

「魔導国と開戦してもう二週間。かの国の軍勢が動いたという話は伝わって来てませんね。噂では魔導国はあくまでも脅しをかけて王国から譲歩を引き出すのが狙いで、本当に戦争をするつもりはないとか？　もしそれが本当であればアングラウス氏の行動は無意味ではないでしょうか？」

「あの魔導王がそんなことをするかね」

ブレインもあの魔導王をこの目で見ていなければ外交上の駆け引きだったのかと思ったかもしれない。しかし、あの凄惨な戦争を見ている身としては、何か魔導王に狙いがあるのではないだろうかと疑わざるをえない。もしかするとあの魔法を撃ち込むための準備をしているかもしれないのだ。

そんなブレインの不安が伝わったのか、彼女が声を落として問いかけてくる。

「……アングラウス氏はあの魔導王を目にしたとか？」

「目にしたなんてものじゃないぜ。ガゼフとのあの一騎打ちを目撃したんだ。……まぁ、何が起きてガゼフが負けたのか今でもさっぱり分からないけどな」

彼女の目がちらりとブレインの腰の辺りに動いた。

ブレインが下げている至宝、レイザーエッジに向けられたのだ。

これは開戦と同時に色々あって何度も遠慮した挙句渡されたもので、ブレイン個人としてはかなり重く感じており、預かっているだけと認識している。だからこの剣を抜くつもりは皆目なかった。

誰かにぱっと渡したいものだが、ガゼフ・ストロノーフに比肩《ひけん》する者でなければ、ブレインとしても渡すわけにはいかない。

「ストロノーフ氏との一騎打ちですか。わ……」

彼女は言葉を呑み込んだ。

おそらくは「私も見たかった」などと続けるところだったのだろう。これに関してブレインは特に思うところはない。戦士として、あのガゼフとの一騎打ちを見てみたかったと思うのは当然のことだろうから。

いや、それどころか見てほしかったくらいだ。というのも、先も言ったようにあの戦いは何がどうしてああなったのか、今なお分からない。だから説明できる誰かにいてほしかった。

「俺は魔導王は何かを企んでいると思っている。それが何かはさっぱり分からん。根拠なんかないからな。単なる勘が警鐘を鳴らしているだけだ。だが、俺はそれを信じる」

「アングラウス氏ほどの戦士の勘であれば当たっているかもしれませんね……」

「そいつはどうか分からんが……。兎に角、ガキどもはとっととここから逃がす。もし俺が死んでも俺の教えた剣――なんて立派なもんじゃないが、それらは生きるわけだからな」

「……実のところ、我らの師もアングラウス氏と同じようなことを仰ってました。魔導国は何か暗躍しているんじゃないか、と。なので子供たちがここを去るときに――」女は先ほどから黙ったままの男を見る。「――彼も同行させてくださいませんか？」

「何？　良いのか？」

チラリと男を見ると、むっつりと頷くところだった。かなり嫌そうに見えるのだが、多分、違うのだろう。

　というのもこの男、子供の扱いが非常に上手い。

　ここには今まで六人の高弟全員が来ているが、その中で最も子供たちに懐《なつ》かれているのが彼だ。

「はい。師も、何かあった場合でも、彼さえ生きていれば自分たちの剣は残ると考えられたようです」

　つまりブレインと同じ気持ちだということだ。

　なら断るべきではない。

「そっちに問題がないなら構わないぜ。それどころか感謝するよ。連れて行ってくれる商人には俺の方から話をつけておく」

　非常に小さな声で「よろしく頼む」と——多分——聞こえた。

　ブレインは軽く手を上げて答える。すると男も答えるように深々と頷いた。

「それじゃ、もう少しガキどもが休んだら、俺の稽古の時間だ。今日も俺のいない間に色々と稽古をつけてくれて感謝するぜ」

　純粋な感謝の気持ちを口にする。大した金を払っていないのに、ここまで来て子供たちに指導してくれているのだから。

　彼らの師であるヴェスチャーに対しては、ブレインの剣の腕などを知ったから恩を売るために高弟たちを紹介したいのだろうと読んでいるので、そこまで恩義を感じない。しかしながら高弟たちは、自分達を容易く叩きのめしたブレインが才能を見込んで鍛えるという子供たちに興味があったり、孤児がそうやって生きる術《すべ》を得るということに好感を持つなど、自主的に協力をしてくれている。

　王女の警護役の真似事をするようになって、面倒な貴族どもをしょっちゅう見ているだけに、高弟たちの真っ直ぐな心根はことさら眩しく見える。

「……それにしてもアングラウス氏の優しさには頭が下がる思いです。子供たちを引き取って、剣を教えることで生きられるようにしようとは……」

　ブレインは顔を曇らせる。

　そんなキラキラした目で見られるようなことはしていない。

「褒めるのは止めてくれ。俺は決して良い奴なんかじゃない。俺は確かにあの子らを貧民街などから拾ってきた。しかし、それは俺の狙いがあってだ。……他にもいろんなガキを見たが、才能がないと思った子供には声をかけなかった。中にはもう死にそうな奴もいたが、俺は何もせずに通り過ぎてきた。褒めるんだったら善意で行動する——あの王女様みたいな奴にしてくれ」

　女の瞳の中に不思議な光が宿ったのが分かった。ただ、それがどんな感情が引き起こしたものかは分からなかった。

「ラナー王女様ですか。孤児院に出資をされているという話でしたか。確かに王女様も素晴らしいことをされている。ですが、アングラウス氏だって、誰もしないことをしているのですから褒められるべきだと思いますが？」

「そこら辺はいつまでたっても平行線だ。あんたらが褒めるのは勝手だが、俺の前では止めてくれ。罪悪感で胸が痛くなる」

「それは申し訳ない」

「……いや、気にするな。冗談だ。そんなことで罪悪感を抱くには俺は汚れ過ぎている」

訝しげな表情をした彼女から目を逸らし、ブレインは元ガゼフの、今はブレインの館を見る。

そこで食事をし、その後、寝ているだろう子供たちの姿を思い浮かべながら。

●

開戦から一月ほどが経過したナザリック地下大墳墓第九階層の一室。

ギルドメンバーの私室として用意された部屋の予備に各階層守護者とアインズは集まっていた。コの字型にテーブルを並べ、椅子に腰かけた全員で会議資料に目を通していく。

ちなみにこの部屋にいるのは守護者だけではない。各守護者の後ろには同数の一般メイドたちが控えている。そしてアインズの後ろにはペストーニャだ。彼女たちは雑務担当として参加しており、一言も言葉を発していない。

この沈黙はアインズにとってはよく分からないが、道具のように行動するという意志の表れだということだ。なので、彼女たちの望みを叶え、アインズは彼女たちを取り敢えず無視しておく。

「ふむ……」

アインズは資料を真剣に読み込む。後ろにペストーニャがいると思うと、微妙に気が散るが、努力して集中する。

この後で意見を交換し合うことになっているのだ。そのとき自分だけ素っ頓狂なことを言ってしまったら恥ずかしい、という不安は当然ある。

だが、それ以上に普段ナザリックでアルベドから回ってくる政治や経済、法律といった理解不能な書類とは違って、これはアインズにも理解できるものだというのが大きい。

アインズの頭脳は最大限好意的に評価しても常人並みであり、国家統治に関する素質など求める方が間違っている。しかしながら怠惰というわけではない。どちらかと言えば色々なことに努力する勤勉なタイプだ。特にナザリックの頂点に立つアインズは自分たちとは比較にならないほどの明晰な人物であると各ＮＰＣが勘違いしている中にあっては、努力を欠かすわけにはいかない。

最初の頃はＮＰＣたちの忠誠を保つためにと思っていたが、今では子供に失望される親にはなりたくない、という気持ちがあった。

だからこそ自己啓発本を読んだり、ビジネス書を読んだりもしているぐらいだ。それにどちらかと言えば得意分野である戦闘技術の向上などにも努めている。

全部、アルベドなどに丸投げにするのが安全なのだが、現状、アインズの意見を求められることが多々ある。そういった時に愚かなことを言ったにも関わらず、「アインズ様の仰られたことだから」と行動に移されてしまっては、大きな損害が出るかもしれない。それを防ぐためにもアインズの成長は不可欠なのだ。

　そんなアインズだからこそ、この資料は特に興味深く、読むのにも真剣さが増すというもの。

　一通り読み終えたアインズは、予定時間になっていることを確認してから声を発した。

「さて、各員。資料は読み終わったか？」

「はい、アインズ様」

　代表として、全員を見渡したのちにアルベドが口を開いた。

「よろしい。それでは――おっと、その前に、王国との戦争が始まってもう一月が経過しているが、今のところ王国側にこちらの侵攻がばれている様子はない。きっとこちらがエ・ランテルに籠もって動いてないと思っていることだろう。――デミウルゴス、よくやった。情報が漏れないように上手く管理しているお前の手腕は見事だ」

「ありがとうございます」

「それに関係して、王国の一部貴族たちに脅しをかけてナザリック側に寝返らせた件。これもまた見事だぞ、アルベド」

「ありがとうございます、アインズ様」

　アルベドがデミウルゴスと同じように深々と頭を下げた。

「――うむ。この件は重要な話だ。後でもう一度、詳しく聞かせてもらおう」

アインズは資料の途中のページをペシペシと指で叩きつつ、二人の了解の言葉を聞く。その後、支配者に相応しい態度で鷹揚《おうよう》に頷き、全守護者を見渡した。同じように真剣な眼差を向けてくるメイドたちも視界に入るが、苦労して無視しておく。

「よろしい。それでは意見を交換しよう。まず、この方法でも都市を問題なく攻略できたということに、私は深い満足を覚えている。コキュートス、よくやった」

「アリガトウゴザイマス。デスガ、コレモ兵タルアンデッドヲ貸シテクダサッタアインズ様アッテノコト。即チ、アインズ様ノ勝利デアリ、私ナド何モシテイナイニ等シイト申シテモ過言デハアリマセン」

「コキュートスの言う通り――」

言いかけたアルベドにアインズは手の平を向け、言葉を遮る。

「――世辞は良い。コキュートス、賞賛は素直にうけよ。お前の働きが見事だった、と私は言っている」

「ハッ！　アリガトウゴザイマス！」

「よろしい。さて、ここまで王国の都市は問題なく陥落している」

アインズ・ウール・ゴウン魔導国は王国との戦争が始まったとき、王国東部を侵攻しつつ、北上していくという作戦を実行した。逆に王都がある方角――西には一切進軍していない。

この作戦の主たる目的は、援軍などに代表される他国の介入を避けるため、評議国との国境を支配下に置いて閉鎖してしまうことにある。

これはコキュートスの軍略であり、アインズも良い手であると認めたものだ。

「これは非常に満足の行くものだが——それではデミウルゴスにアルベド。情報封鎖の件だ。これには今後もかなり高い確率で上手く行くと予測されると書かれているが、どういった時に失敗すると思われる？　代表してデミウルゴス、答えよ」

「はっ！　各街道の監視は十分に行っていますし、隣接都市にシャドウ・デーモンを送るなどして注意は払っております。ただ、人の世を棄てた隠者や森祭司《ドルイド》など、自然の中で孤独に生きる者たちは監視が難しく、そこから情報が漏れる可能性がございます」

「ならばアルベドと相談したうえで、そういった者たちも発見できるように、監視網の強化に努めよ」

「はっ！」

「それでは次だな」アインズは資料を捲《めく》る。そして捲る。「うーむ……ここまで幾つもの都市を滅ぼしていったな」

そこから何ページにも渡って、どのような戦術で誰がどの都市を完全に壊滅させたかの記載が続いていた。最新のページに書かれた都市を滅ぼした守護者こそがコキュートスだ。

「……寡兵で攻め立てるという難題を与えたにも関わらず、都市を壊滅させて住人を見事皆殺しにしたコキュートスのように、今まで各員が知恵を絞って都市や村落を落としていったことは素直に見事だと思っている」

　魔導国は、攻め込んだ村や都市は完全に破壊し、住人を一人も生かしておかない苛烈な戦いを展開している。静かに攻め込んでくる魔導国軍が通った後は、無人の廃墟か、もしくは瓦礫の山だ。

　アインズはこの辺りで後ろから向けられているであろう視線が非常に気になってきた。

　この残虐非道な行為は好きで行っているのではなく、目的あってのことだ。その辺りを理解してほしい、とアインズは心の中でぼやいた。

「ありがとうございます、アインズ様」アルベドが頭を下げ、各階層守護者がそれに続く。「今後もアインズ様のご期待に添えるよう、全身全霊をもって邁進《まいしん》してまいります」

「――ぁ、うむ。各階層守護者らの決意、それに忠誠、ありがたく受け取ろう。さて――」

　そろそろ、だ。

　アインズはゴホンと咳払いを一つすると、言葉を続ける。

「――しかし失敗がないというのが気になるな」守護者たちが疑問の色を浮かべるよりも早く、アインズは続ける。「コキュートス。お前はリザードマンの一戦で敗北を喫した。その時、そこから多くを学んだ、と思うがどうだ？」

「仰ル通リデス。アレカラ学ンダコトハ大キカッタト感ジテオリマス」

「そういうことだ。敗北から学ぶことは多い。いや、敗北したからこそ学べることがあると私は考えている」

　ユグドラシルでもそうだ。負けたからこそどうすればよいかを考えた。職業《クラス》を取り直し、武装を変更し、作戦を練り直す。逆に勝ったのだと慢心し、腕を磨くことはなかったような気がする。

（たっち・みーさんみたいな例外はいるが）

　敗北など皆無に近いくせにより一層強くなるし、職業の組み合わせなどの性能面の追求にも貪欲《どんよく》だった男などは、この際常人の範疇《はんちゅう》には入れないことにする。

　ああいった例外はさておき、アインズは敗北からしか学べないことも存在すると確信している。

　だからこそ都市の攻略にも失敗してもらいたい。

　ここで敗北してもかまわない。なぜなら幾らでも取り戻せるからだ。しかし、いつか、どこかで、必ず、敗北したら全てが終わりという戦いが来るはずだ。その重要な時に敗北しないように日頃から経験を積み重ねていく必要がある。

　命を奪うのだ。なら、その全てをナザリックのために役立てるべきだ。そう。それも最も利益が出るような形で使うべきなのだ。

　そしてもう一つ――あの二人の願いを聞いているアインズはここで布石を打つ狙いがある。

（さぁ、ここからが勝負だな）

「賢者は――」その先の言葉が浮かばない。ど忘れしてしまった。慌てて誤魔化す。「――別として、愚者は経験に学ぶ。お前たちを愚者という気はないが、愚者でも分かるように経験を積んでおくのは必要不可欠だ」

　アインズは己に少しがっかりする。

　なんでこんな大切な所で言葉を思い出せないのだろう。自分はどうしてダメなんだろうか、と。

　言葉を巧みに扱う者は、どうしてあそこまで機転が利くのか、そして学んだ言葉をスラスラ語れるのだろうか。普通、言葉を思い出せずに詰まったりするものではないだろうか。

　結論は一つなのだろう。脳みその作りが違うのだ。

「……はぁ。……今回の、王国の都市を壊滅させ、住人を虐殺するというのは、ナザリック地下大墳墓の力量をもってすれば困難なことではない。しかし、ここで重要なのは経験を積むということである。将来、より難度の高い事態に遭遇した際、ここで得たものが我々の糧《かて》となるだろう」

　アインズはギルド戦争などで相手の拠点に乗り込んだことはある。時には攻城戦だってやったものだ。しかし、それはユグドラシルでの話だ。ゲームで得たノウハウをちゃんと現実に落とし込む必要がある。

　そういう意味でも、今回の様々な都市を様々な方法で陥落させるという経験は絶対に将来の役に立つはずだ。

　ナザリック地下大墳墓は強くならなくてはならない。この世界にあるギルドは〝アインズ・ウール・ゴウン〟だけ、そしてギルド拠点はナザリック地下大墳墓だけ、と考えるのは少々甘すぎる。アインズがいるのだ。絶対に他のプレイヤーギルドだっているはずだ。いや、もしかしたらこれから来るのかもしれない。

　ならばその時のために組織を強化する必要がある。

　経験するということはやはり重要なのだ。

　真剣に話に耳を傾けている守護者たちを見渡しつつ、アインズは続けて話す。

「現状、各階層守護者への負担が増大しているのが気になる。だが、お前たち以上に安心して任せられる者が少ないのもまた事実だ」

　階層守護者は――ヴィクティムを除き――百レベルというアインズに匹敵する強さを持つ。他の――領域守護者などはそれよりも弱い。なので、領域守護者を外――強敵と相まみえる場所に連れ出すのは不安が大きいため、どうしても階層守護者に任せるところが多くなってしまっていた。

「しかし、それに甘えていては色々と問題がある。アインズ・ウール・ゴウン魔導国が広大な領土を支配する以上、将来的には領域守護者たちにも様々な仕事を任せる時が来るだろう。もしかしたら戦争も誰かに任せる時が来るかもしれない」

「――経験を積んでいない者たちのためにも歴史を用意しておくということですね」

　デミウルゴスがまた訳の分からないことを言いだした。しかし、歴史を用意しておくというのはこの場合、意味的に合っている気もするし、なかなかカッコいい。

「――そう。その通りだ、デミウルゴス」

伝わらないと思うが、ニヤリと笑っておくと同時に、訓練によって「立派な支配者っぽいぞ！」と感じた声の出し方をしておく。

ちなみに一般的には録音した自分の声を聞くと悶絶しそうになるということだが、その辺をアインズは考えない。自分が今どんな声を出しているのかとか考えると、精神が安定しそうな予感を覚えるからだ。

それにしてもデミウルゴスの〝歴史〟というのは良いアイデアだ。

今回の王国に対する侵略戦争で得られた様々な都市攻略方法を本か何かにまとめ、領域守護者を始めとしたナザリック地下大墳墓内にいる全存在に知らしめれば、全員の経験として共有することができるだろう。

無論、百聞は一見にしかずという言葉があるように、実際に経験してもらった方が得られる経験値量は多いとは思う。しかし、こんな良いチャンスが何度もあるとは思えない。

「さて、各階層守護者よ。今後も今までにない新たな都市攻略作戦について立案せよ。デミウルゴスにアルベド。お前たちは優秀すぎる。他の者たちの作戦を黙って聞いておけ。取り敢えず私の感想としては、今までの作戦においてはシャルティアの立てたものが面白かったな」

「も、もしかしてフロストドラゴンを使った投下作戦でありんしょうかぇ？」

「その通りだ。あれは運輸関係を任せているシャルティアだからこそ、だろう。あの作戦を雛形に、えっと、なんだったか？　空挺だったか？　あれを組織として作り上げておくのも悪くないな」

ドラゴンブレスで一撃離脱をするのではなく、魂喰らい《ソウルイーター》を五百メートル上空から投下。その後、立ち上がった魂喰らい《ソウルイーター》がオーラを展開することで大量虐殺を行うという作戦だ。

流石の魂喰らい《ソウルイーター》も五百メートル上空から落下すれば、それなりのダメージは受ける。この世界では、落下による加速度は空気抵抗をあまり受けないためなのか、無限に上がっていく様子だ。無論、実際はそんなことはないのかもしれないが、そんな実験に時間や労力を費やしていないので、アインズは詳しいところまでは把握していない。

そんな魂喰らい《ソウルイーター》だが、オーラを展開し、魂を食らえば体力は回復する。つまり、落下のダメージはすぐに無くなるという寸法だ。

「あの計画はある意味、失敗した——今後の課題があった点も良い。屋根にぶつかった、という点だ」

書類で上がってきた結果報告を読んだアウラは笑っていたし、アインズも内心では笑っていた。勿論、シャルティアの立てた作戦を馬鹿にしたわけではなく、確かにそうなるよな、というちょっとした面白さに対するものだ。

落下させた魂喰らい《ソウルイーター》のうち、尖った形の屋根に当たって、変な方向に弾け飛び、予定よりも大きなダメージを受けた個体がいたのだ。それだけならまだ良い。中には屋根を突き破って家屋にダイナミックエントリーを敢行。そこで変に挟まって暫く動けなくなったものさえいた。

四体放り出して動けなくなったのはたったの一体だが、実験回数が少なすぎるためパーセンテージは高い。

「この実験はもう何度か繰り返した方が良いな。空挺の良い実験データが取れそうだ。シャルティア」

「はい！」

「その辺りはお前に任せる。幾つかの都市で実験を行え」

「畏《かしこ》まりんした。早急《さっきゅう》に作戦を立案し、実行したいと思いんす」

他にアインズの印象に残ったのは、エルダーリッチ三百体による〈火球《ファイヤーボール》〉を使っての絨毯《じゅうたん》爆撃、暗殺者を使っての都市首脳部の暗殺による混乱に乗じた侵攻作戦などだろう。

これら多様な都市の攻略方法の記録は、領域守護者たちの勉強に役立つだけではなく、ナザリックを攻めてくる相手の計画を読むことにも使えるはずだ。

アインズは内心でため息をつく。

警戒し過ぎ、という意見が各守護者の胸中にはあるかもしれない。

確かにナザリックが絶対に無敵であれば、このようなことはしなくても良いだろう。だが、そんなはずはない。

決して、そんなはずはないのだ。

「――いずれ来るだろう同格以上のギルドとの戦いに備えよ」

アインズが重々しく言うと、一斉に守護者たちが服従の声を上げた。

「さて――そろそろ次の攻城戦が始まるな」

ちらりとアルベドに目をやると――アインズは眼球を持たないため、視線だけだと察知してくれないことが多いので、顔ごとちらっと向けたりしている。ただしアルベドはかなり鋭敏に知覚する。――アルベドがその通りだ、と頷いた。

「所デアインズ様。今度ノ一戦、少々兵力的ニ厳シク感ジラレマスガ、ドノヨウナオ考エナノデショウ？」

アインズは硬直する。

そんな当然の質問に対し、アインズは即座に返答が出来ない。正直、押し切れると思っていたのだ。事実、デミウルゴスやアルベドからの質問はなかった。コキュートスたち他の階層守護者もそれに続くと思っていたのだが――

（――そうか。コキュートスはリザードマンとの戦いで敗北した経験があるし、あの時、自分で考えろ的な事を言ったからな）

回り回って今の自分を苦しめるようなことをなぜ、過去の自分は言ったのか。いや、あの時はあれが正解だったし、ナザリック強化という意味では間違っていなかった。あれがあったからこそコキュートスの成長にも繋がっているのだから。

アインズがなぜ、確実に勝てるとはいい切れない程度の兵力しかぶつけないのか。その辺りには全然複雑ではない理由がある。しかしながらそれを階層守護者たちに語って聞かせることはできない。

なぜなら、それはもしかしたらナザリック崩壊の危機に繋がるかもしれないからだ。

　アインズはごくりと——出もしない——唾を飲む。

　沈黙してしまった時間が長すぎる。ここは何でも良いからそれっぽいことを話す必要がある。

「そういえば、近隣の街を落とした時も、ワザとほんの少し人間をそちらに逃がしましたよね？　あれも何か理由があったんですか？」

「コキュートスにアウラの疑問、当然だ。いや、他にも同じような感想を抱いている者たちがいるだろう」アインズが見渡せば全階層守護者たちが頷く。「……なるほど。ならばこれからの一戦を見ると良い。その後、私が理由を聞かせるとしよう」

　時間を稼ぐしかない。アインズは未来の自分に丸投げする。

●

　王国北部にあるリンデ海に面した大都市エ・ナイウル。

　ナイウーア伯爵の領内最大の都市であり、海の恵みに富んだ港湾都市である。

　領内最大とは言うものの、領境を越えて東に行けば軍港として名高いリ・ウロヴァールがある。面積も入港船舶数もそちらの方が上で、エ・ナイウルが勝《まさ》っているとすれば漁獲高ぐらいだろう。つまり戦略拠点としてはさしたる価値もない都市だ。

このエ・ナイウルの真価を高らかに謳《うた》うのは、むしろ美食家たちだろう。ナイウーア伯爵家は魚料理において王国一の座を勝ち取るべく代々研究を重ねてきた。そうして醤油をベースに蜂蜜などを合わせたタレを食材に塗り、焦がさないように慎重に焼くナイウル焼きを完成させたことでも知られている。

そんな都市の空気は開戦後もつい数日前までは弛緩したものであった。漁師は船を出して網を打ち、市場は新鮮な魚介を求める人々でにぎわう。街道を通る商人の姿が減った以外は何も変わらない日常が続いていた。

誰も特別な行動をとらなかったのも仕方がない事だった。

魔導国と開戦したという話は一月も前に、王都から来た使者によって伝わっていたが、王国最北部まで魔導国が手を伸ばすとは考えられなかったのだ。その前に王都が落ちて戦争が終結するはずなのだから。

それに周囲には他領の大都市があるし、領内だけを見ても魔導国からここに至るまでには幾つもの町や村がある。

有事の際には、まずそれらの街から援軍要請が来るはずなので、防備を固めるようなことはせず派兵の用意をしておく程度のことしかしていなかった。

しかし——事態は急変した。

隣に領地を持つ男爵が僅かな手勢《てぜい》と家族を伴い、慌てふためきながらエ・ナイウルへと逃げ込んできたのだ。

男爵の説明は簡単なものだった。「アンデッドたちが現れ、領内の民たちを皆殺しにしていった」である。

アンデッドが自然発生することはある。そしてそれが強大なアンデッドで、村落が滅ぼされるということは皆無ではない。

しかしながら村落を滅ぼせるようなアンデッドが発生するまでには時間がかかる。カッツェ平野のような例外を除けば、弱いアンデッドたちがその場に複数いる状況が長く続くことで、ようやくそれよりは強いアンデッドが発生するのだ。

ちゃんと領内を管理していれば、太刀打ちできないようなアンデッドが発生する前に問題を解決することはたやすい。

このように通常、強大なアンデッドが人の世界に突然出現することはない。あるとしたら概《おおむ》ね二つのケースに絞られる。

アンデッドを支配する邪悪な魔法詠唱者《マジック・キャスター》が出現したか、アンデッドが遠方から流れて来たかのどちらかだ。

そうなると、思い当たる人物はたった一人しかいない。

アインズ・ウール・ゴウン魔導王だ。

開戦したという情報はここまで届いている。魔導王のアンデッド軍団が出現したと考えれば納得はいく。しかし、疑問は次々浮かぶ。

周辺の都市はどうなったのか？

数はどれぐらいで、どんなアンデッドの集団なのか？

王都はどうなったのか？

数知れぬ疑問が浮かんでくるが、それらに一つ一つ答えを導き出す前にすべきことがあった。男爵の話を詳しく聞いて情報を分析したところ、それらアンデッドの進攻方向にエ・ナイウルがあると予測できたのだ。

即座に領内の全ての村や町に早馬を飛ばし、避難せよという指示を出した。

現状において、魔導国軍がどんな目的で辺境の港町に来たのかはわからない。魔導国は内陸の地であるため、手っ取り早く港を入手するために攻め易い場所を狙ったのかもしれないし、リ・ウロヴァールを攻撃するための橋頭《きょうとう》堡《ほ》にするつもりとも考えられる。

何にしてもここに避難するのは危険でもあるのだが、迫りくる魔導国軍を振り切って他領に逃げられる者は少なく、結局殆どの者はまがりなりにも防衛機能を持つエ・ナイウルへと逃げ込んできた。

領内の人間たちの避難がほとんど終わって五日後。ついにエ・ナイウルの市壁に作られた見張塔からアンデッドの姿が確認された。


それから更に三日間が経過した昼ごろ、その見張塔の最上階に男がいた。

年齢は四十歳を超えているだろう。日に焼けた体は引き締まっているが、漂っているのは武人の雰囲気というよりも磯の香りという印象である。海の男、という風体《ふうてい》だ。

前髪と頭頂部の髪の毛は殆どない代わりに、左右と後ろに豊かだった時代の名残があった。それをぐっと持ってきて、頭頂部の地肌を少しでも隠そうと努力している。

船乗りのような見た目だが、身につけた服は上級貴族のそれであり、男が高い身分であることを示している。

「ひょわー。一杯いるー」

あまりにも見た目にそぐわない口調だ。しかしこの威厳皆無な口振りの男こそが、この土地の支配者、ナイウーア伯爵だった。

彼の視線の先にはゾンビの大群があった。数はエ・リイウル守備軍の二十倍程度だろうか。今は後続を待って前進を止めているが、後ろから来るゾンビの列もまばらになってきたので、数はここらで打ち止めだろう。となれば、開戦は目前に迫っていると思った方が良い。

「――とは言っても、ゾンビの群れですよ。大したことはありませんね」

言い切ったのは伯爵の横に立つ女だ。

真っ白な髪が風に揺れる。

白いと言っても年齢的なものではない。白く染めているのだ。

元々の色は王国民に多く見られる金色であり、一年ほど前までは黒色に染めていた。

染めるのはお洒落や趣味のためではない。彼女は冒険者であり、目立つ外見をすることで自分たちのチームを宣伝しているのだ。こういった冒険者は他にもいる。有名なところではピンク色に染める冒険者というのもいるぐらいだ。

彼女の髪色が黒から白に変わったのもそれに関係している。

というのも王国で活躍するアダマンタイト級冒険者に〝朱〟〝蒼〟がおり、そして〝黒〟が生まれた。今や冒険者業界で黒と言えば漆黒のモモンを真っ先に連想するようになってしまった。モモンの素顔を見た者は極めて少ないので、黒髪押しで宣伝効果を期待できるかと検討したこともあったが、モモンのパートナーが美しい黒髪だということを聞いて諦めた。

かくしてチームカラーを黒から白にガラッと変えたわけだが、彼女――スカマ・エルベロとしてはチーム名に色を入れずシンプルに〝四武器〟としたのは間違いじゃなかったと密かに思っている。

「あれは間違いなく自然発生じゃありませんね。農夫の格好をしているゾンビが沢山いるんで、魔導国からわざわざ連れて来たわけじゃなく、周辺の村々を襲い、殺した者たちをアンデッドにしたんでしょうね。本当に反吐《へど》が出ますね」

唾棄するようにスカマは言う。

中にはもう少し武装――皮鎧や鎖着《チェインシャツ》などの軽装鎧を着用している――が整った、元は兵士だったと思われるゾンビもいるが、大半は普通の服しか着てはおらず、その服もあまり立派な物ではなかった。

「そんなこと出来るの？」

「あれだけの数を作れるかどうかは知りませんが、アンデッドを作り出す魔法はありますし、出来るんじゃないですか？」

「ほへー」

　感心したようにナイウーア伯爵が言う。

　この非常事態に緊張感を一切感じさせない声というのは人によっては不快感を刺激されそうだが、スカマの表情に変化は一切見られない。

「それならこっちもアンデッド部隊を編成して相手にぶつけるとか出来るわけ？」

「数ある魔法の中から好き好んで死霊系魔法を習得した高位の魔法使いが何十人もいれば可能でしょうね。残念ですがこの街には一人もいませんよ」

　断言できたのには理由がある。

　ナイウーア伯爵は、魔術師組合所属、神殿所属、冒険者、その他――つまりはこの都市内にいる全魔法詠唱者《マジック・キャスター》に都市の防衛への参加を要請し、傘下《さんか》に魔法詠唱者《マジック・キャスター》だけの部隊を作っている。

　その中で最も数が多いのが冒険者の魔法詠唱者《マジック・キャスター》で、戦闘経験も豊富であることから、その指揮はこの都市で最高位の冒険者チーム――つまりスカマたち〝四武器〟に委任された。それゆえ、彼女は守備隊の魔法詠唱者《マジック・キャスター》の詳細を全て把握しているのである。

「そうなんだ。それでさー、何とかなる？　うちは百二十年間――この地に最初に村が出来たころから今に至るまで、一度も城攻めを受けたことがないんだよね。ぶっちゃけノウハウがありません」

　都市の支配者の台詞ではない。

　しかし、やはりスカマに怒りという感情は浮かんでいなかった。とはいっても、相変わらずスカマも敬意の感じられない声で答える。

「何とかなる？　じゃないと思うんですよね、伯爵。何とかしないと私たち、みんながアンデッドですよ。だからこそ皆が協力してくれているという面もありますけどね」

「そうなんだよねー。なーんで私の時代にこんなこと起きるかなぁ。せめてあと五年ぐらいしたら一番上の息子に譲ったのに」

「運が悪かったですね。まぁ、そんなことを言ったら、私たちだって同じですよ。なんで、私たちがこの街に来ている時にこんな事件に巻き込まれるかなぁ、って。あと数ヶ月もしたら多分、この街から別の――もっと大きな街に移動していたのに」

「ふわー、ちょ、ちょっと待ってよ、ね。この街を棄てていくのは勘弁してよぉ！」

「逃げるなら、今！　って感じですよ。ほら、あれ」

　スカマが伸ばした指先は、ゾンビ軍団の先頭にいる二体のアンデッドを捉えていた。

　両者共に周囲のゾンビよりも頭二つ分ほど大きいので十分目を引くのだが、それ以前に肌が粟立つような桁外れの威圧感を放っていることの方が存在感を強めていた。どちらも強敵だろうというのが明確に伝わってくる。

　そしてそのアンデッドたちのすぐ横には一つの旗が棚引いていた。

「魔導国のものだね」

「ええ。……伯爵はカッツェ平野の戦いには参加されたんですよね？」

「うん？　信頼できる家臣に兵を預けて送ったけど、私も、私の家族も参加してないよ。……彼らは戻ってこれなかったなぁ」

「それは……神の御許《みもと》で安らかな眠りがあらんことを。まぁ、あの二十万人を虐殺した魔導王――魔導国が送り込んできた、たった二体しかいない特別製アンデッド。……弱いと思います？」

「思わないねー。めっちゃ、強いだろうねー」

「ですよね。…………この都市を実質たった二体のアンデッドで落とせると判断されたことに対して怒りはないんですか？」

「全然ないよー。それよりもどうしたら助かるかだけを考えているよ」

　この地の支配者としては情けない台詞だが、逆に言えば状況をちゃんと認識出来ているということだ。

「使者を出して、降伏したいって交渉したいけど、多分、無理だろうなぁ」

「船に乗って逃げればいいじゃないですか。その準備はされているんでしょ？」

　先ほど集まって会議をしたときに誰もが思いながらも口には出さなかったことをスカマは聞く。

　伯爵は苦笑いを浮かべ、すぐには答えない。隠そうというよりも、スカマの質問に含まれた真意を見抜こうと頭を働かせているのだろう。

伯爵とは特別親しいわけではないが、仕事で何度か顔を合わせているので、かなり頭の回転の速い人物だということは分かっていた。

残念なのは、伯爵の息子は合格ラインにはいるが、父親ほどの優秀さがない点だろう。経験を積めば父に勝ると見なしている者も多いそうだが。

「うーん。勿論さー。でもこの都市の住人、全員を船に乗せることはできないからね。近くの海岸まで逃がし、またここに船だけ戻ってくるというのを繰り返しても、食料はどうするんだ、どこに逃げればいいんだ、という問題が出てくるし……」

「伯爵家だけならなんとかなるんじゃないですか？」

伯爵はまた少し考えたあと、答えを出した。

「まぁね。それは最後の手段だね。『皆さんこの街に避難してください。私は家族共々この街から逃げますが』なんて、流石に嫌な気持ちになるからねー」

相手の都市を占拠したら都市の支配者層だけを殺すなり、従属させるなりして、領民はそのまま——略奪などはするかもしれないが——支配というのが一般的だ。都市の住人を虐殺するというのは金の卵を産む鶏を絞めるに等しい行為だ。

都市を破壊することが占領側のメリットになる、などのことがなければそのようなことは普通しない。

しかし――

「魔導王――魔導国に攻められて、そこから逃げてきた男爵や私の村からの避難民の話、君も聞いたよね？　あんまり良い感じじゃないよね」

「もっと逃げてきても良いはず、と仰りたいのですか？」

伯爵は「そう。それ」と答えた。

早くに逃げ出した者たちがここまでたどり着いている。しかし、それは周辺に住む民の数から考えればあまりにも少ない数だ。では、取り残され、逃げられなかった民たちはどうなったのか。

あまりにも完璧で慈悲深い統治によって逃げる気がしない。蟻の這い出る隙間もないほどの監視下にある。もしくは魔導国に連行されている。希望的観測に基づいて考えた場合、この三つぐらいがあり得るだろうか。

ただ、村人がゾンビに変えられた姿などを見れば、魔導国がまともな扱いをしているとは到底思えない。

「……エ・ランテルを支配してはいても、やっぱり人間などの生きている者にはあまり容赦しない化け物ってことなんだろうねー」

「あとは殺した相手をアンデッドに変え、兵士とするという狙いもあるのかもしれませんけどね。食料も必要ないですし疲労することもない、恐怖も感じない、そして何より命令に忠実なわけですから。まぁ、敵に容赦しないのは普通だと思いますけど？」

「敵に、ならね。今後、その都市を支配して、住人を働かせようと考えていたらそんな行動には出ないよね？　……もしかすると王国の住人を一人残らず殺すつもりかもしれないね。そう考えると逃げる場所とかなさそうじゃない？」

そこに共感を覚えてほしいのだろうか。同じような感想を抱いてほしいのだろうか。

そんなことをスカマは感じる。

この街の冒険者の中でトップは彼女だ。彼女に逃げられたら勝てる戦いも勝てなくなる。だからこそ、逃げる場所がないという方向に思考を誘導しているのだろう。

スカマが何かを言おうと口を開いたところで二人の周囲が騒がしくなってくる。

元々人払いしていた――というよりも防衛準備が整うまでの短い時間、二人で一緒に敵陣を眺めていただけに過ぎない。

スカマたちのところに姿を見せたのは彼女のチームメンバーたちだ。彼女のチーム〝四武器〟は彼女を含め四人のチームであり、男女比は半々。戦士であるスカマに盗賊、神官、魔力系魔法詠唱者《マジック・キャスター》からなるバランスのとれたチームだ。

仲間たちの後ろには都市内から集められた全魔法詠唱者《マジック・キャスター》たちの姿がある。

魔法詠唱者《マジック・キャスター》は五十人もいない。しかしながらこれだけの数は軍としてみるとかなりの戦力だ。

これだけが集められたのは、冒険者達の不文律――国家の戦争には参加しない――というのを上手く回避できたことが大きい。

魔導国が人間の兵で攻めてきたのなら無理だっただろうが、アンデッドだけで構成されている——それも王国の民をアンデッドにしていると思われるところが大きかった。

アンデッドの軍勢が魔導国の旗をただ持っているだけということにしたのだ。

こんな無茶が通ったのは、やはり村人までアンデッドに変えて襲ってくる様子を見せる相手に、自分たちは戦いには参加しないと言っても通らないだろうという予感を誰もが覚えたからに他ならない。

この全員で魔法兵団を作って、一斉に——使えない系統の魔法詠唱者《マジック・キャスター》もいるので仮に、の話だ——〈魔法の矢《マジック・アロー》〉を繰り返し放てば、理論上はドラゴンだって倒せる。

弓矢と違って〈魔法の矢《マジック・アロー》〉は使い手の技量とは無関係に必ず命中するし、使える位階が上がるほどに射出数も威力も増す。と言っても一発一発の威力はさほどでもないため、一発だけで敵を倒すということはそうそう起きない。

それと当たり所によって被害の大小が影響されることもないので、その点を長所と見るか短所と見るかは見解の分かれるところだろう。

ただ総合的に見て使い勝手がよく、この魔法を修めた兵で軍を作れば凄まじい戦果を期待できそうなものだが、歴史上そのような部隊が存在したためしはない。

これは第一位階の初歩的な魔法でさえ修得には一定以上の素質が必要となるし、そもそも魔法詠唱者《マジック・キャスター》の養成には時間がかかるためだ。同じ時間と手間をかけるなら、一人の魔法詠唱者《マジック・キャスター》を育てるより百人の弓兵を訓練した方が戦場では役に立つ。

もし種族として〈魔法の矢《マジック・アロー》〉を使える生き物がいれば、それで作った軍団はかなり凶悪となる可能性を秘めるだろうが、そうでもしないと――いやだからこそ魔法詠唱者《マジック・キャスター》のみで構成された軍勢など夢物語の領域だ。

その夢物語の部隊の後方には、伯爵の配下である兵士や冒険者の中で、弓などの飛び道具に長《た》けた者たちが続いている。

つまりは今、市壁の上に集まったのは魔導国軍に最初に矢を射かける者たちだ。

そんな者たちの前でナイウーア伯爵が声を張り上げる。

「よく集まってくれた、皆の者！　君たちの協力に深く感謝する！」

先ほどまでスカマ相手に話していたときの頼りなさは一切感じさせない、上に立つ者として必要な威厳や自信といったものがある。

貴族として生まれ、生きてきた者の態度に、スカマは心の中で舌を巻く。

「感謝は目に見える形でしてくれ！」

スカマの仲間の一人、魔法詠唱者《マジック・キャスター》である男が答えると、失笑が後ろから漏れた。冒険者を代表しての言葉に、伯爵は気を悪くした様子もない。それどころかその面《おもて》には心地よさげな笑みさえあった。

「任せてくれ！　お前たちが周囲の冒険者たちから『少しぐらい奢《おご》ってくださいよぉ』とたかられても大丈夫なくらいの金額を、皆の前で堂々と渡してやるぞ」

おぉ、とどよめきが上がった。

「無論、儂《わし》の兵も同じだ。流石に冒険者と同額は難しいが、お前たちが妻や子に心配されるほどの特別手当を出してやる！　ただし――」冗談めかして伯爵は言う。「――それで身を持ち崩さないようにしろよ？」

　兵士たちの顔に浮かんだ緊張感が、少しほぐれたように見える。

「私はもっと別の報酬が良いなぁ。伯爵の家に家宝のマジックアイテムとかあるんでしょ？　歴史ある家なんだから」

　発言したのは匂い立つような色気のある女だ。ローブを押し上げる巨大な胸が首から下げている土神の聖印を挟んでいる姿は、いっそ冒瀆的と言っても差し支えなかった。

　彼女――リリネット・ピアニもまたスカマの仲間である。決して、客の嗜好に合わせるために聖職者の服に身を包んだ娼婦などではない。

「ほう。家宝のマジックアイテムとはこれは大きく出てきたな。あるぞ、我が家に代々伝わるマジックアイテム。知る者は多いが、その名も五色聖剣」

　炎、雷、酸、音波、冷気という力が宿ったロングソードで、斬りつけるとそれらの属性ダメージも同時に与えるという武器だ。

　ただし、刃が付いていないので、模擬剣のように殴打武器として使うことになるという、なぜ、こんな形状で作ったんだ、という武器だ。ついでの突っ込みどころとしては、聖属性のダメージを与えるわけでもないのに聖剣の名がついている所だが、その辺はもしかすると後世の人間が勝手に名前を変えたのかもしれないので除外する。

「それが欲しいなぁー」

破格の価値があるアイテムなので冒険者への支払いとしては釣り合いが取れない。

「あれが欲しいのか。うーん、条件次第では構わないぞ」ざわめきが上がる中、伯爵は言う。「儂のところにいる息子――あれの側室になってほしいな」

スカマは苦虫を嚙み潰したような顔をする。

伯爵は言葉を間違えた。

一部の冒険者たちから伯爵が睨みつけられているのは、それだけリリネットに惚れている者が多いからだろう。対して言われた本人はというと、鷲の如き鋭い目つきへと変わっている。

からかいが過ぎたと思ったのだろう。ナイウーア伯爵が謝罪しようと口を開こうとするが、それより早く、リリネットから質問が飛んだ。

「伯爵って子供が四人いたよね。正妻さんが産んだ長男と三男。あと側室さんが産んだ次男と長女。まぁ、長女は除くとして、その中の誰？」

これまでと口調が変わっていた。先程までののんびりしたものから、冒険者に相応しい鋭いものへ。

こちらが本性。

つまりリリネットは本気なのだ。

スカマはより渋い顔になる。他の仲間たちに視線で合図を送るが、無情にも目を逸らされる。

仲間甲斐のない奴らだ。

「……三男だね」

「三男？　あの子はまだ十二歳だったよね？　誕生日、までもう少しだけどまだ来てないし。その子の側室？」

伯爵は頷きかけ、一瞬だけ硬直する。

「……その通り、なんだけどさ。どうしてうちの子供の年齢まで知っているの？　地方領主の三男の誕生日を知っておくというのは……そんなに重要な情報なの？　冒険者として一流だからってこと？」

「いや、違う」、「うん、違う」と冒険者達から声が上がる。それらを無視してリリネットは髪をかき上げつつ言う。

「まぁ、しょうがないね。うん。しょうがない。五色聖剣のためだし、側室になってあげるよ」

伯爵はリリネットを十分に観察し、それからスカマへと視線を移す。どうしても聞いておかなくてはならないことがあるようだ。

どんな質問が来るのか分かっている。十分な程分かっている。

「言った儂も儂なんだけど、さ。なんでこの人、口の端から涎が垂れているの？　これって儂の息子狙い？　それともマジックアイテム狙い？」

「前者です」とスカマが言葉を返すよりも早く、咆哮が響き渡る。

「ばっか！　まだ熟れてない果実とか涎もんだろ！」

沈黙が場を支配し、誰の発言か皆の脳に染み渡ると同時に、幾人かの冒険者の崩れ落ちる姿が見られた。幻が解け、現実が残ったということだ。

スカマはそんな冒険者たちに哀れみさえ感じる。

すいません、と心の中で謝罪さえする。ただ、今まで粉をかけてきた男たちが例外なく相手にされなかった理由はこれで分かってもらえたはずだ。

単に年齢が悪いのだ。

「……儂、なんで側室なんだよ、とか言われると思っていたのに」

ぼそ、と呟いたナイウーア伯爵に、リリネットが答える。

「いや、義父さん。三男とはいえ貴族で、正妻の子供なんですから、上手くやって行けば男爵ぐらいの地位と小さな領地は与えられるわけじゃないですか。そうなるとそれなりに能力があろうとも冒険者に正妻は結構厳しいでしょ。確かに神殿とかとコネクションはあるけどそれだけだとなかなか、ねぇ。でもこの戦いで見事な働きをしたら正妻としてねじ込んでも構わないとか話を持っていくつもりだったんでしょ？　それで満足しそうなら五色聖剣はうやむやにする。三男の正妻が伝来のマジックアイテムを持つなんてまずお家騒動の種ですからね」

もう義父さん呼ばわりをしている。

「……儂、君を過小評価していたかも。……もっと前に来ていたら長男の側室とか薦めたのに」

「あ、十五……いや、十……七を超えているのは嬉しくないです、義父さん」

伯爵がスカマに視線を送ってくるが、努めて無視をする。ナイウーア伯爵のショックを受けたような、ずるいと言いたそうな表情などでは心は痛まない。

「あのね。非常に重要なことだけど――三男だってその内十七超えるからな！」

「そうなんですよねー。長寿な種族とかの方が良いんですかね。でもそうすると私だけ歳を取っていくわけで……。なので、その辺は我慢します！」

「力説して言う事なの!?　儂と話をしてきた中で一番力を入れるところ、そこ!?」

「あれ、義父さん。キャラクター、ぶれていますよ？」

「……お前さんに言われたくなかった」

スカマの個人的な評価としては、リリネットはいい奴だしよく気が回るので、そこまで悪い嫁にはならない気がする。とはいえ、その辺をアピールしたりはしない。

これ以上仲間の恥というか、チームの評判が変な方向にぶっ飛ばされると色々と困る。自分の白髪が悪い意味で知れ渡るのは御免だ。

「……さて、伯爵。ユーモアで緊張感を解いてくださるのは嬉しいんですが、そろそろ戦闘の準備に入りたいので、全体指揮の方に戻ってもらえますか？」

ここに残っても戦闘能力に欠ける彼の出来ることなどない。すべきことは別のところにある。ナイウーア伯爵は当然の提案に大きく首を縦に振った。決してリリネットから逃げるためではないだろう。

「そうだな。それでは諸君、よろしく頼む！」

市壁から見える敵陣は隊列などもなく、ただゾンビが集まっているだけの烏合《うごう》の衆にしか見えない。ミスリル級の冒険者であるスカマ達なら掃討は容易だ。あの化け物がいなければ。

「動きはなし、か。それで——あのアンデッドを知っている奴はいる？」

スカマの指さす場所。そこにいる二体のアンデッド。

一体は巨大な盾に巨大な剣を持ったアンデッド。もう一体は両手にそれぞれ剣を持ったアンデッドだ。

周囲にいる魔法詠唱者《マジック・キャスター》たちへの質問は首を横に振られるという形で回答された。スカマはリリネットに視線を動かした。

神官はアンデッドに関して深い知識を持つ。一般的なアンデッドであれば勿論のこと、滅多に聞かないアンデッドだって知っている。しかしながらそんな彼女にも肩を竦《すく》められた。

ここから考えられることは二つ。

一つは非常に珍しいアンデッドである。もう一つが新種——という言葉が妥当かどうかは別として——のアンデッドだということ。

どちらにせよ困ったものであり、冒険者であれば撤退を考えてもよいぐらいだ。

基本的に一撃必殺の特殊能力以外でも致死の攻撃になりえる時がある。

それは情報がない場合だ。

例えば低位のアンデッドに食屍鬼《グール》というのがいるが、あれはその爪に負傷させた相手を麻痺させる毒を持つ。

もし麻痺毒を持つと知らず対策を整えておかなければ、一人ずつ麻痺させられ、全滅する場合だってあるだろう。死霊《レイス》が生命力を吸収すると知らなければどうなるか。人狼《ワーウルフ》などのように一部の金属を除いて耐性を持つモンスターだっている。炎や酸を使わなくては再生を止めることが出来ないモンスターの存在もある。

このように知識は武器であり、防具でもある。ならば知識がない状態での戦闘というのがどれほど危険となるかはいうまでもない。

「……これは本当に不味いな。まずは有効な攻撃手段を見つけるためにも色々と試してみる。異論は？」

誰からも反論の声は上がらなかった。

「なら、その辺り——誰がどんな魔法で攻撃を仕掛けるかは専門家同士で相談しておいて。とりあえず外見から想像できる能力について相談しましょう。まず、二体とも接近戦主体のアンデッドっぽいわね」

見たままだが、大きく外れるということはそうそうない。そういったところから擬態をしているようなモンスターもいないわけではないだろうが、スカマは見たことがない。

魔導国謹製の新種アンデッドかもしれないが、あれで実は魔法攻撃が主体です、というのは考えにくいだろう。

「それに防御力は高そうだから、接近戦を挑むのは危険でしょうね。とするとセオリー通り遠距離からの攻撃で倒すのが安全だけど――物理的な弓矢は効果が乏しいかもしれないわね。結局のところ、接近戦――ここに来られるまでに奴にどれだけのダメージを与えられるかが勝負の分かれ目、ね。ただし敵が都市内に侵入してきたときのために、前に立つ者を支援する強化魔法をかけられる程度は余力を残しておいて。あと攻撃魔法の分も」

ただ、必要以上に魔力を温存しようなんて考えるなよ、と警告しておく。

「何か良いアイデアがないなら、それじゃ、始めて」

スカマの指示に従い、魔法詠唱者《マジック・キャスター》たちが集まって意見を交わし始めた。

そこから少し離れたところに移動して、スカマは仲間――一人だけ欠けているが――と集まる。

「そんでリーダー。これからどうする？」

盗賊の質問にスカマは「どういう意味」と問いかけた。

これから戦闘だというのを彼は当然知っているし、戦法の話もした。ならばそれ以外の話を要求しているのは間違いない。

しかし、「どうする」という質問の範疇が大きすぎる。

「どんだけこの都市のために頑張るのか、っていう意味さ。ゾンビが主体なせいか、都市全体が包囲されているってわけじゃないじゃん。逃げようと思ったら俺らぐらいは簡単に逃げられそうだけど？　船を奪って逃げるっていうのも悪くないよね？　食料は言われたとおりちゃんと準備しているよ？」

「ばーか」リリネットが疲れたように言う。「相手はアンデッドだよ？　今頃、海の中を進軍してきてもおかしくないよ」

　この都市の北部は港であり海に面している関係上、市壁はそちらにはない。もし敵に多少でも知恵があれば、こちらは陽動であり、本命は海からというのは十分にあり得る話だ。

「あー、そうか。そりゃ、やばいじゃん。その辺の話は伯爵に言ってあるわけ？」

「ないわよ。言ったところでどうしようもないじゃない。バリケードを構築しようとしても広すぎて無理だし。……まず都市内に無駄な混乱が生じるだけだわ。それに包囲してないのはワザとかもしれないじゃない。あるでしょ？　一箇所だけ穴をあけておいて、そこに逃げ込んだら……って罠が」

「そんじゃどうするのさ」

「逃げるならあそこよね」スカマが指さしたのは敵の集団だ。「ゾンビだけなら突破は簡単。だったら最悪の場合は敵陣を突破する。とはいえ、あの後ろに敵の本隊がないことを〈飛行〉で確認してもらってからだけどね」

「なるほど。色々と考えているじゃん」あんたが考えてないだけだ、という二人の女の視線に気が付かないで盗賊は話を続ける。「そんで逃げるならどこまで逃げるんだい？　この辺の都市？　それとも——王都辺りか？」

「国を捨てるわ」

「マジか⁉」

「声が大きい」周囲を確認した後でスカマは声を潜めて言う。「……マジよ」

敵国だからと言ってあれだけの民をアンデッドと変えた魔導国の統治下に残ることが幸せに繋がるとは思えない。

ただ、問題はどこに逃げればよいのかという点。

冒険者の一チームぐらい逃げるのは容易だとは思うが、チームのリーダーとして様々な状況は考えておく必要がある。

王国と隣接している国は魔導国を除けば三つ。評議国、聖王国、帝国だ。

消去法で考えると評議国しかないだろう。聖王国は親魔導国らしいし、帝国は魔導国の属国だからだ。ここから近いのも良い。もしそれ以外となると法国、都市国家連合のどれかになるだろう。竜王国はあまり良くない噂を聞くし、その他は人が主となる国ではなくなる。無論、評議国も都市国家連合のどれも人が主ではないが。

総人口に占める人間の割合を考慮すると評議国は候補から消えるかもしれない。あの国に人間は10%もいないという噂を聞いた覚えがある。

距離を考えなければ都市国家連合が一番良いのだろうか。都市国家連合の中には人が半分ぐらいという都市もあるそうだから。

「えー、逃げるの？　スカマ。私の幸せのためにも頑張ってよ」

「……さっきのが全然演技じゃないというのがアレよね」

助けたいような、助けたくないような気持ちにスカマは襲われた。その時、ちょうど魔法詠唱者《マジック・キャスター》たちの打ち合わせが終わったのが目に入った。

「リーダー！　こっちは終わったぞ？」

「了解！　——それじゃ、行きましょうか。予定通りにやっていくわよ。もし無理そうなら——ここから飛び降りてゾンビどもを突破、ということで」

市壁から普通に飛び降りれば鎧を着ているスカマは多少痛い思いをするだろうが、その辺はチームの魔法詠唱者《マジック・キャスター》にお任せだ。彼が〈落下制御《フォーリング・コントロール》〉で安全に降ろしてくれるはずだ。

スカマ達は持ち場へと移動し、敵の動きを待つ。

幸運にもというべきか、敵は夜を待たずして動き出してくれた。

特に開戦の合図はなかった。

矢を交わすことも、何かを述べ合うこともない。大量のゾンビがノタノタと市壁へ向かって進んでくるという、あまりにもあまりな戦いの始まりだった。

死体がうめき声を上げながら迫りくるというのは一般人からすれば恐怖の光景なのかもしれない。しかしながらスカマのような冒険者からすれば失笑のレベルだ。これが人間以外の——巨人《ジャイアント》や竜《ドラゴン》などの巨大なゾンビであれば別だろうが、人間のゾンビごときに怯える冒険者など駆け出し以下だ。第一、この市壁をゾンビごときが攻略できるはずがない。

ゾンビというアンデッドは筋力や耐久力、持久力はその辺の一般人に勝るとはいえ、少し経験を積んだだけの冒険者にすら劣るし、なにより知性がないのだから。

弓を構えた兵士たちは別として、冒険者の視線はたった二体のアンデッドに向けられていた。

だが動かない。何かを狙っているのか、それとも動く気がないのか。

やがて——ゾンビたちがギリギリ有効射程に入ったと確信したスカマの合図で、兵士たちが一斉に矢を放った。

本来なら確実を期すため、もっと距離が詰まってからの方が良いのだろう。しかし、敵がゾンビの大群であることを考えると、精度よりも回数に重きを置いた方が良い。

弓の腕に自信がある兵士たちだけあって、この距離だというのになかなかの命中精度だ。外れたのは十本に二本程度だろう。良い誤算だった。

ただ、一矢で倒れるゾンビは少ない。それでも当たりさえすれば、相手の偽りの生命を削っているのは間違いない。

続く二射、三射で敵の数がどんどん減っていく。

ばたばたとゾンビが大地に倒れ伏すが、冒険者にも兵士たちにも喜びの色はない。ここまでの全てが想定通りの戦闘経過でしかないためだ。

問題になるのはやはり二体のアンデッドだ。

一部の強大なモンスターは単独で戦局を一変し得る。

「——動いた」

盾と剣を持ったアンデッドが動き出す。ゾンビなど比較にならない速度で門へと突進してくる。前面に盾を構え、進路上にいるゾンビを平然と弾き飛ばしながら。

相手のあまりの速度に驚愕しつつもスカマは命令を下す。

「攻撃開始！」

一斉に魔法詠唱者《マジック・キャスター》から魔法が飛んだ。

中でも破壊力に長けているのはやはりスカマの仲間が放った〈火球《ファイヤーボール》〉だ。

飛来した〈火球《ファイヤーボール》〉が未知のアンデッドを中心に破裂。周囲のゾンビたちを巻き込む形で巨大な炎の華が咲く。たとえ盾によって前面からの攻撃に遮蔽を取ったとしても、荒れ狂う炎はそれを回り込み、呑み込む。

更に多様な魔法がそのアンデッド——〝盾持ち〟に降り注ぐ。

それでも平然とした——ダメージなど毛ほども受けていないと言わんばかりの態度で突進してくる〝盾持ち〟に対し、兵士たちからざわめきが上がる。

「うろたえるな！」という声を冒険者があげる。

冒険者にとっては当たり前の事実だが、アンデッドはダメージを受けたとしてもその動きが鈍るということはない。どれだけの損傷を受け――それが生者であれば死ぬ一歩手前くらいの状態だったとしても、偽りの生命を完全に打ち消されるまでは動き続ける。

それに有名な〈火球《ファイヤーボール》〉といえども無敵の魔法ではない。ある程度の強さを持つ冒険者であれば、一撃を耐えることは出来る。強者であれば何発でも耐えるだろう。

あれぐらいで〝盾持ち〟が滅びるはずがない、と悪い方の想像もしていなければ冒険者としては失格と言えよう。

ただ、問題がある。

本当に一切のダメージが入っていないのか、それともちゃんとダメージは入っているのか、分からないのだ。

だからスカマは鋭い目で睨む。

一般的な魔法攻撃は回避も防御も物理装甲での軽減も出来ない。ああいった鎧――もしくは分厚い外皮などを持つ相手にも純粋なエネルギーによる魔法攻撃は通用する。しかしながら一部のモンスターは魔法や属性攻撃に対する防御能力を有する。

アンデッドの中から例を挙げると、超危険な存在として知られるスケリトル・ドラゴンは魔法に対する完全耐性を有している。それ以外にも炎ダメージ減少や、時にはそれが治癒として働くモンスターだっている。

あのアンデッドがそういった能力を持たないとも限らない。

もし魔法攻撃が通用しなかった場合は全面的に作戦を変更する必要がある。

「大丈夫！　効いてる！」

〈火球《ファイヤーボール》〉を放った仲間が怒鳴る。

通用していることを直感しているのだ。それから次々に魔法詠唱者《マジック・キャスター》たちから「効いてる」「ダメージを与えているぞ」などと言った声が上がり始める。

「スカマ！　奴はほぼ全ての魔法攻撃が効くぞ！」

今日一番の朗報にほっとしたスカマの心に、勝てるかもしれないという希望が湧いてくる。

「分かった！　なら——繰り返しなさい！」

相手は驚異的な速度を少しも緩めないで向かってくる。願わくは門に到着するまでに撃破されてほしい。むしろ、これだけの魔法攻撃を耐性もないのに凌ぎきったなら、もうそれは尋常な相手ではないという何よりの証拠だ。

（あんな化け物と接近戦はしたくない！）

スカマの心の声に賛同するように再び一斉に魔法が飛んだ。

ゾンビたちの多くが倒れても、〝盾持ち〟の突進は止まらない。

何十回という魔法を受け、その辺のアンデッドであれば間違いなく滅びるはずなのに。

スカマの背筋を冷たいものが走る。

（想像以上に強い……。いえ、強すぎる……。これ、私たち、倒せるの？）

敵は〝盾持ち〟だけではない。更にもう一体、同じようなアンデッドが控えているのだ。なぜ、あれが動かないのかは分からないが――。

（あれは魔導国の切り札？　だから二体しかいない？　……それとも私たち、この都市を落とすのに二体もいれば十分だから？）

背筋を冷たいものが走る。

もし魔導国がこの都市にいる冒険者――最大戦力がスカマ達〝四武器〟という情報を得て、それに勝てる兵力を送ってきているとしたら？　その兵力とは多数のゾンビではなく、あの〝盾持ち〟だとしたら？

自分の不安が杞憂《きゆう》に過ぎない事を証明してもらいたくて、スカマは早く倒せと叫びそうになるのをぐっと唇を噛みしめて堪える。

誰だって本気で、全力でやっているのだ。この中では最高位の冒険者である自分がそんなことを叫んでどうなるというのか。

何も変わらないどころか、戦意が低下するだけだ。

ならここは我慢のしどころだ。

スカマは信仰する火神に祈りを捧げるが、神は微笑んではくれない。

門へと〝盾持ち〟が到着する。

つまり市壁からでは陰になり、射線が通らない。

スカマは考える。市壁から都市の外側へと飛び降り、逃走するべきか、と。

しかし、その視線が未だ動かないもう一体のアンデッドをとらえ、スカマはその計画を放棄した。

もう一体のアンデッドも〝盾持ち〟と同等の機動力を持っていると仮定した場合、あのアンデッドに途中で捕まることは確実だ。

では絶対に逃げられないのかというとそうでもない。〈飛行《フライ》〉を使って調べさせたが、あれらアンデッド部隊以外の敵影はないそうだ。

だから〈飛行《フライ》〉に〈浮遊板《フローティング・ボード》〉を組み合わせる方法、もしくは――相手を都市内に引き寄せ、その隙に逃げるなどの方法を取ればいい。後詰《ごづめ》の部隊がない以上、逃走を阻まれることはない。

ただ、後者の場合だと相手をこの都市内まで誘引する必要があるわけで、その手を実行した場合は都市を見捨てて逃げる以上の罪悪感を抱き、一生後悔し続けることになるだろう。

スカマが歯嚙みをしたその時、「ドン！」という爆発めいた音が市門の方から聞こえた。まるで破城槌による攻撃を受けているかのようだ。

時間はない。

スカマは決心する。

「……行くわよ！　貴方たちはあそこで待機しているアンデッドに注意しつつ、市壁の下にも注目！誘導するから見える範囲に入ったら魔法を叩き込みなさい！」

仲間たちに短く号令してから、魔法詠唱者《マジック・キャスター》や弓兵に向けては具体的な指示を出したスカマは、市壁を降りる階段へと走る。〈飛行《フライ》〉を維持した仲間がすぐ横に並んだ。

「あれはたしかに驚くほどの耐久力だ。しかし、かなりダメージを負っているはずだ！」

（本当に？　……希望的観測じゃないんでしょうね？　それにしても……）

スカマは少し苦笑いを浮かべる。

あれほどの魔法をくらっても動けるアンデッドの攻撃を受けとめ、魔法によって止めを刺すだけの時間を稼げる気がしなかった。

しかし、それでも生き残るためにはそうしなくてはならない。

市門は大きな片開きの扉で、丸太を組んだだけのごく簡素な代物だった。漁師町ならではの豪放さが、ここでは完全にマイナスに働いている。

破城槌を食らえば蝶番《ちょうつがい》が吹き飛ぶのはまず間違いなく、かといって交換できるような物でもなかったので、頑丈な木の板をありったけ打ち付けて完全に封鎖するしかなかった。おかげで門扉《もんぴ》の厚みは平時に比べて二倍近くになっているように思える。

そんな門が向こうからの攻撃を受け、ズン、ズンという音とともに震える。

「どんな力よ……」

バキ、と音を立てて補強している木材の一部がへし折れた。

攻撃と攻撃の間に少し時間があくところを見ると、〝盾持ち〟は体当たりをしたあと、少し後ろに下がって助走をつけ、また体当たりというのを繰り返しているのだろう。

「どうする？　〈雷撃《ライトニング》〉なら門を貫通して相手にダメージを与えることが出来るはずだ。やるか？」

門のような構造物は雷属性の攻撃魔法に対して強い。それでも一切ダメージをうけないということではない。

ここで考慮するのは門に与えるダメージ量と、あのアンデッドに与えるダメージ量の比較。それにここで〈雷撃《ライトニング》〉を使うのと、〝盾持ち〟が乗り込んできた時に他の魔法を使うのとでは、消費魔力を比較してどちらが効率が良いのかも計算する必要がある。

いや考える必要はない。

ここで重要なのは接敵せず、一方的にダメージを与え、倒してしまうことだ。

スカマが頷くと、仲間が即座に魔法を発動させる。

「〈雷撃《ライトニング》〉」

一直線に雷が走り、門を貫通して後ろに立つ〝盾持ち〟にダメージを与えたことだろう。

「グォオオオオオオ！」

それに苛立ったのか、アンデッドの雄叫《おたけ》びが分厚い門越しに伝わってくる。呼吸を忘れてしまいそうになるほどの迫力だ。

スカマは汗を一筋流す。

雄叫び系の特殊能力でもないだろうに、全身が震える。これは力の差——存在としての力量差を無意識下で悟っているからだ。

（不味い、これ、滅茶苦茶、不味い。……勝つとか、勝てないとか考える以前だ。こんなアンデッドを魔導王は支配……ああ、そりゃそうだ。十万以上を殺しつくす化け物だものね！）

それでもこれほどのアンデッドを多数使役《しえき》できるとは思えない。おそらく、このアンデッドは魔導国の切り札だろう。

それ程のものを投入するだけの魅力がこの都市にあったのだろうか。

なんと最悪な都市に自分たちはいたのだろう。スカマはそう己の不運を嘆く。

ドン、と大きく音が響き、バキバキバキと補強している木材が何本もへし折れる。

「〈雷撃《ライトニング》〉」

再び白く残光が残る雷撃《ライトニング》が走る。しかし、轟く打撃音は変わることなく無機質に繰り返される。

変わったのは門の方だった。丸太はことごとくへし折れ、補強していた板はひん曲がった釘だけ門に残して吹き飛んでいた。

「魔法攻撃はもういいわ。それよりも私を強化してくれる？」

「……ああ」

砕け散る木片をよけるように、スカマは後ろに下がりながら二人の仲間から信仰系統と魔力系統の魔法によるバフをもらっていく。

使われたのは第一位階〈対悪防御《アンチイービル・プロテクション》〉、第二位階〈下級筋力増大《レッサー・ストレングス》〉、第二位階〈下級敏捷力増大《レッサー・デクスタリティ》〉、第二位階〈負属性防御《プロテクションエナジー・ネガティブ》〉、第三位階〈加速《ヘイスト》〉などで、特殊能力を警戒というよりは単純な肉体能力の差を埋める系の魔法が多い。

大体のバフをかけ終わったタイミングで市門はついに限界を迎え、大きく音を立てて倒れ込む。

もうもうと巻き起こる土煙の中に、爛々《らんらん》と輝く赤い瞳が浮かんだ。その二つ並んだ凶星がこちらを睨《ね》めつけると、堪えきれないほどの怖気が全身に走った。

歯の根が鳴り、手が震える。それを誰にも悟られないように抑え込むには気の遠くなるような努力が必要だった。

市壁の上からでは分からなかった、相対してみるからこそ分かる恐怖がある。

「まじ……？　一体であの補強された門をぶち破るとか……こんなアンデッドを魔導王は支配しているのかよ……」

「次からは魔導王に敵対するのは止めようって心の底から思えるわね」

仲間のぼやきに、唾を飲み込みつつスカマは答える。

たった一つの魔法で十万を超える軍勢を滅ぼしたとは聞いていたが、恐怖の実感はなかった。しかし、目の前で起こっている事実が——このアンデッドを支配している魔導王への畏怖へと繋がる。

こんなアンデッドとは戦いたくない。はっきり言って背中を見せて逃げ出したい。

しかし、生者への憎悪を撒き散らす、眼前のアンデッドが逃がしてくれるはずがないだろう。

兎に角、このアンデッドをどうにかするしか生き残る道はない。

恐るべき死の化身は盾を薙《な》いで土煙を振り払うと、破壊した門扉を踏み越えて近づいてくる。

ついに都市内への侵入を許してしまった。

ゾンビたちは壁の上にいる生者に気を取られて門の存在に気付いていないのか、まだこちらに流れてこない。

門付近のゾンビを目の前のアンデッドが蹴散らしたのは望外の幸運だったが、その小さな幸運がいつまでも続かないことは疑いようもなかった。

スカマは自分の持つ武器、トマホークを構えた。あれの脚力からすればこの程度の距離は攻撃範囲と見なすべきだ。

トマホークの能力を起動させると、すぐ横に半透明の同じ武器が現れる。これはこの武器固有の〝二重《ドツペル》〟という力で、持ち主からつかず離れず浮遊するその武器は、持ち主と同等の精度と速度で敵を自動的に攻撃してくれる。

この半透明の武器は単純な力で壊すことができず、排除するなら武器破壊系の特殊技能を用いる必要があるため、下手したらスカマ自身よりも継戦能力があるかもしれない。

そんな欠点という欠点の無い能力だが、強いて欠点を挙げるとするなら半透明のほうの威力が本体のほうの半分ほどになってしまう点だろう。

「ゴォオオオオオオ！！」

震えあがるような雄叫びが再び上がる。

それはこれから人を殺せるという歓喜の声なのだろうか。大きく盾を振りかぶると、無残にぶら下がった門の残骸に叩きつけた。

飛散した木材が凄まじい勢いで飛んでくるが、スカマはそれを己の主武器であるトマホークを振るって余裕の態度で弾く。

スカマの動きに〝盾持ち〟が初めて彼女を敵と見なしたように動きを変えた。

盾を向け、同時にフランベルジュを水平に構える。

（まじ、やばい……。それにしてもあれだけ魔法を食らってもまだ死なないの？　イカサマ臭くない？）

先程の飛散する木材破片を平然と弾いたなど大嘘だ。魔法による支援を受けて、ようやくギリギリで弾くことが出来た。

「皆、徐々に――」

〝盾持ち〟が突進してきた。一瞬で彼我《ひが》の距離がなくなる。壁が迫ってくるようだ。そのまま盾で圧殺するつもりらしい。

しかし――

〈不落要塞〉までは流石に使えないが、〈重要塞〉を使い、トマホークで盾を受け止める。次の瞬間、〝盾持ち〟が盾を上手く使ってトマホークを受け流し、スカマの体勢を崩そうとする。まるで手斧が盾に吸い付いたのかと思うぐらい巧みな捌き方だった。スカマは力の流れに逆らわずに横に転がり、その反動で素早く立ち上がる。

同時に半透明のトマホークが上から振り下ろされるが、敵はフランベルジュでそれを弾きつつスカマに突きこんでくる。

息つく暇もなく再び防御側になったスカマはトマホークでそれを流し、逆にスカマの方から相手の懐に入り込むように動く。

巨体が相手なら懐に飛び込んだ方が有利になる場合がある。

「〈太陽光《サンライト》〉！」

その行動を後押ししてくれるように後ろで眩《まばゆ》い光が放たれた。

第三位階の信仰系魔法。

強い光を投射して、相手の目をくらませると共にアンデッドなどにはダメージを与える魔法だ。同じ位階に〈神聖光《ホーリーライト》〉というのがあるが、あれは邪悪な敵全般にダメージを与える効果を持つ。もっともそちらには目を眩《くら》ませる働きはないので、やはりダメージよりも支援が狙いなのだろう。

空に浮かび上がった魔法詠唱者《マジック・キャスター》からは〈魔法の矢《マジック・アロー》〉が放たれ、三つの光がアンデッドにぶつかる。

そこまで支援されても、盾が壁のように立ちはだかり、間合いに入ることを許してくれない。トマホークで斬りつけるが、簡単に弾かれた。

（ちっ！　動くのが上手い。さっきの剣での攻撃はそこまでじゃなかったのに――盾の扱いが巧すぎる！　防御主体？　え？　それであの攻撃の鋭さ？　いや、ないよね……）

自分の考えに恐怖を覚えつつも、スカマは徐々に下がる。言うまでもなく、目的は市壁の上にいる魔法詠唱者《マジック・キャスター》たちの射線を通すこと。しかし、大きく離れて相手を自由にした場合、無視されて都市内に駆けて行かれる危険性がある。それは出来るだけ避けたい。あの走破力を考えると、スカマたちでは追い付けなくなるからだ。

そうなれば戦う力を持たない市民たちが多く犠牲になることだろう。

念のため、スカマのチームの盗賊が、いつでも追いかけることが出来るように攻撃には参加せず待機している。

この場から相手が離脱しようとしたら邪魔をする手はずだが、あの肉体能力を考えると突破される可能性は十分にある。

相手の一挙一動に注意を払いながらゆっくりと誘導していく。相手はそれに気が付かないらしく距離を保ったままついてくる。

もう少しで射線が通るはずだというところまで来た辺りで、上空から仲間が殆んど悲鳴のように叫んだ。

「駄目だ！　もう一体がこっちに走ってきている！　上のやつらはそっちに向かって攻撃をしている最中だ！」

言葉の意味が脳に染み込み、あ、それ……詰んだ、とスカマは思う。

もし仮に〝盾持ち〟と〝二刀流〟が同格だった場合、二体相手にしたらスカマたちでは抑えきれない。いや、接敵すればまず死ぬだろう。

「スカマ、どうするの!?」

「……こいつを落とす」

仲間の慌てた声に冷静さがほんの少しだけだが戻り、スカマは言い切る。こいつを倒さなければ逃げるにも逃げられない。散々魔法を浴びせてきたこいつの体力はもはや蠟燭の炎程度だと信じるほかない。

後退を止め、スカマは前――〝盾持ち〟へと踏み込む。

トマホークは盾で容易く受け止められる。半透明のトマホークも、だ。〝盾持ち〟の防御を崩すにはスカマの攻撃では足りない。

受け止められるのは想定の内。それで良いのだ。

本命は放たれた〈魔法の矢《マジック・アロー》〉と〈衝撃波《ショック・ウェーブ》〉。

即ち攻撃魔法だ。同時に盗賊が瓶をアンデッドの足元へと投げつける。

瓶の割れる音と共に広がるのは、錬金術師などが作り出すことが出来る粘着剤だ。下が石畳だからこそ使える戦術だ。

〝盾持ち〟がどれほど防御能力に長けていても、足元に瓶を投げつけることに相手の回避力などはあまり関係ない。

アンデッドの足の裏と石畳が粘着剤によって貼り合わされる。

これで少しの時間かもしれないが、相手の足を殺すことが出来た。強敵と戦う時、冒険者がよく使う戦闘方法だ。

　スカマは盾を持たない手――フランベルジュを持つ側へと回りつつ、攻撃を仕掛ける。

　だが、〝盾持ち〟は大きな剣を鮮やかに翻すと、それらを全て払いのける。両足が地面にくっついたままなのに、武技を駆使した連撃を繰り出しても一つとしてその身に刃が届かない。

（ほんと、こいつ、鉄壁！）

　アンデッドが足を石畳から強引に引きはがすのが視界の端に映る。更に二つの攻撃魔法が叩き込まれるがまだ倒れない。

（――不死身？　もしくは時間と共に傷が癒えるタイプ？）

　ヒュドラやトロールのような生命力が再生するモンスターもいる。そういったモンスターにはかすり傷を与えるような攻撃はあまり意味がない。やはり致命的な――一気に相手の体力を削るような攻撃を叩き込まなくてはならない。

　焦燥感に駆られつつ、攻撃を続けるがやはり無駄だ。

　スカマでは体に一撃を与えることもできない。

（くそ！）

「――来たぞ！」

　盗賊の叫びに思わず視線が動く。門にもう一体のアンデッドの姿がある。

〝二刀流〟だ。

胃が気持ち悪いほどムカムカする。吐きたくなるほどのプレッシャーだ。

　スカマと挟撃していた盗賊が気圧《けお》され、スカマと並ぶように移動してきた。逆に〝二刀流〟は〝盾持ち〟と並ぶように移動を開始する。

（ここが私たちの死に場所!?）

「……攻撃してこない。つまり……最悪ね。こいつ、十分な知性があるわ」

〝二刀流〟の崩れた顔面に笑みが浮かんだような気がした。防御の技量に釣り合わない攻撃を見せていたのは、絶望感を与えるつもりで〝二刀流〟が来るまでの時間を稼いでいたのかもしれない。

　敵が二体揃った。つまり範囲攻撃魔法の良いチャンスだ。しかし、攻撃魔法は飛ばない。いや、飛ばせられない。

　その理由など言うまでもない。攻撃魔法でアンデッドたちにダメージを与えることはできるだろうが、その後、即座に戦闘が開始される。

　そうなれば運命は決する。

　確かにこちらから攻撃しなくても、いつかは相手から攻撃してくるだろう。しかしながら自らの手で自分たちの寿命を短くする勇気が湧いてこなかった。

　少し迷い、スカマは心を決める。

「二人とも逃げなさい！」そして盗賊の腰をポンと叩く。「時間を稼ぐわよ」

「え？　まじ!?　俺も!?　いや、俺が!?」

隣の盗賊から悲鳴が上がるが、スカマは無視する。
相手は二体。ならばこちらも二人はいないと時間を僅かも稼げ——ボッ、という音がした。

「……え?」

目の前のアンデッド——〝盾持ち〟の頭部を長い針が貫いたように見えた。

しかしながら、それは違った。

〝盾持ち〟の頭部を貫通し、石畳にガツンと突き刺さったものは針などではなく、人差し指の先のようなものだった。

つまり、あまりにも高速——スカマの動体視力ではとらえきれないほどの速度で飛来したため、残像が残り、長い針のように見えたのだ。

ガクン、と〝盾持ち〟の体が揺らいだ。しかし、ガクガクと足で石畳を踏みしめ、倒れるのを堪《こら》える。何かが頭部を貫通し、それでも耐えきるのはアンデッドだからこそだろう。

思わず、スカマ達は目の前の敵から視線を切って、先程の攻撃が飛来した方を見る。そのチャンスにアンデッドたちが襲いかかってこないのは、奴らも同じ方角を睨んでいたためだ。

同時にもう一撃が〝盾持ち〟の頭部を再び貫き、それを切っ掛けに〝盾持ち〟の巨体がボロボロと崩れて行った。

たった——二撃。いや、あれだけ魔法を受け、体力が少なかったからそれが出来たのかもしれない。

しかし、一体誰がそれをなしたのか——

上空にいる人影を捉え——

「な、なに？」

——誰の声だろうか。

スカマ自身か、仲間たちのものか。そんなことさえ判然としなくなるほどの驚きがあった。

そこにいたのは鎧の巨人だ。

三メートル以上はあるだろう、異質な真紅の鎧が空に浮いている。そしてその鎧は長い筒のような物を両手で、クロスボウか何かのように構えていた。おそらくは人差し指のようなものはそこから射出されたのだろう。

〝盾持ち〟を攻撃してくれたのだから、味方ではなくても敵ではないと思いたい。

スカマたちは少しずつ〝二刀流〟から離れていく。二者の戦いに巻き込まれたら、それだけで死んでしまいそうな予感を覚える。

〝二刀流〟は既にスカマ達への興味を失ったのか、それとも空中に浮かぶ巨大な鎧こそが警戒すべき相手だと理解しているためか、スカマらの逃亡を阻止しようとする素振りを見せない。

そのとき戦端が開かれた。

今度は〝二刀流〟の番だ。

持っていた剣を投げた。

スカマには回避は不可能で、下手に受けようとしても致命傷になりかねない、力を込めた一投だ。

それを鎧は避けずにその体で受け止めた。いや、それとも避けることができなかったのか、はたまた避ける必要性を感じなかったのか。

けたたましい金属音が響き、投げられた剣は弾かれ、そして空に溶け込むように消える。代わりに〝二刀流〟の手の中には投げた筈の剣が握られていた。戻ったのではない。

再び新たに出現したのだ。

空にいる鎧は機敏な動きで筒を〝二刀流〟に向ける。先程の一投が中の者を傷つけることなどなかったかのような動きだ。

筒を標的に向け、そして——炎と閃光と共に何かを吐き出した。

先ほどは一発ずつだったのに、今度は数える暇もないほどの大量発射だ。ガガガ、という無機質で暴力的な音が響き渡る。

飛来する何かに対し、〝二刀流〟は剣を振るう。キキン、という甲高い音は飛来する何かを切り裂いた音だろう。だが、そこまでだった。

何十発、ひょっとしたら何百発もの飛来物を二本の剣で捌ききれるはずもない。小さな何かは恐るべき速度で敵の体を貫通した。〝二刀流〟の体が痙攣《けいれん》でもしたように震える。そして〝盾持ち〟と同じように滅びていった。

二体のアンデッドは本当に影も形も残らず消えた。

スカマは本当に——心の底から驚いて言葉が出なかった。

はっきり言って何がなんだかさっぱり分からない。

それでもあの鎧は桁外れに強いということぐらいは分かる。スカマが見てきた誰よりも強いということは。

スカマは瞬きを繰り返す。

あまりに現実感がなくて、助かったにも関わらずそれを素直に受け止めることが出来ない。自分たちが抱いていた悲壮感がこうも簡単に破壊されたせいで頭が追いつかないのだ。

「な、なにあれなんなのあれ？」

「……おい、あれ、冒険者組合のタグじゃないか？」

「え？」

盗賊に言われて目を凝らせば、その鎧は首に——無理矢理っぽい形ではあるが——プレートを嵌めたネックレスをしていた。スカマたちが持っている物と同じ大きさなのだろうが、巨体からすると縮尺的にあまりにも小さく見える。普通は見落としてしまいそうなものだが、それを発見できた盗賊は流石と言うべきだろう。

ネックレスにはめ込まれたプレートの色は見馴れない色だ。

オリハルコンは見たことがある。ならば消去法であれが何を意味するプレートか分かる。

「アダマンタイト級冒険者？」

王国内には三チームあるが、そのどれかは鎧の色が教えてくれる。

「もしかしてあれが朱《あけ》の雫《しずく》……の誰か？」

リリネットの言葉に「でしょうね」とスカマは答える。これで蒼の薔薇だとか漆黒だとか言われたら、逆に何を考えて鎧をそんな色に染めているんだと突っ込みをいれたくなる。

くるりと、空に浮かぶ鎧は背中をスカマたちに見せた。

「ま、待って！」

声に反応し、鎧が微かに振り向く。

そして左手を上げると人差し指と中指を揃えて立て、額に持って来る。そして別れでも告げるかのようにピィッと動かした。

そして鎧は飛び去る。

誰もいなくなった空をぼんやりと眺めながら、スカマは盗賊から問いかけられた。

「……なんだったんだ？」

「さぁ……」

本当に理解できない。まぁ、朱の雫が助けに来てくれた、ということなのだろう。

「でも、まぁ、分かることがあるわね。あの強さなら――もしかすると魔導国の侵攻もこれまでかもしれないわね。勿論、冒険者のルールを破ってこれからも戦いに参加してくれるなら、だけど」

3

誰かが「え？」という声を上げたような気がした。それはアインズ自身、自分かもしれないと思うほどの光景だった。

デス・ナイトにデス・ウォリアー。二体のアンデッドが簡単に滅ぼされた。しかも倒した相手はユグドラシルに存在するパワードスーツを着用していたのだ。

アインズから遠方へと伸びた繋がり——たくさん作り過ぎているためごっちゃになっている——が二本切れたような感じがして、今見ていた光景が幻などではないことをアインズに伝えてくれた。

沈黙が室内に落ちる。

各階層守護者の視線——おそらくはメイドたちのものも——が自分に集まっていることを察知する。

元々この攻城戦はアインズ主体のものであり、この敗北はアインズの敗北と捉えられても可笑しくはない。

あまりにも想定外のことだったが、負けても構わない程度に思ってこの程度の戦力を送ったので、腫れものに触るような態度は止めてほしいところだ。

しかし、この状況で、別に負けても構わなかった、などと皆に告げたら、なんとなく言い訳もしくは負け惜しみっぽく聞こえるのは間違いない。後出しというのはそういうものだ。

おそらくこのいたたまれない空気はさらに酷くなるだろう。

だからアインズはいつも通り演技をすることにする。無論、これもまた時間を見つけ、一般メイドの隙をついて鏡の前で訓練した演技だ。

「ふむ……。想定通り、か」

全てが自分の手の内にある。

まるで悪役のボスが手の中のワイングラス――言うまでもなく赤ワインが入っている――をくゆらせるような余裕を見せたアインズがそれっぽく呟く。

この際のポイントは大声ではいけないということ。大きいとなんとなく格好悪いのだ。あくまでも独り言、という雰囲気を滲ませるのがコツだ。

そんなアインズの苦心の演技の結果、ざわめきにも似た波動のようなものが室内を駆け巡った。

ごくりとアインズは出ない唾を飲む。

成功したかどうかは最初のデミウルゴスの言葉に掛かっている。

「ナルホド。ソウイウコトデシタカ……」

（――何⁉　コキュートスだと⁉）

アインズが驚愕していると「はいはいはい！」とシャルティアが声を上げ、両手を上に伸ばす。万歳の格好だが、そうではなく自分をアピールしているのだろう。全員の視線をその身に浴び、シャルティアはにんまりと笑った。

「私も分かったでありんす！　つまりアインズ様はあれが現れるということを予測されていたということでありんすね！　だからこそあの程度の兵力で送り出した、ということでありんすね！」

いつものパターンではない。

これは成功なのか、失敗なのか。アインズは横目でデミウルゴスを窺う。すると彼は笑顔を浮かべて頷いた。

「流石、ですね。二人とも」

デミウルゴスの賞賛を受け、二人が少し胸を張る。多分だがデミウルゴスもその答えには辿り着いていたのだろうが、二人を立てたというところか。

アインズは安堵する。

どうやら今回も成功したようだ。

アルベドが続いて言う。

「セバスやデミウルゴス。それに王都の協力者の情報では朱の雫は王国北部で活動しているという話でした。だからこそ引き摺り出すためにあの兵力、というわけですね。あの者からすれば余裕で勝てる、しかし、助けに行かなければ都市が落ちるという絶妙の兵力。流石はアインズ様」

「餌ニ食イツイタ魚トイウコトデスナ……」

（ん？　あれが朱の雫なのか？　それは確定情報と思ってよいのか？　プレイヤーである可能性は？）

　ユグドラシルのパワードスーツが出てきた以上、プレイヤーの可能性の方が高いのではないだろうか。

　それとも朱の雫と言い切れる情報があるのか。もし後者だとすると、アインズの元までその情報が回って来ていないのではないだろうか。

　いや――アインズが資料を見落とした確率の方が断然高い。なので、やはりアインズは計算通りと感じ取ってもらえるように、薄く笑い声を上げる。

　勿論だが、この笑い方も何度も練習したものである。

「――ふふ。まぁ、本当に出てくるとは思わなかったからかなり驚いたのは事実だ。……王都での決戦時まで温存するかもしれない、と思っていたからな」

「アインズ様はいつもそこまで考えられているんですね！」

　アウラがそう言うと、凄いです、とマーレが呟いているのが聞こえた。

　純粋な尊敬の目で見てくる二人の視線にアインズの脆《もろ》いガラスの如き心はかなりのダメージを受ける。

　違う。

　だが、そんなことは言い出せない。

　アインズはそんなことを少しも考えていなかった。確かに敗北しても良かったし、勝っても良かった。というのも今回はもっと違う狙いがあったためだ。

先日――この街での戦闘をアインズが指揮する切っ掛けとなったセバス達との会話を思い出す。

•

「どうしたのだ、セバス。何か用事でもあるのか？」

ナザリックに帰還していたアインズの前に、エ・ランテルに詰めているはずのセバスが現れた時、最初にそう問いかけたのは当たり前のことだろう。

セバスを呼び出すことはもちろん、彼が関係しそうな何かしらの命令を最近下した記憶もない。おそらくは自由意志で戻ってきたのだろう。だが、それに問題はない。

セバスはエ・ランテルに常駐しているが、ある程度の自由裁量を与えており、好きな時にナザリックに帰還することを許している。

ただ、アインズに会いたいのであれば、エ・ランテルでも十分なはずだ。よほど重要な、かつ急ぎの用件でもあるのだろうか。

「大変申し訳ありません、アインズ様。御身の大切なお時間を少し――いえ、お時間を頂けないでしょうか？」

言葉を濁している辺りに嫌なものを感じつつ、アインズは近くに立つ一般メイド――本日のアインズ当番である――に人払いを、という指示を出す。頭を軽く下げたメイドが部屋付きメイドと一緒に部屋を出て行った。

アインズは天井に張り付く八肢刀の暗殺蟲《エイトエッジ・アサシン》に目をやる。

「お前たちも行け」

天井から体重を感じさせない動きで降りてきた八肢刀の暗殺蟲《エイトェッジ・アサシン》たちも終始無言のまま退室していった。

アインズが聞いた話を外に漏らさないように、と命じれば誰もが死んでも喋らないだろうが、この世界には魔法という力がある。彼らの自我意識を奪い、その情報を得ることだってできる。勿論、そのようなことをアインズが許すはずもないが、念には念を入れておくべきだろう。

「アインズ様、感謝いたします」

もしセバスが人払いを、と言った場合、同僚である一般メイドたちを信じていないと言ったも同然になってしまう。

なので、セバスの口から言わせたら角が立つと判断したアインズへの感謝だ。

セバスの言葉に首を軽く振ることで返答とし、アインズはそれ以上に先程から聞きたかった質問の答えを得ようと繰り返す。

「一体、何事だ？　ただごとではない様子だが？　急ぎか？」

「はい。あ、いえ、ただごとであるかどうかは分かりかねます……。実はアインズ様と内密の話をしたいという者がおりまして……御身を呼んで欲しいと私に依頼をしてきたのです」

「……私にそちらに出向け、と？　私の部屋に来たいというのではなく、か？」アインズというナザリック地下大墳墓の最高者に対し、ナザリック内の者であれば珍しい提案だ。「……もしかしてあの人間か？」

「いえ、ツアレ、ではありません。己の守護領域から外に出る許可を貰っていないため、無礼であることは承知の上で、アインズ様にご足労願いたい、と……」

　セバスが本気で申し訳ない、という気持ちと共にアインズの顔色を窺ってくる。

「ああ、なるほど」とアインズは納得する。

　確かに相手が領域守護者であればそれは十分にあり得る。

　勿論、アインズが来い、と命令すればその場所から離れて出向いてくる可能性は高い。一部、創造した仲間――ＮＰＣたちが至高の四十一人と呼ぶ者――からの命を受けているので離れられないと答える者がいないわけではないが、大半のものはアインズの命令に従う。

　しかしながらそうすると不味い者たちもいる。

　例えばナザリック第七階層の領域守護者、紅蓮《ぐれん》などが良い例だ。

　あれの展開しているオーラは常時発動型であるため、第九階層を進むだけで色々と被害が出るのは間違いない。絨毯など燃えやすいものが炎上するぐらいならまだ良いが、一般メイドなどが近距離で遭遇しようものなら彼女たちが深手を負うかもしれない。

そういったことまで考慮すると、確かにアインズが出向いた方が良いのは事実だ。それにアインズの尻はそこまで重いわけではない。そして持っている仕事で後回しに出来ないものは多分――アインズ的視点からすると――ない。

「了解した。それならば私の方から向かうとしよう。それで、私を呼んでいるのは誰だ？」

「ニグレド様とペストーニャです」

基本「様」をつけるセバスがペストーニャにつけていないのは身内的扱いだからなのだろう。

「あの二人か……」

アインズは苦い顔をしてしまいそうになり、それを苦心して隠す。アインズの骸骨の顔に表情などないのだが、一部の守護者はそれを見抜いている気がする。アルベドがそうだ。ちなみにデミウルゴスは変な方向に見間違っている気がする。

それともあれはワザとなのだろうか。

そうやって隠したつもりだったが、声音に僅かに否定的なものが滲んでしまったのをセバスは感じ取ったのだろう。申し訳なさそうな顔がより一層、申し訳なさそうになる。

（セバスには悪いんだが……正直に言って、行きたくないよなぁ）

これは絶対に良い話ではない。

かなり自信を持って言い切れる。

会社と同じだ。こんな顔で「あっちの部署で呼んでるよ。内線じゃなくて、直接来てほしいってさ」などと言われたら、十中八九面倒な話に決まっている。

とは言っても、アインズにあまり選択肢がないのは確かだ。問題を放置したことによって更なる問題が生じた時には結局その責任はアインズに帰結するのだ。

アインズはナザリックの絶対支配者だが、だからと言ってそれに胡坐《あぐら》をかくのは愚か者の行いである。

それに我が子同然のように感じるナザリックのＮＰＣたちには嫌われるよりは好かれたい。

「……行こう。予定は……」アインズは手帳を取り出し、自分の予定を調べる。アインズは嫌なことは後ろに回したい派だ。しかし、同時に嫌なことは早めに済ませたくもある。「今の時間であれば問題なく空いているな。今から行っても構わないのか？」

ニグレドとペストーニャ。両者ともに領域守護者ではあるが、先ほどのセバスの話を考えれば、どちらの元まで出向けば良いかは分かる。だからこそ一部が欠落した質問にも関わらず、セバスにはちゃんと意味が伝わっていた。

「ペストーニャを先に行かせますので、一時間後ではどうでしょうか？」

「……問題ない。アルベドやデミウルゴスなどを連れて行くのは――不味い様子だな」

「はい。大変に恐縮ですが、御身お一人で来ていただければと思います」

アインズは溜息を隠し、頷く。

「人形はどうする？」

「ペストーニャに済ませておきますので、その必要はございません」

「よし、それでは一時間後だな……ん？　セバス、お前もその話には参加するのか？」

「はい。そうさせていただければと思っております。構わないでしょうか？」

アインズが構わないと許可を出すと、セバスが白い頭を深々と下げた。

一時間後、アインズは指輪の力を使って第五階層、氷結牢獄前に到着する。

供回りは誰もいない。一般メイドには、重要な用事があるので他人には秘密にしておくように、という指示を出して残してきた。

彼女は「何も見なかったことにするし、自分はいないものと扱ってもらってよいのでついて行きたい」と言っていた。事実、その言葉は信頼できる。彼女らは逆にそうやって扱われた方が満足するみたいだ。

ちらっと話を聞いたところでは、道具のように扱われるとメイドとしての本分を全うしている気持ちになれるからと、そういった対応に強い魅力を感じている様子だった。いや、もちろん、一人にしか聞いてないので、彼女がたまたま――本当にたまたまそういう性癖を持っているだけという線もないわけではないが。

そんな一般メイドではあったが、余計な問題が起きる確率を1％でも残さないために強引にアインズ自身の意志を通させてもらった。

（帰ったら彼女が何か喜びそうなことをしてやる必要があるな……。面倒だったり大変だったりする仕事を任せる……というのが嬉しいというのはいまだ納得がいかないが……）

そんなメイドたちのような者がナザリック内は多すぎるため、長期休暇や有給休暇の導入は失敗している。このままでは夢で終わるかもしれない。

アインズはメルヘンチックな二階建ての大きな洋館の凍り付いた扉を押し開ける。あの時と同じように冷気が流れ出した。しかしながらアンデッドであり、冷気に対する完全耐性を持つアインズにとっては何でもない。

アインズは静かで暗い通路を一人で歩いて行く。途中、一度だけ天井を見上げて穴が開いてないことを確認した以外には足を止めずに、そのまま扉を中心に壁一面に大きなフレスコ画が描かれた場所に到着する。

あの時と同じようにフレスコ画の漆喰は所々剝がれ落ち、無惨な姿をさらしている。

扉を押し開けると音もなく滑るように扉は開き、室内にいた三人が立ち上がってアインズを歓迎する。

部屋の主、ニグレド。

犬頭のメイド、ペストーニャ。

そしてセバスの三者だ。

「ようこそおいでくださいました、アインズ様」

部屋の主人であるニグレドに招かれ、アインズは彼らが今まで座っていたテーブルへと案内される。

前来た時はこの部屋には揺り籠だけしか置かれてなかったが、今回は逆に揺り籠が置かれておらず、テーブルと椅子が四脚あるだけだ。

氷結牢獄内の他の部屋から持ってきたのだろう。ちなみに氷結牢獄の地上階がニグレドの守護領域で、地下はニューロニストが守護している。

アインズが席に座ると、即座にペストーニャがお茶の準備を始め、目の前に置かれた湯気の上がるカップから漂う紅茶の香りがアインズの鼻孔を震わす。それと一緒にセバスがビスケットを差し出してきた。

無論、アインズは飲食できない身だが彼らの厚意は喜んで受け取る。その後、立ったままだった三人に腰かけるように指示を出した。

アインズの前に差し出されたビスケットは不格好な四角い塊で洗練されていない。ナザリック内では滅多に見られないような品だと言えるだろう。

誰かが実験的に作ったのか、とセバスを見ればアインズの疑問が伝わったようで、答えが返ってきた。

「これはナザリック内で作られた物ではなく、エ・ランテルで売られていた物をお持ちしました。現在、エ・ランテルでは安く新鮮な食材が入ってくることによって、食文化が花開きつつあります。このビスケットもその一つです。元々はもっと堅かったそうですが、今ではこのように柔らかくなりました」

「先程いただきましたが、これぐらいであればお菓子と言えますね、わん」

「ふむ」

アインズはビスケットを一つ取り、それを噛む。確かにそんなに堅くはないようだ。

すぐに二つに分かれ、歯の内と外で崩れたそれを手で受け止め、紅茶のカップ脇に置いた。

食感は分かるが、味は分からないこの身がかなり残念だ。

だがアインズは、それは違うな、と思い直す。性欲も食欲も睡眠欲もないこの体だからこそナザリックの支配者が出来るのだ。

もしどれかが機能したらそちらに身を持ち崩していたことだろう。

「アインズ様のアンデッドたちが農園などにさらに貸し出されるようになれば、きっと品種改良も進み、食文化は大輪の花を咲かせることでしょう。もしかしたらナザリック内にある様々な食材に匹敵するものも出来てくるかもしれません」

「そうなれば素晴らしいな。食材によるバフというのはこの身であったからあまり調べていなかった。今後はそちらにも力を入れた方がナザリックの強化にも繋がるかもしれないな。だが——そうなるとコックの職業を持たない者では、料理が作れなくなるかもしれないのではないか？」

「その懸念もありますので、原種となる種は残しておいた方が良いかもしれませんね」

ニグレドの言葉にアインズは頷く。

ふと、欧州のアーコロジー間で植物の種が保存された場所を巡って紛争が起きたなどという話を思い出す。アインズにとっては当時まったく興味のなかった話であり、吠えていたのはブルー・プラネットだ。

だから覚えていたのだが、そうやって種を巡っての争いがあるということを、この世界でも気にとめておいた方が良いのだろう。

「そうだな。そうした方がよいな。その辺りは別にチームを設けて、対応させよう」アルベドに提案すべき案件だ。「さて——そろそろ本題に入ろう。私をここまで呼んだ理由。それを語ってくれるか？」

　ニグレドが代表して口を開いた。

「はい。現在、王国で行っている民の抹殺をこの辺りで止めていただけないかと思った次第です」

「却下だ。第一、それは私に言うことではない。お前たちの直属の上司、階層守護者に言うべきことだろう？」

　アインズは即答する。

　ナザリック内にいる者——領域守護者——たちには、現在アインズと階層守護者たちがどんな目的で、何をしているかという話を書面にして回している。

　これは何か意見があれば直属の上司に当たる階層守護者に伝えさせることで、ナザリック内の各員の意志を統一しつつ、多様な観点から意見を求めることが狙いだった。同時に各員の好奇心や興味を刺激する狙いもあった。

なので、ニグレドが自分の意見を述べることはまさに狙いどおりなのだが、直属の上司は第五階層の守護者であるコキュートスだ。アインズがニグレドの意見を採用するのはコキュートスのメンツをつぶすことになる。

それは社会人として絶対にノーだ。

もしこれが納得できない人物がいるのであれば、直属の重役を飛び越えて別部署の重役に直接嘆願しに行けばいい。絶対に不味いことになると分かるだろう。

そういう意味では一番のトップである社長――もしくは会長――のアインズが動く分には問題ないと言えるのかもしれないが、部下同士の不和からギスギスした会社に変わるのは絶対に避けたいことだ。

これが第四階層ガルガンチュアの領域守護者であれば、アインズが代理をするのもやぶさかではないのだが。

「アインズ様のお言葉もっともですわん。なので、私からもその提案をさせていただきますわん」

ペストーニャの直属の上司はある意味セバスだ。

もし仮に九階層、十階層に階層守護者を置くのであれば、第九階層階層守護者がセバスで、第十階層階層守護者がアルベドというところだろう。

そのセバスがアインズを連れてきたと考えれば、誰のメンツも潰れてはいない。

「――なるほど、お前たちの気持ちは分かった。しかしながら一つ質問をしよう。これはナザリック地下大墳墓、我々の住む場所をより強化するための実験を兼ねた作戦だ。単なる慈悲では中止にすることは出来ない。それを踏まえての発言だろうな？」

勘違いしてはいけない。ナザリック地下大墳墓――アインズ・ウール・ゴウン魔導国は絶対でも無敵でもない。もしこの世界に同じように拠点ごと転移しているギルドがあれば、もしかしたら負けるかもしれないのだ。

自分たちだけが転移して来ていると考えるのは楽観的にもほどがあるだろう。

事実、世界級《ワールド》アイテムの存在は感じられているのだ。どこかにギルドがあってもおかしくない。

ならば、戦いになった時に勝利を得られるように、ナザリックをより強化するのがギルドマスターとしての務めだ。

「慈悲だけでないとしたらどうでしょうかわん」

「……ほう。それはどういった意味だ？　メリットがあるならそれを聞かせてもらおう。ただ、断っておくが多くの人間を助けることで将来強者が生まれるなどというアイデアは却下だ。なぜなら王国の歴史においてアダマンタイト級冒険者以上の者が生まれた事実はない。ならば純粋な強さでは人間の能力はあれぐらいで打ち止めだと思うべきだろう。それならドラゴンのような種としての強者を優遇した方が良い」

「赤ん坊には可能性があります、アインズ様」

ペストーニャが――多分――冷たい目をニグレドに向けた。

「赤ん坊だけじゃないですわん」

　ニグレドは赤ん坊に優しい。もしかするとその優しさはペストーニャを凌《しの》ぐかもしれない。しかしながら彼女の優しさは赤ん坊だけに限られる。赤ん坊が二歳を超えた辺りから彼女の愛情は失せ、処理すべき肉塊へと変わる。

　だから王都を襲撃し命を助けた赤ん坊は、二歳を境にニグレドから引き離され、ペストーニャの手に渡ったはずだ。

　そして今はユリが管理する孤児院に移されているらしい。

「なるほど、確かにその通りだ。しかし、それもドラゴンだって一緒だろ？」

「先ほど品種改良の話がありましたが、人間という種族にもそれが施せるのではないでしょうか。ナザリックの様々なものを与えて強化すれば、強靭な新種が生まれるかもしれません。また種族の価値は強さだけではありません。人間は創意工夫し、新たなものを生み出す能力……文明発展力とでも言いましょうか、そうしたものを持っているようにも思えます。あまり減らし過ぎれば、それはナザリックにとっての潜在的な不利益とは言えないでしょうか？」

　だからアインズにビスケットを出したのだろうか。そうなるとここまでは彼女たちの想定通りということになる。いや、それでも構わない。結局のところ、アインズは納得さえさせてくれれば良いのだから。

「一考の余地はある。しかしながら私はこの世界の住人の多数が強くなりすぎることは望んでいないし、文明が大きく発達することは危険視さえしている」アインズは拳を握る。「強くなれない強者と強くなれる弱者。立ち位置が引っくり返されることは絶対に避けなくてはならない。その兆候が見えたりしたら何を失ってでも防がなくてはならない。ナザリックの利益のためにも。……違うか？」

　二人が黙る。アインズはセバスへと視線を動かした。

　セバスだけが先程から何も喋っていない。

「私はアインズ様がここに来てくださり、二人の話を聞いてくださっているだけで感謝しております。ですので、これ以上アインズ様に嘆願をする気はございません」

「ふむ……」

　アインズは顎を摩《さす》り、二人に視線を戻す。

「まぁ、人間を追い詰めるのはデメリットが大きいと言えばその通りではある。追い詰められれば強くなろうとより努力するだろうからな。なので、そういった経験をした者たちは皆殺しにした方が良いだろう。そしてそんな経験をしていない——強くなろうと思わない者たちを大切にすればよい」アインズは二人の顔を交互に眺めた。「話は終わりか？　なら私は戻るが？」

「まだですわん！」

　ペストーニャが少し大きな声を出し、その行為を恥じて「申し訳ありません」と頭を下げた。

「構わない。それよりお前の意見を聞かせてくれ」

「はい。——アインズ様。今回の件は飴と鞭、属国となった帝国と敵対する道を選んだ王国の扱いの差を多くの者たちに知らしめるためもあって、殺戮を続けているとも聞きます、わん」アインズが頷くとペストーニャは続けた。「命からがら逃げ出した者が多ければ多いほど、アインズ様――いえ、魔導国に逆らう愚かさがより広く知れ渡るのではないでしょうか？　あ、わん」

「そのためにあえて逃がせ、と？」

「はいですわん」

確かにそういうことなら助けるメリットはある。

しかし、だ。

その辺りをアルベドやデミウルゴスが考えていないとは思えない。二人はその辺りまで考慮したうえで作戦を実行しているのではないだろうか。だとすると彼らが何らかの理由で既に破棄した計画を遂行するということになってしまう。

アインズを賢いと勘違いしている二人がどのような反応を示すだろう。

それを思うとないはずの胃が痛くなる。

いや、わざとミスもするぞ、という話をしてあるので大丈夫かもしれない。しかし、本当の問題はその後にある。アインズが白と言えば黒もまた白という面々だ。

（致命的なデメリットがあるから破棄していた計画だった場合、俺がやると言ったせいで莫大な損失が生じてしまうかもしれない……）

社長案件は損すると予測がついても誰にも止められないのと同じだ。

（しかもその損失を取り戻すにしても、俺みたいな能力のない奴は無力だ。責任を取ることも出来ない奴がそんなことをしてよいはずがない……）

では却下すべきかと考えると、ペストーニャの提案のどこが悪いと明確に指摘することも出来ない。にも関わらず、駄目だと否定してよいのだろうか。

（……やはり強引にアルベドやデミウルゴスを連れて来るべきだったか。だがなぁ……）

そうすることは出来なかった。というのもこういった相談になることは、ニグレドとペストーニャが待つと聞いた時点でアインズは薄々、気が付いていた。

だからこそ不味いのだ。

というのもかつてこの二人は謹慎したことがある。その際、アルベドは二人を処分することを提案してきた。今回同じようなことが起きた場合、アルベドが強く処分を勧める恐れがあったし、今後、決して埋まらない溝が出来かねない怖さがあった。

外敵に強い組織でも、内部から壊れることはある。

なので、起こり得る危険を避けたのだ。

では、ここはどうするべきか。

やはり常識的に考え、二人の意見は却下すべきだろう。ただ、一つだけ不安がある。それは将来のことだ。

今後、ナザリック地下大墳墓内には外部の者は一セットしか入ってこないだろうが、アインズ・ウール・ゴウン魔導国には既に外の者が多数入って来ている。組織としての重要な役職には就いていないが、それも今だけのことかもしれない。

外の者たちを魔導国の重臣として登用する時がもし来たら、多様な意見が生まれるはずだ。時にはアルベド達が「生温《なまぬる》い」などと言いそうな慈悲深い意見も生まれるかもしれない。

そういった意見を取りまとめるような地位に彼女たちが就く可能性もあるのではないだろうか。

それを考えると、今、彼女たちの意見を完全に無視することは問題だ。

彼女たちのような意見を持つ者がナザリックにおいて異質であるならば、なお一層、大切にしておかなくてはならない。

それに——

(たっちさんから受けた恩義は返した。今度は餡《あん》ころさんとタブラさんへの恩義を返すのだと思えば大したことではないな)

「……知っていることと思うが改めて伝えておくぞ。別に王国の全人間を殺しつくす予定はない。実際、幾人かの貴族たちはこちらに引き込んでいる。……王国の民の約九割を殺す程度だ」

「選ばれて生き残った王国の民はナザリックの支配下で生きる道を歩むことになりますわん。宣伝という意味では選ばれなかったがゆえに逃げ出した者たちの方が効果は大きいと思いますわん」

選ばれなかった者たちを助けたいというペストーニャの気持ちは理解した。

「お前たちの話はよく分かった。単なる慈悲をかけるのではなく、ナザリックの利益のためというのであれば多少考慮する余地があるようだ。……僅かな数であるが逃がす方向で考えてみよう」

「ありがとうございます」

「ありがとうございますわん」

セバスも無言で深々と頭を下げた。

とは言っても、どうすれば良いのか。アインズの気は重い。

だが、何とかしなくてはならない。数百人ぐらい助けて、二人の要望も叶えましたよという実績を作ればよいだろう。

●

計算外ではあるが、あの都市の住人が多数生き残ったのは事実。これで逃げ出せば、二人への面目が立ったと言うものだ。とはいえ、あれでは命からがら逃げ出したというわけにはいかないだろう。

ではもう一度、より強大なアンデッド達を送り込むべきだろうか。

いや、その前に確認が必要だ。

「ゴホン！　さて、アルベドよ。お前は先ほどあれが朱の雫だと言ったが、それは本当に確定情報と見做《みな》して良いのか？」

「申し訳ございません、アインズ様。確かに確定しているとは言い切れません。胸元に光るアダマンタイトのプレート、それにその鎧の色からの浅はかな考えでした」

アルベドが立ち上がり、深々と頭を下げる。

「頭を上げろ。私の知らない情報をお前が持っているのか、と思ったから聞いたまでだ。そこまで不快には思っていない」

忠誠心が高いのは嬉しいが、普通にそういうことをされると内心ではかなり引いてしまう。アインズのようなミスの塊ならともかく、今のはそこまでのミスとは言えないではないか。

「ありがとうございます、アインズ様」

「うむ。……あれは朱の雫なのか。それとも朱の雫と勘違いさせたい者の陰謀なのか、どちらだと思う？　各階層守護者。意見を聞こう」

一通り聞いた結果、前者を支持する者が多数だった。アインズの考えも同じく前者だ。

「さて次に——再び皆に聞こう。パワードスーツの性能について知っている者はいるか？　もし知らないのであれば語るとしよう」

アインズは守護者たちがあまり知らないということを確認してから、知る限りのパワードスーツの能力を聞かせていく。

パワードスーツはユグドラシルというゲームにおいて、初期には存在せず、後から入ってきたプレイヤーたちに下駄をはかせるなどの狙いがあって導入されたものだ。

それともう一つ。ロボット戦闘ものが流行ってきていたので、そちらの客を取り込めるという期待もあったようだ。

だからというわけではないが、パワードスーツは性能が非常に高い。

まず、先ほどの光景で見たように〈飛行《フライ》〉を凌ぐ速度で空を飛ぶことが出来、水中でも一時間以上に渡り変わらぬ行動力を維持し、環境ダメージを殆どカットもする。

そして右肩、左肩、胴体に――種類によっては右腕、左腕、脚部も追加して――それぞれ攻撃魔法を組み込み、それらを発動させることが出来る。

当然だが、人と同じように手首から先を持つなら――腕の部分がそのまま剣などになっていないなら――その手に武器を持つことだってできる。

これらの魔法武装はパワードスーツのセッティングの段階で自由に組み換えることが出来るが、この組み換え用データクリスタルは半分が課金で、もう半分が冒険を繰り返すことで手に入るものだ。組み換え自体は戦闘中でなければいつでも可能だが、幾つかの決まりが定められている。

それらの込められた魔法は最高で第十位階までとなっている。ただしそれぞれの使用回数は一時間ごとに決まっており、強いものほど回数が少なくなっている。この回数は時間で回復していくのだが、僅かでも消耗している場合は、その場所の魔法武装を交換できないというルールが決まっているそうだ。

鎧の物理攻撃や魔法攻撃は能力値などに関係なく、高レベル帯に位置する。防御力や回避力なども同じだ。

まさに弱者を強者へと引き上げる鎧と言える。

弱点と言えば小さな弱点が二つ。

一つが、パワードスーツは全身鎧《フル・プレート》として扱われるため、他の鎧との併用は不可ということ。ただし、ネックレスなどの装身具類は装備可能だ。

もう一つは組み込まれた魔法を特殊技術などで強化できない点。ただし、装備品で強化は可能なので、弱点とは言い切れない。

ただ、弱者が使うにあたって致命的と言える最大の弱点が一つある。

それはＨＰ《体力》やＭＰ《魔力》といったものだ。

攻撃力などは着用者の能力値などから算出されるそれを塗り替えるが、体力や魔力は着用者のものをそのまま使う。

つまり弱者が装備した場合、防御力は高いが脆い、ということになる。勿論、その高い防御力を突破できるだけのダメージ量を持つ相手でなければ弱点とはなりえないとも言える。

ナザリックで言えば、階層守護者クラスであればそこまで問題になることはない。

危険なのはプレアデスのようなそこまで強くないＮＰＣたちであり、そういった者たちが相対した時は撤退を選択するべきだろう。

そう説明を終わらせ、質疑応答へと移る。

最初はアルベドだ。

「私たちであれば問題はないということでしょうか？」

「そうだな。最高のパワードスーツでも戦闘能力は八十レベルと言ったところだろう。ただしこれは私の知識が正確ならば、だ。これが仮に一点ものなどがあった場合、もしくはアーティファクトのパワードスーツなどというものがあれば別だ。もしかするとそれ以上の性能を持っているかもしれない」

「外見からでは分からないのでしょうか？」

「うむ、すまないな、アウラ。まず私もパワードスーツの全てを熟知しているわけではないので、外見からではその性能を推し量ることは出来ない。それに大きく外見を変化させることはできないが、多少変化させることは出来た筈だ」

パワードスーツはその性能的にレベルの低い者には非常に役に立つが、高レベルになるとあまり役立たない。

こんな全身鎧《フル・プレート》を着るぐらいなら、神器級とまでは行かなくても、その人物《プレイヤー》の特性にあった伝説級の全身鎧《フル・プレート》を着用している者の方が強い。そのためにパワードスーツというシステムがユグドラシルに組み込まれた時にはすでにレベル百まで到達していたアインズからすると、パワードスーツは興味の対象外だった。

それに何より、全身鎧《フル・プレート》扱いなので、あれを装備していると殆んどの魔法が使えないのだ。

「二つだか、三つだか、ナザリック内にもパワードスーツがあったはずだから、後で宝物殿に行っておこう。皆で着用してみると何か感じるものがあるかもしれないな」

生産職でも戦えるという話を聞いてあまのまひとつが手に入れた物が残されているのは覚えている。空戦ゲームもやっているからと密かに自信を持っていたようだが、ペロロンチーノとの模擬戦であっけなく撃墜され、以後日の目を見なくなった代物だ。

弐式炎雷《にしきえんらい》辺りが、アーベラージでいいや、的なことを言っていた覚えもある。

アインズは少しの間記憶の旅に出て、そこでふと気が付く。

朱の雫がユグドラシルのパワードスーツを持っているのが確かだとしたら——同じアダマンタイト級冒険者である蒼の薔薇のリーダーが持つ黒剣もまた同じクラスの強武器である可能性はないだろうか。

彼女の持つ武器は、なんでも都市を一つ滅ぼすことが出来る力を持つと、王都の協力者から情報を得ている。協力者自身は眉唾だと言い添えていたものの、その情報は彼女のパーティー仲間から得たらしい。

アインズは今までは蒼の薔薇のリーダーが仲間にまで嘘をついているのか、それともブラフだろうと思っていた。

しかし——もしかしたら、あの情報は真実であるかもしれない。

蒼の薔薇と朱の雫という二つのチームのリーダーは親戚同士という話だ。

繋がりがあるのだから、両者が同程度の武装を持っていても可笑しくはないだろう。

勿論、アインズとしても流石に階層守護者が一撃で滅ぼされるなどとは思わないが、絶対に無いという根拠もまたない。もしかするとこの世界固有の凄い武器で、守護者の守りも簡単に突破してくるかもしれない。

そんな剣の力を自爆覚悟で使われて痛い目を見たくない。

蒼の薔薇とやり合う時が来るなら召喚したモンスターをぶつけ、その能力を解放するように誘導し、その後で叩き潰すという作戦を取るべきだろう。

連発することが出来ないなら、だが。

君子は危ない場所に近寄らないという言葉があるそうだが、今回こそまさにそれだ。

王国を滅ぼす目的は別に蒼の薔薇を殺すためではない。邪魔をするなら殺すというだけだ。ならばここは、その女の持つ剣の能力が判明するまでは接触しない方が良いはずだ。エントマには謝って、納得してもらおう。

おっと、とアインズは心の中で頭を振って、思考を元に戻す。

今はそれを考える時間ではない。

「他に質問は？」

見渡すが、守護者たちから新しい質問が出る様子はない。

「ならば、パワードスーツの話はいったん終わらせて、だ。さて、デミウルゴス。あの都市の対応はどうする？　私はあれが釣れただけで満足だ」

「魔導国に勝ったなどと勘違いされては面倒です。より強き者を送り、あの都市を灰燼《かいじん》に帰してしまいましょう」

「ふむ、それが良いだろう……」

いや、良くない。

もしそんなことをしたら別の都市であの二人の顔に免じて、救済措置を取らなくてはならなくなる。

今回は上手く誤魔化せたが、もう一度はかなり困難だ。

後ろでこの話を聞いているペストーニャのためにも、あの都市の住人は助け、それをもって二人への約束は果たしたということにしよう。

「いや、デミウルゴス。それはやめておこう。今後似たようなことが起きた場合の布石となる。それよりもここは王都を先に陥落させ、王国に滅びの幕を下ろそうではないか。その後、残った都市は順次焼き尽くして行けば良い。どうだろう？」

あの都市の住人に逃げる時間とチャンスを与える。その後、もし逃げずにいたために殺され尽くしたとしても、さすがにあの二人も文句は言わないだろう。

「アインズ様がそうすべき、とお考えなのであればそれに従うのみです」

皮肉か、とも思ったがデミウルゴスがアインズに対してそんなことを言う筈がない。

よく相手の言葉を邪推する者がいるが、それは己の心にやましいことがあるからそう思うのだ。つまり今のアインズだ。

「そういうな、デミウルゴス。より良いアイデアがあるならそれを採用すべきではないか」

「流石はアインズ様。寛容なる態度に敬服いたします」

深々と頭を下げるデミウルゴスに、アインズは複雑な気持ちになる。

まず、アインズが言ったことは常識であり、褒め称えるようなことではないだろう。

ちやほやされるのは嬉しいが大したことでもないのに褒められると、赤ん坊レベルに思われているのではとも感じてしまう。

無論、それもまた劣等感の裏返しなのだろうが。

「……他の守護者で意見がある者はいるか？」異論があがらないことを確認し、シャルティアの方に顔を向ける。「それでは派遣しているアンデッドを〈転移門《ゲート》〉を用いて一時撤退させよ。その後、全軍をエ・ランテルに集めたうえで王都に攻め入る」

「はい。早急に行わせてもらいんす」

「全軍トイウノハナザリック地下大墳墓内カラモ出スノデスカ？」

「ナザリック・オールドガーダーなどの兵を出そう。あれはそこまで強くないが、兵団としての見栄えは良い」

「畏マリマシタ」

「よろしい。順次都市を陥落させ王都決戦を行う。その後、順番が狂ったが不要な都市は住人ごと滅ぼしていくとしよう。ナザリックに従属しないことの愚かさを各国に教えてやれ」

各守護者たちから威勢の良い返事があがり、アインズは深々と頷く。

「よろしい。では各階層守護者――」アインズはそこで今後のことを考え、再び口を開いた。「いや、一部の守護者にはここに残ってもらうが、各員の力を見せてもらおう」

幕間

カルサナス都市国家連合を構築する都市の一つ、べバード。
その都市長である女性の住居には今日も煌々《こうこう》と明かりがつけられていた。
家主である、リ・キスタ・カベリアは集められた資料を手に取り、熟読を始める。
カルサナス都市国家連合とは——
カルクサーナス。
ペポ・アロ。
東ガイツ。
西ガイツ。
ヴェネリア。
大リスタラン。
オークネイス。
新オークネイス。

グランウィッツ。

リー。

フランクラン。

そしてベバード。

以上の十二の都市からなる共同体であり、各都市——及びその占有地——の平均人口は約四十万人、最も多い都市で六十万ほどだ。


これら各都市はベバードを除き、一つの種族が人口に占める割合は多くても40％程度となっている。かなり種族的多様性に富んだ複数の都市の集合体がカルサナス都市国家連合であり、これは数百年前までさかのぼれば、元々巨大な一つの国家であったことに起因する。

その巨大国家の崩壊によって各都市を中心とした十四の小国家が乱立した。その後、各都市——小国家間で少なからぬ血が流れた。そうして併合と分裂を繰り返した末、大議論と呼ばれる討論の結果、運命を共にする現在の十二の小国家で連合が構成される形となった。

こうなったことで今までの恨みつらみがなくなったかというと、なかなか難しいところだ。百年前は短命種には昔のことだが、一部の長命種にとってはそれほど昔とは言えない。

　なので、過去の恨みなどを発散させる場として、五年に一度、競技大会を開いている。

　そして次回の開催地としてベバードの番が回ってきた。

　開催まであと四年は時間があると言える。しかしながらあと四年しか時間がないとも言えた。

　競技大会には十六の種目があるが、その中で一つ、目玉となる競技がある。

　コネリエ――または仮想戦場、殴り合い競技などの名前でも呼ばれる競技だ。

　各都市がそれぞれ十名の強者を選抜し、平和の戦旗と言われるマジック・アイテムで保護されたフィールド内で戦うというものだ。

　最も派手なこの競技は非常に人気が高く、他の競技は見逃してもこれだけは絶対に見るという者たちは多い。そのために特にこの競技では、ミスは些細なものであっても許されない。

　これは比喩でもなんでもなく、十分な対策を立てなかったオークネイス大会では競技中に暴動が起き、多数の死傷者が出た。四十年経った今も「オークネイスの運営」と言えば無能の代名詞だ。

　どの競技においても失敗は忌むべきものだが、特にコネリエでは絶対に許されない。

ただ、各都市の首脳部はオークネイスの運営はそこまで悪くはなかったことを知っている。彼らのミスはたった一つ、亡霊への警戒を緩めてしまったということだ。確証はないが存在を疑われていた亡霊が、表に出てきたのはそれが初めてではあったとはいえ、そのミスが致命的すぎた。

キスタは資料を読み終え、眉根を揉む。

ベバードが開催地となった前回から五十年以上経過している。当時運営の中枢にいた者など殆ど残っていない。

一から始める覚悟でやって行かなくてはならないと指導を受けているが、それでもその重圧に押しつぶされそうだ。

もし、これで競技大会が失敗したらと思うとベッドに入っても目が覚めてしまう。

キスタは苦笑する。

四年以上あってこれだ。本番までにどれだけ精神的に追い詰められるのだろうか。

今からそれが嫌になってくる。

ただ、先達《せんだつ》が残した資料を読んで、頭の中で色々と思うところを書き出しているときだけは不安を忘れることが出来る。

キスタが次の資料に手を伸ばそうとした時、扉がノックされた。

キスタが椅子から立ち上がって扉を開けると、予期したとおりの見馴れた人物がいた。キスタの祖父にして前都市長のリ・ベルン・カベリアだ。

長きに渡ってベバードをつつがなく統治し続けた偉人であり、前回ベバードで競技大会が催された時の都市長だ。

「おじい様」キスタは微笑む。「わざわざ離れから来てくださったのですか？　言ってくだされば私の方から行きましたのに」

「いやいや、これも運動だよ。足を悪くしたからといって、ずっと部屋に閉じこもっていては余計に足が衰えてしまうからね。それよりもキスタ。仕事の邪魔をして悪いね。今、大丈夫かね？」

「ええ、勿論です、おじい様。どうぞ、部屋に」

部屋に入ってきたベルンの手にはポットが握られていた。僅かに草の香りが漂う。薬草茶だろうか。

キスタの案内でソファーに座り、二人は向かい合う。

ベルンはキスタの用意した二人分のカップにお茶を注いだ。薄い緑色の液体から漂う優しい香りが室内を満たす。

「さて、キスタ。メイドたちから聞いたのですが、このところ、夜が遅いとか？」

心配はさせたくないが、隠してもしょうがないことだろう。

「はい、おじい様。四年後のことを思うと少し眠れないもので……」

常人であれば四年後のことが心配で夜も寝られないと言えば、心配し過ぎだと一笑されてもおかしくない。しかしながらベルンは笑わない。都市長がいかに大役かを、長く務めた彼は知っているからだ。

「キスタ。今からそれでは疲れてしまうよ。心を落ちつかせる薬草を煎じたお茶だ。これを飲んで、早めに就寝しなさい。良い統治者とは仕事を沢山する者ではなく、しかるべき者に仕事を与えられる者だ。君も私も、できることなど高が知れているよ」

「ありがとうございます。でも……やらなくてはならないことがありますから」

「周辺の都市に大きな動きがあったのかい？　騎馬王は動いてない様子だけど？」

都市国家連合の外敵と言えば、東に広がる草原を支配する騎馬王がいる。しかしながらベバードはその草原とは隣接してないので、彼が攻めてきたら援軍を送る程度で今まではやってこられた。

「……帝国が属国になったというお話はご存じだと思いますが、魔導国に対する警戒をどのレベルでしていくか、という問題があります」

「魔導国ですか……」

ベルンが渋い顔をする。

あの帝国を属国にした都市一つの国。そしてかの暗殺組織を手にしたという噂がある国でもある。

伝え聞く噂は色々とあるが、何が真実なのか非常に知りたいところだ。

キスタはある人物を思い出す。

帝国皇帝ジルクニフ・ルーン・ファーロード・エル＝ニクスだ。

鮮血帝の名でも知られる若き皇帝とは、かつて使節団の一人――上級内務員として帝国に赴いた際に謁見し、その後の歓待の宴で話す機会に恵まれた。

機知に富み、カリスマのある人物だった。そんな人間が属国などという立場に甘んじるだろうか。何かきっと理由――狙いがあるはずだ。

「魔導国についての情報収集におじい様のコネクションを貸して頂けますか？」

長年に渡り都市長を務めたベルンのコネクションはキスタのそれを遥かに凌ぐ。勿論、都市長を受け継ぐにあたり、各所に紹介してもらってはいるが、キスタが動くよりもベルンが動いた方が話は遥かに早く通る。

「勿論だよ、キスタ。私の人脈という訳ではありませんが、帝国から移住してきた優秀な冒険者達が近くにいるそうだよ。彼らの話を聞いてみてはどうですか？」

「はい、お願いします。――おじい様、ありがとうございます」

キスタは頭を下げる。身内ではあっても、相手は八十近くになるまで都市長の座を降りず、近隣からベバードの古鳥とまで呼ばれた古強者《ふるつわもの》であることを彼女は忘れていなかった。

「お礼は――いや、お礼はもらうことにしましょう。キスタ。今日から暫く、早めに寝なさい。分かったね？」

「――はい、おじい様。色々とありがとうございます」

3章　最後の王

Chapter 3 | The last king

執務室には多くの書類が集まっていた。同時に顔色の悪い内務官が何人もいる。

顔色の悪さは、仕事の量が膨大で疲れ切っているという肉体面と、王国がどれほど追い詰められているかを知ってしまったという精神面の、両方から来ている。

ザナックはサインのし過ぎで痛くなってきた右手をブンブンと繰り返し振り、その後、肩をグルグル回す。すると体の中からゴリゴリと音が聞こえた。

自分の体も彼らと同じように休みを欲しているようだ。

この辺りで休憩をとりたいところだが、残念ながらこの部屋に運ばれてくる仕事の量は増える一方でまるで減る様子がない。

ならば人手を増やす、もしくは仕事を他に割り振るのが賢いやり方なのだろうが、仕事を任せるに足る者は残念ながらいない。ザナックの今の仕事を代われるとすれば同じ王族ぐらいだ。

しかし、ザナックには父親にもラナーにも協力を仰げない理由があった。

恐らく、協力を得ないのは間違っているだろう。しかし、そうせざるを得なかったのもまた事実だ。

ザナックは再びペンを取り、回されてきた書類を一読。その後、サインをして、判を押す。

同じことを八回繰り返した時、扉が叩かれた。

溜息を吐《つ》く内務官が幾人もいる。また書類が追加されるのだろう。

ぷひーなどとワザとらしい鼻息を立てながら肥えた内務官がノロノロと立ち上がり、扉へと近づく。開けるのが遅くなれば少しでも仕事が減ると思っているような、そんな鈍重な動きだった。

開いた扉から騎士が顔を見せる。

「お忙しい所、誠に申し訳ありません、ラナー様が殿下にお会いしたいとおいでになっておられます」

思ったこととは違ったが、結局は面倒事だ。

「忙しいから断ってくれ。話は今日の夕食の時に聞く」

兄が消えてからは出来るだけ家族一緒に食卓を囲むようにしていた。しかし、この数日はそれがない。おそらくラナーは一人で食べているはずだ。

ただ、それが寂しいなんてことはないだろう。メイドたちの数が減っている現状では、おそらくクライム――とブレイン――と食事をしているだろうから、機嫌は良いはずだ。ザナックや父親と一緒に食べる時よりも。

「畏まりました」

騎士が扉を閉める。しかしザナックは予感していた。あれでラナーが納得などするはずがない、と。

ザナックは手に持っていたペンを仕舞い、扉から戻ろうとした内務官にそこで待つように、と指示を出した。

その一分後ぐらいだろうか。再び扉がノックされ、同じことを繰り返して騎士が顔を見せた。

「申し訳ございません、殿下。姫君が……その、あることないこと叫ばれるのが嫌だったら話をしたいということで……」

脅しかよ、と苦笑交じりに毒づく。妹がそんなことをするとは思えないが、脅しまでかけてきている以上、話を聞かねばならない。それにもし本当に叫ばれでもしたら、まず間違いなく仕事が増える。

ただ、自分はしぶしぶ受け入れるんだぞ、というアピールはしておく。

「分かった。入室の許可を出す。ただし、ラナー以外の立ち入りを禁ずる。あとの二人は隣の部屋で待たせておけ」

「畏まりました」

騎士が即座に納得したということは、やはりあの二人も一緒に来ているのだろう。

ブレインは王国でも並ぶ者がいない戦士だ。そしてクライムもその辺の戦士なんかよりははるかに強い。その二人を王宮からほとんど出ないラナーが警護として連れ歩くのは人材の無駄遣いと思わなくもない。

ただ、あの二人は王家に雇われているわけではなく、ラナーの歳費から給金が支払われているラナー個人の部下だ。ザナックがなんのかんの言う権利はない。

騎士が扉を閉めると、ザナックは室内で仕事をしていた内務官たちに声をかける。

「お前たち。妹が邪魔をしに来たのでな。しょうがない。喜べ、休憩時間だ。これより三時間休憩を与える。ゆっくり休んで、また戻ってこい」

内務官たちが少し疲れたような笑みを浮かべ、それからまるでゾンビのような重たい足取りで部屋を出ていった。

入れ違いにラナーが入ってくる。出ていく面々と正反対の輝くような微笑を浮かべて。

「お兄様。お分かりだとは思いますけど、内務官の皆さんにはちゃんと休んでもらった方が効率は良いですよ？　疲れてきますとケアレスミスが起きやすいですから。それに――お兄様は大丈夫なんですか？」

ザナックは無精ひげが生えた顎を触る。あの面々と同じ時間だけ働いたからには同じように疲労が顔に出ているのだろう。実際、休みたい気持ちは彼らと一緒だ。しかし、トップとして決定しなくてはならないことはたくさんある。

「俺とそっくりのサインが出来る奴を雇っておくべきだった、と心の底から思っているよ」

「お父様のサインであれば出来る人がいるんですし、その方にお願いしたらよろしいのではないですか？」

じっとラナーがザナックを見つめてくる。何が言いたいのか分かるが、一応確かめる。

「――なんだ？」

「……お父様は生きてらっしゃるんですか？」

ザナックは苦笑してしまった。

「おい、おい……俺が殺すとでも思っているのか？　この状況下で？　……父上は体の調子が悪くてな。部屋で静養してもらっている。王としての仕事を思い出してはゆっくり休めないと思って、王女であるお前を面会させることも出来ないのだ。申し訳ないな」

ラナーが自分の浮かべた笑みにそっくりな笑い方をした。その笑い方で全て見抜かれているというのが分かる。

「お兄様、私たちの間でそんな嘘は止めてください。レエブン侯の兵がいないお兄様がお父様を監禁できているということは、軍務尚書と内務尚書がお兄様の味方についたということですよね。……お父様は何をなさろうとしたんです？」

「魔導王と交渉することで問題を解決しようとしていた」

それこそがザナックが王の代理として全力で業務に勤《いそ》しんでいる理由だ。

自らの父親を監禁しているのだから、全ての面倒な仕事は自分が背負うべきだ。ここで父親に泣きつくなど、情けない男の極みだ。

「まぁ、父上の気持ちも分かるんだ。二十万の軍勢を一瞬で壊滅させられたその現場にいたのだから……」

その上、ガゼフ・ストロノーフと自分の息子まで失ったのだから、とこれは口には出さずに心の中で呟く。

「……交渉で解決出来れば、被害者の数は最小限になると信じたい気持ちは理解できなくはない。だが、もうそんなことでは解決できないところまで来ている」

ザナックは一枚の大きな紙を取り出し、机の上に広げる。

ゴワゴワとした紙ではなく、それなりに値が張る薄く白い紙には、〈模写〉によって王国全土の地図が描かれていた。

「見ろ。王国で魔導王に落とされたと思われる都市の数々を」

王国東部それに王国北部の半分ぐらいが、×マークで消されている。土地鑑を持つ者であれば、それらがある程度の人口を持つ都市の場所だということに気が付くだろう。そして賢い者は、もし地図に村落まで記載されていたら、この×マークの数は急激に膨れ上がることも推測出来るはずだ。

ザナックは地図に指を走らせる。

「開戦直後から魔導国は動いてないと思っていたが、実際はこのように北部目指して進攻していたんだ」

ザナックの指の先、一つの国をラナーが指さした。

「評議国との国境を制圧し、援軍を送って来られないようにするためだったんでしょうね」

「そういうことだ。動きがないことで宣戦布告はあくまでも脅しだった、と考えた父上が交渉を試みようとしている間に、実はこれだけの事態が起きていたんだ。都市は壊滅、そこに暮らす住人も皆殺しにされている様子だ」

　ザナックはギリッと音が出るほど歯を噛みしめる。

「……このような無法を許してたまるか」

　これを許しては王家の者とは言えない。

「魔導国は話し合いのテーブルに着くつもりはない。ならば次は別の手段でアプローチするほかないだろう？　違うか？」

「仰る通りだと思います。次は——武力によるアプローチですね」

　ザナックは頷く。

　だからこそ王国内の全貴族に向けての檄文などを書いたりするのに非常に忙しい。

「……妹よ。お前の明晰な頭脳を使って教えてくれ。どうして魔導国の侵攻に気が付けなかった？北部にあるエ・ナイウルで撃退するまで、なぜこちらに情報が入ってこなかったんだ？」

　魔導国は都市などを攻めた場合、一人として生かしておかない凄惨な虐殺を行うそうだ。しかしながら絶対に誰一人逃がさないということは難しいはずだ。それに戦時でも商人や旅人など街道を使う者たちだっている。

　それらの口をどうやって封じたのか。

　魔導王のなんらかの魔法の力か。

「うーん。お兄様も薄々は勘づいておられますよね？　魔導国による情報封鎖だけでこうなっているのではないことぐらい」

「ああ……。やはりそうか。そうするとここに付けられた×マーク自体、全てが真実とは限らなくなるか」

魔導国だけの力ではないとするなら、あとは簡単だ。王国内部の者のしわざだ。

まず、この宮殿内の内務官などが裏切って虚偽の情報を上げているパターン。もう一つは王国を裏切り、魔導国についた土地持ち貴族たちがおり、そこから欺瞞情報を摑まされているパターンだ。

ザナックは地図に置いた指を走らせる。この広大な国土のどの辺りの貴族が裏切れば、それだけ大きな情報操作が出来るか。

ザナックは一つの都市で指を止め、そののちそっと離した。

「…………妹よ。お前なら分かるだろ？　どこの貴族が裏切っていると思う？」

「どちらのパターンだ、ではなくて、ですか？」

こちらの頭の中を完全に見抜いている。少し前だったら気持ち悪い、と思ったのだろうが、今は逆にそれが頼もしい。

「……王都に入ってくる情報をこれだけ見事に封鎖できる者はそうそういない。軍務尚書なら出来るかもしれないが……彼でも王都に出入りする商人などの口を封じることは出来ないはずだ。従って王都内にいる者たちでは情報封鎖をすることは困難だ」

「そこまで分かっていらっしゃるなら答えもお分かりだと思うんですが……レエブン侯ですね」

「――馬鹿な。ありえん」

　ザナックは即座に否定する。先程指が止まった都市、エ・レエブルの事は忘れて。

「本当にあり得ない、と思ってそう仰るのですか？　レエブン侯はご子息を大変愛してらっしゃいました。もしそのお子様が人質にとられたらどうですか？」

「…………そうやって脅しをかけているということか？　ゲスが！」

「私としては、普通に〝王家に未来なし〟と判断して裏切ったのだと思いますけど」

　レエブン侯が裏切っているなどと信じたくはない。しかし、彼ぐらい力のある貴族が親しい貴族に声をかけた場合、その都市から流れてくる情報をカットすることはできるかもしれない。それに逃げ出した民たちが身の安全を求めるとしたらやはり大きな都市だろう。そうなるとエ・レエブルは逃げ込むに良い場所だ。

　そこまで考えて魔導国はレエブン侯に魅力を感じたのか。

「……魔導王はどんな人物だと思う？」

「恐ろしいぐらい頭の回る人物ですね。国家レベルでの謀略と知略の才人です。そして何より恐ろしいのが、あれだけの力を持ちながら、それに頼って事を進めず、智謀で事を進めるというところです。増長というものが感じ取れないバケモノと言ってもよいでしょう」

　おや、とザナックは奇妙なものを感じてラナーを見る。表情などは普段とまるで変わらないが、声に含まれた感情が普段とは違う。畏怖、尊敬、そういったものが混じっているようにも感じ取れる。

「私たちが見ているこの蜘蛛の糸は、何年も前から張り巡らされていたものだったのでしょう。私たちはそれにかかった蛾、なんでしょうか……」

「蛾よりは蝶の方が良いな」

「どっちにせよ餌にすぎませんが、お兄様がそちらの方が良いというのであれば蝶で構いませんよ。兎に角、この巣をうまく通り抜けられたとしても、別の巣が待ち構えていたんでしょうね……。少し恐ろしいです。これほどの策を練っている相手が同じ世界にいるというのは。もしかすると私の行動も全て計算ずくだったのかもしれません」

「お前よりもか？」

　ラナーは笑って答えなかった。

「お話を戻しませんか？　おそらくお兄様はレエブン侯の館を捜索すべきかどうかを考えていらっしゃるとは思いますが、何も出ないと思いますよ」

「そうだろうな。しかし、何もしないわけにはいかん」

　裏切った可能性が極めて高いと知ってしまったからには何も行動しないわけにはいかない。それにもしかしたら何かあるかもしれないという淡い希望もある。

「お前だったらこの状況下でどのような行動をとる？」

「その前にお兄様にお聞きしたいのですが、このままの調子で魔導国が動いてくる場合、次は王都近隣での決戦ですよね？　この王都に兵を配置するのか打って出るのかまでは分かりませんが、兵はどのように集めるんですか？」

「近隣の貴族たちから色好い返事をもらっている」

　しかしながら遠方の貴族たちからは返事がない。届いていないのではない。状況を窺っているのだ。王家が滅ぼされた後、魔導王にひれ伏すつもりなのだろう。もしくは単純に、王家に協力することで魔導国に睨まれることは避けたいと考えているのか。

　どちらにせよ甘すぎる。

　自分たちは大丈夫だと考えていること自体愚かな証拠だ。

　いや、愚かだと笑うことはできない。魔導国の凄惨な仕打ちを知ってなお、そんな態度を取れるはずがない。彼らもまた情報封鎖による犠牲者だ。

　王都を滅ぼしたら間違いなく魔導国は他の都市も蹂躙していく。今度の決戦に参加しない貴族は各個撃破されていくだけだ。

「勝てる、と思われますか？」

　ザナックは苦笑いをした。答えにくいことを平然と聞いてくれる、と。

「勝てる、勝てないではない。やるしかないんだ。魔導国は都市を焼き尽くし、そこに住む民を皆殺しにしている。生き残るためには全兵力を集め、乾坤一擲《けんこんいってき》の大勝負に出るほかない」

　ぐっとザナックは拳を握る。

「…………お兄様……王になったのですね」

「何？　なんの話だ？　偉そう、とかそういう話か？」

「……えっと、その勝負で敗北すれば王国はそのまま滅ぼされるのでしょう？　なら王都の民たちをどこに逃がしたところで終わりですしね。お兄様の乾坤一擲の大勝負、正しいと思います。……ああ、レエブン侯はそれもあって裏切ったのかもしれませんね」

「なるほど……。民たちの受け入れ先ということで、か……」

「でも、魔導王がそれを許さず、逃げてきた民たちを殺せとレエブン侯に命令を出すかもしれませんね。踏み絵の代わりに」

　レエブン侯が何を考え、裏切ったのか。いや、実際、本当に彼は裏切ったのだろうか。不和の種を播くための魔導王の策略に自分もラナーも引っかかっているのではないだろうか。

　ザナックは王国をより良いものにしようとしていたレエブン侯を思う。

　レエブン侯に手紙を送り、腹を割って相談したらどうだろうか。だが、それはもしかしたら彼の立場を悪くするかもしれない。

　裏切り者の元に前の主人筋からの手紙が届く。それは魔導王に疑心を抱かせるに十分だろう。

　計略の一つとしては有益かもしれないが、それはレエブン侯が魔導王の旗の下《もと》、軍を率いて来たなら取るべき手段であって、この段階ではそうすべきではないと思える。

　レエブン侯がもし家族を人質に取られるなどして魔導王に協力しているのであれば、決して恨むことなどできない。

　ザナックは息子を異常なほど愛していたレエブン侯を思い出す。

　少しだけ懐かしさに目を細め、それから妹の顔に我を取り戻す。

「避難か……。そういえば少し話が変わるが、父上がお前……正確には俺たちを使者として都市国家連合に送りたかったそうだぞ？　父上を監禁する前の話だが。お前はどうする？　行きたいならとっとと王都を離れる必要があるな」

　これから全兵士を束ねて決戦という状況下だが、率直に言うと勝算は限りなく低い。敗北すればこの王都を始め、残った都市の全てが魔導王によって焦土と化すだろう。

　つまりこの王国に安全な場所はない。なので、父の言う通りこの国を捨てて亡命する以外の道はないだろう。

　本来であれば前王家というのは二つの使い道がある。

　一つが結婚などをして、その血を取り込む方法。もう一つが殺すことで王家が滅びたということをアピールする方法だ。

　魔導国の場合だとほぼ確実に後者だ。

　彼らからは王国という国を歴史にしてしまおうという意志しか感じることができない。

「それは良い考えですね。お兄様は行かれるのですか？」

「ここまで来て行くわけがないだろ……。あの兄がここにいたら喜んで逃げたけどな。だから俺のことはいいんだ。お前はどうするんだ？　魔導王はアンデッドだというから、女として悲惨な目にはあったりしないだろうが、処刑されるのは間違いないだろう」

「魔導国が攻めてきたら自暴自棄になった者たちに凌辱される危険性はありますよ？」

そういうことを平然と言える妹に、ザナックは嫌な顔をする。それともよく現実を見ていると褒めるべきだろうか。

ラナーの美貌は広く知れ渡っている。そういう狼藉《ろうぜき》に及ぶ者が出てこないとは言い切れない。

「クライムとアングラウスの二人から離れないようにしておけよ」

「ええ、そうですね。クライムからは離れないようにしてます」

「俺しかいないし、こんな状況だから何も言わんが、『二人から』って答えておけよ」

ブレイン・アングラウスはなんでこんな女に仕えているのだろう。

クライムが気に入っているからとか言っていたような気がするが、同性愛者なのではないだろうか。

大体、調べたところ女の気配が——一応あったが流石に子供はないだろう。

などと言ったら妹が怖いので口には出さない。それにどこからか漏れて、あの二人に伝わったら最悪だ。

「とりあえず、私もここから逃げるつもりはありません。王女として気高く死を迎えましょう」

やはり少し意外だ。

前にも思ったことがあったが、クライムと一緒にどこまでも逃げます、とか言いそうだと思っていた。それとも自分にはこう言っておいて、既に逃げるための準備を整えているのだろうか。

（こいつだったらそれもありそうだな……）

「あの魔導王なら死体すらも利用しそうだがな」

「かもしれませんね。それでお兄様は軍勢を率いて魔導王に戦いを挑まれるのですね？」

「ああ、そうなるだろう。俺がいても意味はないかもしれない。しかし総大将として王家の人間が――俺が立つ必要がある」

ザナックは天井を見上げる。

「お前も言っていたが俺が次の王だからな。その責任は取らないとな……。俺が死んだら父上が全てを終わらせてくれるだろう。……お前はいつでも逃げていいからな」

気持ち悪い妹だが、妹なのは事実だ。ならば少しぐらいは兄として良い所を見せておこう。もしかすると死んだ後に神に褒められるかもしれないから。

「分かりました。その時はそうさせていただきますね」

ラナーが普段と変わらない笑顔でそう答えたのが視線を戻した時に見えた。

2

ついに魔導国は西侵を始め、幾つもの都市、村の一つ一つまで破壊しながら王都まで一直線に迫りつつあった。ただし進軍速度はジワリジワリとしたもので、非常に遅い。

兵が多くなれば多くなるほど進軍速度は鈍りがちだが、アンデッドばかりで構成される魔導国の軍勢はそれに当てはまらないと仲間であるイビルアイは言っていた。おそらく、王都の住人にプレッシャーを与えるためだろうというのが彼女の読みだ。

この敵国の迫りくる圧力によって、王都内に一度大きな混乱が起き、少なくない血が流れた。その後、王都の住人は大きく分けて二通りの選択肢から道を選ぶことになった。

一つが王都を離れ、エ・ランテルとは反対側――西――に疎開する道だ。

もう一つが王都に残り、扉を固く閉じ、引きこもる道だ。

どちらを選択した者たちが多いかというと圧倒的に後者だ。前者は遠方に逃げても生活が成り立つ、それなりの金やコネ、手に職などを持つ者たちに限られるからだ。

そのため王都の人口の95％以上はそのまま残っている。

ただし、それは昨日までの話だ。

王家よりお触れが出たのだ。

魔導国の軍勢が迫りつつあるため、この都市を守るべく、戦える者たちで出陣する、と。つまり徴兵だ。

無論、戦いに怯《おび》え、閉じこもる者は多い。しかし同時に、戦わなくては守るべき者たちまで殺されてしまうと覚悟を決める者たちはそれ以上に多かった。

王都内を狂乱じみた熱気が駆け巡り、それによって猛り狂っている。通りは準備に追われる者たちであふれ、兵士として家を出ていく父や息子に少しでも良いものを食べさせようと食料品を取り扱っている商店は大賑わいだ。

特に、王家から各商人に、食料品を安くするように、という命令が出ていると知られてからは、その熱気はより強くなった。

そんな中を〝蒼の薔薇〟の一団は歩く。

目的の宿屋はまだ先だ。

ラキュースは後ろを歩く面々に提案を持ちかける。

「ねぇ、みんな。私一人でも大丈夫よ。相手の依頼にも誰が来いという指定はなかったんだし、この程度の依頼に全員が行く必要もないわ。みんなも忙しいでしょ？　ここで解散しましょ？」

「……さっきからなんだ、ラキュース。私たちが一緒に行ってはいけない理由でもあるのか？」

イビルアイの一言にラキュースは作り笑いを浮かべる。内心は「鋭い！」と思っているが苦労して顔には出さない。イビルアイはまだしもティアとティナは非常に鋭いので、彼女たちの方に顔を向けていなかったのは幸いだった。

「そんなことないわよ。ただ、みんなの大切な時間を奪うのは申し訳ないな、と思ってね」

「ラキュースの気持ちも分かるぜ。なんでもアズスの旦那も来るんだろ？」

ラキュースは心臓がドキリと一つ大きく鼓動するのを感じた。

そうなのだ。ラキュースの叔父にして、アダマンタイト級冒険者チーム〝朱の雫〟のリーダーであるアズス・アインドラも、ラキュース達と同じ時刻に呼び出されているらしい。

「親戚だもんな。色々と二人っきりで話したいこともあるんだろ？　分かるぜ」

良かった。そっちだと勘違いしてくれている。

ラキュースはガガーランの言葉に乗る。

「そうなの。分かってくれる、みんな。この王都に戻ってきたのに私に会いに来てくれなくてね。だから――」

「それが謎」

「不思議」

「え？」

ラキュースは双子に顔を向ける。

「親戚にして同じアダマンタイト級冒険者チームのリーダーにもこの時期に王都に戻ってきたことを伝えていないのに、今回の依頼主はどこからその情報を入手した？」

「〝朱の雫〟の関係者なら堂々とその名前を出せばいいはずなのに、依頼人はそういったことは言っていなかった」

昨夜、一人の平々凡々とした男が蒼の薔薇が滞在している宿屋に現れ、ある人物が仕事を依頼したいのでこちらまで来てほしいと伝えてきた。組合を経由せず直接の名指しで、はっきり言ってラキュースも胡散臭いと感じて断りたかったが、朱の雫のアズスも来ると聞いては顔を出さないわけにもいかない。

「そうなんだよなぁ。胡散臭いというところを通り越して、何を企んでいるっていうレベルなんだよなぁ。嘘をついて俺たちを呼び寄せるとか、かねぇ」

「そうだな。罠の可能性を考えたら――お前は確かに強いが一人ではできないことも多い。相手が我々に害を為そうとしているのであれば、各個撃破されるようなことは避けるべきだろうな」

「みんな……」

心配してくれるのは非常に嬉しい。しかし――

「それに私たちの先輩である、あの英雄に会ってみたい」

「名前は聞くのに一度も会ったことがない。親戚なんだから気軽に会わせてくれてもいいはず」

ラキュースは胃がきゅっとなるのを感じた。

叔父は悪い人物ではないのだが、良い人物というわけでもない。取り敢えず子供には悪い影響しか与えないような人物であるのは間違いない。

幼い頃にラキュースが会っていた頃は本性を隠していたのか、もっとまともだった。それとも冒険で頭のねじが一本、ゆるんでしまったのだろうか。

ラキュースはなんだか分からないものに——流石にこんなことで神を頼るわけにはいかない——祈るほかない。

叔父は初対面の相手などにはまず間違いなく猫を被る。英雄に憧れるなら、その夢をかなえてやるのが英雄の役目だ、と言ってくれる人物ではある。

そこに期待するほかない。

ラキュース達一行は約束の場所である宿屋に到着する。

あまり繁盛《はんじょう》していない薄汚れた宿屋だ。

扉はしっかりとした物で、意外に重たい。

ラキュースに続いて扉に触ったティアとティナから腰の上を二度叩かれた。

注意、という合図だ。何か思うところがあったのだろう。

扉の真正面にカウンターがあり、酒場などを営んでいる様子は見受けられない。

こんな立地の悪い場所で、酒場も開かず、宿屋専業でやっている、というのだろうか。

違和感から全員の思考が切り替わり、いついかなる状況にも対応できる戦闘モードへと移行したのをラキュースは感じた。

ラキュースはカウンターにじっと立つ冴えない男に声をかける。

「……〝蒼の薔薇〟よ。依頼人に会いたいのだけど？」

「三〇一という部屋に行ってくれ。先に〝朱の雫〟のアインドラさんが来ている」

本当に来ているのだろうか。それはもう少しすれば分かることだ。

ラキュースは礼を言い、すぐ横にあった階段を登り始める。

静かな宿屋だ。途中、一度も人とすれ違うことなく、物音ひとつ聞こえてこなかった。よほど遮音性が高いのか、それとも人がいないのか。

三階へ到着すると、部屋数が少ないことに気が付く。二階の半分以下なのは、この階の部屋は一室一室が大きいからなのだろう。

三〇一と彫られたプレートの取り付けられた扉をノックする。

「叔父さん、ラキュースです！」

耳を澄ますと、中から非常に小さく「入って良いぞ」という男の声がしたような気がする。小さすぎるため、叔父の声だと断言はできない。

ラキュースは前に出ようとするティアとティナを止め、ゆっくりと扉を開ける。

中は外とはまるで違った。

豪華で落ち着いた調度品が並んでいる。ラキュース達が泊まっている宿屋よりももしかすると上等かもしれない。正直、少し異常だ。やはりこの宿には何か、がある。

周囲を見回すよりも早く、ラキュースに声がかかった。

「おう、ラキュー！　久しぶりだな！」

「おじ……」

親しい叔父の声に間違いない。

ラキュースは声のした方へ顔を向け——勢いよく扉を閉める。

「……………」

「ど、どうしたんだよ、ラキュース」

ガガーランが代表して聞いてくる。

叔父の声は皆にも聞こえた事だろう。この状況下でなんでもないと答えるのは難しい。

「……みんな、ちょっと私一人で叔父と会ってくるわ」

「ここまで来て何を言ってるんだ、こいつは……」

イビルアイが呆気《あっけ》にとられたような声を出したのも当然だ。

ラキュースは皆の顔を見渡す。イビルアイが代表しただけで、皆、同じことを思っているのは間違いない、そんな顔をしていた。

ならば——

「えっと、みんな。はっきり言うわ。叔父はかなり顔をしかめるような人間だからね」

「……あの朱の雫のリーダーが？」

ティナの言葉に、真剣な表情で大きく頷き、再び皆の顔を見渡す。皆、訝しげだったが、今までの長い付き合いでラキュースがこんなことで嘘をつく人間ではないと思ってくれたのだろう。理解の色が浮かんだ辺りでラキュースは扉を再び開けた。

部屋の中に一つ、ベルベットらしき深い光沢のある大きな長椅子があった。

そこに男が一人腰を掛けている。よく知っている男——アズス・アインドラその人であることは間違いがない。

上半身は裸であり、その引き締まった腹部や持ち上がった胸筋などがよく見える。依頼人に会うには相応しくない格好だ。ただ、ラキュースが仲間たちに引き合わせるのをためらったのはそれが原因ではない。

アズスの左右には一人ずつ、半裸の女が座って彼にもたれ掛っていたのだ。

いや半裸以上だ。胸元をはだけ、豊かな膨らみが顕《あら》わになっている。パンツは穿いているのだが、糸のような細さで、これで全てを隠すのは無理だろうというレベルのものだ。

それなりに整っている顔立ちで、おそらくは高級娼婦だろう。

床には着ていたとおぼしき煽情的な服が山になっていた。

アズスはそんな女たちの肩に手を回し、その胸を揉んでいる。

「叔父さん……。同じ依頼人に呼ばれた姪《めい》がわざわざ来たんですから、もう少し、出迎えるのにふさわしい格好があるんじゃないですか？」

　ラキュースがそう言っている間もアズスの両手は女たちの胸から離れず、遠慮なく揉みしだいている。そして女たちもラキュース達をはばかることなく嬌声を上げている。

　その態度もまたラキュースをいらつかせる。この女たちを用意したのが依頼人であるなら相応の対応をしてやると固く決心する。

「いや、もう少し遅く来ると思っていてな。まぁ、なんだ、ベッドでやっている訳でもないんだ。別にかまわないだろ？」

「かまいますよ！」

　後ろにいる仲間たちの顔が怖くて見られない。

「……そうか？」アズスは本気で不思議そうに首を傾げる。その間も女たちの胸を揉む手は止まらない。「全くお前は堅いなぁ。良い女を抱きたいのは男のサガって奴だ。大体、俺の子供ならそれなりの才能を持って生まれるはずだ。将来に血を残すことは重要だぞ？」

「ふん。貴族の家を出奔したとかいう癖に、一度染み込んだ考え方は変わらないという奴か？」

　イビルアイの言葉にアズスが嫌そうな顔をしてじろっと見る。圧力さえ感じる視線だが、蒼の薔薇の面々でその圧力に耐えられない者はいない。特にイビルアイにしてみればそよ風のようなものだろう。そのまま言葉を続けた。

「……全く。図星を言われてその態度。英雄と聞いていたが子供のような奴だな。いや、そういう奴だからこそ貴族の身分を棄て、冒険者の道を歩むことが出来たのか。……取り敢えず依頼人を迎える態度ではないな。下がれ、女ども」

「――何よ、この子」

右にもたれ掛った女がイビルアイを睨む。

「はぁ。面倒だな。おい、アインドラ。……そっちの部屋も開いているのか？」

イビルアイが指したのは廊下に面していない側にある扉だ。

「ああ。あっちはベッドルームだな。チェック済みだぜ」

「そうか。だったらこいつらにそっちに行くように言え」

「何この子、何様のつもり？」左の女が険のある顔でイビルアイを睨む。「面《つら》も見せられないようなガキが偉そうな態度取るんじゃないよ！」

「……はぁ。〈人間種魅了《チャーム・パーソン》〉。行け」

「あ、はい、分かりました」

左の女がすっと立ち上がると、右の女が驚愕の表情を浮かべた。口が大きく開かれ――

「お前もだ。床の服を持っていくのを忘れるな」

女が何か言葉を発するよりも再び〈人間種魅了《チャーム・パーソン》〉が発動する方が早かった。そして女たちは命令に従い、隣の部屋へと歩いていく。

アズスは口をへの字にして大げさに肩を竦めた。冒険者的な見方をすれば、イビルアイは剣を抜いたも同然のことをしたのだが、糾弾《きゅうだん》するつもりはないらしい。悔しいが、こういうところは器が大きいと思ってしまう。

「イビルアイ……グッジョブ！」ティナが親指を上げてイビルアイを褒め称える。「それにしても暗殺者かもしれない女を横における勇気は流石《さすが》アダマンタイト級冒険者」

「そうなのか？」

「うちはああいった訓練も普通に受ける。腕力にも魔力にも恵まれない女は、女ということそのものを武器にするしかない。ガガーランには関係ないと思うが一応、どんな方法があるか説明しておく。まず――」

ティアが説明を始めているのを聞き流し、イビルアイがラキュースに言う。

「ああでもしないと煩《うるさ》そうだったからな。まぁ、これ以上、話に首を突っ込む気はない。好きに話せ」

「ありがとう、イビルアイ。それで……はぁ……」話が始まる前からかなり疲れた。「それで叔父さん。今回の依頼人、非常に胡散臭いんですけど何者なんです？」

「あん？　おいおい。知らないで来たのかよ。まぁ、ちゃんとでかい組織がバックにいる奴らだぞ？多分な」

「……多分？　というか叔父さんが知っている相手なんですか？」

「直接は知らん。相手がお行儀のいい奴らなら、きっと来た時にちゃんと名乗ってくれるだろうよ。

まぁ、隠すような奴なら――」ニヤリとアズスが笑う。「碌でもない相手だろうよ。さて、それでお前はこれからどうするんだ？」

「どうする、というのは？」

「もし、ここから逃――離れるなら俺の伝手《つて》を使っても構わないんだぞ？」

「離れるつもりはありません」

　全員の視線が自分に集中するのをラキュースは感じる。

「……ちっ。止めておけ。魔導王は住人を皆殺しにし、都市を完全に破壊しながらこっちに向かって来ている。王都だけがそうならないと考えるのは浅はかだぞ？」

「ならば叔父さん、一緒に戦いましょう」

「無理だな。魔導王の力を直接目にしたわけではないから絶対とは言えないが、伝え聞く話が本当なら、俺では――俺達では奴には勝てないな。化け物に勝てるのは化け物だけだ。人間が立ち入ろうとする方が間違っている」

　アズスが疲れたようなため息を吐き出した。こんな叔父は一度も見たことがなかった。

「……無駄だと分かっていたから他の仲間たちはここには連れてこなかった。兄貴たちには逃げるように伝えたしな」

「誰も……逃げなかったんじゃないですか？」

「ああ。ほんと馬鹿……だよなぁ。だが、子供だけは預かったんで仲間たちが評議国に連れて行っているはずだ」

ラキュースが複雑な感情を抱いた時、「ボス」と緊張感を含んだティアの声と同時のタイミングで「時間通りですね」という男の声が通路から聞こえた。

扉の入り口に立っていたティア、ティナとガガーランの三人が見えざる力で押し込まれるように室内に入り、続いて二人の男女が入ってきた。

先頭に立つのは若い男だ。

十本の指それぞれに指輪をしており、柔和な笑顔を整った顔に浮かべていた。

続いてけだるそうな女。服装はだらっとしており、歩くのすら面倒だという雰囲気だ。異様に大きな帽子をかぶっているせいで顔の大部分が隠れている。

ラキュースは警戒心を強めた。仲間たちは生物としての強さ——格に押されたのだ。来訪者の二人はどちらも、世に名高きアダマンタイト級冒険者であるラキュースをして届かないと思わせる凄味があった。

だがその後ろからもう一人が姿を現したとき、空気が一変する。

その男は巨体をゆすりながらゆっくりと部屋に入ってきた。巨大な斧を背負った蛮人のような格好で、周囲の景色が歪んでいるのかと錯覚するほど強烈な威圧感を放っている。

確かに先の二者は強い。

しかし、それ以上にこの男は別格だ。

喉が貼り付いたように動かない。

ラキュースはアダマンタイト級冒険者として、強いモンスターや強者の亜人を数多く撃退してきた。

しかし、この男は桁が違う。あのヤルダバオトが暴れた時に姿を見せた骸骨の頭を持つ悪魔よりも上だ。

この男は前の二人の護衛と見ればよいのだろうか。

これほどの強者たちがちんけな組織に所属していて噂にならないはずがない。ならばバックにいるのは完全に彼らを隠しきれる、国家レベルの巨大な組織だろう。

「……フル装備で来て正解だった」

「……個々が私たちより恐らく上」

「ああ。こんな奴らが王国にいるなんて話は聞いた記憶がねぇな」

「おいおいおい。遅れて来たくせにそんな危ない気配を撒き散らすんじゃねえよ。お前さんらは上からそう言われてきたのか？　無礼を働いてこいってよ」

アズスが皮肉げに言うと女が鼻で嗤《わら》う。

「娼婦を連れてきといて、エラそうね、おっさん。ここは連れ込み宿じゃないんだけど」

女の言葉にアズスが哂《わら》い返《かえ》す。

「はん。こんなところに呼ぶもんだからよ。少し嫌がらせしたいと思ってな」

ちっ、と女がこれ見よがしに舌打ちする。

アズスの言葉を肯定するということは、この面々と関係のある宿屋だという事か。国家レベルの組織を構成しうる国——王国以外の国と考えると二つ。一つは評議国。もう一つは法国。

どちらの可能性が高いかと考えれば後者だ。

「まぁ、まぁ、それぐらいにしてくださると助かります」

「クアちゃん……。はぁ、今回はクアちゃんがリーダーだし、従うけどね……」

優男《やさおとこ》が窘《たしな》めると女が不承不承頷きつつ、肩を竦める。

「アインドラ様の仰るとおりですね。大切なお時間を割《さ》いていただいているにもかかわらず、私どもが最後に来てしまい誠に申し訳ありませんでした」

「はん」

アズスがこれ見よがしに笑い飛ばすが、優男の笑顔には一片の陰りもあらわれない。

「それでは早速で申し訳ありませんが、用件をお話しさせてください。——アズス・アインドラ様。それにこの場にいらっしゃらない朱の雫の方々」

ラキュースは目を細める。

ラキュースの叔父は貴族の称号を棄てた。ただし名誉騎士爵《デイ》号を持っているので、礼儀を守って呼ぶならもっと名前は長くなる。しかし、そうするとアズスの機嫌は悪くなる。

礼儀を守ろうとする初対面の人間がよく引っかかる罠だ。

優男はそれをすり抜けたのだ。つまりそれだけこの男は色々と調べているということだ。いや、この男の上にいる者たちが。

「ラキュース・アルベイン・デイル・アインドラ様。イビルアイ様。ティア様。ティナ様。ガガーラン様。私どもは皆さまをスカウトしに参りました。ここで命尽きるまで戦うのも良いかもしれません。ですが、未来を見ていただければ、と考えております」

「ふん。行儀の悪い奴だな。うんで、どこの国の者なんだ？」

「どこの国でもいいじゃない。無駄――」

女の後ろからすっと伸びた手が口を覆う。

「何！」

「嘘！」

ティアとティナが驚愕し、武器を抜き放つ。

女の後ろには奇妙ないでたちの男が立っていた。全身どころか顔も手も全て覆い尽くしたぴったりとした服は、金属板のようなもので補強がされていた。

「不味い、私たちより腕の立つ暗殺者」

「不味い、私たちよりもかなり上」

この二人はラキュースが知る限り最高――最悪――の暗殺者だ。それよりも上。

「ご安心ください。そして武器をお収め下さい。本当に皆さんを殺すつもりなら、こんな勿体ない正体の明かし方はしませんよ」

優男の言葉は正論だ。この部屋に入り込みながら、アダマンタイト級冒険者たちばかりの室内の誰にも気が付かれないように、何らかの力でその身を完全に隠していたのだろう。にもかかわらず、あんな馬鹿馬鹿しいことで姿を現わすなど、暗殺をする気はないと表明しているようなものだ。

それとも姿を見せることも相手の狙いなのか。自分たちの元に来ないのであれば、優秀な暗殺者が狙うぞ、というアピール。

「それより私どもの仲間が少し礼を欠いた発言をしそうになり申し訳ありま――」

「――おいおい。なんか隠すことでもあったのか？　お前ら、法国の人間だろ？」

「本当に法国だと言うのか……。法国にこれほどの奴がいたとは……」

イビルアイが驚いたように言う。ラキュースも驚きだ。

昔、亜人の村を焼き払っていた部隊と戦闘をしたことがある。あの部隊も強かった。特に隊長らしき男はあの頃のラキュースよりも強かった。それでもこれほどの面々はそこには所属していなかった。

「知らなかったのか？　噂になら聞いたことがあると思っていたが……法国ご自慢の英雄部隊。漆黒聖典。一人、英雄の領域から逸脱した奴もいるみたいだがな」

アズスの視線の先にいるのは蛮人だ。

男は肉食獣の笑みを浮かべた。

「くくく……。色々と知っているようだな。しかし、そこにもいるじゃないか。俺と同じ、もしくはそれ以上の高みにいる奴が」指さされたのはイビルアイだ。「蒼の薔薇のイビルアイ。少し手に余るな」

　ただ、負けるという態度ではない。届くと見なしている者の表情だ。

「……ふん。私よりも強い奴など……ん……悪魔を除いて、人間や亜人種に限定するならモモン様ぐらいだ」

「モモン、ぐらいか……」

　薄い笑いを浮かべた蛮人は呟くと、口を閉ざす。

「なぁ。法国の秘密部隊の皆さんよぉ。お前たちも俺たちと協力して魔導王と戦わないか？」

　あの女も……いや、それは……などとイビルアイがボソボソ言っているが、それを無視するアズスの問いに、優男は先ほどから全く変わらない笑みのまま答える。

「お誘いいただき光栄の極みですが、私どもは優秀な方々をスカウトするという任務でこの地に来たのです。なので丁重にお断りいたしますよ。独自の判断で戦闘に参加する軍人など、組織に害をなすだけですからね」

「国の命令を盾に取るのか。お前たち個人の意見を聞かせてほしいんだがな」

「くっだらないなー。上がそう言ってるんだからそれにしたがっておけば面倒ないじゃん」

　女が面倒そうに言うと優男が初めて笑顔を崩し、困ったような表情をした。

「貴女の場合は考えるのが面倒なだけでしょう」

「まぁね。命令に従って行動したなら、責任は上が取ってくれるでしょ。私、自分が責任を持つのって面倒だから嫌いなの。他人に責任を押し付けるのが上手い、ってみんなに褒められているんだから」

「褒めておらん」

　ぼそりと蛮人が言う。

「ふふ。それで、アインドラ様の……失礼。アズス様のお言葉は分かりました。それでは蒼の薔薇の皆さまの方はいかがでしょう？」

「その前に一つ聞いてもいいかしら？　どうやってここから逃げるの？」

「味方になってくださるならその時にお伝えします。ちなみに既に幾人かの冒険者チームの方々を同じくスカウトし了承を得ましたので、この地より安全に避難していただきましたよ」

「……おい。力ずくとか脅しとかで、無理矢理連れ出してるんじゃねえだろうな？」

　ガガーランの言う通りだ。彼らほどの強さを持つ者たちが脅しをかければそれを拒絶するのはかなり難しいだろう。

「そういうことはしません。意にそぐわない形で来てもらっても、いつ裏切るか分からないじゃないですか。私たちは本心から味方になって、将来の——人のために協力していただきたいのです」

　優男の真剣な表情に嘘の色は一切なかった。そんな男だから説得役に選ばれたのかもしれない。

「……私は断るわ」

　皆は、と問いかけようとするがそれよりも早くガガーランが口を開く。

「私は、とか言うなよ……。俺たちもリーダーの意見に賛同するぜ」

ガガーランの言葉に仲間の皆が頷いてくれる。

「そうですか……。どうやら説得しても無駄のようですね。それでは仕方がありません」

意外にすんなり受け入れてくれた優男が、突然力に訴えたとしても対応できるように、ラキュースは少し腰を落とす。

そんなラキュースに対し、優男は困ったように笑った。

「ご安心を、ラキュース様。武力の行使は予定にはありません。皆さまが魔導王に一矢《いっし》報いてくださることを祈っております。ここまで来ていただいた御足労代は受付に預けておりますので、御帰りの際にお受け取りください。それでは――行きますよ」

優男が指示を出すと法国の面々は部屋を出ようと動き出す。何事もなく終わりそうだ。少し安心したラキュースだったが、優男にアズスが声をかけた。

「おーい、そういえば……ルフスだったか、ルーファスさんだったかはお元気かい？」

「ル……？　申し訳ありません。我が国も広いので、誰の事か分かりません。もし、もっと詳し――」

「――ああ、そうか。お前らレベルじゃ名前を知らなくてもしょうがないな。それじゃ普段はあのアンデッドを何て呼んでいるんだ？　御方とでも？」

漆黒聖典の全員が呆けたような顔をし、突如、悪鬼の形相へと変わる。殺し合いの始まりを確信させるような殺気が一気に室内に満ちた。だが、誰よりも優男が一番早かった。

両手を横に広げ、抑えたのだ。

「――クアちゃん。ねぇ、どういうこと？　殺さないの？」

女の質問に冷たい表情をアズスに向けたままの優男は冷静に答える。

「ブラフ、です。皆、勝手な真似は慎みなさい。命令です」殺気は現れた時と同じように即座に消え去る。優男は冷たい視線をアズスに向けた。「……何を知っているかに関しては非常に興味があるところです。……報告を上げておきます。皆、行きますよ」

わずかの油断もせず、こちらが敵対行動を取った時には全力で相手になるというピリピリした気配を漂わせながら漆黒聖典の面々は部屋を出ていった。

暫《しばら》くして彼らがいなくなったと確信を持ててから、ラキュースはアズスに文句を言う。

「叔父さん……。この中で一番弱いのは叔父さんなんだから、下手に挑発しない方が良いわよ？」

「あ？　……まぁ、危ないところだったな。あそこまで敵意むき出しにしてくるとは思わなかったわ。あの作り笑い男がいなかったらまず、俺は死んでいたな。まぁ、あいつらも自分たちの手で殺すよりは魔導王に一矢報いてもらった方がメリットあるだろうから、何も出来ないと――思っていたんだがなぁ」

ははは、と笑い声を上げるアズスに対し、ラキュースはわざとため息を吐く。

しかし、それは本当にそうなのだろうか。

叔父が何か法国の重要な情報を握っていることをアピールしていたが、それが魔導王に漏れるのを避けるために、口封じをしようとしても不思議ではないのではなかろうか。もしくは攫《さら》って拷問や魔法で情報を引き出そうとするとか。

そもそもなぜ、アズスはあんなアピールをしたのか。あれがなければ何事もなく話は終わったはずだ。

自分の家に火を放つようなことをなぜ。

アズスはそこまで短慮な人間ではない。ならば、ラキュースには見えない何かがあるのだろうか。

考えても答えは出ない。ラキュースは無駄に思考を割くことを諦める。

「全く……。それでこれから叔父さんはどうするの？」

「あん？　魔導王が来るまでここ――王都内で待つつもりだ。数日の内に王都から兵が出陣し、近郊に陣を構えるみたいだが、正直勝てるとは思えない。必ず奴らはここまで来る。……お前じゃあの魔導王には太刀打ちできん。逃げておけ」

厳しい言葉だ。

「それでも、この都市を棄てて逃げるわけにはいかないわよ……。ねぇ、叔父さん……」

魔導王をもし倒すことが出来るとしたら、それは戦士の一撃ではない。暗殺者の一刺しだ。だからこそラキュースは唇を噛みしめ、迎え撃つために王都を出立《しゅったつ》する人々を見送るのだ。

「一緒に戦ってくれと言うならお断りだ。俺は俺で行動するつもりだ」

「そうなの？」

「ああ。俺は俺の出来ることをする。お前はお前の出来ることをしろ。ただ、可愛い姪っ子にもう一度だけ言っておくぞ。お前たちは逃げた方が良い。あの魔導王の力の前にはお前たちは無力だ」

「……ふん。なんだ？　その言い方は？　お前ならなんとか出来るのか？」

イビルアイの質問にアズスは困ったように笑った。

「そりゃ魔導王には勝てないだろうな。俺なんかその程度だ。ただ、魔導王がこの王都を包囲したとしても俺一人であれば逃げ切れるはずだからな」

アズスは立ち上がる。

「うんじゃ、俺は向こうの部屋で腰を軽くして来るわ。お前らはどうするんだ？」

ラキュースは叔父の言っている意味を悟り、顔を顰《しか》める。

「私たちは帰ります。この後も色々と準備をしなくてはならないので」

叔父に別れを告げ、一応警戒しつつ宿屋の一階まで戻る。そこで報酬を受け取ると、店の外に出た。

彼らが襲い掛かってくる様子はなかった。

3

王都から旅人の足で三日と離れていないところに、魔導国の軍勢が見えたという報告が届いた。ザナックの指揮下、迎撃のため全軍が王都から出立する。

王都から半日も離れていない平野には、魔導国西侵の報を受けて簡易なものではあるが対魔導国軍用陣地が形成されており、そこに入って魔導国軍を待ち構える作戦だ。

陣地は街道を封鎖する形で作られているので、魔導国の軍勢がこのまま王都へまっすぐに向かってきたら効果はあるが、もし進路を変えられたら陣を作り直す必要がある。そんな不安もあったが、物見の話では魔導国の軍勢は王都に一直線に向かって来ているとのことで、杞憂《きゆう》に終わりそうだ。

しかしながら、それを喜べる者などいない。

今回の王国軍は近隣貴族たちに王都の民、難民の中でも戦える男などをまとめ上げた王国の決戦兵力と言っても過言ではない。

その数は四十万を超える。

よくこれほどの軍勢を集めたものだと賞賛したくもなるが、内実は寄せ集めであり、碌な武具がない為、手製の棍棒を持っている者たちも多い。

ただ、それに反して戦意は高い。しかしながらこれは追い詰められたネズミの最後のあがきのようなものだ。魔導国の残忍さを知る者たちが自分たちの大切なものを守るという思いだけで武器を取ったに過ぎない。もし、勇気に少しでもひびが入れば王国軍はあえなく瓦解するだろう。

それでも兵力は武器であり、ずらっと並んだ兵士たちの有様はそれだけで異様な圧力を持つ。では、それに向かって前進する魔導国にはどのような狙いがあるのか。

少しでも戦略を理解していれば、こんな大兵力に一直線に突っ込むような真似はすべきでないとわかるはずだ。と言うより、魔導国にとって最も堅実な戦略は「何もしない」だろう。兵站《へいたん》のいらないアンデッド軍と違って、四十万人の軍隊は大飯食らいの巨獣だ。取り囲んで威嚇するだけで、この巨獣は飢えて死ぬか、恐慌とパニックで踊り狂って死ぬか、どちらかの運命をたどることになる。

しかし魔導国軍は途上の何もかもを踏み潰しながら直進してくる。ここまでの魔導王の采配の切れ味を見るに、何も考えていないとは到底思えない。

魔導国は勝利する自信があるのだ。

魔導国にとっては無謀でもなんでもない。かつて二十万もの兵をたった一つの魔法で壊滅させたことがあるのだから、魔導王は二つの魔法で皆殺しに出来ると計算しているのかもしれない。

流石にそんなことはないと総大将であるザナックからすれば思いたいが、貴族を中心にそう考える者たちがいるのも事実だった。

兵力を分散しておくべきだ、という意見も見られた。確かにそれは納得できる。各個撃破の危険性はあるが、兵力を分散させておけば一つの魔法で壊滅することは避けられる。

しかしそれはできない相談だった。

先の大敗北と今回の侵攻によって、大人数を指揮できる貴族や騎士、上級士官が激減してしまった。兵を分ければ、ただそれだけで軍として踏みとどまることはできなくなるだろう。それはもう「決戦兵力」などではなく、ただの「四十万の人々」だ。

それにこれだけの兵力——仲間が集まるからこそ勇気が湧き、魔導国と相対《あいたい》することができるというのもあった。

陣地に入って二日が経過した。

あまりの大兵力に、戦闘準備だけでもそれだけかかってしまったのだ。そして全ての布陣が完了した頃、十分な時間をあたえてやったと言わんばかりの堂々たる行進で、魔導国の軍勢がついに姿を見せた。

兵力は一万ぐらいだろうか。大きく分けて三種類か四種類のアンデッドたちから成り立っているようだ。四十万の前では吹けば飛ぶような規模に見えるが、個としての強さは魔導国側が圧倒的に上であるのは間違いない。

「殿下」

「分かっている」

ザナックは軍務尚書に短く答える。

軍務尚書は慣れない鎧姿で動きがぎこちなく、少々滑稽でさえあった。ただザナックも人のことを言えた義理ではない。

かつてガゼフが着ていた鎧――王家の宝である鎧を身につけているが、ガゼフとは比較にならないほど似合っていないのが自分でも分かる。

それにしても魔法の鎧には感謝しかない。

この頃、ストレスによる暴食によって腹部にはより脂肪が溜まってしまった。魔法の鎧でなければ鍛冶師に直してもらわなくてはならないところだった。

「馬を！」

ザナックの命令で、騎士が馬を一頭、ザナックの天幕前まで連れてきた。

ザナックは非難めいた視線を送ってくる愛馬に苦労して乗ると、供回りは連れず一人で陣地を出て、魔導国の軍勢へと進む。

供回りを連れていても、魔導王がザナックを殺すと決めたら警護など無意味だろう。脅しの効果もあるはずがない。

ならば一人で赴いた方が、こちらの豪胆さを皆に知らしめることが出来るというもの。それにもし一人で行って殺されたなら、それはそれで魔導王の狭量さを全ての者たちに伝えることが出来る。

（リ・エスティーゼに傑物あり、か……）

誰に邪魔をされることもなく、対峙《たいじ》する両軍の真ん中まで到着したザナックは、持ってきたマジックアイテムを起動させ、その声を拡大させる。

「リ・エスティーゼ王国王子ザナック・ヴァルレオン・イガナ・ライル・ヴァイセルフである！　魔導王陛下と一対一で話がしたい！」

舌戦などを始めるつもりはない。もはやそのようなことをしても意味がない。

ただ、純粋にザナックは知りたかった。魔導王は何を考え、このようなことを始めたのか、を。

●

アインズは三面を覆ったタープテントの下、自軍が陣地を構築していく姿を眺めていた。ほぼアンデッドで構成される魔導国の軍勢に糧食などは不要なため、陣地はそこまで大きくなく、兵数に比してこぢんまりしたものだ。

根本的に、陣地の構築自体不要だという考えはあるが、これもまた経験だ。

実際、幾度も作った結果、最初の頃よりは陣地の頑丈さは段違いに上がったのではないだろうか。

本来であればマーレの魔法と併用して陣地を作り上げるのだが、ある理由によりマーレはアインズの元で黙ってアンデッドたちが働いている様子を一緒に眺めているだけだ。

隣にいるアウラも同じように列を整える自軍を見ているが、彼女の視線は自分のシモべに向いている様子だった。

　陣地にしてもテントにしても、もっと過ごし易い環境を魔法で作ることは容易だ。しかしながら同じ理由から物理的に運搬してきた天幕を広げ、そこを本陣としていたのだ。

（マーレには今後、魔導国の普請全般を任せても良いかもしれないな）

　姉の横に立ち、真剣な面持ちでアンデッド達を眺める少年の横顔をちらりと眺めたアインズは、そんなことをぼんやりと思った。

　魔導国にいる亜人種や異形種の中には穴を掘るのが得意なものたちがいる。そういった者たちをマーレの下につけてもいいのかもしれない。と言うか、多分、アルベド辺りがそういう方向に既に動いている予感がするので――その場合、多分アインズまで書類が回ってきている――さりげなく反応を窺ってみるべきだろう。

　そんな思いが届いたのか、本陣の構築に勤《いそ》しんでいたアルベドが警護のコキュートスを連れ、戻ってくる。

「アインズ様。何やら人間たちの軍から使者のような者がこちらに向かって来ております。どういたしますか？」

「開戦の使者ではないのか？　もてなす準備……歓迎の飲み物でも用意しておいてやれ」

　アルベドが机や椅子などを用意していると、確かに全身鎧《フル・プレート》を着た男がこちらに向かって馬を走らせてくるのが見えた。

アインズはその男が着ている鎧に見覚えがあった。

（あれは……確か、ガゼフ・ストロノーフの鎧……だったような気がするが……。あれが次の戦士長なのか？　聞いている話と違うようだが？）

　使者は丁度両軍の中間辺りで立ち止まり、大声で名乗りを上げた。

「リ・エスティーゼ王国王子ザナック・ヴァルレオン・イガナ・ライル・ヴァイセルフである！　魔導王陛下と一対一で話がしたい！」

　ここまで声がよく届くのは何らかのマジックアイテムを使用しているからだろう。

「……どうされますか、アインズ様。開戦の使者でないのであれば聞く価値もないでしょう。戦を始めますか？」

「イヤ、アルベド、ソレハ不味イ。相手ハ舌戦ヲシカケテクルツモリナノダロウ。ソレヲ拒絶シテハアインズ様ガ狭量ダト噂サレカネナイ」

「噂など……」アルベドが酷薄に笑った。「どうせすぐに滅びる命よ。聞く者がいない噂に何の意味があるのかしら？」

　アインズとしても舌戦は遠慮してほしいところだ。相手はこの国の王族。ならば戦闘能力を除くありとあらゆる点でアインズよりも優秀だろう。しかしながら――

「アルベド。忘れたか？　噂をする覗き魔がいるかもしれないぞ？」

「……申し訳ございませんでした」

「うむ……。それでは行ってくるとしよう。王族が一人で来たのだ。私も一人で行かねば格好がつかん」

「……大丈夫ですか、アインズ様？」

「分からん。だが、洗脳などをされた時にはアウラよ。その世界級《ワールド》アイテムを使用して私を守ってくれ」

　普段であれば装備している世界級《ワールド》アイテムを今回はナザリックに置いてきてある。そのためアウラの山《さん》河《が》社稷図《しゃしょくず》を使えばアインズも一緒になって取り込まれる。そうすればアインズが洗脳されたとしても転移などで外に出ることはできなくなる。

「畏まりました！」

「うむ」とアインズはアウラに答えると、魂喰らい《ソウルイーター》に乗って、陣地から進み出る。ちなみに馬に乗る練習はしているので、それなりに乗れるようにはなった。しかし上手というわけではないので、大勢の見ている前で恥をかかないように魂喰らい《ソウルイーター》を選んでいる。

　相手はアインズが到着するまでには下馬していたので、アインズもそれに倣って地面に下りた。この先で彼を待つ運命に関わらず、礼には礼で、仇には仇で返す流儀を変えるつもりはなかった。

　相手は少し太り気味の男だ。ただ、その目の下には化粧でも隠せない濃い隈《くま》があった。

「お初にお目にかかる、魔導王陛下。私はザナック・ヴァルレオン・イガナ・ライル・ヴァイセルフと申します」

「こちらこそお初にお目にかかる、殿下。アインズ・ウール・ゴウン魔導王だ。よろしく頼む。さて、立ったまま喋るというのはあれだな……」

アインズは魔法を二度発動させ、少し離れたところに向かい合わせで黒い玉座を二つ作った。魔法で作ったのだから当たり前だが、両方とも寸分違《たが》わず同じ形だ。

「金属の硬さを持つが、あれに座って話そうじゃないか。どうだね？」

「喜んで、陛下」

二人で椅子に座り、それと同時にアインズはもう一つ魔法を使う。両者の間に同じような黒い光沢をもつテーブルを用意したのだ。

先程から魔法を使っているがザナックに警戒などをする様子はない。アインズを弑《しい》するような気持ちがないからなのか。

続いてインベントリーからグラスを二つ。それと氷水の入った容器を取り出した。

「水で構わないかね？　酒はよろしくはないだろ？　オレンジジュースもあるが……？」

「ありがとうございます、陛下。ありがたく水を頂きます」

アインズには飲めないが、一応礼儀として自分のグラスにも注いでおく。

「これで話を始める準備は整った。それでは何を語る？　我々の侵攻が正義であることでも語ろうか？」

「そのようなことを語る必要はございません、陛下。それよりも伺いたいことがございます。なぜ、これほど残酷なことをなさるのですか？　なぜ、私どもの降伏を認めないのですか？」

当たり前の疑問だろう。アインズからすれば理路整然とした意味があるが、彼らからすれば単なる暴虐の嵐にしか過ぎないだろうから。

ふむ、とアインズは頷き、隠してもしょうがないし、意味がないので、魔導国としての計画を答える。

「メリットがないからだ。君たちは私たちの生け贄となり、今後、多くの者たちに魔導国と敵対する愚かさを知ってもらう。そのためにも私たちは君たちを殲滅《せんめつ》後、王都に乗り込み、そこにある全てを瓦礫の山に変える。そして数百年でも数千年でもそのままにし、未来永劫《えいごう》、魔導国に盾突いた愚かさを語り継がせるつもりだ」

「……冗談のおつもりはない様子ですね」

「冗談のつもりはない。起こり得る事実を言っているまでだ」

「なぜ、なのでしょう」

「何？」

意味が分からずアインズは問い返す。

「魔導王陛下は強大なお力を持つ。そのようなことをしなくても、多くの者に陛下の御威光を知らしめることは出来ましょう」ザナックが唇を舌でなめた。そしてごくりと唾を飲みこんでから問いかけてくる。「どうしてそのように狭量なのですか？」

「狭量、か」

ザナックはアインズを怒らせたと思って緊張しているのだろうが、別にアインズに怒りはない。

「何を狙っているのですか？」

アインズは口の中で「何を狙っているのか」と言葉を転がした。

かつてアインズ、いや鈴木悟にとって、ユグドラシルというゲームの中で出会った仲間たちこそ、人生の全てだった。光り輝く思い出だった。だからこそアインズは仲間たちに再び逢いたかった。

ユグドラシルというゲームの終わりを迎え、全てが消滅するはずの瞬間、この世界に飛んだ。

終わりが終わりでなかったのだ。

いや、始まりだ。

仲間たちが生み出したＮＰＣたちが自我を持って動きだし、その一挙手一投足にかつての仲間たちを感じた。いや、正直言えば直後はそれよりも急激な環境の変化に理解が及ばず、彼らが自分を裏切る心配の方が強かったのは今では笑い話だ。もはや彼らが自分を裏切るということは殆んど心配していない。

そしてこのような世界に飛んだのはアインズだけとは限らない。実際に他のプレイヤーたちの影はちらほらとある。

ならばもしかしたらあの輝ける時間を共に過ごした仲間たちもこの世界に来ているかもしれないと思うのは当たり前の流れだろう。無論、アインズとしてもあの最後の瞬間にこの世界に来たのであれば、仲間たちがいる筈はないと思ってはいる。

　事実、幾つかの魔法を使い、情報を集めるたびに誰もいないだろうとは薄々感じていた。しかしながら確定されない限りは可能性が残っている。

　そんな淡い希望を持つのは愚かなことなのかもしれない。情けないことなのかもしれない。

　しかし、あの時のアインズにとってはそれが全てだった。

　そして今、その夢は薄れてきた——きてくれた。

　仲間たちは大切だ。しかし、ＮＰＣたちも同じぐらい大切なのだ。

　かつての仲間たちが残した子供のように感じられる者たちなのだから。

　アインズは最後に残った者としてそれらを守る必要がある。

　だからこそ、アインズは全てを犠牲にできる。ＮＰＣたちが少しでも危険にさらされないように、ナザリック地下大墳墓の勢力が敵に負けたりしないように、組織の強大化は全てにおいて優先される。

　シャルティアは何者かによってその支配下に置かれた。取り戻すことはできたが、下手すればナザリック地下大墳墓の情報が全て奪われ、壊滅的被害を受ける可能性だってあったのだ。

　あのようなことを二度と起こしてはいけないのだ。

「何を狙っているか。難しいようで簡単なことだな。私が狙っている……求めているものはたった一つだ。幸せだ」

「幸せ？」

ザナックが目をぱちくりさせた。

そんな態度にアインズは薄く笑う。そんな変なことを言ったつもりはないんだがな、という笑いだ。

「人であろうとなんだろうと求めるのはやはり幸せ、なんじゃないかな？」

アインズは普段の演技を忘れ、親しい友人に語りかけるように言う。

「そのためであれば他者の幸せを奪っても良いと？」

「当然じゃないか？　私の大切な者たちが幸せになるためなら、それ以外の者などどうなろうと構わない。君だって自国の民の幸せと引き換えに他国の者たちが苦しむとしたらどうする？　幸せを諦めろ、と言うのかい？」

「極論だ！」そこで冷静さを取り戻したザナックが頭を下げた。「失礼しました。陛下」

アインズも支配者然とした態度を取り戻す。

「いや、気にすることはない」

「魔導王陛下ほどの知恵と力を持たれる方が、それ以外の方法で幸せになる方法をお持ちではないのですか？」

「……あるかもしれない。だが、ないかもしれない。目の前に簡単に幸せを手にする手段があるなら、ないかもしれない方法を模索するよりはそれに飛びついた方が良い。なんだったか？　幸運の女神に後ろ髪はない、だったか？」

ザナックが不思議そうな顔をした。

「変わった女神ですね。あ、失礼。別に陛下の信仰する神を愚弄するつもりはございませんでした。お許しください」

「ああ、気にしないでくれ。特に信仰しているわけではないからな。そういう喩《たと》え話《ばなし》があったような気がしただけだ。さて、そういうわけだ。私の守るべき者の幸福のために、君たちには不幸になってもらう。それがこの戦争の根っこにあるものだな。納得できたかね？」

「そうですね。陛下のお考えには共感いたします。自国の利益を追求することこそ、自らに従う者たちを幸せにすることこそ、上に立つ者の役目とも言えます。私たちを滅ぼし、魔導国の民が幸せになるのであれば、降伏を認めない理由も分かりました。どうしようもないということが」

「そうか。納得が行ったか。さて次は私が質問する番かもしれないんだが、聞くことはないな……」

アインズは少しだけ見上げ、考える。「ああ、そうだ。君がその鎧を着ているなら、あの剣の事でも聞こう。あのガゼフ・ストロノーフの持っていた剣は今、誰が持っているんだ？」

「あれはブレイン・アングラウスという男が預かるという形で持っています」

「ブレイン・アングラウス？　ああ、あの男か」

　ガゼフとの一騎打ちの時、二人いた男の片割れ。それがそんな名前だったはずだ。ただ、結構前のことなので顔立ちはほとんど覚えていない。

　王都は瓦礫の山にするが、いくつかのアイテムの回収は行う予定だ。その中にガゼフの剣があったことを思い出す。

「その男は今回、こちらに来ているのか？」

「いや、来てはおりません、陛下。王城に残っているはずです」

「そうか。なら君たちをどのような魔法で全滅させたとしても何も問題はないな」

王城を落とす役目のコキュートスに注意しておいてもらえばよいだろう。

「負けるつもりはこれっぽっちもございませんが、あまり苦しくない魔法で優しく殺して頂けると幸いです」

「……ふむ。そうだな。分かった。せっかくここまで話した仲だ。君ぐらいは出来るだけ優しく殺すとしよう」

「感謝いたします」

ザナックが朗らかに笑い、アインズは瞠目する。

この男、なかなか豪胆だ。アインズに同じようなことが出来るだろうか。

（――出来るとは思えないな。やはり王族とはこういうものなのか。良い勉強になった）

ザナックはグラスを手に取り、中に入っていた水を一息に飲み干す。毒などが入っているとは欠片も思っていない堂々たる態度だ。

「美味しかったです、陛下。ところで、最後にもう一つだけお聞きしたいのですが――兄を殺したのは陛下、もしくは陛下の手の者なのでしょうか？」

「兄？」

アインズは首を傾げる。そして少しして王国の王子を処分したという話を思い出した。しかしながら名前までは思い出せない。確か、長い名前だったような気がするぐらいだ。

「たぶん、私の手の者だろうな」

「そうか……。やはり死んでいたのか……。少し胸のつかえがおりたような気がする……。陛下、教えてくださりありがとうございました。それでは」

それだけ言い残し、ザナックは馬へと歩いて行く。

アインズは残ったグラスなどを片付け、それから魂喰らい《ソウルイーター》へと向かう。するとザナックは馬の傍でアインズが来るのを待っていた。

なぜ騎乗しないのかと疑問を感じながらアインズが魂喰らい《ソウルイーター》に乗ると、遅れてザナックが馬に乗る。

王子と王。どちらの立場の方が上かを考え、馬上から見下ろすようなことがないようにしていたのだろう。流石に馬を使ったビジネスマナーは知らないアインズからすれば、これが正しい貴族のマナーなのかと感心してしまった。

（ちゃんとした貴族のマナーも学ばなくてはならないな。……勉強しなくちゃならないことがどんどん増えていく。減る時が来るんだろうか……）

「殿下！」

戻ってきたザナックを貴族らが出迎える。ザナックの檄文に応えた周辺領地の貴族たちがほとんどだ。

先程は誰にも止められず、すぐに出られたが、今度は真逆の対応で入ることすらできない。つまるところ、皆、期待していたのだろう。魔導王から何か譲歩を引き出せたはずだと。何より——

彼らが聞きたいことをザナックは単刀直入に答えた。

「無理だな。魔導王陛下はこちらを皆殺しにするおつもりだ。交渉の余地は一切なかった」

青い顔をする貴族がいるのが不思議だ。まさかこの期《ご》に及んでどうにかなると思っていたのだろうか。

ザナックは馬から降り、下唇を噛みながら何かを考え始めた彼らを残し、自らの天幕へと歩く。

天幕に入ると、軍務尚書が出迎えてくれる。そして皮肉っぽい笑みを浮かべた。

「あまり良い話ではない様子ですね」

「つまり予想通りの話だったってことだ。ただ、まぁ、一つだけちょっとした驚きもあったけどな」

「そうですか。ところで私は魔導王を見たこともないのですが、どれほど邪悪な化け物でしたか？」

ザナックは微笑む。

「思ったよりも人間味があったぞ」

答えに軍務尚書が驚き、目を丸くしている。もしかすると彼のこんな表情は初めてかもしれない。

ザナックは魔導王に関して思い出す。

確かに外見は悍《おぞ》ましい化け物だ。圧倒的な存在感を放ち、身に纏う衣装はどれほどの価値があるか分からない。だが、それでも、自らの大切なもののために、幸せのために行動するのは誰もが持つ欲求ではないだろうか。

正直、生者の敵であるアンデッドらしからぬ反応で、まさに人のようだった。

魔導王が何を考え、こういう手に出たのかはさっぱり分からない。しかし、さきほど魔導王に告げた通り、王に共感するところもあった。

「ああ、そうだ。そうだな。普通の――人間と同じだな」

ザナックは視線を軍務尚書から天幕の外へと移動させる。

もしかすると、もっと前に――こうなるよりも前により良い手があったのかもしれない。しかし、もはや遅い。

「……それで指揮系統及び戦闘準備はどの程度終わっている？」

「殿下直轄《ちょっかつ》――王都の者たちはすぐに動かすことが出来ます。王都内の住所ごとに割り振ったのが効果的でした。しかしながら領地持ちたちの動きはかなり鈍いと言えます。先陣を悪い意味で押し付けあっています」

軍務尚書が不平不満の強くにじみ出ている顔で言う。

「まぁ、仕方がないだろう。彼らは我々の指揮下にいるわけではないし、一部の貴族に至っては死ぬ覚悟など出来ていない。彼らに求めているのは勝手に戦端を開かないことだが、それぐらいは何とかなりそうだな」

足並みを揃えて戦えないというのは本当に困るものだ。とはいえ、彼らがいないと兵数が四分の一ほど減ってしまうので、それはそれで困ってしまう。

魔導王の魔法で前のように二十万減ったとしても、半分は残るという凄まじい計算をすると、残る半分の中に当の貴族連中が丸々入っていたとしたら四分の一の役目がどれ程大きいか。

「それで作戦はどんな感じで上がってきている？」

「作戦も何もないですよ、殿下」軍務尚書は疲れたように、諦めたように笑った。「隊列も何もなし。ただ単に何も考えず突撃をするだけです。なので……士気の崩壊をどうにかしないと不味いでしょう。……督戦隊、やりますか？」

「止めておけ。それよりも王家に仕える騎士を前に出せ。それと——」

「——殿下はご勘弁を。私たちが行きましょう」

お前が、という目でザナックは見てしまう。自分のことを棚に上げて言わせてもらえば、この青《あお》瓢箪《びょうたん》が剣を振り回す姿などあまり想像できない。

「誰かが前に行かなくてはならないのであれば、私が行きます。殿下は後ろで指揮をおとりください」

ザナックは軍務尚書としばらく見つめあい、それから頷いた。

「お分かり頂けたようで嬉しく思います……」ふっと軍務尚書が見上げた。天幕の天井だ。そこに何かがあるわけではないし、空が見えるわけではない。それでも彼は少しの間見上げ、ポソリと呟く。

「正直、ストロノーフは好きではありませんでしたが、彼がいればと思わない日はありません……」

「その気持ちは分かる。ただ、私は彼が好きだったけどな」

　軍務尚書がかすかな笑みを浮かべたあたりで、外が騒がしくなる。

「なんですかな？　まさか魔導国が動き出した？」

「いや……」ザナックは耳をそばだて、笑ってしまった。「これは違うな」

　そして天幕に勢いよく入ってくる者たちがいた。

　王都周辺――とはいっても少し離れてはいるが――に領土を持つ封建貴族たちだ。先程、青い顔をしていた貴族たちの顔もちらほらと見える。連れているのは傭兵だろうか。その剣が血に濡れているのが見えた。

「殿下の天幕に剣を抜いて何をしに来た！　下がれ！」

　軍務尚書の一喝にも、貴族たちは誰も答えようとはしない。追い詰められたドブネズミの目でザナックを見ている。

　ザナックは腹を抱えて爆笑したかった。

　入って来た時から薄々は分かっていたが、彼らの愚かな考えがほぼ完全に理解できたためだ。

　騎士たちを指揮官に据えるために、自分の周りから外してしまったのが失敗だったのだろう。抑止がなくなったがゆえの暴走だ。この状況下で謀反《むほん》を起こす者がいると予測できなかったのは、まさか人間がそこまで浅薄だとは思っていなかったためだ。

　いや、違う。

　彼らの行動は正しいとも言える。なぜなら彼らは彼らで生き残る道を必死に模索しているだけなのだ。

　ここで責めるべきは己、だろう。彼らの心の内を理解し、不安を取り除き、一つの方針に従わせるということが出来なかったのだから。

　父だったらどうだっただろうと考え、ザナックは苦労して作ったいかめしい顔を、再び笑みで崩してしまいそうになる。

「下がれ！　下郎ども！」

「……止めろ！　軍務尚書！」

「しかし、殿下！」

「止めるんだ！　それと下がれ」

「そのような命令は聞けませんな」

「軍務――」

「――それぐらいにしていただきましょうか、殿下。時間を稼ごうとされても無駄な事です」

「……ふん。そういう狙いがあったわけではないんだがな」

国宝の鎧を装備しているが、ザナックは戦闘訓練をそこまで受けているわけではない。兄であれば違ったかもしれないが、ザナックではここにいる者たちを斬り捨てるのはほぼ不可能だろう。

もし彼らのこの反乱が突発的なものではなく、曲がりなりにも準備してきたのなら、自分が助かる道はない。

ジロリとみると、貴族たちがひるんだような素振りを見せる。

なんと無様《ぶざま》なことか。己が正しいことをしていると思っているのなら、胸を張るべきだ。だからザナックは彼らの前で胸を張る。自分は決して間違ったことをしていないと伝えるべく。

「如何なる用件で私の天幕まで来た。剣を抜くということの意味が分からないわけではないだろうな？」

「――無論です、殿下。この戦《いくさ》、降伏していただきたい」

ザナックは微笑む。

「魔導王陛下に降伏しても無駄だ。彼の考えは聞いてきた。我々の服従を受け入れることは決してないだろうな。……信じられないかもしれないが、我々が助かる道は魔導王陛下を撃退すること以外にない」

「勝てるはずがない……」

貴族の一人がそう呟く。ザナックもそれには賛成だ。

「それでも戦う他ないんだ。俺とて服従を誓うことも提案はした。しかし無駄だった。繰り返すが俺たちが生き残る道は戦うことしかないんだ」

「……殿下はそうかもしれません。しかしながら十分な働きをすればお目こぼしにあずかれるかもしれません。――あなたの身と引き換えに命を助けてもらいましょう」

それを皮切りに貴族たちが口々に言葉を発する。

「元をただせば魔導国の食料輸送を邪魔した者が悪いのだ。私たちは何も悪いことはしていない！」

「我々は魔導王に忠誠を誓う！」

ザナックからすれば、彼らの言葉は茶会で理想の騎士について語り合う令嬢と区別がつかなかった。それでも彼らの気持ちは痛いほど分かる。

「一つだけ言わせてもらおう。俺を連行しようとしても無駄だ。俺は王家の者として最後まで戦う覚悟がある。命を失っても構わない者たちだけかかってこい！」

やれやれ、だ。

自分の最期《さいご》が味方の手で、とはしまらない。

いや、ここでこんな馬鹿たちが死ぬことによって妹や父の身にまで累が及ばないのは幸運だ。

まぁ、妹であればあの戦士がいる限り、こんな奴らに殺されるはずもない。

「首を取れるものならば取ってみるが良い！」

ザナックは剣を引き抜く。その横に軍務尚書が並んだ。

剣の腕に自信はないが、武装ならば負ける気がしない。

ザナックはすぐに襲いかかってこない貴族たちを睨む。

「どうした！　剣を血で濡らし、ここに来た身でありながら！　毒杯を呷《あお》らせるという手をとらず自分たちの手を汚すということは、それなりの覚悟があるということなのだろうが！」

貴族たちが一瞬だけ顔を見合わせる。

あまりその辺まで考えていなかったというところに失望を覚える。そんな覚悟のない奴らに自分の命を取られるということに。

結局、魔導王の軍勢を目の当たりにし、恐怖で張りつめた糸が切れたための短絡的行動というところか。

結局自分は王に向かなかったのだろう。父のような人徳も、兄のような威風も、妹のような知恵も無かった。だがそれでもいい。別に王になりたかったわけではない。この国をまともにしたかっただけだ。

そうだ。

この国を、民を、家族を。

幸せにしてやりたかっただけだ。

しかしそのとき貴族の一人が天幕の外に声をかけ、屈強そうな傭兵たちが幾人も入ってくる。

一つ舌打ちをしたザナックは、兄が剣を振っていた姿を思いだし、その雄叫びを真似ながら貴族たちへと突進した。

自軍の陣地で王都攻略に関してコキュートス、アウラ、マーレと話をしていると、天幕の外で隊列の最終確認をしていたアルベドが少し困った様子で戻ってきた。何事があったのか、と目で問いかけるとアルベドがそれに答える。

「アインズ様、どうも敵の陣地が混乱している模様です」

「……何？　混乱？　何事だ？」

アインズは立ち上がり、天幕の外に出てみる。確かに何やら混乱している。というか味方同士で争っているように見える。

やがて敵の陣地から騎兵の一団が飛び出した。一番槍を狙っての抜け駆けという様子ではない。

アインズたちが黙って見ている間に一団は魔導国の陣地のすぐそばまで来る。武装がまちまちの傭兵風の者たちと、貴族たちからなる一団だ。

幾人もの屈強な男たちの中から、貴族風の佇まいの壮年の男が飛び出してくる。そして男がややヒステリックに張り上げた声が風に乗ってアインズの元まで届いた。

「魔導王陛下にお話ししたい旨がございます！　なにとぞ！」

一団の中にザナックはいない。そして敵陣の混乱に、アインズの元まで来た一握りの貴族。なんとなく予感を覚えるものがある。

「……アルベド、連れてこい」

頭を下げたアルベドに視線を向けず、アインズは天幕に戻り、仮の玉座にどかりと腰を下ろした。

三人の守護者たちは何も言わずにアインズの横に並んだ。

やがてアルベドに連れられ、貴族風の男たちが十人ほど連れてこられた。護衛と思しき傭兵風の者たちは外に残されたようだ。

彼らは玉座にかけるアインズに驚き、その横のコキュートスを見てより驚き、アウラとマーレに訝しげな顔をした。

「拝顔の栄に浴しなさい」

王国貴族たちが入り口付近で膝をつき、アインズに頭《こうべ》を垂れる。

「顔を上げなさい」

アインズの横に並んだアルベドが言う。

「お初にお目にかかります、陛下」

この中では年齢が高い貴族が代表して言う。それ以外の者の態度から見て、彼がこの集まりのリーダーなのだろう。

「我々は陛下の偉大さに感服し、御身の足元にひれ伏したいと思う者たちです。まずはこれを。陛下に……」

貴族の一人が後ろから袋のようなものを取り出す。アルベドが動き出そうとするのをアインズは止める。そして玉座からゆっくりと――訓練した動きで――立ち上がると、その貴族の元へと足を運ぶ。

そしてその袋を手にした。

（罠ではなかったか……）

失望しながらもアインズは袋を眺める。

袋からは濃厚な血の臭いが漂う。中に何が入っているかの予測ぐらいはできる。

アインズは袋の口を開け、中を覗き込んだ。

ザナックと目があった。

アインズはそれをじっくりと眺める。先程会っただけなので、これが影武者のものではないと断言することは難しい。しかしながら彼らの行動を考えると、影武者である可能性は低いだろう。

アインズは袋の口を閉じ、玉座に戻るとアルベドに袋を渡して告げる。

「丁重に葬ってやれ」

アンデッドを作る死体はまだまだたくさんある。別にザナックの死体まで利用しなくても良いだろう。

「それでこいつが着ていた鎧はどうした？」

貴族たちが反応に困った顔をアインズに向けてきた。おそらく大将の首を持ってきたことを褒められるとでも思っていたのだろう。

「どうしたの？　アインズ様の質問に対して答えないというの？」

「い、いえ！　その、ですね。王子の死体のある天幕に残っていると思われます」

アルベドの冷たい問いかけに、代表である貴族が慌てて答える。

「そうか……。分かった……。お前たち、よく働いてくれた」

その言葉に喜色満面にした貴族たちが「ははぁ！」と頭を下げた。

「それではこの働きに釣り合うだけの褒美をやろう。何が欲しい？」

「私を、家族をお助けください！　魔導王陛下！　私は御身に絶対の忠誠を誓います！」

突然、代表の後ろにいた貴族が叫ぶ。焦りを浮かべた顔で代表の貴族もがなり立てるように願望を口にする。

「貴様！　私もです！　陛下！　なにとぞお慈悲を！」

それからは「私もです！」という言葉が続く。アインズは鷹揚に手を振って、彼らの嘆願を止めさせた。

「――分かった。分かった。お前たちの気持ちは十分に分かった。皆、同じ希望を持っているということで良いな？」貴族たちが激しく頷く。「そうか。ならばお前たちを殺すことは止めよう。アルベド――彼らをニューロニストのところに送ってやりなさい」

「――畏まりました」

「陛下、家族は……」

一人の貴族の呟きをアインズは聞き逃さなかった。

「家族も、か？」アインズは微笑む。無論、彼らにはそれは伝わらないだろうが。「仕方がない奴らだ。アルベド、彼らの家族がどこにいるのか聞いて、それから送ってやりなさい」

「畏まりました、アインズ様。――貴方たち、こっちよ」

アルベドに先導され、貴族たちが天幕を出ていく。彼らが離れるとアインズはアウラを手招きして命じた。

「あの者らが死を望まない限り、絶対に殺さないように、と言っておくように」

「畏まりました、アインズ様！」

歩き出そうとするアウラの手を掴む。そして困惑しているアウラに付け加える。

「死を望んでもしばらくは殺さないように、ともな」

「はい！」

手を離すことでこれ以上はないと理解したアウラが、アルベドを追って天幕の外に出ていく。

アインズはその背中から目を離さず、残る二人の守護者に命令を下す。

「興味がなくなったな。コキュートスを指揮官に副官をマーレとする。お前たちが直接力を振るうことも許可するので、王国の住人を誰一人として生かして帰すな」

二人の返事が響く。

そして一時間後――リ・エスティーゼ王国最後の軍勢はこの世から去ることとなる。

4章　張り巡らされた罠

Chapter 4 | Well-prepared Traps

コツリ、コツリと音を立て、ヒルマは八本指の仲間たち三人と連れ立って邸宅の廊下を歩く。向かっているのは魔導王の配下に指定された大広間だ。

残りの面々はそこで、魔導王の使者がいつ来ても良いように待っている。

というのも魔導王の配下から今日この邸宅の大広間に使者が現れると場所や日付は指定されたが、時間帯までは指定されなかった。そのため、ヒルマ達幹部は二交代制で大広間に詰め、誰もいないタイミングを作らないようにしている。

もし、使者を待たせたりしたら不敬と判断され、あの地獄を再び味わわされるかもしれない。その可能性が僅かでもあるのなら、それを避けるように行動しなくてはならないのだ。

四人で黙々と歩きだしてから、もう一分ほどは経過している。

この邸宅が広いというのもあるが、大広間から離れた部屋を休憩室にしたためだ。大広間の近くに休憩室を用意すればよかったのだろうが、皆で検討した結果、近くの部屋は全て荷物置き場に充てることになった。

沈黙に耐え兼ねたというわけではないだろうが、仲間の一人――プリアン・ポルソンが言う。

「少し、煩くないですかねぇ」

ヒルマは耳に神経を集中する。

確かに子供たちの声が聞こえる。とはいっても、広い邸宅のどこか遠くの方から聞こえてくるというレベルの、注意を払わなければ気にならない程度の小ささだ。大広間付近は荷物置き場にして、生活の場を大広間から遠く離しているからこそ、この程度ですんでいる。

ただ、ヒルマ達が騒がしくないと思っても魔導王の使者が騒がしいと感じたら、どんなことになるか想像もつかない。

「……かもしれないな。黙るように徹底させるか？」

オリンの言葉に全員で同意する。これから交代する者に伝えておけば、休憩に入る際に子供たちに注意してくれるだろう。

オリンは口を開いたことで少し気持ちが軽くなったのか、続けて皆が心の中で思いつつも、決して口には出せなかった言葉を発した。

「……しかし……本当に我々を助けるために来てくれるんだろうか」

魔導国の使者を迎えるという長時間の緊張を要する仕事を続けてきたため、思わず言葉にしてしまったのだろう。

王都から四十万もの軍勢が出立したのが七日前。それから魔導国の軍勢が王都付近に布陣したという噂が流れてきたのが昨日。たった一日程度の待機だったが、肉体以上に精神の疲労が激しかった。

この戦争が始まった頃——一月以上前のことだ——魔導王の配下から今回の指示をうけたのだ。

いわく、魔導国が王都まで進軍した時に、我が国に忠誠を尽くしてきた者たちを千人ほど、安全な場所まで連れていくので、そのメンバーを選出するように、と。

だからこの館に千人の八本指関係者を集めた。

勿論、八本指の構成員の数は末端まで数えればもっと多い。その中からヒルマたちは優秀な人物や忠誠心を持っている者たち、そしてその家族で千人のリストを埋めた。子供たちまでここにいるのもそういうことだ。

ただ、不安なのは本当に助けに来てくれるのか、ということ。

各員が八本指という犯罪組織の幹部に登りつめる中で、命は助けると約束しておきながら用済みになった者を始末する命令を下したことは幾度となくある。だからこそ、今度は自分たちがその立場になったのでは、という思いが脳裏にべっとりと貼り付き、剝がれない。

そんな中、ヒルマは仲間たちの顔も見ず、断言する。

「私は魔導王陛下のお言葉を信じるわ」

オリンが焦ったように口を開く。いや、事実焦っているだろう。ヒルマの言葉の裏を返せば、今のオリンの発言は魔導王のことを信じていないと言っているというものなのだから。

「わ、私だってそうだ！　今のは別に魔導王陛下のことを信頼していないということではない！」

子供のものよりも大きいオリンの声が廊下に広がった。オリンがそれを悟り、口を堅く閉じて俯く。

そのまま誰も口を開くことなく、大広間に到着した。

扉を開けると、やはり疲労の色が濃い仲間たちが力のない笑みで迎えてくれた。

魔導国の使者はまだ来ていない。

安堵したような、焦燥感に駆られるような、そんな感情がヒルマの胸の内で起きる。おそらくは一緒に来た仲間たち全員が同じ感情を抱いていることだろう。

「来たか。それじゃ、我々は休ませてもらうとするか。もしいらっしゃった時には――」

ノア・ズィデーンの視線の向かう先には、マジックアイテムであるハンドベルが置かれている。

片方を鳴らすと、もう片方も連動して鳴るというアイテムだ。

距離が開くと反応しなくなり、なおかつ鳴り方が一つだけのために汎用性が低く、通信手段としてはあと一歩足りないアイテムだ。しかし、こういった簡単な事には便利に使える。

「ああ、任せてくれ」

こちらのチームの代表として、プリアンが答える。

「――ねぇん。私はここでまだ待機なの？　いい加減、魔導王……陛下、ね。分かっているわよ。そんな怖い顔で見ないでよ」

線の細い、なよっとした男が言う。

奴隷売買の長、コッコドールである。

魔導国と最前線で戦うための兵士として、王国の犯罪者は監獄から出され、全員軍に連行された。その数日間の準備のどさくさに紛れて彼を回収し、この邸宅まで連れてきたのだ。

当初、コッコドールの扱いについては意見が二分した。

魔導国との戦争に参加しては確実に死ぬので、仲間であった彼を助けるのは当然だった。二分したのはそこではなく、彼をどのように魔導王に紹介するか、だ。

既にほとんど形骸化した部門の長なのだし、紹介までしなくても良いのではないかという意見。もう一つは八本指の幹部の一人なのだし、魔導王は彼の存在を知っているだろうから、紹介しない方が危険だ、という意見。

わずかでも危険を避けたいという思いから後者が採用された。

次に俎上《そじょう》に載ったのは紹介するタイミングだ。

これは満場一致で使者が来たら一番に紹介するということになっている。少しでも隠しごとをしていると思われないようにしたいという考えからだ。

「お前はここで待機だ。魔導王陛下の使者の方にお目通りしてもらう」

そういう事情なので、いつ来るか分からない魔導国の使者のために、彼にはずっとこの部屋に詰めてもらっている。睡眠や食事もこの部屋でだ。だからコッコドールが露骨に嫌そうな顔をする。

「あのね、私も色々と感謝しているのよ？　貴方たちが賄賂《わいろ》を贈ってくれたお陰で、あの監獄の中でもそこまで酷い扱いは受けなかったわ。しかも出陣のどさくさに紛れて私を救ってもくれた――こんな落ち目の私を、ね」

「何が言いたいんだ、コッコドール？」

ノアの質問に、コッコドールが鋭い目をする。

「力もコネも、何もかも完全に失った私に対して少し寛大すぎるわよね？　一体、何が目的なの？　ここには八本指の関係者が集められているそうだけど、団結のために私を殺したりでもするわけ？」

「――は？」

ヒルマは呆気に取られた顔をした。いやヒルマだけではない。この部屋にいるコッコドールを除いた全員で呆気に取られた顔をする。

皆で同じ罪を犯すことで足を洗えなくすることはある。彼が言っているのはそういうことなのだろうが――

「な、何よ、その顔。図星……じゃないわね」

ヒルマは皆と顔を見合わせる。困った奴だな、という顔を誰もがしている。だから代表して口を開いた。

「何を言っているのよ、コッコドール。いえ、アンペティフ。私たちは仲間じゃない」

「――は？」

今度はコッコドールが心の底から呆けたような顔をする。あまりにも間が抜けた顔で笑ってしまいそうになるほどだ。

「な、何が狙いなの！　あ、貴方たち、人の皮を奪って本人になりすますというモンスターね！　だから魔導王の！」

　コッコドールが焦りとも恐怖とも言えそうな表情でわめく。

　彼が言うモンスターとは、夜に寝ようとしない子供を母親が脅すときに使う空想の産物で、実際にはそんなモンスターは確認されたことがないというのが冒険者の統一見解だ。

「オカシイと思っていたのよ！　皆でダイエットを始めたにしても異常だわ。大体、ヒルマは少し不味いわよ！　痩せすぎて、絶対に体に悪いわ。でも皮を被ったモンスターだというのなら納得がいくわ！」

　ヒルマは優しい顔でコッコドールを見つめる。あの地獄を経験していないとはなんて幸せなんだろう。

「な、何よ、その顔……」

「いえ、気にしないでアンペティフ。貴方の優しさに礼を言うわ」

「――え？」

「どうしたの？」

「い、いえ、何でもな……何でもあるんだけど……。本気で……冗談抜きで聞くわ。あなたは本当にヒルマ、ヒルマ・シュグネウスよね？　双子の姉とか妹とか言わない？　それとも魔法で洗脳されているとか？」

「そんなに変わったかしら？」

非常に痩せたが、そういう意味ではないだろう。多分、昔よりも優しくなったからなのだろうが、普通、それは良い変化ではないだろうか。そこまで怪訝そうに見られては少し心外だ。

「……ええ、別人みたい。い、いえ、それを言ったら貴方たち全員よ。本当に本人の皮を奪って被っているんじゃないでしょうね？」

「それだけの経験をしたというわけだ」

ノアの発言に全員で頷く。コッコドールの表情に怯えが見えた。

「一体、どんな……。聞きたくないけど、聞かせて頂戴。貴方たち――」

突如として大広間の中心に異変が起きた。薄っぺらな、ただ、どこまで行っても終わりが無さそうな深みある漆黒。それが下半分を切り取った楕円の形で、床から浮かび上がっていた。

何度か連行された覚えのある〈転移門《ゲート》〉だ。超高位魔法で、この王国内に使える魔法詠唱者《マジック・キャスター》はおらず、魔導王とその配下の者しか使えない魔法。それが発動したということは――

ヒルマは慌てて、片膝をつく。遅れてコッコドールもそれを真似たのが気配で分かった。

顔を伏せたヒルマは手をぐっと握りしめる。

運命は二つ。

自分たちを始末するために来るのか、それとも助けるために来るのか。

一人分の小さな足音がした。

「顔を上げて構いんせんよ」

〈転移門《ゲート》〉の前に立っていたのは、年齢の割に異様なほど胸が大きな少女だ。名前を直接聞いた覚えはないが、シャルティアと呼ばれているのは知っている。しかし、名を呼べるほど勇敢な者はこの場にはいない。何も知らないコッコドールでさえ、空気を読んでいる。

「回収しに来んした。千人ほどいるそうでありんすが、今すぐに連れてきてくれんすか？」

「ははぁ！　少しお待ちください！」

　オリンが全力で部屋を飛び出していく。この中では彼が一番肉体能力が長けている。

「――シャドウ・デーモン」

　シャルティアの声に合わせ、暗がりからゆらりと悪魔が出てきた。いつの間に室内にいたのだろうか。もしずっと前からいたとすると監視されていたということになるが、驚きはない。やはりな、と思うだけだ。

　その影の悪魔はシャルティアの耳に何か囁きかけている。それを「ふんふん」と相槌を打ちながら彼女は聞いていた。その話が終わった頃、恐る恐るノアが話しかける。

「……あ、あの……オリンが皆を連れてくるまでに時間がかかると思われますので、その前に一人紹介したい者がいるのですが、お時間を頂けないでしょうか？」

「その話は不要でありんすぇ。それよりも荷物があるといわすことでありんすが、それを先に運搬してしまいんしょう。量があるそうなんで、私のシモべを使った方が早いと思いんすが、いかがでありんすか？」

「お、お願いしても構わないでしょうか？」

「ええ」とだけ言うとシャルティアが魔法を使う。おそらくは召喚魔法だろう。それで複数体の屈強なアンデッドが生み出された。案内されて部屋を出たそれらが、かなりの量の荷物を軽々と持って〈転移門《ゲート》〉の向こうへと運び出す。

驚くほどの速さで荷物が運ばれていき、引っ越し作業が終わりに差しかかった辺りで、多くの人間が走ってくる音がした。

ここは邸宅で最も広い広間だが、流石《さすが》に千人の人間が入れるほど広くはない。

「それでは着いた順に門を潜りなんし。行き先は森の中につくられた村でありんすぇ。出たら、広場になっていんすのでそいで待っていなんし」

命令に従って、順にその門を潜る。

異様な空間に入ることを躊躇う者がいないわけではなかったが、ここに集めた段階で命令には絶対に従うことを強く言い聞かせていたので、考えていたよりも混乱は少なかった。

それよりも問題なのは年頃の少年が呆けたり、顔を赤くして立ち止まることだ。そして少女の中に、近くの少年がそういった姿を見せることに不快感を抱いている者がいるのもまた問題だった。

シャルティアは絶世の美少女。

一目惚れをしても可笑しくはないし、女として敵意を持っても可笑しくはない。

しかし——ヒルマは心のメモ帳に記録しておく。

あの子供たちが馬鹿な真似をしたら責任を取らされるのは自分たちだ。そうならないように注意しなくてはならない。特に気になっているのは、自分の平らな胸に手を置いてシャルティアと比較している一人の少女だろうか。

ただ、そういった子供たちは親が手を引くなりして普通に〈転移門《ゲート》〉を抜けて行ってくれ、幸いなことに大きな問題は何一つとして起きなかった。

最後に残ったヒルマたちが〈転移門《ゲート》〉を抜けると、そこは話にあった通り、木で出来た家が立ち並ぶ場所だった。確かに森の香りがする。

アンデッド達が運搬した荷物が端に置かれた広場では軽い混乱が生じていた。それとも興奮だろうか。年が若いほど後者の割合が多いようだ。

〈転移門《ゲート》〉を抜けたのが初めての者には当然の反応と言える。

「傾聴！」

ノアが大きな声を上げると、徐々に——思っていたよりも早く——静まり返る。

そんな中、誰からでも見えるようにという心遣いか、ふわりと軽く地面から浮かび上がったシャルティアが言葉を発する。

「今現在、急ピッチで村を作っていんすので、そちらに一週間後案内しんす。それまではここで暮らしなんし。村の管理の一環として、ゴーレムを四体貸し出しんす。重い物を運んだりするなれば、それを使いなんし。この村の周囲にはアンデッドがいんすが、それらは村にモンスターが入りんせんためにいんす。ただ、臨機応変な行動はしんせんので、アンデッドの輪から出ると、戻ってくる時に襲われんす。なんで、決してアンデッドたちより前にはいかないこと」

全員を見渡し、話の内容を理解していると見なしたシャルティアが言葉を続ける。

「それ以外のことはお前たちで相談して一週間を乗り越えなんし。食料は二週間分以上準備してありんすによりて、問題はないと思いんす。私は三日後にもう一度来んすから、その時に何かあったら報告することを許しんす」

地面に降り立ったシャルティアがあたりをぐるっと見渡し、視線はコッコドールで止まった。

「お前も幹部の一人でありんすね」

「え、ええ。な、いえ、はい、何でしょうか？」

格の違いを肌身に感じたコッコドールが言葉遣いすら注意しているのが分かった。

「お前も恐怖公の部屋送りでありんす」

「え？」

シャルティアが古い〈転移門《ゲート》〉を解除し、新しい〈転移門《ゲート》〉を作り上げる。

動物的勘だろうか、自分に何か不味いことが起こると直感したらしきコッコドールが助けを求めるように顔をせわしなく動かしている。

視線が合ったが、ヒルマは即座に目を伏せる。シャルティアの決定に逆らうことなどできるはずがない。他の仲間たちもそれは同じで、声を上げる者は一人としていなかった。

「ちょっと、ちょっと、待って！　いやよ！　皆があんな反応を示すなんて！　たすけ！」

「はい。はい。行くでありんすよ！」

わめくコッコドールをシャルティアが引き摺って行く。その腕力の前では彼の抵抗は無意味だ。

「な！　止めて！　助け！」

ごめんなさい、コッコドール。

ヒルマは〈転移門《ゲート》〉の向こうに消えたコッコドールに向かって小さく呟く。そして〈転移門《ゲート》〉は消えた。

それでも弛緩した空気は流れず、静寂が場を支配したままだった。

この広場には千人近いあの地獄を知らない幸せな者がいる。それでも目の前で連れ去られたコッコドールにこれから訪れる悲劇を直感的に悟り、動き出そうとする者はいなくなった。

自分たちを連れてきた者が決して心優しい相手ではないと知ったせいで、この地が得体の知れない恐怖が待ち受ける場所のように見えてきたのだろう。

「……コッコドールを助けられなかったわ」

ヒルマは寄ってきたノアに言う。

あのような地獄をもう誰にも経験させない。そう思っていた。しかし、それは不可能だったのだ。

罪悪感に押し潰されそうになる。

「仕方がない。ただ、死ぬわけではないから……これは洗礼だと思うべきなんだよ。これで彼も……分かってくれるさ。仲間を大切にしたいという気持ちを」

「洗礼……。そうね……。そう思ったら少し心が軽くなったわ」

「二人とも。コッコドールのことが心配なのはよくわかる。ただ、今はこれからのことを相談しなくてはならない」

ここにいる者たちの不安をまずは取り除くべく行動を始めるべきだろう。

ヒルマは動き出す。

もし、自分たちを殺したいのであればあのまま見捨ててしまえばよかったわけで、ここに連れてくる必要はなかったはずだ。それにコッコドールを連れていくことも。

つまり、シャルティアの行動の全てが、魔導王は約束を守ってくれたのだと教えてくれる。

「ありがとうございます、魔導王陛下」

ヒルマは頭を下げる。無論、ここがどこで、魔導王がどの方角にいるかは分からない。しかし、今の彼女の気持ちを素直に表せる行動はそれしかなかった。

それは祈りによく似ていた。

●

王都前に作った陣地から三人の階層守護者が出撃する。

王城を陥落させる役目のコキュートス。重要施設を制圧する役目のアウラ。広域に及ぶ攻撃魔法を使って王都を瓦礫の山にする役目のマーレだ。

三人にはそれぞれ配下が従う。

マーレにはハンゾウ、コキュートスにはフロストヴァージン、アウラには本人の魔獣だ。

三人が向かう先――王都には異様な静けさがあった。喪に服しているのだろうか、それとも魔導国に怯えているのか。

数日前の戦いで王都の兵力は壊滅した。僅かばかりの兵士たちが市壁の上で抗戦の構えを見せている様子が、王都のすぐ近くに展開したアインズのいる陣地から見える。

あまりにも少ない数だ。ただ、それはアインズ側の陣地にも同じことが言える。

本陣には高位のシモベの姿はなく、ナザリック・オールドガーダー達すらいない。今いるのはアインズ、アルベド、そしてデス・ナイトなどのアインズが作り出したアンデッドが十体ほどだ。

アルベドは全身鎧《フル・プレート》を着用し、その手にはハルバードが握られている。念のため、世界級《ワールド》アイテムも持っているはずだ。

「……そろそろ、かな？」

守護者たちが王都を囲むような形で周囲に散っていく。彼らが本陣から遠く離れたあたりでアインズは隣に立つアルベドに問いかけた。

「そうね。あれだけ守護者は離れたし、動くのであれば今がラストチャンスというところでしょう。逆に今、動かないのであれば、残念ですが外れだった、ということになるわね」

そうか、とアインズは短く答え、王都へと視線を戻す。

そして——王都から飛来してくる影を一つ発見する。見渡してみても、それ以外は発見できなかった。

二十万の軍勢を魔法一つで瓦解させた魔導王に挑むだけの勇気ある存在など、現在得られている情報から推測すれば一人しかいない。

あのパワードスーツ——朱の雫だろう。

目を細め、迫ってくる影を見据えていたアインズは「さて」と一言だけ呟いた。

これで計画は第二段階に移行することになるのだが、少しだけ不安がある。

これは非常に重要な計画だ。薄氷を踏むような、極めて繊細な対応が要求される。それを自分は見事に成し遂げられるだろうか。いや、だが、こんな重要な役目を他人に任せることはできない。

影はみるみる内に距離を詰めてくる。

正直、空戦部隊を配置しないのを疑問に思わないのか、とか、各階層守護者が上空を飛ぶ影に気が付かないと思うのか、とか、相手の計画のずさんさに呆れる。いや、それとも全部承知の上での行動なのだろうか。

罠があると知りつつも、それを食い破るだけの覚悟と勇気。はたまた——

「――無謀か慢心か。それとも……。まぁ、どちらにせよ、ここまでくれば分かるな」

「そうね」

アルベドが短く答えた。

「……任せたぞ？」

「ええ、任せて」

やはり返答は短い。彼女がどのような気持ちでいるのかはアインズには分からない。ただ、あまり良い感情ではないだろう。

アインズは視線を影へと戻す。こちらに到着するまでにもう少し時間がかかる様子だ。もっと手前から襲撃をかけてくれても良かった、と考えたアインズはそれが間違っていることに気が付く。

あれが捨て駒である確率は非常に高い。

「あれは自分の役目を理解しているのか？　それとも知らないのか？」

「さぁ？　でも、どちらにせよ、これで第三段階は確実ね。大丈夫？」

「……問題はない。自分の役目は見事に果たして見せる。お前も己の役目を果たせ」

アルベドが「ええ――いえ、違うわね。お任せください、アインズ様」と答えたあたりで、影は魔導国本陣付近まで到達する。高度百メートル以上、距離百メートルぐらいというところだろうか。

今や相手の姿ははっきりと確認できる。と言っても元より確認するまでもない事項ではあったが。

深紅のパワードスーツは空中で急ブレーキをかけ、そのまま空中で停止する。顔は見えないが、こちらを睨みつけているようでもあった。

　アルベドが手を上げると、周囲にいたデス・ナイトたちが射線を遮るように動き出す。

　上空に留まるパワードスーツの右の肩口にある箱のようなものに光が吸い込まれていき、そしてそれが雷の形となって放たれた。

「――〈連鎖する龍雷《チエイン・ドラゴンライトニング》〉」

　アインズが魔法の名を呟くと同時に、龍の形をした雷はデス・ナイトの一体に着弾。それはデス・ナイトに膨大な電撃ダメージを与えたうえで、その近くにいる別のアンデッドへと襲い掛かる。

　眩い雷光が周囲を照らし出した後、そこにはアンデッドの姿はなかった。全てのアンデッドたちが一瞬で滅ぼされたのだ。アインズたちのところまで飛来しなかったのは、向こうがそう狙ったからではなく、偶然だろう。

「無礼者!!　名を名乗れ!!」

　アルベドが苛立ったような声で怒鳴る。すぐ横にいたアインズが耳を塞ぎたくなるほどの声量だ。これだけ距離があっても相手の耳に届いたと思うが、返答はない。いや――返答はあった。それを返答と言ってよいかは謎だが。

　相手の左肩にある箱型ウェポンラックに、先程と同じように光が吸い込まれていき、別の魔法が発動する。

　炎の嵐がアインズとアルベドを巻き込み、吹き荒れる。

〈炎の嵐《ファイヤー・ストーム》〉と言われる信仰系に属する範囲攻撃魔法だ。

炎はアインズの弱点ではある。しかしながら特殊能力で強化されているわけでもなく、アインズと同格レベルの魔法詠唱者《マジック・キャスター》が発動したわけでもない魔法なので、そこまでのダメージは負わない。ただ、これを無視し続けるわけにはいかない。

だからアインズは命令を下す。

「行け！　アルベド。逃がすことは許さん！」

「はっ！」

●

命令を受けたアルベドはハルバードを固く握りしめ、飛び立つ。

黒い翼をはためかせ、一気に相手との距離を詰める。

急速に彼我の距離が縮んだため慌てふためいたのか、パワードスーツは多少ぎこちない動きで背を見せた。

その無防備な後ろ姿にハルバードを叩き込むよりもわずかに早く、パワードスーツは飛び立つ。先ほど現れた王都の方角ではなく、南の方角だ。

アルベドは周辺の地理を思い出す。

その先に特別な何かがあった記憶はないし、特に待ち伏せにふさわしい場所ではなかったはずだ。

アルベドは兜《かぶと》の下の顔を歪める。

（全く。そちらが何を狙っているか分からないほどこちらの目は節穴だと思っているのかしら？　それとも……ばれたとしても問題ないなどと考えているとしたら……警戒しないといけないわね）

先程まで自分がいた魔導国本陣を、ちらりと肩越しに眺める。そこには一人だけで残り、こちらを眺める小さな影が見えた。与えられた使命を果たすためとはいえ、本来であれば他者を――特に自らのたった一人の主人を――守るタンクである自分が護衛対象を後に残していくのは少し気分が悪い。

さらに不快感をあおるのは、相手にその愚かさのツケをその身をもって支払わせることが出来ないことだ。

「ちぃ」とアルベドは舌打ちを一つしつつ、先を飛んで逃げるパワードスーツを睨む。

パワードスーツの背中にはバックパックのような膨らみがあり、そこには六つの噴射孔が開いている。そこから白い光が噴き出し、流星のように尾を引いている。

あれを破壊すれば相手は飛行能力を失い、地上へと落下するのではないかとパワードスーツを知らない者は考えるかもしれない。

しかしながら彼女の主人曰《いわ》く、「あれはあくまでも演出」だそうだ。

というのもパワードスーツの飛行能力は〈飛行《フライ》〉に近いのだそうだ。主人の話では、正確には違うらしいが、結論としてあの噴射孔が全部破壊されたところで、飛行能力を失ったりはしない。とはいっても、実際にそうなのかを主人も確かめたわけではないそうなので、「向こうでは」と言葉を付け足していた。

（しかし、いつまで飛ぶつもりかしら？　先ほどの——私たちが本陣を張った場所から結構離れたと思うんだけど？　それとも私の方が本当の狙い、なのかしら？）

徐々に、本当に少しずつ距離が開いていく。

確かにこのままであれば相手を逃がしてしまうことだろう。

アルベドは自身の飛行速度を上げる特殊能力は持っていない。そのため、こういったチェイス時には、ウォーバイコーンを召喚して騎乗するのが普通だが、いまだに乗ることができないため、自分の翼で飛行するしかない。

しかし、勿論、用意はしている。主人から移動速度上昇系のアイテムを借りているのだ。それを装備すれば距離を詰めることはできる。ならば、何故そうしないのかと言えば、相手の次の一手を知るためだ。

もし、このまま単に逃げようとするのであれば、アルベドもそれに応じた手を打つだけだ。

アルベドが冷たく後ろ姿を見据えていると、相手は急に振り返る。

そしてシズの魔導銃に似た武器を構えた。

「ふん」

アルベドは嘲笑を以《もっ》て迎え撃つ。

シズの魔導銃がアサルトライフルという形態に属すのに対し、敵の魔導銃はヘビーマシンガンに属するとコキュートスが話していた。破壊力がシズの持つものよりも高いそうだ。

唸るような音と共に、銃弾が大量に吐き出されてくる。

かなりの速度でどんぐりよりも若干大き目なサイズの弾を大量に撃ちだしてくるので、それらを全て回避するのはかなり困難だ。

しかしながらアルベドならば最低でも一発は撃ち返すことが出来る。そうすれば相手の武器ダメージに、アルベドの持つハルバードのダメージおよび特殊技術によるボーナスが加算されるため、相手にかなりの損傷を期待できるだろう。

ただし——アルベドは特殊技術を使わずハルバードを構えるだけで何もせず、逆に自分から敵との距離を詰める。

その身で受け切るつもりだ。

そして敵の武器から射出されたそれらがアルベドの鎧に——

(あら……失敗したわ)

——鎧で大部分のダメージを無効にできるとは思っていたが、それ以前の問題だ。

アルベドの身に当たることなく、それらは全て逸《そ》れてしまう。

どうやらあの弾には魔法が宿っていなかったようだ。

階層守護者級ともなれば、魔法を宿していない飛び道具は全て無効化することができる。もし相手の武器が魔法を宿していないものと分かっていたなら、そのアイテムは装備から外していたのだが。

（相手の武器の破壊力を調べようと思ったのに……逆にこちらの能力を一つ見られてしまったわね。次があったら敵は間違いなく魔法が込められたもので攻撃してくるでしょうし……）

相手の動きに動揺があったことをアルベドは見逃さない。ただ、予期していたのか即座に魔導銃から片手を離し、手を突きつけてくる。

次は魔法攻撃のようだ。

「さて、どうしよう」と思いつつも、アルベドは特殊技術を一切使わず無造作に敵との距離を詰める。一応、距離があっても特殊技術を使えば少しは攻撃できるが、こちらの手の内を見せるつもりはない。

敵の右手から眩《まばゆ》い緑色の光が一直線に飛び、アルベドにぶつかる。

一瞬だけアルベドの体——鎧——が同じ色に輝く。しかし、何の効果も発揮せずにその光はすぐに消えてしまった。

痛みも何もない。

これは攻撃魔法を防御して、ダメージが入らなかったのではなく、アルベドの抵抗力を抜けなかったため効果を発揮しなかったのだろう。

主人が得意とするような、即死などの一撃必殺系の魔法であった可能性が高い。

その手の魔法は能力値、パッシブスキル、特殊技術、アイテムなどだけではなく、レベル差による抵抗ボーナスもしくはペナルティの影響を強く受けるので、同レベル帯だと特化していないと効きづらいようになっている。

パワードスーツなどで己を強化している相手の攻撃など、百レベルとして創造された上にマジックアイテムの数々によって強化されているアルベドが抵抗できないはずがない。

彼我の戦闘能力の差を知るため、一撃必殺の攻撃に賭けたのかもしれないが、そんな魔法で渡り合えると考えた相手にアルベドは不快感を抱く。

ならば、身の程をわきまえさせてやらなければならない。

アルベドは既に目の前にまで迫った敵に対し、拳で殴りかかる。

手に持ったハルバードを使用しないことで相手を愚弄するという狙いがあるが、同時にハルバードで攻撃すると相手に与えるダメージ量の見当がつかなかったためというところもある。

相手が銃で受け止めようとするが、それよりもアルベドの攻撃速度の方が若干速い。

手を抜いたと言えど百レベルであるアルベドの一撃は強力だ。

ゴガン、とやたらに硬質な音が響き、相手が吹き飛ぶ。

三メートルを超える巨体がそれよりも一メートル以上小さいアルベドに殴られ、ノックバックした挙句、ガクガクと震えるところは、滑稽と言わざるを得ない。

（……想像以上にダメージが大きかったようね。豆腐みたいに脆いわ……）

それにしてもこれは予想以上に――

（弱ぁ……）

――アルベドは焦りを感じつつも、笑い声を上げた。

「――うふふふ。アインズ様を攻撃した己の愚かさを苦痛でもって理解させてあげる。まずは四肢を切り落とす。次に前歯を全部へし折って舌を噛めないようにする。……順番は逆の方が良いかもしれないわね。とりあえず、その後はアインズ様の前に連行して、謝罪をさせるわ」

「――ちっ」

男が舌打ちする音がアルベドの耳に届いた。

アルベドは兜の下で目を細める。

「舌打ち？　……失礼な奴ね。いえ、名乗りもせずに攻撃してくるような卑劣漢なのだから、その程度の無礼は当たり前のものとして受け止めなくてはならないわね」

「何をほざく、虐殺者。お前たちのような邪悪を滅ぼすのに汚いも綺麗もないだろう」

「あら。いきなり攻撃してきたから言語すら解さないような蛮族かと思ったら……いえ、王国の住人など蛮族も同然だから、かしらね？」

「言ってくれるな、魔導国宰相アルベド」

アルベドはここで話を長引かせることのメリット、デメリットを計算し、一手として利用できるかを判断する。

（アインズ様やデミウルゴスならもう少し深いところまで考えられるのでしょうけど……）

内務には自信があるのだが、調略や外交の絡んだ謀略になると僅かに自信がない。とはいえ、ここで誰かが助けてくれるわけでもないので、自分の思うところを信じるしかない。

「言うわよ、朱の――なんとかさんでしたっけ？　冒険者ごときの名前など憶えていなくてごめんなさいね」

「ふん。そんな女でも宰相が務まるとはな」

本当に朱の雫なのか。それとも否定しないのは勘違いさせたいからなのか。

どちらにせよ、このままお喋りを続ける予定だ。というよりも先程の一撃で相手の能力は漠然と分かっている。戦闘を再開したら困ったことになりかねない。

アルベドは機嫌よく話に付きあう素振りをみせた。

（時間稼ぎ、というのも面倒なものね……）

相手が違和感を抱かないように、傲慢な強者を演じきらなくてはならないのだから。

●

アルベドの姿が朱色のパワードスーツを追って小さくなっていく。

これで本陣に詰めるのはアインズ一人だ。想定通りだったらそろそろ始まるだろう。

アインズは〈光輝緑の体《ボディ・オブ・イファルジエントベリル》〉を発動させる。

アインズを滅ぼそうとするなら、少しでも知識ある者はスケルトン系の弱点である殴打武器を選ぶはずだ。目的を達成するまでは、体力が大きく削られる弱点を攻撃されるのは少しばかり困る。

その時、アインズが使っていた〈転移遅延《ディレイ・テレポーテーション》〉に反応があった。

つまりそういうことだ。

どうやらアルベド狙いではなかったようだ。アインズは少しだけ安堵する。彼女の方だと少し厄介だった。

だが――本当にそうなのだろうか。二段重ねの罠ではないだろうか。

敵の転移先はアインズの真後ろ。

数は一つ。

ここから相手は近接戦闘に向いた存在だということが分かる。

遅延している間にアインズは自分の真後ろ、相手の転移先に〈爆撃地雷《エクスプロードマイン》〉を発動。その後、固まったように動かず、敵が転移してくるのを待つ。本当なら既に発動させている〈生命の精髄《ライフ・エッセンス》〉で相手の体力が削れるかどうかを視認したいが、ここは我慢だ。

出現と同時に爆発音が響く。

弾かれたようにアインズは自らの前方――つまり敵から距離を取る方向に移動しつつ、振り返る。

「銀……いや輝きが違う、白金《プラチナ》か？　それとも私の知らない金属か？」

爆発によって生じた土煙の中、白金色の全身鎧《フル・プレート》があった。

その周囲には四つの武器が付き従うように浮かんでいる。

槍、刀、ハンマー、大剣。

そのどれもが人が振るうには少し大きく、形状が実用性より遊びの方に多少傾いているように感じられる。ナザリックの宝物殿に多数存在するような、そんな武器だ。

武器の輝き方は鎧と酷似しており、これらも銀ではなく白金の可能性が高い。

しかしながら疑問が残る。というのも貴金属としての価値は別にして、白金は魔法的には特別な効果のない金属だ。それで武具を作ることのメリットが分からない。

一番ありうるのは白金でコーティングすることで中の金属の正体を隠しているパターンだ。つい最近知られた恐怖公の部屋にいるゴーレムなど、同じ例がナザリックにもある。

次が白金に似て非なる金属――アインズも知らないような、この世界特有の金属というパターンだ。

アインズは油断なく相手の動きを観察する。僅かな情報の有無でも勝敗を左右しかねない。

訝しく思うのは、姿を現してからというもの、相手の態度に感情の色が見えないことだ。出現した直後から仁王立ちの姿勢を一切崩していないのは、負傷して――血などを流して――いないからこその余裕の表れなのだろうか。

流石に無傷ということはないはずだ。

アインズの〈爆撃地雷《エクスプロードマイン》〉を受けて、その眩いまでの鎧に土埃がわずかについた程度というのは考えにくい。いくらアインズが死霊系に特化していても、高位の攻撃魔法のダメージを完全に無効化というのはタネがなければ不可能だ。特に〈爆撃地雷《エクスプロードマイン》〉は属性ダメージではないので、簡単には無効化できない。

　ならばその悠々とした態度はやせ我慢をしているからなのか、それとも死すらも覚悟しているという決意が生み出したものなのか、それとも――本当に何か仕掛けがあって無効化したのか。

「私が警戒もせずに立っていたと思うのか？　この周囲にはお前が食らったよ――」

　ボールを投げることで相手の反応を見る。そう企んだものの、それ以上語らせてはくれなかった。

　鎧は迷うことなく攻撃準備らしき行動を取った。武器の一つであるハンマーが持ちやすい位置にふわりと移動したのだ。

　一つの情報が確定したことによって、アインズは心中で薄く笑う。

　彼らの目的はアルベドではなく、アインズだということだ。

　なぜかというとアインズのおしゃべりに付き合う気がない――それは時間稼ぎを図るつもりはないということを意味している。援軍が来るまでに片を付けたいのだろう。

　もしこれが空中に現れ、話しかけてくるようならアルベド狙いを疑うしかなかった。もしくは二者同時に落とすつもりか、と。

　ここまでのほとんどがアインズの想定内だった。

　しかしながら流石のアインズでも敵の攻撃は想定外だった。

　武器を周囲に浮かべている――戦士系列だろうから距離を詰めてくると思っていたのだが、相手が命令を出すかのように手を振った瞬間、巨大なハンマーがいきなり飛んできたのだ。

速い。

かなりの高レベルの戦士が投げたような速度であり、アインズでは回避は不可能。

魔法のかかっていない武器であれば、一切の飛び道具を無効化することはできるが、どう見ても魔法は込められていることだろう。

ならば、とアインズは一歩たりとも動かず、先程の敵のように仁王立ちでその投擲《とうてき》を受ける。勿論、ハンマーがアインズの体に命中した瞬間、魔法を発動させる。

〈光輝緑の体《ボディ・オブ・イファルジエントベリル》〉の力によってその殴打ダメージを完全に無効化した。

一度も相手から目をそらさず、動きを観察していたアインズには、その瞬間、相手の動きが止まったのが分かった。こちらが無傷であることに驚きを感じたのだろう。

ハンマーは投げられたのと同じ速度で相手の元まで戻り、他の武器と同じように——先ほどと同じように敵の周囲に浮かぶ。

「くはははは——」

アインズは笑い、大きく手を広げる。自らが無傷であることをアピールする。

「——分かったかね？　君も知ってのとおり、スケルトンというのは殴打による攻撃に弱い。それは私もそうだ。だから——弱点をいつまでもそのままにしていると思うか？　それほどまでに私は愚かだと？　……つまりこういうことだ」

アインズはポンポンと自分の体を叩く。「——私に殴打による攻撃は一切、効かないのだよ」

こちらが能力を自慢げに語っている間、敵の追撃はなかった。これは何を意味するものなのか、アインズは真剣に考える。ここで読み間違えると、致命的なことになるかもしれない。

敵はすっと片手を上げた。そして言葉を発した。男の声だ。

「世界断絶障壁」

敵を中心に波動——大気の歪みのようなものが走った。

発動した瞬間の形状がそのまま広がったとしたら、この場を中心とした半透明の半球状の壁が取り囲んでいるはずだ。かなり広範囲に渡って展開されており、キロメートル単位だろう。アルベドたち守護者が全員この外であるのは確実だ。

アインズは思考を高速で回転させる。

こういったものは得てして外部との接続を断つものと相場が決まっている。では、どの程度までの侵入を阻害するものなのだろう。走って突破するなどの物理的侵入は果たせるのか。転移による侵入は果たせるのか。

効果範囲もそうだ。半球に見えるが、では地面などを掘っての侵入は果たせるのか。

そして何より——なんらかの手段で破壊できるのか。

情報は足りず、何一つとして確証は得られない。しかしながらおおよその推測ぐらいはできる。

まず、アインズが魔法詠唱者《マジック・キャスター》というのは知っているはずだ。ならば最低でも転移などの手段は阻害する類のものであるはずだ。

初手で世界級《ワールド》アイテムを使用して洗脳をしてこなかった理由は、やはりシャルティアを洗脳したのはこいつではないからなのか。それとももっと違う理由なのか。分からないことだらけだが、油断は少しも出来ない強敵だというのは分かる。

なぜならアインズは膨大な魔法、数多の特殊能力を知っている。そして訓練を重ねることでそれがどういうものなのかを理解し、おそらくはナザリック内でもトップクラスの戦闘技巧者になっている。

しかしながら今回の敵が使った技はアインズの記憶の中にないものだ。ただ、あれだけの広範囲に影響を及ぼす技など、超位魔法か世界級《ワールド》アイテムぐらいしか思い当たらない。そうなると相手はそれらに匹敵する未知の技を無造作に――一瞬で――発動させたということになる。

間違いなく強敵だ。

アインズを――百レベルの階層守護者を滅ぼし得る敵だ。

しかし強敵を前に、アインズは一切の感情の変化を表に出さない。

無論、そもそもアインズの顔に表情など浮かぶはずもない。それでも態度や声の調子には動揺が見えるかもしれない。しかし、そんな恥ずかしい真似を、アインズ・ウール・ゴウンはしてはならない。

それと同時にアインズの安堵や喜びなどの感情を敵に悟られてはならない。

自分が戦うことになって正解だ、などと思っていることも。

アインズは目を細め、観察を続ける。

未知の技ではあるが、多少は理解したことがある。まず――

あれは体力を消費する技だった。それもかなり膨大なものだ。ならばあの障壁は決して何の効果もない見せかけだけのものであるはずがない。ならばどのような効果があるかは調べないと不味い。

アインズの発動していた魔法〈生命の精髄《ライフ・エッセンス》〉で、あの技が発動するのと同じタイミングで相手の体力が一気に失われるのが見えた。その一方で〈魔力の精髄《マナ・エッセンス》〉には反応がない。というより、相手は純戦士にありがちな魔力が皆無の状態だ。

謎の結界が逃走を許さない監獄だとしたら、そこにアインズを閉じ込めたと思っている相手の口は、少しぐらい軽くなっても可笑しくはない。自分の力に自信があればあるほどそう思うだろう。

そう考えたアインズは優しく問いかける。

ハンマーによる攻撃を受けたとは思えないような柔らかい声で。

「先ほどの奇襲を許そう。私の名前はもちろん知っているとは思うが改めて名乗らせてもらう。アインズ・ウール・ゴウン魔導王だ。さて、今度はそちらの番だ。私に君の名前を教えてはくれないかね？」

数秒の沈黙の後、返答があった。

「…………リク・アガネイア」

アインズは即座に今得た情報を分析する。

あの結界は内から外への脱出を妨げるだけではなく、外から内への侵入も阻害するものである可能性が急激に高まった。情報を与えるということは、逃がす気がない――援軍が来る可能性を無くしたからだろう。

セバスやデミウルゴスの集めた資料の中にリクという名前はなかった。これほどの相手を調べ忘れたということはありえないだろう。仮に世を忍ぶ強者だとしても解《げ》せないところがある。幾らなんでもここまでの強さを持つ存在が王国の歴史に一切名を残さないなど納得がいかない。

可能性の高いものの一つは偽名だ。

だがなぜ、偽名を名乗るのか。

王国の人間であれば堂々と名乗り、侵略戦争を仕掛けてきた悪の親玉を討つ、と宣言すればいい。それが出来ない立場、それも正体を隠さざるを得ない人物なのだろうか。アインズの憎悪を本当のリク・アガネイアに向けさせる狙いという線もある。それとも単純に名前を知られることで何かされるかもしれないという警戒の気持ちか。

荒野を支配下に置いた際、色々な亜人の部族から情報を収集したのだが、その中に魂に紐づく真なる名前を知られると呪いがかかりやすいというものがあった。しかしながら、ナザリック内で調査をしてみたところ、それが事実であると確認できる物証は一切得られなかったので、民間伝承ということで片づけたことがある。

ならばリクはそういった伝承を持つ部族出身なのだろうか。

あまりにも情報が足りず、推論に推論を重ねるというあまりよろしくない状況だ。しかしながら白金にちなんだ強者であれば二人ほど心当たりがあった。一人は人間の形はしていないだろうから、もう一人――。

「吟遊詩人の歌を聴いたことがある。十三英雄と言われるものたちの英雄譚だ。その中の幾人かの名前は残っていなかった。その中の一人に白金の鎧を着ていた人物がいたな。……リク・アガネイアという名前だったんだな。それを吟遊詩人たちが知ったら喜ぶぞ？」

「そうなのか？　吟遊詩人たちが知りたがるほど私が有名だとは知らなかったな」

敵は肩を竦めるでもなく、何の動きも見せずに淡々と答える。

本当に十三英雄なのか、それともそれを騙《かた》ることで正体を隠すつもりなのか。それ以外の理由もあるかもしれない。

やれやれ、とアインズは思う。

どこまでが虚偽で、どこまでが真実なのかを見抜くのは、今回はかなり困難だろう。ただ、二十万の軍勢を魔法一つで打ち倒したアインズ・ウール・ゴウンと一騎打ちをして勝てる自信を、相手の能力の底を、この一戦で見切る必要がある。

「リク、と呼んでも構わないかね？」

「断る」

即答だった。そしてその声には強い嫌悪があった。

「失礼。馴れ馴れしかったな。ならアガネイア、と呼んで構わないかな？」

「それなら問題ない」

「そうか。それでは提案があるんだ。どうだろう？　私の配下にならないか？」

リクの周りの空気が僅かに張りつめた。ただ、リク自身は少しも身構えたり、体勢を変えようとしたりはしない。堂々と立っているだけだ。

解せない。

こちらを格下に見ているのであれば身構えないのは分かる。かつてコキュートスはリザードマンたちを相手に一切身構えなかったらしい。ではリクはアインズ・ウール・ゴウンを下に見て身構えないのか。

それとは違う気がする。

ならば、あれこそがリクの構えということになる。

あの武器を操るだけで自分は一切動くつもりがないから、棒立ちという戦闘姿勢になるのだろうか。

「……どうもその様子だと断られたようだな。残念だ。少し説得をさせてくれないかね？　私は強者を集めている。あの漆黒のモモンだって私の部下としてちゃんと扱っているつもりだ。もし君が私の部下になるなら――王国を攻めるのを止めても構わない。君一人の価値はこんな国より勝る」

「断る」

一刀両断だった。僅かな迷いもない。

アインズは表情の浮かばない顔の下、今のやり取りの裏にあるものを高速で考察する。

アインズを倒した後、王国を救うことが出来るという絶対的な自信があったとしても、僅かな迷いもないということはあり得るのだろうか。アインズを滅ぼしたとしても、魔導国軍がそこで引くという確信を持てるのだろうか。

（……王国がどうなろうとあまり興味がない？　……他国の存在？）

「光衣」

リクの鎧に光が宿る。一瞬、日光の反射かとも思ったが、同時にリクの体力が再び減っている。何らかの力の発動なのは間違いない。

同時にこれでほぼ確定だ。

リクは己の体力を消費させて技を使う。

ただ、失った体力は魔法を使うかポーションでも飲めばすぐ回復できる。つまりそこまで強くない技なのだろう。代価が大きければ大きいほど、技が強くなるのはこの世界でもそうだから。

リクが特殊技術を使ったということは、交渉は完全に決裂だ。アインズは即座に魔法を発動させる。

「〈上位転移《グレーター・テレポーテーション》〉」

アインズは一気に転移し——半透明の結界の前に出現する。正確には視界が変化した直後、目の前に半透明の壁が立ちはだかったのだ。

「転移失敗……」

周囲を見渡すが、追尾能力はなかったらしくアガネイアの姿はない。

おそらく結界の先、アインズの視線の向こうをどこまでも辿れば、目的地にしていたナザリック地下大墳墓があるのだろう。

この結界の効果が一つ確定した。転移は完全に遮断されるようだ。しかしながら、結界のすぐ手前に出現したということは、結界内での転移自体は可能ということだ。だが、外に出ることは出来ない。その場合は転移発動時の位置から目的地まで一直線に線を引いて、ぶつかった壁の前で姿を現すということだろう。

これは重要な情報だ。

元々この戦いでは転移を使うつもりがなかったのに、切り札を一枚切った甲斐はあったというものだ。

続いてアインズは半透明の膜に手を伸ばす。

もしこれが攻性のものなら即座にダメージなどが入るかもしれないが、その可能性は低い。というのも転移を邪魔された直後、アインズにダメージが入っていないからだ。

手が結界に触れた。

軟らかなイメージとは裏腹に非常に硬い。強く押し込んでみるが、突き破るどころか揺らぐ気配すらまるでない。まさに世界を隔てる壁のようだ。

アインズは続いて交易共通金貨を一枚取り出し、それを投げてみる。

結界に当たり、弾かれる。

続いて〈雷撃《ライトニング》〉を、角度を計算して発動。

「……貫通しない、か」

想像通りの結果に納得していると〈転移遅延《ディレイ・テレポーテーション》〉に反応がある。まず間違いなくリクだ。

アインズは〈光輝緑の体《ボディ・オブ・イファルジエントベリル》〉を発動し、そのまま――リクに背中を見せて動きを止める。

リクが転移した直後、アインズの体に高速で何かがぶつかる。それが殴打ダメージであったために即座に〈光輝緑の体《ボディ・オブ・イファルジエントベリル》〉の力でダメージを完全無効化する。

しかし、なぜかその体は前に――結界に押し付けられる。これはかなり異常なことだ。通常、ダメージを全て無効化してしまえば、付加効果も意味をなくす。しかしながらリクの攻撃はそうではない。それが何を意味するのかは今のところ分からないが。

アインズはゆっくりと――堂々たる態度で振り返った。

リクのそばへとハンマーが返っていく。リクの周囲に浮かぶ四つの武器には先ほどと違って、白い光のようなものが宿っている。それは鎧が宿しているものと酷似している。

そして転移前よりさらにリクの体力が減っている。

先程の鎧に使った力以上の減り具合だ。これは武器一本ずつに魔法を掛ける必要があるからか、それとも転移もまた体力が削れるからなのか。もう少し情報を集めたいところだ。

「殴打による攻撃は無意味、と言ったはずだが……どうやったのかな？」

「……転移を使おうがこの結界から逃れることは出来ない。お前はここで滅びる運命にある」

会話をしろよ、とアインズは思うが口には出さない。相手に不快感を与えないようにして、できる限り口を軽くさせたいからだ。

「なるほど。そちらも逃げることのできない不退転の結界をよく張る気になったな。覚悟はしているということか？」

返答はなく、周囲を浮遊する四つの武器の一つ——大剣がピタリと動きを止める。

——来る。

これ以上おしゃべりに付き合う気はないようだ。それが分かったアインズは先手を打つ。

アインズは二本の黒曜石の剣を生み出し、リクへと襲い掛からせる。

「〈魔法二重化《ツインマジック》・黒曜石の剣《オブシダント・ソード》〉」

相手が浮遊する武器を使うのであれば、こちらも、だ。

一本目は、リクの周囲に浮く大剣に弾かれ、もう一本は異様な回避の仕方で避けられる。

「何！」

思わずアインズは声を上げる。

回避されたこと自体は、驚くようなことではない。しかしながらリクの回避の仕方はコキュートスであっても出来ないと言えるような動きだ。

リクは頭部の高さでの側方宙返りで避けた。それ自体も少し変に感じたが、まぁ、いいだろう。問題は人間であれば当然あるはずの動きがなかったことだ。

ジャンプをするのであれば少し屈む、足に力を入れる、などの前段階の動きというものがある。だが、リクは何もしない。なんの力も入れず、そのままの体勢で宙返りを見せたのだ。〈飛行《フライ》〉などの魔法を使っていれば出来なくはないだろうが、それでも、アインズでさえそれは難しい。どうしても体がつられて動いてしまう。

もしかすると〈飛行《フライ》〉に長けた特異な素質を持つ者であれば可能な動きなのかもしれない。ただそれ以上にリクの異様とも言える動きに近い何かに心当たりがあった。しかしそれが明確な形として脳裏に浮かんでくれない。

そのもどかしさに苛立つアインズに対して、リクから反撃とばかりに大剣が飛んできた。黒曜石の二本の剣はリクの周りに浮かぶ他の武器によって弾かれている。

自由意思を持つかのように飛来する大剣に、一瞬、アインズはギルドの証である武器の姿を重ね、防御魔法を発動させる。

「〈骸骨壁《ウォール・オブ・スケルトン》〉」

作り出した壁に大剣が激突。一撃で〈骸骨壁《ウォール・オブ・スケルトン》〉が破壊される。

「……やるな」

〈骸骨壁《ウォール・オブ・スケルトン》〉があった場所には、大剣が切っ先をアインズに向ける形で浮かんでいる。リクの元に戻るかと思いきや、まるで何者かが柄《つか》を握っているかのように襲いかかってきた。その一方でリクは不動だ。構えもせずに棒立ちのままなのだ。

その姿にアインズは先ほど脳裏をかすめたものの正体に気が付く。

そう。それはまるで人形。

リクの動きは操り人形のものだ。

リクの後ろに巨大な手があり、片手でリク自身を操り、もう片方の手で武器を操っているように思われた。

（――これは〈念動《サイコキネシス》〉などによる操作で武器を操っているのではなく、鎧自体も操っている？　まさか、中身は空？　それとも着用者が自身も含めて操作している？）

大剣の上段からの斬り落としを、アインズは取り出した杖――ブラスティングスタッフで受け止める。

ずしっと圧力がかかり、足元が僅かに地面に沈んだような気がした。

武器破壊系の特殊技術を持っていればこの大剣を攻撃する意味があるのかもしれないが、アインズはそれらの技を修めていない。物体に効果的な酸などの攻撃魔法で破壊しようとしてもかなりの時間がかかる。ならばやはり攻撃すべきはリクだ。

「〈心臓掌握《グラスプ・ハート》〉」

アインズの得意な死霊系の魔法だ。しかしながらリクに影響を与えた様子はない。

死霊系に対する完全耐性があるのか、それともバッドステータスに対する耐性なのかについて考えるアインズに、こちらの番だとでも言うように大剣が先ほどよりも速い速度で水平に薙《な》ぎ払《はら》われる。

「ぐっ！」

受けることも回避することも間に合わず、その一撃を胴体で受ける。斬撃武器によるダメージが入り、僅かに後退し、背後の光の壁に激突する。ここは少し場所が悪い。

「〈上位転移《グレーター・テレポーテーション》〉！」

アインズは上空へと転移を行う。通常の召喚魔法とは扱いが違うため、二本の剣もアインズのすぐそばに浮遊している。

相手の真上なので発見されやすいだろうが、ここから大きく離れる予定も、隠れてアルベドが来るための時間を稼ぐ狙いもない。なぜならこの戦いは彼が望んだものなのだから。

念のため〈光輝緑の体《ボディ・オブ・イファルジエントベリル》〉を発動しつつ、小さく点のように見えるリクの姿を観察していると、やがてアインズを発見したらしく一気に上昇してくる。

武器だけを飛ばして来ないところをみると、何か――例えば距離――の制限があるのだろう。

同時にアインズは落下を始める。

お互いがすれ違った瞬間、黒曜石の二本の剣を飛ばす。

この〈黒曜石の剣〉はあくまでも攻撃のためだけのものであり、相手の攻撃を受け止めるなどの防御には使えない。なぜなら、相手に攻撃を受け止められるだけで耐久性が低下していく脆い剣だからだ。もし防御に使えばすさまじい勢いで耐久性が減ることだろう。

空を切り裂く二本の剣をリクは自らの周りを飛ぶ武器で弾く。

剣を防ぐので精いっぱいだったのか、リクからの反撃はなかった。

リクとすれ違う形で地面までたどり着いたとき、頭上から槍が猛スピードで降ってくる。

体を前に投げ出して、なんとかそれを避ける。〈飛行《フライ》〉が発動しているので体を起こすのに苦労はない。

そこから少し離れるように起き上がると、リクがゆっくりと地面に降り立つところだった。その周囲には三本の武器が浮かび、そこへ大地に突き立った槍が戻る。

同じようにアインズの傍には黒曜石の二本の剣が浮かぶ。

やはり生命ある者が鎧の中に入っているとは思えない動きだ、とリクの動きを観察していたアインズは思う。先程の地面に降り立った時も膝を微塵も曲げていなかった。

そのとき、これまで不動の姿勢を維持してきたリクがその手に大剣を握りしめた。

そして一気に迫ってくる。今までで一番速い。

まさに流星のような速度だ。

迎撃するために黒曜石の二本の剣が飛ぶが、それはリクの周囲を飛んでいた刀にはじかれ、大地に転がる。

「〈万雷の撃滅《コール・グレーター・サンダー》〉」

何本も重ね合わせた雷がリクを撃つ。しかし、リクの突進は鈍らない。ダメージを受けていないのではない。生命力が減っているのは見えている。そうではなく、痛みを完全に堪えているのだろう。

大きく振りかぶった大剣の一撃がアインズに振り下ろされる。

「ごっ！」

アインズがダメージを受けた瞬間、視界の端で刀が横から薙ぎ払うように迫ってくるのが見えた。

アインズはブラスティングスタッフを振るう。

それをリクはその身で受ける。魔法詠唱者《マジック・キャスター》の一撃など大したことがないから、回避せずにダメージを受け、その代価として、アインズにも一撃を与えるつもりなのだろう。

その判断は正しい。

アインズも同じ立場ならそうするだろう。

しかし、この場ではそれは大きな間違いだ。

アインズが内心でニヤリと笑った瞬間、衝撃波が走り、リクを大きく吹き飛ばす。

ブラスティングスタッフとは、やまいこの持つ女教師怒りの鉄拳と同じように吹き飛ばし《ノックバック》効果を高めた杖だ。その代価として攻撃力はほとんどないが、魔法詠唱者《マジック・キャスター》として最も重要な距離は稼げる。

リクが後ろに吹き飛ばされたことに引っ張られでもしたのか、刀の薙ぎ払いは僅かにアインズに届かず、その切っ先が微かにアインズの胸骨を斬りつける程度となった。

吹き飛ばされながらもまったく体勢が崩れないリクに対し、アインズは魔法を発動させる。

「〈第十位階不死者召喚《サモン・アンデッド・10th》〉」

黒曜石の二本の剣が消える代わりに召喚したのはレベル七十の近接系アンデッド——破滅の王《ドゥームロード》だ。

錆びついたような王冠を兜の上から被り、血の色に染まったマントを羽織り、その身を守る全身鎧《フル・プレート》からは鎌のように曲がった刃が多数飛び出している。

鎧の隙間からは負のエネルギーとして黒い靄《もや》が僅かずつではあるが漏れており、徐々に体力が減っていっている。これはこのドゥームロードがレベル七十とは思えない強さを持つが故のペナルティであり、これを上手く使うためにはベテランの立ち回りが必要となる。

しかしながらあくまでも盾としての役割しか求めていないアインズにはどうでもいいことだ。

モンスターを召喚して盾とする。もしくは剣とする。

魔法詠唱者《マジック・キャスター》はそれが出来るのが強い。とはいえ、本当に強い純戦士はこれを上手く無視する。

例えばコキュートスならどうか。

召喚されたモンスターを術者の方に上手く吹き飛ばし、距離を詰めて二人を同時に攻撃の的にしてくることだろう。

アルベドならどうか。

その防御力に物を言わせ、無視して突進して術者を潰すことだろうし、ヘイトを押し付けて同士討ちをさせもするだろう。

ではリクはどうするのだろうか。先程までリクは、武器が自動的に攻撃するという戦法をメインにしていた。大剣を振るってきたりもしたが、その時に特殊技術や武技なる技を使って来ている様子はなかった。そのために戦士としての力量はさっぱり摑めなかった。

だからこそ、だ。

リクは間合いを詰めんと一直線に突進してくる。一瞬の迷いもない、いっそ潔いとも言ってよい動きだ。

浮遊する武器を使った戦闘に長けているのではなく、超近距離戦特化型なのだろう。だから短時間で召喚モンスターを滅ぼすなら、間合いを開けることはできない。

迫りくるリクに対してドゥームロードは手に持つ武器を構える。刃が柄に対して真っ直ぐに取り付けられた戦鎌《ウォーサイズ》と言われるものだ。それも負のエネルギーを宿し、黒い靄がかかっている。

アインズは召喚したドゥームロードとの魔法的繋がりを使って、命令を下す。

相手が無生物である確率も高いのでその辺りも確かめよ、という大雑把なものだ。無論、召喚されたモンスターは召喚者の知識を一部持って現れる。なので、命令を下さなくても分かっているとは思われたが、念のため、だ。

ドゥームロードは特殊能力を発動。

〈滅亡の夜《ルイナス・ナイト》〉である。

吹きだす黒い靄が多くなり、周囲に広く拡散する。

体力の減る速度が上昇する代わりに、戦闘能力全般が一時的に増大するのだ。

しかもそればかりではなく相手とのレベル差によるダメージ減少が無効化される。更に黒い靄が広がった範囲内にいるアンデッド――無論、ドゥームロード自身を含む――に対する光系や神聖系、カルマ値がプラスに影響される技全般を軽減してくれる働きがある。これの強みは他のバフ系の全てと重複せず、効果を発揮するという点だろう。

アインズもその恩恵に与《あずか》りたいところだったが、靄の範囲はそれほど広くないので諦めざるを得ない。

アインズは的にされないために二者の激突から距離を取る。

観察の準備は整った。

これからリクの力量を丸裸にする。

ドゥームロードの鎌と浮かび上がった大剣が激突し、けたたましい音が響き渡る。

互いに一歩も引かないし、吹き飛びもしない。

近い腕力を持つからこそ、だ。

その直後、今度は鎌と浮遊する刀がぶつかり合う音が連続して響く。高速で鎌と刀が打ち合う。

剣の切り払いを鎌が受け流し、鎌による刺突をハンマーが盾のようにブロックする。飛んでくる槍を鎌の柄で弾き、振り下ろされる大剣をドゥームロードが見事にかわす。

その直後――回避のためにわずかに下がったことで出来た距離を詰めるべく、リクはそのまま踏み込んでくる。

両者劣らぬ攻防だが、手数の多さで僅かにリクが有利の様子。

「――〈負の爆裂《ネガティブバースト》〉」

光を反転したような黒い光の波動がアインズを中心に周囲をも呑み込む。

負のエネルギーを受けたドゥームロードの傷が回復する。ただし、魔力の消耗量と回復量を比較すると割に合わない。そしてリクは、と言うと無傷。

傷を一切受けていない――負のエネルギーに対する完全耐性は、何から来ているのか。種族的なものか、職業的なものか、それとも一番ありえそうな装備品からのものか。

アンデッドであるアインズと戦うのだから、アンデッドが一般的によく使う負のエネルギーに対する守りを固めておくのは当然ともいえる。アインズだって炎の息を吐くドラゴンと戦うなら火からの守りを得るなどするだろうから。

二人の剣戟《けんげき》の音が鳴りやまない中、アインズは次の魔法を発動する。

「〈完全不可知化《パーフェクト・アンノウアブル》〉」

不可知化状態になったアインズは盾であるドゥームロードの陰から出ると、回り込むように動き出す。

その瞬間、刀が回避不能な速度でアインズへと一直線に飛び、ドズン、と腹部にローブの上から突き刺さる。

刺突に対する完全耐性を持っているためダメージはないが、アインズは慌てて後退し、ドゥームロードの陰に隠れる。

宙に浮かぶ刀はそのまま自動的にドゥームロードへと切りかかった。

「……不可知化を見破る目を持っているか」

驚くには値しない。アインズのレベルまでは行かなくても、高位であれば対策の一つぐらいは持っていても可笑しくはない。

問題はどのような手段で発見したかだが、その答えは出そうにない。あまりにも対策手段は多く、絞りきるには情報が足りていない。

では次の一手はどうすべきか。

リクもアインズを直接狙いたいらしく、滞空している武器が切っ先を向けてくることがあるが、ドゥームロードがカバーしてくれるので、一切攻撃されることはない。

現状の戦闘の流れを計算すると、ダメージを与えられる攻撃魔法だけを発動し、ドゥームロードが死んだら新しいドゥームロードを出していけば勝利は収められる可能性は高い。しかし、それはアインズの望むところではない。

リクという存在は今までにない強敵であり、アインズの知識では断定できない能力を多数持っていると思われる。

ならば、ここでリクの能力を全て知っておけば、今後同じような能力を持った強敵が出て来た時に有利に運べるだろう。

アインズは攻撃魔法を使うのを止める。

この間に防御を固めておくことが良策だと思われるが、ある理由からそうはしない。危険は承知でここはぐっと堪えるべきだ。

アインズは二者の攻防を観察する。

僅かにドゥームロードが押されているが、大きな損傷はお互いにない。

一進一退の攻防と言えば聞こえがいいが、リクの戦闘方法が単調なのが少し気になる。ドゥームロードが押せない理由は分かっている。ドゥームロードが使った特殊技術、負のエネルギー攻撃、精神系攻撃などがリクに効果を発揮していないのだ。

ここに至り、リクはゴーレムのような人造物《コンストラクト》と同様の特性を持っている種族か、そういったボーナスが得られるマジックアイテムやスキルの持ち主、もしくは人造物《コンストラクト》そのものだと確信した。

どちらの可能性が高いかというと、リクとは会話が成立するので前者だろう。ハーフゴーレムのような種族であれば人造物《コンストラクト》に似た耐性を一部持っているので、そういった種族かもしれない。

そんな種族がなぜ王国に肩入れしているのかという疑問はあるが、今重要なのはリクの立場ではなく能力だ。しかしなぜ、リクの攻撃は単調なのか。特殊技術を使う様子もなければ、武技なる技を使う様子もない。

至高の存在の一人にゴーレム使いがいたが、リクの姿がその方が操るゴーレムに重なる。

ハーフゴーレムなどの種族であれば良いが、これがゴーレムにスピーカーを搭載するなどという裏技だったら厄介なことになる。

アインズの知るゴーレムの強さは、使われた金属の価値、製作者のスキル、使用されたデータクリスタルなどによって変化する。レベルの高いゴーレムを作るのはかなり代価がかかるものだ。

ところが、もしリクがゴーレムであった場合、そして本当に金属としては価値の低い白金であれだけの強い物を作れるのなら、下手すればあれが何体、何十体もいる可能性が出てくる。

もっと情報を集める必要がある。

アインズはドゥームロードに指示を出す。

それに従い、より黒い靄がドゥームロードから強く吹き上がった。

速度や攻撃力が更に上昇し、今度はリクの鎧に傷がつき始める。だが加速度的に生命力を消費したドゥームロードは、すぐに消滅していった。

そのタイミングを見計らい、アインズは再び〈第十位階不死者召喚《サモン・アンデッド・10th》〉を発動。

六十八レベルのアンデッド——精霊髑髏《エレメンタル・スカル》だ。

一見するとふわふわと浮かぶ頭蓋骨だ。しかしながらその周囲は揺らめく魔法のオーラに包まれ、それは刻一刻と四色——赤、青、緑、黄——に変わっていく。

アインズはそれを後退させ、代わりに自分が前に立つ。

エレメンタル・スカルは四大精霊系の攻撃魔法を放つアンデッドだ。

魔法詠唱者《マジック・キャスター》に相応しく体力はドゥームロードに遥かに劣る。ただし、その魔法攻撃力はかなりのものだ。というのもこのアンデッドの発動する魔法は全てが魔法最強化されたものだからだ。

防御能力はどうかと言えば、まず魔法全般に対する抵抗力が強く、火雷酸氷などの属性に対する完全耐性を有している。ただし、物理攻撃、それも殴打には非常に弱い。

なので、アインズが前に立つ必要があった。

魔法詠唱者《マジック・キャスター》が前に出たにも関わらず、何の警戒も見せずに無言でリクは距離を詰め、アインズに攻撃を仕掛けてくる。

少しぐらい戸惑えよ、と心の中でぼやきつつ、アルベドとの訓練で得た経験を元にリクの剣閃を捌《さば》いていく。

捌くなどといっても五回に一回防げればいい程度の、一方的な殴り合いだ。アインズのスタッフは全て受け流され、代わりに大剣と槍、刀が襲いかかってくる。一度、ハンマーが飛んできたが、それは〈光輝緑の体《ボディ・オブ・イファルジエントベリル》〉で無効化しておく。流石に二度も完全無効化されて納得がいったのか、それ以降ハンマーによる攻撃はなかった。

分かっていたことだが、速い。

階層守護者クラスほどではないかもしれないが、かなり速い。幸運なのはハンマーを使うのを止めてくれたことだろう。あれまで使われたら今のアインズに勝ち目はない。

ドゥームロードとの戦いを見て、アインズは自分では前衛は務まらないというのは分かっていた。

無論、アインズには〈完璧なる戦士《パーフェクト・ウォリアー》〉を使うという選択肢もあった。しかしながら今の、武装の整わないアインズでは間違いなく負ける。

それでも前衛を務めるアインズの苦労の甲斐あって、後方から魔法が飛ぶ。

同時にアインズも第九位階魔法〈朱の新星《ヴァーミリオンノヴァ》〉を発動する。

対個人としては最強に位置する炎系攻撃魔法がリクを焼く。しかしながら攻撃の手が緩む気配はなく、アインズに大剣で切りつけてくる。

炎を全身に浴びながらも剣筋が乱れない。確かに戦士として覚悟が決まっていれば当然なのかもしれないが、あまりにも揺らぎがなさすぎる。

エレメンタル・スカルからは第九位階魔法〈極地の爪《ポーラー・クロー》〉だ。浮かび上がった極寒の冷気を宿す爪がリクを切り裂く。何の付加効果もなくダメージだけしか与えられない代わりにダメージ量では冷気系で最高という、アインズも習得していない魔法だ。

この二つの魔法を受けた際のリクの体力の消耗量をアインズはしっかりと覚えておく。

そのとき槍と刀による二連撃をアインズはその身に食らった。

第九位階魔法〈万雷の撃滅《コール・グレーター・サンダー》〉を発動。

エレメンタル・スカルは第十位階魔法〈超酸の霧《ミスト・オブ・スーパーアシッド》〉だ。これもアインズが習得していない魔法で、これらが使えるからこそエレメンタル・スカルを召喚したわけだが。

一瞬だけリクの全身を強烈な酸性の蒸気が包みこむ。同時に周囲を浮遊する武器にも、だ。

〈超酸の霧《ミスト・オブ・スーパーアシッド》〉は対象にダメージを与えると同時に、その対象が装備する武具にもダメージを少し与えるという追加効果を持っている。リクの手を離れて周囲に浮遊している武器も、リクが持っているものと判断されたのだろう。

少し離れている武器にだって届くのに、逆に接近戦をしているアインズには一切の影響がないのも魔法という特殊な法則によるものだからだ。

その酸によって大きくリクの体力が削れるのが見えた。四つの属性ダメージの中では酸こそ最大のダメージを与えたように思える。

しかし、それにしてもダメージ量が少ない。

今までの情報を分析する限り、リクは攻撃よりも防御が高いタンク職。それも九十レベル級と推測してよいだろうか。

（取り敢えず酸攻撃を繰り返すのが上策で――痛！　痛！）

「邪魔だ！」

思考中に切りつけられたことへの苛立ちが奇跡を生んだのか。

飛んできた刀にスタッフが見事にヒットする。しかし――アインズは無いはずの目を点にした。

まるで吹き飛ばし効果が発動したかのように弾いた刀が飛んでいったのだ。

（なぜ⁉）

この杖による吹き飛ばし効果には色々とルールがある。

まず、戦士の突進を杖で受けたとしても吹き飛ばし効果は発生しない。こちらからの攻撃でなければ発動しないのだ。

次にこちらの攻撃を相手が持っている剣や盾で受け止めたとしても効果は発揮されない。相手の体に命中したという事実がなければいけないのだ。剣や盾は当然、相手の体とはみなされないということとだ。なので、相手がガントレットで受け止めた場合などに吹き飛ばし効果は発揮される。

ではリクの刀はどうなのか。

以上のルールを考えれば、浮遊している武器は体の一部とみなすという判定が出たことになる。

これは変な話だ。

かつてセバスが王都から回収してきた武器があった。

踊り子が使っていたという浮遊する武器だ。

宝物殿に届いた際に詳しく調べたが、あれはあくまでも空中に浮かび、命令に従って半自動的に攻撃するものであり、装備品の一部と見なされていた。つまり、もしこの杖で踊り子の武器を殴ったとしても吹き飛ばし効果は発生しない。

もし装備品にも吹き飛ばし効果を発生させたいなら、女教師怒りの鉄拳ほどの武器が必要になることだろう。あれは元々、空気を殴ることで衝撃波を発生させたいという狙いから作られたものだ。それだけ吹き飛ばし効果に全てをかけた武器ならそれも出来る。

しかしそれよりも遥かに弱いこの杖で、それが出来た理由は何か。

事実だけを積み上げて推測された答えは、リクの武器はリク本体のように見なされるということぐらいだろう。

（なるほど……）

アインズはカラクリのタネを二つ推測していた。

一つはリクの武器がエントマの剣刀蟲《けんとうちゅう》のような存在だということだ。あれのように――剣型のゴーレムであれば吹き飛ばし効果は発生する。

そしてもう一つ。こちらの方が可能性が高そうだが、リクの武器は装備品ではなく体の一部ということだ。例えばドラゴンの鉤爪攻撃に合わせて吹き飛ばし効果を持つ技を叩き込んだ場合、その効果は発揮される。

周囲を舞う武器にも体力を感じていたが、それはリクが装備している武器として扱われるからだとアインズは思っていた。実際リクにダメージが入れば同じように体力が減ったためだ。だから勘違いしていたようだ。あれらはあれで一つの生命体なのだ。ならば――。

アインズは永劫にも似た一瞬、迷う。

あらゆる手段を取っていけば――。

しかし――それは正しいのか？

いや――違う、それは誤りだ。

アインズは、エレメンタル・スカルが信仰系第十位階魔法〈七の御使い《セヴン・トランペッター》〉を使おうとしているのを感じ、すぐにそれを止めさせた。

己の役目を再確認したためだ。

アインズが無詠唱化した〈伝言《メッセージ》〉を飛ばすのと同時に、リクが吹き飛ばされた刀を追うように後方に退く。そして刀が定位置に戻った。

武器とリクの距離があくと武器が動かなくなるのか、それともそう思わせたいのか。もしくは吹き飛ばし効果に驚いているのか。

「……そろそろお互いの力も分かった頃だ。出来れ――」

リクは滑るような動きで接近し、無言で切り付けてくる。完全に会話する気がないらしい。

まるで喋らず襲い掛かってくるリクに対し、アインズは心中で舌打ちする。

敵がベラベラ喋ったら時間稼ぎと思って当然であり、話に乗るなど愚かな行為だ。ゆえにリクの戦略眼に敬意を示すべきなのだが、全然引っ掛かってくれないとそれはそれで悲しい。

「待て！　待て！　話が――」

アインズは切り付けられながらもスタッフを後方に放り出す。リクに迷い、とでも言えそうな動きが見えた。

アインズは即座に土下座をする。

「待て！　待ってください！　話を聞いてください！」

大剣を大きく振りかぶったままリクが動きを止めた。その真下にはアインズの頭がある。

クリティカルヒットがないので、無防備に頭を下げたとしてもそこまで怖くはない。それに――エレメンタル・スカルには既に命令を出してある。

「私としても貴殿と本気で事を構える気持ちはない。元々は我々が救おうとした聖王国への支援物資を王国が奪ったことに起因している。我々と奴ら、どちらが悪かは言うまでもないだろう。貴殿はどう思う？　私たちが悪だというのか!?」

「……お前たちはやり過ぎだ。もっとやり方があるだろう」

アインズは頭を上げる。

いまだリクは大剣を掲げたままだ。しかしながら即座に振りおろす気はない様子だ。

「それは当事者でないからだ！　では貴殿だったらどうした!?　己の国が大切に育てた食料を奪われたのだぞ!?」

「お前がそれほどの力を持っていなければこのようなことにはならなかっただろう。力を持つ者はその力の使い方に注意を払い、責任を取る必要がある。――私が世界を守る。そう。私が世界を守るのだ」

返事を求めていないような語りに「馬鹿がやっと語り出してくれました」と思いながら、何も言わずに聞き役に徹する。相槌を打った方が気持ちよく語ってくれるパターンとそうではないパターンがあるが、独り言っぽい声量を考慮するとここは黙っている方が良いだろう。

ただしリクの視界を念頭に置いておく。

「慈母《マザー》を中心としたあの者たちのしようとしていることは間違っている。父が間違っていたのと同じように彼らも間違っているのだ。結局、この力は強すぎる。それが全ての過《あやま》ちの始まりだ」

アインズは無言でリクを観察し、出来る限り気配を薄めようと努力する。

気持ち良く語っているのだ。邪魔をするなどという失礼なことはできない。

正直、リクの言っている内容はさっぱり理解できない。自分一人で納得するのではなく、他人が納得できるように話すべきだ。

「全ては私たちの過ちだが許しは請わない。お前のしていることを黙認することは出来ない。ゆえに

――滅びろ」

ごっ、と音を立てて剣を振り下ろしてくる。

ただ、先程に比べスピードがのっていないのは無防備なアインズを攻撃する罪悪感からか。

待て、待て、もっと気持ちよく情報を漏らしてください、と叫びたい気持ちで一杯だった。とはいえ、語る気はもはやなさそうだ。ならばこんなくだらない演技を続けてもしょうがないだろう。

――戦闘再開だ。

命令に従い待機していたエレメンタル・スカルが大剣の軌道上に飛び込み、その一撃を受け止める。

召喚したモンスターの有効活用だ。というよりもエレメンタル・スカルはもはや不要なので、ならばこうやって使うのが正解だ。これがシャルティアの持つスポイトランスだったらこんなことはしないが、リクの武器にはそういった効果はないので、迷いなくこういった使い方ができる。

「ひぃいいい！　つまりお前たちのせいではないか！　全てお前たちが悪いのではないか！」

アインズは情けない悲鳴を上げる。お前たちって誰だ、だし、何が悪いのかもさっぱり分からない。

しかし、そうやってリクが少しでも情報を漏らさないか誘導してみたりする。

罪悪感を抱いたのか、一瞬、リクの行動が遅くなり、その隙にアインズはそのまま転がりながら後

ろに下がる。

二人の間に入るのはエレメンタル・スカルだ。

「――防げ！」

アインズが怒鳴るとエレメンタル・スカルが魔法を発動させる。リクはそれを無視するように前に――アインズへと近寄る。エレメンタル・スカルが邪魔しようとするが、サイズも小さいし、邪魔する特殊技術を持っていない。

「〈骸骨壁《ウォール・オブ・スケルトン》〉！」

アインズは魔法を使い、エレメンタル・スカルもろともリクを壁の向こうに置き去りにする。

「情けないぞ、魔導王！」

リクが怒鳴った。召喚したアンデッドを残して壁の向こうに逃げた事への怒りだろうか。しかし、アインズからすればそんなことはどうでもよい。魔力系魔法詠唱者《マジック・キャスター》が誰の陰にも隠れず無策で立っていたら、それはもう自殺志願者だ。それ以上に――

壁など簡単に飛び越えられるはずなのに、リクが壁とエレメンタル・スカルに同時に攻撃を始めたのが分かった。

エレメンタル・スカルと比較すれば〈骸骨壁《ウォール・オブ・スケルトン》〉はそこまで強固ではない。リクの攻撃で簡単に砕かれる。

その間もエレメンタル・スカルの〈朱の新星《ヴァーミリオンノヴァ》〉を連発するという魔法攻撃によってリクの体力を

削ってはいた。しかし、倒しきるのはかなり難しい。というよりもタンクだからか、魔法に対してやけに固い。

ならば、とアインズはリクに魔法を掛ける。

「〈時間停滞《テンポラル・ステイシス》〉」

第九位階の対個人魔法だ。敵の動きを完全に止めてしまう魔法だが、その間、動きの止まった敵に一切のダメージを与えられないというデメリットも同時に存在する。そのため敵が複数いるときなどにもっぱら使われる。

しかし抵抗以前の問題で、魔法が無効化されたことを悟る。恐らく時間対策はしているということなのだろう。無論、あれだけの強さならしていても可笑しくはない。

アインズに大剣、エレメンタル・スカルにハンマーと武器が襲いかかってくる。

大剣による斬撃ダメージを受けつつ、〈上位道具破壊《グレーター・ブレイク・アイテム》〉を念のため飛んでくる武器にかけてみるが効果はない。これも抵抗以前の問題のようだ。

やはりリクの武器は本体と同じと見なすべきだ。

エレメンタル・スカルの体力がかなり減った辺りで、リクが慌てて上空へ目をやる。

真上から全力で落下してくる一つの影があった。

アルベドだ。

「――――！」

リクから声にならない声が漏れたのをアインズは聞き取る。リクを驚かす何か、それが今あったということだ。

リクが動揺する間に速度を増したアルベドは迫る。まさにアウラが放つ矢のごとき速度だ。そして――

「おんどりゃああああああ！！！」

ドスの利いた雄叫びと共に大上段から振り下ろされたハルバード、３Ｆを、リクは持っていた大剣、更には槍を使ってクロスする形で受け止める。

３Ｆに込められたあまりの力に、リクの足は地面にわずかに沈む。

次の瞬間――リクが横に吹き飛んだ。

潜り込むように移動したアルベドが蹴りをリクの胸に叩き込んだのだ。鎧がミシリと悲鳴を上げるほどの強力な蹴りを。

「虫けらが！　アインズ様に対しての無礼！　許すものかぁああああ！！」

ビリビリと大気が揺らぐかとおもわれるほどの怒号を上げ、アルベドが追撃せんと踏み込む。

開いた距離は一瞬で無くなり、十分に遠心力がのった一撃をリクにみまう。

金属音が高らかに鳴った。

リクの周囲に浮かぶ武器二本がそれを食い止める。

リクが後方に大きく飛びのく。ジャンプではない。足は地面より離れており飛行状態だ。

「アルベド、止めろ！　そこまでだ！」

更に踏み出そうとするアルベドをアインズは止める。

ここまでで十分だ。これ以上、アルベドを戦闘に参加させることはできない。

「――はっ」

僅かに不満の色はあるが、アルベドがピタリと動くことを止める。

これ以上戦う気がないと理解したのか、リクが空中に浮きあがり距離を取り始める。

アルベドが無言でアインズの前に立ち、リクとの一直線上にその身を差し入れた。遠距離攻撃に転じるかもしれない、という警戒だろう。

「アガネイア殿。もう一度言う。どうだ！　私の部下にならないか！　貴殿が望むものを与えるぞ！」

声をかけるが反応がない。しかしそれでもアインズは続ける。

「残念だ！　だが、君であれば魔導国の門は開いている。いつでも訪ねてきてくれ！」ここでアインズは声を潜め、アルベドに問う。「相手はまだまだやる気だと思うか？」

「そんなことはないと思う――います。ですけど、ここで引かないなら倒してしまった方が良いかもしれません。二人でかかればそこまで本気を出さないでも倒せるでしょ？」

それが聞こえたわけではないだろうが、リクの姿が消える。それと同時に周囲に展開されていた結界のようなものが溶けて消える。

転移が先か、それとも結界が解けるのが先か。何処までリクは引いたのか。

最後の最後にまた調べなくてはならないことを残していったが、アインズは無事に務めを果たせた。

「……やれやれ。これで一つ仕事は終わったな。御苦労さま」

「いえ、まだ監視の目があるかもしれません。早急に一旦、ナザリックまで戻りましょう」

「ああ、そうしよう」

エレメンタル・スカルを帰還させ、アインズは〈上位転移《グレーター・テレポーテーション》〉を使うとアルベドと共に撤退した。

•

リク・アガネイアと名乗った白金の鎧は約束していた場所に世界移動による転移を行い、既に来ていた協力者の目の前に姿を現す。

「遅れて悪かったね」

「いや、気にしないでくれ。俺も今来たところだ」

答えたのはアダマンタイト級冒険者チーム〝朱の雫〟のリーダーであるアズスだ。

見馴れた鎧《パワードスーツ》を着用しているため、話す時はどうしても見上げる形になる。

ちなみにさきほどのアズスの言葉は嘘だ。彼は五分以上も前にここに来ていたのだから。

なぜ、リクがそれを知っているかというと、少し離れたところから観察していたためだ。

理由など言うまでもない。アズスが囮になっている可能性を危惧したのだ。

もしアズスを監視する魔導王の手の者がいた場合は、彼を見捨てて国に帰還する予定だった。だから誰も見張っていないと確認できるまで、監視を続けていたのだ。

それだけやっても、まだもう一つの危険性があったが、それは話をしてみないと分からない。ならば、とリクはそこでようやくアズスの前に姿を見せたのだ。

「すまない、ツアー。あいつをフリーにしてしまった。そっちに向かったようだが……魔導王を滅ぼすことは出来たか？」

「残念ながら無理だった。君の協力を仰いだにもかかわらず、申し訳ない」

魔導王にリク・アガネイアと名乗った鎧――ツァインドルクス＝ヴァイシオンは頭を下げる。

長きに渡り生きてきた、この世界における頂点である竜王の行動ではないと他の竜王たちは言うかもしれない。しかしながらツアーにとっては気にすることではない。頭を下げることで相手の好意が得られるのであれば、幾らでも頭を下げられる。

「謝らないでくれ。倒しきれなかったのは、俺があの女を抑えきれなかった――時間が足りなかったからだろ？」

ツアーはどう答えれば自らの利益になるのかを計算し、「そんなことはない」とアズスに優しく言う。

「いや、違うさ、アズス。魔導国宰相アルベドは残念ながら君の手には余る相手だ。それをあれだけの時間離れた場所にくぎ付けにしてくれただけで十分に君は役目を果たしたと言っても良い。魔導王を滅ぼすことができなかったのは単純に奴が私の想定を上回る強さを有していたからさ」

実際、その通りだ。

ツアーとアズスとの取引の中で、彼の役目はアルベドをおびき寄せ結界の外に隔離する所までで終わりだった。正直言えば、アズスはアルベドにそのまま殺されるとまで考えていた。それを言っては協力してもらえないかも、と思ったので内緒にしていた訳だ。

そういう意味では、アルベドと戦って生き残った彼は大健闘したといっても良い。

ツアーとて、悪しきぷれいやーたちとの戦いに備えて、いたずらに戦力を失いたくはない。

ただ、疑問がある。いや、納得できないことがある。

アズスが助かった理由だ。

アズスが着るパワードスーツは確かに攻撃力や防御力の上昇、そして多彩な技を着用者に与えてくれるが、体力や魔力は着用者の持つもとのままだという弱点を持つ。硬い甲羅の下に軟らかな身が詰まっているようなものだ。

アルベドとの一連の攻防は瞬間的なものだったが、それでも十分に分かることがある。

それは——彼女はあの魔導王よりも強いということ。

魔導王は大軍を相手にすることは得意であっても、一対一の戦いではその強みを活かせないのだろう。

ただ、何にしてもアルベドはアズスが相対して生き残れる相手ではない。

ならば、アズスはどうして生き残ることができたのか。

「あのアルベドという悪魔はどうだった？　なんとかなりそうな相手だったかい？」

「いや、あれはどうにもならないな。全武装を使いまくることで相手を接近させない戦い方をしたから助かったようなものだ」

なるほど、とツアーは思う。

確かにアルベドは遠距離の攻撃をしてこなかったし、そういった武装を持っている様子もなかった。

筋は通る。少し邪推しすぎたようだ。

ツアーはアズスが自分を売り渡し、アルベド——ひいては魔導王と取り引きしているかもしれないと考えていたことを僅かに恥じる。しかし色々な可能性を考慮するのは当然だし、アズスはあくまでも協力者であって仲間ではない。それにまだ裏切っていないという確証はない。

「あ！　そうだった。私は魔導王にはリク・アガネイアと名乗ったんだ。覚えておいてくれるかい？　魔導王の耳に入りそうな状況のときにはその名前を使って欲しい」

「リク・アガネイア？　何か由来でもあるのか？」

「いや、ないよ。ふっと浮かんだ名前をそのまま使っただけさ。もしこの世界にそんな名前の人物がいたら非常に迷惑をかけることになるね」

今の言葉には一部嘘がある。

アガネイアという姓に聞き覚えはない。しかし、リクという部分は違う。

「魔導王の恨みを、それもたいそうなものを買ったわけだからな」

「そうなるね。しかも魔導国宰相アルベドの恨みもさ」

二人で静かに笑う。

無論、もし本当にリク・アガネイアという第三者がいたら、その人物にとっては絶対に笑い事ではないだろうが。

笑いながらツアーは考える。

それはアルベドという悪魔に関してだ。

魔導王は突破できなかったので問題にならないが、あの悪魔は始原の魔法の一つ、世界断絶障壁を乗り越えてきた。

始原の魔法では中位に位置するあの魔法は世界から隔離された空間を作り、通常手段による侵入、転移は完全に阻害される。あの中に侵入できるのは始原の魔法が使えるか、それとも世界級《ワールド》アイテムを保有するかのどちらかだ。

あの悪魔がぷれいやー、もしくはえぬぴーしーのどちらかまでは判別がつかないが、両者の主従関係を考えれば恐らくは後者だろう。そうするとアインズは世界級《ワールド》アイテムを自分では持たず、なぜアルベドに渡しているのか、という謎が残る。

（まさかアルベドというのがぷれいやーで、魔導王こそがえぬぴーしー？）

荒唐無稽な考えではない。自分は第二位の立ち位置にいた方が安全という考え方は理解できる。

(それとも魔導王も世界級《ワールド》アイテムを持っている？　世界断絶障壁を突破できなかったようだからその可能性は低い？　それとも戦場には持ってこなかった？)

それもあり得そうだ。二個持っている集まりもあるという話をリクから聞いた覚えがあった。実際、彼らは二つ保有していたはずだ。

「ツアー。それで魔導王の強さはどうだった？　お前が倒せなかった相手なんだろうからかなり強いと思うが、俺なら——いや、これなら倒せるか？」

「アズス。気を悪くしないでほしいんだが、君では無理だな。あれは私でも簡単には勝てない相手だ」

「そうか……」

「だが、君の協力のお陰で相手の能力——強さの底は大体見られた。あれなら次に戦えば、勿論、一騎打ちという形でなければ無理だが、勝利を収めることはできるはずだ」

とは言ったものの、流石にこの鎧では勝てたとしてもギリギリかもしれない。それに次に戦う時にも召喚魔法を使われた場合、どっちに転がるか読めないところがある。そうなるとやはり必要となってくるのは戦場をどのように準備するか、だろう。

だが、ツァインドルクスは少しほっとした。

あの吸血鬼級であればかなり苦戦するとは思っていたが、魔導王程度であるなら鎧ではなく、本体なら決して負ける心配はない。あの吸血鬼級だとしても本体であれば問題ないのだが。

　ただ、あまり時間を与え、勢力を拡大されるのは不味い。

「流石、だな。本当に流石だ。世界最強の竜王」

「世界最強だとは自分では思ってないけどね。実際、私よりも強い存在はごまんといるよ、きっとね。……まぁ、魔導王とは相性が良いから勝てるだけさ」

　アンデッドならばツアーの能力的に有利だ。その能力が魔導王に対しても働いているのは確認が取れた。だからそこまで警戒するほどの相手ではないと判断したのだ。

　それよりはあのアルベドという悪魔の方が危険だ。

「アズス。申し訳ないんだけど、次があったらまた協力してくれるかい？」

「次、か」

　重々しくアズスがそれだけを言う。そこに込められた意味を知るからこそ、ツアーは何も言わない。やがてアズスが絞り出すように言葉を発した。

「王国は滅びるのか？」

「……そうなるね。流石にこれ以上は力を貸すことは出来ないよ」

「そうか…………。それで次もあの女を抑える役目、か？　構わないが、今度は時間稼ぎも無理かもしれないぞ？」

「そうだね。今度は分断に乗ってこないだろうね。だから次はあの女が何らかの理由で魔導王の傍を離れているときに、君と一緒に戦いを挑みたいね」

　アズスに召喚モンスターの相手をしてもらえれば、魔導王は問題なく討てる。

話をしている間も魔導王の手の者が襲ってくることはなかったし、ここでこれ以上出来ることは何も残っていない。ツアーは遠くに見える王都に視線を動かす。

　ツアーはこれまで幾つもの国が滅ぶのを見てきた。この国も同じようにこれから滅びて行くのだ。少し寂しい気持ちもするが、それ以上にこれから魔導国と国境を隣接させることへの危機感の方が強い。

　別にあの国にそこまでの恩義はないが、愛着は出来てしまった。

　仲間には頼んだが、他の竜王たちにも呼びかけてみる必要があるのかもしれない。

「……そういえば言ってなかったが、法国の連中に会ったぞ。だからその時にお前から聞いた名前を出しておいたんだ」

「そうかい。それならこれで君の後ろにはそれなりの相手がいると思ってくれただろうね」

　これでアズスの安全が多少は確保できたと思ってよいだろう。

　アズス自身の価値はそこまでではないが、彼が持つパワードスーツは非常に貴重な物で、これを法国が狙ってくる可能性は高かった。なので、アズスに手を出せば不利益に繋がるかもしれないと思わせることに成功したのであれば、アズスと友好関係にあるツアーにとってはかなりメリットが大きい。

「それで一つ質問があるんだが……なんで直接お前から聞いたと言ってはいけなかったんだ？」

「簡単だよ。情報源が謎であれば、そこから調べないといけないだろ？　それにもしかすると法国上層部内で互いの疑心を抱かせられたかもしれないしね」

　そしてもう一つ。

　いざとなったら問題なくアズスを切ることが出来るように、だ。

「さぁ、こんなところで長々と話しているのもあれだから……一緒に帰ろう。君の仲間たちも待っているんだろ？」

「ああ、待ってるさ。それじゃ、ツアー頼むぜ」

　世界移動を発動させようとしてツアーはアズスについて考える。

　その理由はたった一つ。彼に協力するメリットが今後もあるのか、どうかだ。

　アズスの着る鎧は非常に価値がある。しかし、それをのぞけば彼にはそこまでの魅力はない。はっきり言って、その鎧をもっと強い人物に貸し出した方がメリットは大きいと言えた。

　それに彼を完全に御しきれる自信はない。

　今のツアーはアズスの協力者という立場であって、上でもなければ仲間ともいいきれない立ち位置だ。

　もし、あの時と同じように勝手に行動されたら、今度は致命的な失敗に繋がるかもしれない。

　確かにあれはツアーのミスも大きい。

　魔導王が攻めてきていることに気が付いていなかったアズスに危機感を抱かせようと、どこまで侵攻してきているかという話をしてしまったのだ。

元々アズスがツアーに魔導王を倒す話を持ちかけてきたのは、王国を救う手段を求めてだ。ならば彼がパワードスーツを使って都市を救いに行くのは予想してしかるべきだっただろう。

それがなければ王都まで攻め込み、油断した魔導王を滅ぼせたかもしれない。

——アズスをここで殺し、パワードスーツを奪うか？

ツアーはそれもメリットがあると考える。自分に御しきれる優秀な人物にパワードスーツを貸し出せば、アズスよりも有効なカードが一枚手に入るという寸法だ。

個人的にはアズスは嫌いではない。自分の手で殺したいとは思っていない。しかし、個人の感情よりも重要なことは世の中には一杯ある。

（…………リク）

今更何を思い出すというのか。ツアーは心の中で笑い飛ばす。既に手は汚れている。今更ではないか。

今なら魔導王のせいに出来る。

アルベドとの戦闘でアズスは死に掛け、そしてパワードスーツをツアーに委ねたという形にすれば話は通るだろう。

だが——繰り返すというのか？

「おい！　どうしたんだ、ツアー」

「……ん？」

ツアーは自分が少しのあいだ考え込んでしまっていたことに気が付く。

「どうしたんだ、ツアー。何か気になることでも？」

「……いや、なんでもないさ、アズス。……さぁ、帰ろう」

ひとまず、問題は棚上げしておこう。蘇生の魔法がある以上、死でさえ完璧な口封じにはなり得ない。パワードスーツを無事に回収してアズスの死体が回収できないというシナリオには無理がありすぎるし、そうした短絡的な損得で答えを出した場合、往々にして後になってツケを払わされることになるものだ。

後で後悔することのないよう、十分に吟味してから決定すればいい。アズスを――朱の雫を切り捨てるか否かを。

今日の選択が致命的なミスでないことを祈りつつ、ツアーは世界移動を発動させる。まだもう一回分ぐらいはこの鎧に残してある。

そして、誰もいなくなった空間を風が通り過ぎて行った。

●

ナザリック地下大墳墓に〈転移門《ゲート》〉を使って戻ってきたアインズは、いつも通りに地表部で指輪を受け取り、その力でアルベドと共に第九階層まで向かう。

そこから暫《しばら》く歩き、ようやく目的の部屋に到着する。

「アルベド、先に入りますか？」

「いえ、構わないわ。今回のお仕事は貴方の働きの方が大きかったし、お先にどうぞ」

ありがとう、とアインズは答えると扉を開ける。

真正面にある玉座に向かって歩き、部屋の真ん中まで到達すると片膝をつき、頭を下げる。後ろでアルベドも同じような姿勢を取ったのが気配で感じられた。

「御苦労だったな、パンドラズ・アクターにアルベド」

「はっ」

頭を上げれば、玉座に座った主人が鷹揚に頷くところだった。その左右にはシャルティア、デミウルゴスが立っている。デミウルゴスの方は遠隔視の鏡《ミラー・オブ・リモート・ビューイング》を持っている。

あれを使って、先程のリクとの戦闘は全て見物されていたはずだ。

パンドラズ・アクターは今まで変身していた主人の姿を解く。

「アインズ様にお借りしたマジックアイテムはすぐにお返しすべきかと思いましたが、お待たせする方が無礼と判断し、お借りしたままであることをご容赦ください」

自らが借りて装備しているということは、主人が今着用しているアイテムは二級品の数々であるはずだ。そんなものを装備させておくことに謝罪の念が強い。

「ああ。パンドラズ・アクターよ、気にすることはない。後で返してくれればそれで構わない。お前の言ったように重要なのはそのことではなく、お前が戦った相手のことだ。——さて、私たちも戦いは見ていたが、実際に戦った者の感想を聞きたい。どうだった？」

「はい。九十レベルはあるタンク職かと思われます。全体的に魔法の通りが悪かったように感じられましたのでそれぐらいはあるかと」

「なるほど。かなりの強敵、か。……ん？　どうした、アルベド？　何やら意見があるようだな？」

「はい。パンドラズ・アクターとは違い、私はそこまでの力は感じられませんでした。勿論、私は二撃しか与えておりませんので、絶対にそうだとは断定できませんが八十レベルあるかないかぐらいのタンク……でしょうか」

　あの白金鎧がタンクで確定なら、同じタンク職であるアルベドの見立ては自分よりも正確である可能性は高い。

「なるほど。実際に長く戦闘したパンドラズ・アクターの意見の方が信用度は高いとは思う。ただし、だ。私と共にここで戦闘を眺めていたシャルティアに意見を求めたところ、アルベドと同じで八十台レベル中盤くらいではないか、という話だった。コキュートスかセバスも呼ぶべきだったな」

　シャルティアも戦闘能力は高いが、純粋な物理戦闘職ではない。

　純粋な戦闘職が一緒に見てくれれば正確なところまで測れたかもしれないが、残念ながらセバスはエ・ランテルに詰めており、コキュートスは現在、王都陥落作戦に従事しているはずだ。そのため、ここに呼べなかったのだろう。

「二人の、いや三人の意見を組み立てて推測すると……どうだろう三名とも、魔法防御に特化した純タンク職だと仮定すれば、感想は合致するか？」

　三人で顔を見合わせて考え込む。

「……シャルティア。どうも何か気になっている様子だな。何かあるなら意見を聞かせてくれるか？」

「気のせいかもしれんせんので……」

「それでも構わない。今回は相手の能力を丸裸にするために色々と準備し、実行したのだ。奴の能力を暴《あば》くヒントになるかもしれないのだから、何だろうと言って構わない」

「そうであれば、アインズ様。わたしもドゥームロードを召喚することが出来るため、気が付いたのかもしれんせんが、戦闘能力が僅かに低く感じられんした。あれはパンドラズ・アクターが召喚していんすからなんでありんすか？」

「そのようなことはない。パンドラズ・アクターが化けた相手の能力は下がるが、召喚されたモンスターまでは下がらないぞ？　それに私の持つ特殊能力による強化は今回行わない方針だった。……とりあえず、後ほど二人で召喚しあってみてくれ。違和感の正体が摑めるかもしれん」

「はっ！」

「それでは次だ、パンドラズ・アクターよ。奴との会話など、何を話したか、どういった態度を向こうは取ったか、そしてどのような時にどういった感情を見せたかを聞かせてくれるか？　この鏡は流石に音声までは流してくれないからな」

「はっ！」

パンドラズ・アクターはリクとの会話を全て再現する。特に長く話したわけでもないので、容易だ。更には個人的見解が入ってしまうが、自分との受け答えの中でリクが見せた感情の動きなどを説明する。

途中、アルベドから不機嫌な空気が発せられ、不平を強く含んだ声がかかった。

「たとえ、相手を油断させるためであろうと、魔導王にしてナザリック地下大墳墓の絶対支配者であるアインズ様の姿で土下座をするというのはいかがなものかしら？」

確かにあれは自分でもやり過ぎだったとは思う。主人があの場にいたら決してやらなかっただろう。謝罪すべき、と主人の方に視線を動かせば、満足げに頷いていた。

これはアルベドの意見を肯定するものだろう。

即座にパンドラズ・アクターは頭を下げようとするがそこで主人から声がかかる。

「いや、あれは見事であった」

皮肉なのかと思ったが、主人は本当に機嫌が良さそうだ。どちらなのか読み切れず、頭を下げるのが遅れてしまう。

「あの土下座は素晴らしかった。相手の油断を誘うために土下座が必要ならば幾らでもすればよい。土下座などしたところで何かを失うわけでもない。しかし、相手はこれでこちらが大した相手ではないと考えるかもしれないぞ。ふふ……いい感じに毒を撒いてくれたな」

——恐ろしい。

自らを生み出した存在の勝利に対する貪欲なまでの心構えに、パンドラズ・アクターはうすら寒く感じる。

まともに戦っても勝てたかもしれない相手にさえ、油断を誘うためならここまでするというのだ。

王たる存在が——絶対支配者たる存在が、矜持《きょうじ》など持っていないと言わんばかりに、ここまで策謀を練れるだろうか。傅《かしず》かれることに慣れた存在が、自分より劣る相手に対して平然と膝を折れるだろうか。

そんな存在などいるはずがない。パンドラズ・アクターの前に坐する御方を除いて。

同じ思いを抱いたのだろう、室内の守護者たちの顔に敬服の色が浮かんでいた。

そんな中、デミウルゴスが問いかける。

「アインズ様のような偉大な御方があのような場で土下座をすると知れば、相手はより警戒してしまうのではありませんか？　最適と思われる行動を即座に取ってくる人物だ、と判断して」

「いや、普通はそんなことは思わないんじゃないか？　大したことのない人物——メッキが剝がれたな、と思うのではないか？　逆の立場なら……私だったら土下座をする相手なら流石に油断すると思うぞ？　いや、即座に殺すかもしれん。お前たちはどうだ？　アルベド」

「その辺の一市民であれば即座に殺しますが、王なら情報を引き出すために捕えるかもしれません。

油断は……するかもしれませんね」

「そうか……。ちなみにシャルティアはどうだ？」

「私はいたぶりんす」

「……むぅ。あまり効果がないかもしれないな。……土下座までは止めておくか。相手の攻撃が回避できないのは不味い。さて——話を変えよう。あの結界のことだ」

パンドラズ・アクターにはあの結界が何かさっぱり分からなかった。物理的魔法的通行を妨げるものだと思っていたのだが、アルベドにはそれが出来た。その謎が解けたというのだろうか。

「おそらく二人も大体予測していると思われるが、あれは世界級《ワールド》アイテムを使用したものだろうと推測される。ただ、パンドラズ・アクターの話を聞いて多少揺らいでいるのだがな」

パンドラズ・アクターは目を見開いた。

確かにそれなら話は通る。あの時、世界級《ワールド》アイテムをアルベドは持っていたが、パンドラズ・アクターは持っていなかった。ただ——

「それはどうしてお分かりになられたのですか？」

「当然の質問だな。……パンドラズ・アクターとリクの戦いは鏡を使って監視をしていたわけだが、あの結界が発動しても何も問題なく鏡に映っていたんだ。なのでこけおどし、ブラフの結界なのかと思っていたんだが……」アインズの視線がパンドラズ・アクターに向けられる。「実際に結界は効果があった。なので考え方を変えたのだ。私たち——正確には鏡を使っていた私とパンドラズ・アクターの違いを調べたのだ」

アインズが自らの懐の世界級《ワールド》アイテムに触れた。

「これを外してみたら鏡が何も映さなくなったのだよ。そして再び装備したら映った。おそらくだがリクが持つのはアウラに渡しているものに近い能力を持っているのではないかな？」

「……お待ちください、アインズ様。あの時、リクは『世界断絶障壁』なる言葉を唱えておりました。それに発動時、体力が消耗しておりました。アインズ様の切り札に並ぶような超高位の存在のみが使える何らかの特殊技術ではないのでしょうか？」

「我々と同じ能力体系から来る特殊技術ではそれはありえないな。それよりその言葉がブラフという可能性の方が強いのではないか？　そして体力が消費されたのは世界級《ワールド》アイテムの発動に体力を消費するパターンではないだろうか。問題は、そんな世界級《ワールド》アイテムは聞いた覚えがないことだ。アイテム起動に代償を必要とするものはあるが、体力の減少というのはあまりにも可愛い代価だ」

「発動中、ずっと体力を消費しているということはなかったの？」

アルベドの質問にパンドラズ・アクターは首を左右に振る。

「起動した直後のみ、でした。それ以降は結界の維持に体力を消耗した形跡はありませんでした」

「そこだ。話を聞いていたらそれ以外にも力の発動時に体力が減ったという話ではないか。確かに世界級《ワールド》アイテムで複数の能力を持つものはある。これのように」主人が自らの宝珠を撫でた。「しかし、あまりにも能力の系統が違い過ぎる」

使われた能力はおそらく武器の強化、おそらく鎧の強化、転移、結界だ。

「……先程、私は同じ能力体系と言ったな。もしこれがこの世界特有の能力であればありえる。最悪は世界級《ワールド》アイテムに匹敵する異能があるというところまで考えるべきだろう。そうするとシャルティアを洗脳したのも世界級《ワールド》アイテムではない可能性まで考慮する必要が出てくる。面倒な話だ」

「アインズ様、まだ情報が足りておりませんね」

「その通りだな、デミウルゴス。……やはりリクという存在にはもう一度、負ける必要があるな」

玉座の左右に並ぶ二人の守護者があまり良い顔をしていない。おそらくは後ろで片膝をついているアルベドもだろう。

主人がワザとであれ、敗北すると聞いて喜ぶ者などこの場にはいない。

「そのような顔をするな。私だって好きで負けたいわけではない。だが、相手の手の内を完全に知り、絶対の勝利を得るためには仕方がないのだ。これが訓練であれば負けたとしても死ぬわけではないから、演技などする必要はない。しかしながらこれは実戦だ」

パンドラズ・アクターを含め、全員が黙って主人の言葉を聞く。

「お前たちもこの世界の者たちも蘇られることは確認しているが——私が本当に蘇られるかはまだ確証が得られていない。いや、昔いたとされる——六大神や八欲王が私と同格の存在だとしたら、彼らが死んで終わったという伝説がある以上、もしかしたら蘇ることが出来ないのかもしれない。いや、そうであると考えて行動しなくてはならないだろう。つまり死という最悪の敗北を避けるための敗北であるなら容認すべきだ」

「――アインズ様」

「なんだ、アルベド?」

「アインズ様の先程のお話、誠にごもっともです。ですので、今後、ナザリック地下大墳墓より外に出向かれることはお止めになられた方がよいのではないでしょうか?」

完璧に正論だ。主人が蘇らない可能性があるのならば、外に一歩も出ないで安全な場所にいてもらった方が良い。

「……その通りだな。私もそれはよく考えている。しかし、だ。あれだ、分かるだろ? お前たちであれば、なぁ?」

主人の言葉に頭を働かせるが、即座にこれだというものが浮かばない。

なんと恥ずかしいことか。

このナザリック内でもトップレベルの知性を持つはずの自分が主人の考えを即座に共有できないのだ。

パンドラズ・アクターは変な汁が出そうになるほど頭を働かせる。同じようにデミウルゴス、アルベドも必死に頭を使っている雰囲気があった。シャルティアだけは平然としている。まるで頭を働かせている様子がない。

他人は他人だ、とパンドラズ・アクターは彼女から意識を逸らす。

　暫く黙ってしまった皆を前に主人が「ふぅ」と失望のため息を吐いた。

　パンドラズ・アクターはあまりの羞恥に顔を伏せるしかない。それはデミウルゴスも同じようだった。そして後ろにいるために見えないがアルベドも同じことだろう。

「どうした？　頭を上げよ」

　なんと厳しい言葉だ。しかし、逆らうことなど許されるはずがない。

　パンドラズ・アクターは顔を上げる。

「……まぁ、兎に角、次の話に移ろう。奴は何者だ？　白金で思い当たることはないか？」

　アルベドが口を開く。

「……可能性のある一人はパンドラズ・アクターが相手の出方を確かめるためにも告げた通り、十三英雄の一人です」

　うむ、と主人が頷く。

「もう一人は評議国の評議員の中に白金の竜王なるものがおります。白金で思い当たるものはそれぐらいです」

「それを踏まえたうえで質問をしよう。白金の竜王や十三英雄と勘違いさせ、そちらと敵対させるためのミスリードである可能性。もう一つは単純にどちらかで正解だという可能性。どちらだと思う？」

「大変申し訳ありません、アインズ様。現在のところ、情報が足りておらず、どちらと言い切るのは難しいかと思われます」

デミウルゴスが答える。

　パンドラズ・アクターも同感だ。ただ、主人は「どちらだと思う」という質問を投げかけて来たので「どちら」で答えるのが正しい答え方だ。なので、最初に謝罪をしたのだろう。

「他に意見はあるか？　……ないようだな。私もデミウルゴスの意見に賛同する。今の情報だけでは断言は難しいと思う。今回の王国の一件が終わり次第、各階層守護者にも同じ質問を投げかけてみよう。もしかすると見落としている何かに気が付く者がいるかもしれん。まぁ、どちらにせよ、評議国には使者を送る方針で行こう。白金の竜王とやらに対する嫌味のある挨拶と一緒にな。——問題ないな、アルベド」

「畏まりました。文面はどういたしますか？」

「お前に任せる」

「はっ！」

「これで大体の話は終わりか？　なら王都の方に戻らないと不味いので、パンドラズ・アクター。済まないが服を——」

「——あ」という声がした。主人が声を出した守護者へと顔を向けた。

「どうしたシャルティア。何か忘れていたことでもあったか？」

「はい、アインズ様。一つ質問があるのでありんすが、まことにそのリクなる者を仲間にするのでありんすか？」

「ああ、その件があったな。……そんなわけがないだろ。来たら情報を集められるだけ集め――そいつの所属する組織とか、裏に何があるかなどを知りたいからな――その後、確実に殺す」

「殺すというのは少し勿体なく思えるのですが？」

アルベドが質問すると、主人は苦笑いを浮かべたようだった。

「あれを制御できる自信はないな。未知の技術、もしくは世界級《ワールド》アイテムを持っていると思しき相手を上手く利用できるかどうか……。アルベドにはその自信があるのか？　あるのならばお前に任せるのだが……」

「詳しく情報を集めないと難しいかと思います。ですが、出来るなら上手く利用したいところではあります」

「ふーむ」

主人がじっとアルベドを眺める。

アルベドの能力とリクの反応を踏まえて吟味しているのだろう。千年先までも策の範囲内である創造主なれば、心中の計画に組み込んだ際に波及する影響について分析しているのかもしれない。

この王国内での虐殺だってそうだ。

王国と帝国の扱いの差を多くの国に知らしめる以外にも複数の目的があるからこそ、己の前言を翻してまで王国に攻め込んだのだと、パンドラズ・アクターもアルベドもデミウルゴスも見ている。

少し考えただけでアンデッド発生の実験などが浮かぶ。

だが我が創造主のことだ。恐るべき深度で策が胎動しているのは疑いようもない。

　自らを生み出した存在がこれほど優れた御方であることに感動する。正直、他の者たちには悪いが、自慢したい気持ちを抑えるのも辛いほどだ。

「なるほど。確かに殺してしまえば利用はできない。一応、デミウルゴスの意見も聞いたうえで、場合によってはアルベドに任せよう。ただし、リクが自分から膝を折ったら、という仮定で、だ。もし自分から服従を誓わないのであれば確実に殺すように行動せよ」

　異論など上がるはずもない。主人がそう決めたのであればそれが正しいのだから。

「よし。それで……他に意見は……ないようだな。それではそろそろ王都へと戻ろう。あそこで最後の締めをしなくてはならないからな」

「……あのような戯れにアインズ様がわざわざ出向かなくてもよろしいのではありませんか？　私がやれば十分に事足りると思われますが……」

「いや、それには及ばないアルベド。私が行こう。ふふ、これでも悪役には少しこだわりがあるのだ。ウルベルトさんたちほどではないがな」

「……なるほど、そういうことですか」

　真意を見抜いたようにアルベドが返事をすると、主人は少しのあいだだけアルベドを凝視した。言外に込めた意味をどの程度まで理解できたのか推し量っているにちがいない。

　やがて、納得がいったのか、主人が支配者に相応しい態度で告げる。

「……その通りだよ、アルベド。本当にその通りだ」

2

クライムがラナー、そしてブレインの三人で宮殿に帰ってくると、わずかに残った騎士から来客があったことを伝えられた。

〝蒼の薔薇〟が面会を求めて来たらしい。

いつもであれば即座に部屋に通すのだが、今の三人、特にラナーは王女というよりも下働きの娘のような格好、品位ある服装とはいえない。それに汗もかいている。一時間後に部屋に通すように、と騎士に伝え、三人は身支度を整えにかかった。

魔導国の軍勢が王都正面に陣取り、いつ攻めてきてもおかしくないような状況だ。王城及び王宮防衛のために騎士は走り回っている。にもかかわらず、そういった雑務まで行うのはメイドたちがいないからだ。

というのも宮殿勤めのメイドの多くは貴族の令嬢であるため、彼女たちは宮殿を脱け出して王都内にある自分の家の邸宅に逃げ込んでいた。ただ、それで安全なのかというとそうではない。

自らの主人《ラナー》が言っていたことだが、魔導国軍の進路上にあった都市の惨劇が、王都でも繰り返される確率が高いのは自明の理であり、王都のどこに場所を移したとしても逃げたことにはならないのだ。ではどうすれば安全なのか、という質問に対し、一か八かで王都の外に逃げるしかないだろうとラナーは話してくれた。

なので、クライムはブレインと相談し、宮殿の外にこっそり馬車の準備をしてみたりしている。もしラナーが逃げると決めた時にそれが使えるように。

もちろん、ラナーに逃げる気がないのは分かっている。それでも、突然気が変わることもないとは言い切れない。その万に一つの可能性のための準備だ。

クライムはラナーが汗を拭えるように水と手拭いを用意する。本来なら湯あみなどの準備をすべきなのかもしれないが、一時間では間に合わない。

メイドがいないためクライムはラナーの支度を手伝わなければならず、必然的にお茶の用意はブレインがすることになった。ブレインほどの剣士が茶葉を探して戸棚をゴソゴソしている様を見ると、申し訳なくもあり可笑しくもあった。

その後、ラナーが汗を拭い、香水をつけ、ドレスを選んでいる間に男二人は水を浴びる。

女の――姫の――準備とは違って、男は簡単だ。

素っ裸になって、水を頭から被り、体をこすり、もう一度流して終わりだ。流石に清潔な服に着替えるが、時間など十分もかからない。

一時間という長いようで短い時間が経過したころ、三人は準備を整えおえた。ただ、ラナーが少しばかり匂いが気になるようで自分の髪や手首などを嗅いでいるが、クライムからすれば汗の匂いはまるで漂ってこなかった。少しばかり髪の毛に煮炊きの煙の臭いが染み込んでいるような気がするが、香水に紛れてほとんどわからない。

騎士に案内され部屋に通されたのは、ラキュースだけではなかった。

蒼の薔薇の全員が揃っていた。ドレスを着ているのはラキュースだけで、他のメンバーは完全に武装を整えている。貴族の令嬢とその護衛の兵のようだ。

クライムは少しばかり驚く。

確かにラキュース一人で来るということはないが、全員というのは非常に珍しい。いや、今までに一度もなかったかもしれない。

「忙しい中来てくださったのに、お待たせして申し訳ありませんでした」

「いえ、いいのよ。来ると言ってなかったのに、急に来たわけなんだから。逆に時間を割いてくれてありがとう、とこちらが言うべきだわ。――あ、お茶は良いわ。そんなに時間がないから」

ブレインが用意したお茶をラナーが淹れようとすると、ラキュースに止められる。

「おい、ラキュース。茶を一杯飲む時間ぐらいはあると思うぞ」

声を発したのはイビルアイだった。蒼の薔薇の面々がそれにうんうんと頷き、賛同する。ラキュースがその面《おもて》に驚きをあらわにした。

「みんな、お茶、飲みたかったの？」

　イビルアイがわざとらしくため息をつく。

「前もって約束も取り付けてないのに押しかけて来た客に対して、優しい王女様がわざわざお茶を出してくれると言っているのに、うちのリーダーはそれをいらんと断るというのか。冷たいものだな。おい、筋肉」

　ガガーランから返事はない。室内にいる全員の視線がガガーランに集まっているが、何も聞こえない、何も見えないという知らん顔をしている。

「そこの自分ではありませんという顔をしている、水に垂直に沈んでいく女」

　やはり完全に無視している。そんな彼女に対し、イビルアイはこれ以上ないというぐらい大きなため息を吐いた。

「おい、ガガーラン」

「ん？　お？　なんだ、私に何か用か？　どうした、イビルアイ？」

「……お前だってお茶が飲みたいだろ？」

「ああ、飲みたいね。ガバガバと飲みたい気分だ。十リットルぐらいはいけるな」

「全く……。その一言を聞くためだけにどれだけ無駄な時間をかけさせるのか……。まぁ、いい。量は別としてもこういうわけだ。リーダー、我々も貰って良いよな？」

「ええ、構わないけど……イビルアイも飲むの？」

ラキュースは目を見開いて言った。確かに、もしイビルアイもということなら、クライムにとっても驚きだ。紅茶を飲むなら仮面を外す必要があるだろうが、クライムの記憶にある限り、どんな状況においてもこの魔法詠唱者《マジック・キャスター》は仮面をとったことがない。

だがイビルアイは質問には答えず、肯定とも否定ともとれる仕草で肩を竦めた。

「それじゃ、私たちが淹れる。その間、ボスは王女様と話していると良い。私がうなされるほど濃いお茶を用意してくる」

「え？　保温瓶《ウォーム・ボトル》にもう入っていますよ？」

ラナーが不思議そうにそう言うと、ティアが首を横に振った。

「人数を考えると少ない。見てろ」

ティアがカップにお茶を注いでいく。カップの下のソーサーに少し零したりするほど雑だ。この国にはソーサーに移して飲むというマナーはないので、ラキュースが密かに眉間にしわを作っている。

そんな塩梅《あんばい》なので、確かにその保温瓶《ウォーム・ボトル》の量ではこの部屋にいる八人には少ないだろう。

「俺は遠慮するぞ？」

「あ、私もです」

ブレインに続き、クライムも辞退する。別にそうすれば量が足りるなどと思ったわけではない。二人が遠慮したところで、六人分には微妙に足りないぐらいだろう。

「折角だから飲む。……お前たちは私たちの親切が分からない」

お茶の準備をするというのは親切なのだろうか。少し違和感をおぼえる。

五人分のお茶を注ぎ終えた辺りでティアが保温瓶《ウォーム・ボトル》をブンブンと振って、それが空になったことをアピールする。

「あー、なくなったなー。残念だなー。十リットル飲む、という女がいるのに全然足りないなー」チラリとティナがラナーを見た。「このままじゃ、第三王女は客に出すお茶さえない、って噂されるなー」

ラキュースがこめかみをひくつかせる中、ふふ、とラナーが笑った。

「それは困りますね。この状況下で贅沢に暮らしていると思われるのも非常に不味いのですが、王家に未来があることも知ってもらわなくてはなりませんからね。それではお茶を新しく淹れてもらえますか？」

「いいのよ、ラナー」

「ラキュース。皆さんの親切に甘えてもよろしいのではないですか？」

「え？」

ラキュースが不思議そうな顔をすると、ラナーが苦笑した。

「私が言ってしまっても構わないのですか？　イビルアイさん」

「ふん。解答など出ているようなものだが……、うちの頭の固いリーダーに教えてやってくれ」

「はい。……最後の時を迎えるにあたって、時間を作ろうとしてくださっているんですよ」

「……あぁ、そういうこと」

そこでクライムもようやく分かった。

基本的に冒険者が戦争に参加しないのは、大量の死者が出るのを避けるため、と言われている。しかし、今回の敵はアンデッドたちであり、大量虐殺を続けている。

よって、王都の冒険者組合は王家からの依頼を仕事として認め、ヤルダバオトが暴れた時と同じように冒険者たちを動員することに賛同した。

ただし、どのように行動するかは冒険者たち自身に任せるかたちになっている。

一週間近く前に出撃し、誰も戻ってこなかった軍勢に参加したチームがあった。そうでないいくつかのチームは王都内での最終決戦に備えている。その他、突然姿が見えなくなった高位のチームがいくつもあるそうだが、おそらくは法国の誘いに乗ったか、もしくは自らの判断でこっそりと王都を離れていったのだろう。

ラキュースたち蒼の薔薇は王都での最終決戦に備えている組だ。

魔導王の兵団が王都付近に展開したという情報がある状況下で、ラキュース達がここでのんびりしている時間はないはずだ。

それでもこのようにラキュースとその友人であるラナーが会える時間を作ったのは、かなりの高確率——いや、百に限りなく近い確率で、二度と会えないと理解しているからこそだ。

実際、既に五人分のお茶が用意され、イビルアイ、ガガーラン、ティア、ティナ。そしてクライムと渡されているが、彼女たちはそれを飲む素振りを見せない。

もしラキュースに個人的な別れを告げる時間を作ると言えば、彼女の性格からしてこれを拒否したかもしれない。しかしながらお茶を飲む時間をくれ、と仲間たちから言われればそれを強く拒絶する気持ちにはなれないだろう。これは彼女の仲間たちの優しさ、だ。

「……それじゃ、ブレイン・アングラウス。残りの喉が渇いて仕方ない者どものためにお茶を淹れたい。お湯を沸かす場所に案内して」

「おう。こっちだ」

だからこそ、なのだろう。ラナーの警護役としてはクライムよりも優れているブレインをティナ、ティアが部屋から連れ出す。

「私も部屋を出ましょうか？」

「ん？　別に気にすることはない。あの男を連れ出したのはそういう意味ではないからな」

クライムがイビルアイに問うが、そう答えが返ってきた。

おや、と思う。ラナーとラキュース。親しい二人のより濃密な時間を作るため、二人以外をこの部屋から連れ出すというのではないのだろうか。

確かにガガーランとイビルアイは動く気配を見せない。なら本当に湯を沸かす場所に案内しているだけなのか。

「それじゃ、皆の言葉に甘えて、お茶が出るまでお話でもしましょうか。あ！　その前に一つ質問があるわ。先程はどこに行っていたの？　もしこれからの準備で忙しいならすぐに帰るわ」

「私が作った孤児院は知っていましたよね？　あそこに食事を作りに行っていたんです」

「え？　食事を？　こんな時に？」

　驚きだろう。クライムもラナーが食事を作りに行くから馬車を出してほしいと言ってきたときには驚いた。

　しかし、行ってみれば確かにこのタイミングだからこそ来るべきだった、と思わされた。

「ええ。魔導王の軍勢が王都を包囲して数日経ちました。先日の出兵の際に多くの食料が消費されたこともあって、食料事情は日に日に悪くなっています。なので、私が確保していた食料を持って行って、料理してきたんですよ」

　孤児院は蓄えが少ないので、王都の食料事情の悪化に伴う値上げについていけなくなり、食事の回数や量を減らすことで対応していた。そこで食料を秘密裏に届けつつ、せっかくなので料理の準備を手伝ったというわけだ。

　クライムの胸にはそこでラナーがつぶやいた言葉が今なお突き刺さっている。

　台所に立ち、見事な手さばきで子供たちの料理を作りながらラナーはこう言ったのだ。「本来であれば全ての人たちに食料を配りたい。しかし、その余裕がない。偽善ですね」と。

　四十万という軍勢を撃退した魔導国軍に、もはや対抗出来るはずがない。王都の陥落は間違いなく、王家の滅亡も避けられない。

しかし、なんとしてでも心優しいラナーだけは無事に逃げてほしい。ただ、彼女はそれを望んでない素振りを見せる。

忠義と己の感情。二つの相反する思いに挟まれ、苦しくて悶絶しそうだ。しかし、そんな無様な姿を楽し気に話している目の前の二人に見せることは出来ない。

クライムは胸を掻きむしられるような心の痛みをぐっと堪える。

「王族で料理が出来るのは、歴史上あなたぐらいでしょうね」

「そんなことはないと思いますよ。歴史書には書かれないだけですよ、きっと。……あの子たちが今頃、美味しく食べてくれていると良いんですけど」

ラナーが作った料理は昼に皆で食べるということになっていたので、取り合いで喧嘩になったり、子供たちのために職員が遠慮などをしないように配膳まですませて来た。今頃みんなで仲良く食べていることだろう。

大量に作っておいてきたので、夜もあの料理を食べられるはずだ。

それにしても最初はジャガイモの皮一つ剝けなかったのに、ラナーはあっという間に料理の腕をあげていった。ジャガイモを一つ剝くごとにどんどん皮が薄くなっていったのには仰天したほどだ。

この輝かしい女性は料理の才能も持っているのだろう。

クライムが尊敬の視線を向けていると、それに気が付いたラナーが微笑んでくれた。

優しい笑顔だ。

二人は明るい話題ばかりを選んで話している。この後待ち受ける運命を無意識に避けているのだろうか。いや——これから待ち受ける運命を知るからこそなのだろう。

やがて、ティアだけが戻ってきた。その手には保温瓶《ウォーム・ボトル》が握られている。

「アングラウスさんとティナはどうしたの？」

「ん？　あの二人は今、お茶に合う甘い物を探している。だから私だけ先に帰ってきた」

「甘い物？」半眼《はんがん》になったラキュースが軽くティアを睨む。「私たちが持ってきたならともかく——」

「——気にしなくても大丈夫ですよ。少し前に大量に焼き菓子を作ったはずです。本当は保存食の目的で作っていたと思いますが、あれは砂糖を結構入れていますので、お菓子の代わりにもなりますよ」

「……ほら、王女もこう言っている。鬼……悪鬼ボスは気にし過ぎ。それよりも私が初めて淹れたお茶を味わって飲むべき」

保温瓶《ウォーム・ボトル》からカップへと注がれるお茶はやたらと濃そうだ。

「へい。鬼ボス。一気に飲むと良い感じ。のど越しさわやか」

「ありがとう」

「素晴らしい味なのでお姫様にはお勧めしない。私の分をあげる。猫舌でも大丈夫」

ティアが先ほど注がれた自分のカップをラナーに回す。

失礼な行為に、ラキュースが目を吊り上げている。だが、ラナーが何も言わないのだ。クライムが口出しするのも間違っているだろう。

　ラキュースがカップを持ち上げ、まずは香りを楽し――んでない。顔をひきつらせた。

「凄く匂いが強いんだけど……」

「気にしない」

「……気にするわよ。こんな強い匂いのお茶は初めてよ。どれだけお茶の葉を使ったの……？」

「ふふーん。初めての体験に、そんなに胸を打ち震わせなくても構わない」

「だから口直しに甘い物を探してもらっているというわけね。納得だわ。……ラナー、貴女は飲まなくて正解よ」

「なんて失礼。やはり鬼では収まらない。悪鬼ボス」

「はぁ、今度はもう少しまともなものを淹れてきてね」

　ラキュースがカップに口を付け、一口飲んだ。ラキュースの顔は文字通り渋面となる。どれだけ濃く淹れたのだろうか。

　滑るようにラキュースの横に立ったティアが覗き込むようにしながら問いかける。

「美味しい？」

「え？　すごく苦くて正直、美味しいとは言え――グッ！」

　ラキュースが顔を大きく歪めた。

　ラキュースがティアを突き飛ばしながら、脇腹を押さえて立ち上がる。その勢いでテーブルの上に載っていた物がガタガタと揺れる。

混乱したクライムの前で、ラキュースのドレスが徐々に赤く染まっていく。そこには細い棒のようなものが刺さっていた。

何が起きているのか分からない。目の前の情報を理解することを脳が阻む。

ラキュースがティアに刺されたなどと誰が信じられるだろうか。

ラキュースも混乱しているのだろう。その傷を癒す魔法を使おうとはせず、状況の理解に全ての力をふりしぼっているように見える。

ガガーランがラキュースに走り寄る。

助けに向かったのだ、というクライムの予想は即座に裏切られた。ラキュースの腹部をその拳で殴りつけたのだ。

仲間が助けに来てくれたと思ったラキュースは無防備で、破城槌のような一撃がどてっぱらに見事に食い込んだ。

「ごぼっ！」

「次はこっち」

腹部を強打されて呼吸が出来なくなったラキュースに、新しい針を用意したティアが突き立てる。

その先端が液体に濡れていたのは見間違いではない。何かの毒だろう。

「姫様！」

クライムはラナーの手を引っ張り、背後に隠すようにして部屋の隅へと移動する。それを邪魔することもなくティアとガガーランが執拗にラキュースに攻撃を繰り返す。

ラキュースも避けようと努力はしているものの、二人の連携は巧みで、避けることはおろか、まともに防御することさえかなわない。そもそも完全武装しているティアとガガーランに非武装のラキュースが太刀打ちできるはずがない。

唯一それを黙って眺めているイビルアイにクライムは怒鳴る。

「これは一体!!」

「止めておけ。お前だけじゃなく、お姫さまにも魔法を飛ばすぞ」

クライムが剣を抜こうとするが、イビルアイが自分たちに手を翳《かざ》すのを目にしては動くことが出来ない。助けに行くべきだろうが、それ以上にクライムにとって大切なのはラナーだ。ラナーだけは絶対に守らなくてはならない。

ラナーを連れて部屋を出ようと動き出すと、その足元に水晶の短剣が突き刺さる。

「動くな。この部屋から出ることは許さない。逆らうならお姫様の片足ぐらい吹き飛ばすぞ?……従うならお前たちには傷一つ付けん」

イビルアイの脅しにクライムはどうすることもできない。

ブレインと合流すれば——この状況をティナに教えれば、などと考えている間にも蒼の薔薇の異常事態は続いていく。

ティアがぼそぼそとラキュースに語りかけている。

「昔からずっと見ていた。どうすればラキュースを殺せるか。……普通だったら抵抗されるし、魔法で中和される。でもこうすれば良い。何種類も毒を使われたら、徐々に抵抗も難しくなるでしょ？イビルアイ、出番」

「ああ」

混乱と哀願、それに悲嘆。なぜこんなことを、と痛みだけではない理由で顔を歪めるラキュースに対して、イビルアイが魔法を使う。

「分かっている。〈抵抗弱体化《レジストウイークニング》〉。……駄目だな。抵抗された」

「全く、よ」

ガガーランが亀のように身を守ろうとしているラキュースの腹部にもう一撃を叩き込み、ティアが新しい針をラキュースに無造作に突き立てる。

「〈抵抗弱体化《レジストウイークニング》〉。……よし。なら――〈人間種魅了《チャームパーソン》〉。よし。良いぞ、二人とも。完了だ」ガガーランとティアがラキュースから離れる。「ラキュース、さっさと自分の傷を治せ」

「ええ、分かったわ。ティア、抜いてくれる？」

まるで何事もなかったかのようにラキュースが言う。精神操作の恐さにクライムはぞっとする。

動き出したティアに対し、イビルアイが厳しい声を出した。

「駄目だ。痛みを与えることが敵対行動と見なされ、それで魔法が解けるかもしれない。ラキュース、悪いが自分で抜いてくれ。そこまで深くは刺していないはずだ」

「元々、傷つけて毒を流し込むのが狙い。そんなに大きな針は使っていない。……鎧を着ていたら無理程度のもの」

「分かったわ。でも自分で抜くのって覚悟がいるのよね」

ラキュースが下唇を噛みつつ、針を抜き取る。そして先ほどまで針の刺さっていた箇所に治癒魔法を掛け始めた。

「ガガーラン。窓を開けて部屋の空気を入れ替え……床の血はどうする？」

「ドレスが吸ったお陰で大してこぼれていませんし、構いませんよ」

ラナーが平然と答える。自分以外の者たちの淡々としたやり取りに、クライムは先程の光景が幻だったか、異世界に迷い込んだような気持ちがした。

「ほう。動じてないようだな。前から思っていたがお前は結構図太いな」

「そんなことないと思いますけど……」少しラナーが首を傾げてから続ける。「皆さんが何の理由もなく仲間を傷つける攻撃をするわけはないと思っただけです……。でも精神操作は恐い、と思いましたよ。……クライムはどうでした？」

「はい、私もそう思いました」

「それで……なぜ、このようなことをしたのか話してくれますか？」

「言いたくないと言ったら？」

「部屋を汚したお詫びはなしですか？」

　イビルアイが仮面の下で笑ったようだった。

「なるほど。なら仕方がないか。簡単なことだ。我々は王国なんかよりも仲間の命の方が大切だ、ということだ」

「元々、王都を守るというのは鬼ボスの意見であって、私たちは内心では反対していた」

「だが、それを言っちまうとこいつが、じゃあ自分だけで守る、とか言い出しかねないからな。だから無理矢理攫《さら》って行こうって結論が出てたんだよ。ただ、まともにやっても難しい。上手く騙せる自信もなかったしな。だから、お姫様には悪いがこの状況を利用させてもらったってわけさ」

　肩を竦めたティア、ガガーランもその言葉に頷《うなず》く。それがラキュース以外の蒼の薔薇全員の考えなのだろう。ブレインが戻って来ないのもティナが時間を稼いでいるからに違いない。

「だからって何もこんなことをしなくても良かったでしょ」

「まぁ、俺もそう言ったんだけどな。こいつらが――」

「拒絶されて警戒されたら厄介。……鬼……ラキュースを確実に仕留めるには油断を狙うしかなかった。経験則」

「法則かよ」

「まぁ、五種類の毒、マジックアイテムを装備させない、弱体化の魔法。ここまでやって魅了が効くかどうかは運、だからな。一つでも欠けていたら無理だったかもしれん。さて――」パンとイビルアイが手を叩いた。「ティナが戻り次第、〈転移〉で宿屋に戻ってラキュースの装備を回収し、そのまま〈転移〉でこの都市を離れる」

　イビルアイがクライムとラナーを見た。

「……おい、折角だ。お前たちも連れて行っても良いぞ？　はっきり言って、この国に未来はない。滅びた国の王女なんて碌な運命が待ってるもんか。もしかしたら今が逃げ出す最後のチャンスかもしれないぞ？」

　思わずクライムはラナーを見てしまう。

　これは渡りに船なのではないだろうか。

　転移であれば魔導国が包囲していても逃げられるはずだ。それにイビルアイの言ったのは事実だ。碌でもない運命が待ち構えているのは間違いない。それ以外の道があるとは思えない。なぜなら相手は罪もない人々を蹂躙するアンデッドの国だ。

「一つお聞きしたいのですが、どちらに行かれるんですか？」

「とりあえずこの国を離れることは決まっているが、そうだな……。ここからだと南東かな？　ずっと行くとかなり昔に滅んだ国があってな。その王都——炎で清められた廃墟にでも行くつもりだ。距離があるから何度か中継地点を挟みながら転移を繰り返す必要があるがな。まぁ、お前たちが知らないような遠い、遠い場所さ」

「そうですか……」

ラナーが少し顔を伏せた。迷ってくれているのだろうか。ほどなく顔を上げたラナーの心は決まったようだった。

「ありがとうございます。ですが、私は行きません」

「そうか……」

イビルアイはそれ以上、尋ねなかった。

クライムは焦燥感に駆られる。これでラナーの運命が閉ざされてしまったような、そんな気持ちで一杯になる。

本当の忠義とは、先ほどの蒼の薔薇の面々のように、暴力を使ってでもラナーを安全な場所に連れていくことではないだろうか。

苦悩から助けを求めるようにラナーを見ると、全てわかっているという笑顔を見せてくれた。クライムに正しいことを教えてくれるいつもの表情だ。

「クライム。王族としての務めを果たしましょう」

ガツンと殴られたような気持ちだった。

一人の人間としてのラナーも重要だが、それ以上に王族としてのラナーも大切だということだ。

この状況下での王族の務めなど、明るいものではない。それでも王族として生き、王族として多くの人々のことを思ってきたラナーは、最後まで王族として生きるという。

生に足掻《あが》こうとする自分と比較して、どれだけ人間の器が大きいのだろうか。

クライムは覚悟する。

自分の最後の務めはラナーに一秒でも長く生きてもらうこと。ラナーの盾となって魔導国の軍に殺されることだ。

クライムが固く決心するのと同じタイミングで「耳が痛いものだ」とイビルアイが小さく呟くのが聞こえた。同時にトントンとノックする音に続き、扉が開かれる。そこにいたのはお盆を持ったティナとブレインだ。

「甘い物を探して持って来た」

「色々と隣のやつに駄目出しをされたせいで遅くなったが、まだ間に——なんだ？　一体、何事だ？」

窓を開けても微かに残るラキュースの血の臭いにブレインが反応し、僅かに腰を落として室内の様子を窺う。

「……そっちのお嬢ちゃん。服に血が付いているが——曲者《くせもの》でも現れたか？」

「いえ——」

「気にすんなよ。俺らが帰ったら王女様にでも聞けばいいさ」

ラキュースの言葉を遮ってガガーランが言う。そこに違和を感じたのだろう。ちらりとブレインがラナーに視線をやった。大丈夫かと、問いかける目だ。もしこれでラナーが何かを言えばブレインが剣を抜き放つことだろう。

「大丈夫です。気にされることはないですよ」

ブレインの視線が続いてクライムに動く。

クライムとしてもラナーと同じように言葉を返すほかなかった。

「……そうか。それならいいんだがな」

「あ、そうだ。ブレイン・アングラウス。お前に一つ質問があった。ここから逃げたいか？」

「……何？」

イビルアイの質問にブレインが再び室内を見渡す。

「そっちの二人はどうするんだ？」ブレインはクライムとラナーを視線で示しながら問い返す。イビルアイが首を振ると、ブレインは微かに口元を綻ばせたように見えた。「そうかい。それなら――いや、どっちにしろ、俺は逃げる気は――もう逃げる気はない。……やれやれ。あの時、一番楽な道と言ったのは訂正だな」

途中からはイビルアイに向けての言葉ではない。ブレインが腰に吊るしてある剣――その先にいる人物へのものだ。

「……そうか。お前はそう言うかな、と思っていたがその通りだったか」

イビルアイの周りに蒼の薔薇の面々が集まる。そして別れは既に告げた、と言わんばかりにすっと彼女たちは掻き消えた。彼女たちがいた痕跡はわずかに漂う血の臭いと紅茶の香りだけとなる。

今生《こんじょう》の別れだろうに、あまりにも呆気ない。しかし、別れは惜しめば惜しむほど辛くなるもの。それを考えればこれ以上ない別れ方だったのかもしれない。

ただ——それはクライムの気持ちであって、ラナーの気持ちではない。

さぞかしショックを受けているだろう。どうやって慰めればよいのか、とラナーの表情を盗み見れば、事実その喪失感からだろう、普段浮かべている優しげな笑顔は失われていた。まるで能面のようだった。

それだけ衝撃だったのだろう。

クライムはラナーの横に立つ。

「姫、ショックは大きいと思います。ですが……」

それ以降が言葉にならない、というよりも浮かばない。自分は最後まで共にいると言うつもりだったが、アダマンタイト級冒険者であり貴族の令嬢である友人と自分では比較にならない。しかし、ここは姫を慰めねば、と必死に頭をフル回転させる。

そんな気持ちが伝わったのだろう。ふっとラナーが表情を変えた。優しげな、いつもの彼女のものへ。

「大丈夫ですよ、クライム。……それよりブレインさんもこれから何かあるみたい、ですね？」

「ああ。……そんじゃ、王女さん、クライム。タイミングも丁度良いし、そろそろお別れの時間だ。悪いが俺も行かせてもらうぜ」

突然、どうしたのか。

クライムにブレインの考えは分からない。だから当たり前の質問をした。

「どちらに向かわれるのですか？」

「ん？　俺はこれから魔導王に一騎打ちを挑みにいくつもりだ。まぁ、無理かもしれんが、奴の部下の一体ぐらいはぶった切ってやるさ」ブレインが腰に吊るした剣を取り、それをクライムに投げる。そして一言告げた。「返す」

「な！　何を仰っているのですか！　この剣を持てるのはストロノーフ様亡きあとは、あの御方の遺志を継いだブレインさんしかいません！」

「おいおい。あの時も言ったよな？　俺は奴の遺志は継がないって。第一、それは国宝だろ？　俺みたいな奴が持つには相応しくない。王女さん。悪いがあの王様に返しておいてくれ」

「分かりました」

「姫様！」

「――クライム。ブレインさんが決められたことです」

「流石だな、姫さん。あんたは良い女だよ。と言っても俺は女のことなんか全然知らないけどな。まぁ、なんだ」ブレインが少し姿勢を正す。「これで多分、お別れだ。姫さん、なかなか楽しかったぜ。クライム――あの時、お前とセバスさんに会ったお陰で俺は生き返れた。……感謝しているぜ」

ブレインが背中を見せ、歩き出す。

「……お前とガゼフ。お前たちに会ったこと、それが俺の幸せだ」

その言葉を最後に残し、扉の向こうにブレインの姿は消えて行った。

「……なんでこんなことに……魔導王……お前がいなければ……」

クライムの周りにあった全てが壊れた。最も大切なもの以外の全てが奪われた。その最も大切なものだっていつまでもあるわけではない。おそらくほんの短い時間しか残されていないだろう。

「クライム。まずはその剣をお父様のところまで持っていきたいと思います」

暗い気持ちに支配されていたクライムはその言葉に我を取り戻す。そうだ。その瞬間までは自分を助けてくれた女性――自分の全てを捧げると誓った大切な人のために働くだけだ。

「……ところで、その、あの、ですね」ラナーがまるで先程と違った雰囲気で声を発した。「その剣を少し持たせてもらえますか？」

「え？　あ、はい！」

剣を渡すとラナーがそれを抜き放つ。

「結構、重いんですね」

ラナーが鞘をクライムに手渡す。レイザーエッジの刀身は鋭く、鎧すら紙のように切り裂く。「危ない」と言おうとするが、それよりも前にラナーが虚空に向けて剣を振るった。

クライムは少し瞠目する。確かに重さにふらついている所はあり、剣先が床を傷つけている。単純に腕力が足りていないせいではあるが、構えや剣筋は訓練を受けた者のそれであり、確かな鋭さを持っていた。たとえ男でも、剣を握ったこともない者では不可能な剣閃だ。

「うーん。私には向いていませんね」

「い、いえ。そのようなことはございません。すこし訓練を積めば私にも勝るかと思います」

「そんなことはないでしょう。それにもう二度と剣を振るうことはないと思います」

ラナーがクライムから受け取った鞘に剣を収め、そしてそれをクライムに渡してきた。

「それではお父様の元に向かいましょう。でもその前に――」ラナーは自分の格好を見下ろした。

「準備しますね」

●

ブレイン・アングラウスは王都の無人の通りを歩く。普段は人通りの多いそこに、今は誰一人いない。皆、魔導王を恐れ、家の中で息を殺しているのだ。だが、ブレインには分かっている。それでは救いがないことは。

ブレインもラナーの後ろで見聞きしてきたからこそ分かる。魔導王が王都を破壊しない理由など何一つとしてないことが。

しかしながら「ではどうすれば命が助かる？」と問われれば難しい問題だ。

おそらくは全員で示し合わせて、王都から四方八方に逃げ出せば幾ばくかは助かるだろうが、その程度の答えしか持ち合わせていない。

ブレインは通りに並ぶ建物を見る。扉も鎧戸も固く閉ざされている。おそらく内側から打ちつけられ、簡単には開かないようになっていることだろう。

（今頃……、あの扉の内側で自殺や一家心中をしている者たちもいるんだろうな……）

いないはずがない。

噂レベルでさえ、魔導王の率いる軍の恐ろしさは十分に伝わっている。

一か八かの逆転を狙って、王都中の市民が立ち上がれば一矢《いっし》報いる——ことは出来ないにしても、驚かすことぐらいはできるかもしれない。しかしながらそれを行うだけの力——求心力がある人物がいない。

もしかしたら王女なら出来たかもしれないが、動く気配は皆無だった。

（ここにいたのが俺じゃなく、あいつだったら違ったのか？　……かもしれないな）

戦ったところで望みがないのは分かりきっている。四十万の軍勢が出立したときも冷めた目では見ていた。しかしながら、彼らの万に——いや、億もしくは兆に一つの可能性を手にするという賭けまでは馬鹿にしていない。

彼らを動員したザナックは自暴自棄になったわけでも、夢を見たわけでもない。最も可能性の高い博打《ばくち》に出ただけなのだから。

つまり——今のブレインと同じだ。

ブレインは寂しげに笑い、そして感じ取る。

（空気が……変わったな）

何かが変わったというわけではない。いつもの王都の匂いだ。だが、決定的に違う何かがそこにはあった。戦士として幾つもの戦いを潜り抜けて来たからこそ分かる、鼻を刺激する匂いとは少し違う、心に作用する匂い。

あの——エ・ランテルでクライムと二人、眺めた夜の匂い。

喪失と敗北の匂いだ。

（ついに魔導王の軍勢が動き出したのか？）

突然変わったこの空気の発生源などそれぐらいしか考え付かない。

チャンスが来た。

ブレインが手立ても講じずに魔導王の元へと向かった場合、その足元にたどり着ける確率は低いだろう。いや低いどころではなく——皆無と言える。

しかし、魔導王が攻めてきたことによる混乱の中でなら、もしかしたらたどり着けるかもしれない。無論、本陣の警戒がそこまで緩くなるかどうかは分からない。しかし、この広大な王都を蹂躙《じゅうりん》しようとしたら、陣形が崩れて緩むチャンスはあるはずだ。

これからの行動について考えるため、足を止めていたブレインは、市壁が白くなっていることに気が付く。

染料でもぶちまけたような白さ、だ。

遠くから多くの悲鳴が聞こえてくる。

攻城戦が始まったとすると市壁付近には近隣都市から避難してきた民たちの仮の住居がある。そこからのものだろう。

敵の目的地が王城であるのは自明の理だ。ならばブレインの後方——王城へと向かう道を逃げてくる難民はほとんどいないだろう。

（どうする？　敵の侵攻が始まった以上、最初のプランは破棄した方が良いか？）

最初はどうにかして王都の外に出て、敵の部隊が王都内に入り込んだ隙を狙って——すれ違うように移動して魔導王に肉薄するつもりだった。

しかし、敵が王都内に侵入してくるのであれば、敵の侵攻部隊から身を隠し、相手が通り過ぎたら王都の外に出るのが良いのではないだろうか。

ただ、そうなると魔導王が本陣から移動している可能性も十分にあり得るので、まずは居場所を探す必要があり、無駄足を踏んで時間とチャンスを失うかもしれない。

ならば王城の付近で待ち構え、魔導王が占領するために踏み込むのを待つのはどうだろうか。

まぁ、どちらにせよ——

（身を隠さないといけないんだよな）

身を隠すと言っても盗賊や暗殺者のように見事に身を隠す必要はない。相手の目に留まらない場所にいればそれでいい。

どこが最適かと考えた辺りで、門がバラバラになって崩れ落ちてくのが見えた。白い欠片がキラキラと光を反射し綺麗に輝くさまは、こんな状況だというのに美しい。

一体、どんな技を使ったのか。ただ、あんな悍《おぞ》ましい化け物を何体も召喚できる魔導王が相手なのだ。ならば何が起きても可笑しくはない。

崩れ落ちた門を踏み越える小さな点があった。あまりに遠いため非常に小さく見えるが、恐らく人間よりも大きいだろう。

門を越えてくるというのに、兵士たちがそれを阻止する様子はない。その答えは一つしかないだろう。

全滅したのだ。

ブレインは身を震わせる。

あれもまた超級の化け物だろう。

徐々に大きくなっていくその存在だが、その歩みはゆっくりとしたものに思われた。

ブレインは顔を歪める。

圧倒的肉体能力を誇る相手なのだ。移動速度もそれに釣り合うだけ速いはず。なら、この無人の通りを進んでくるのにさほど時間は必要ないはずだ。では、なぜ、これだけ時間がかかるかと言えば——

（ああ、そうだろうな。この守りなどもはや何一つとしてない王都の陥落など、そしてそこから始まるであろう虐殺など容易。慌ただしく行動する理由など何一つとしてないからな！）

相手の余裕は当然のものだ。

だが——ブレインは目をとがらせ、未だよく見えないほど遠くにいる相手を睨む。

この通りはあの雨の日に、ガゼフに引きずられてよろぼうように進んだ道だ。

クライムとセバスに出会い、八本指の施設を強襲するために駆けた道だ。

次代の戦士長にしようと拾ってきた子供たちを連れて歩いた道だ。

その道を、化け物が我が物顔で踏みしめている。ブレインが大事な者たちと共に歩んだ道を踏みにじっている。

許せるものか。

ブレインは意を翻した。魔導王など物の数ではない。今この時、この道を行く化け物。

——あれを討つ。

ブレインが保護していた子供たちは逃がした。

無事に逃げられただろうか。それでも将来への種を播けたことで気持ちは軽くなっていた。もしかしたら——万に、いや億に一つぐらいの確率で魔導王に匹敵する強者になってくれるかも、という夢幻のような思いが、更に気を楽にさせてくれる。

ブレインは大通りの中央に立ち、相手が迫ってくるのを待つ。

愚かだろう。

ブレインがすべきは身を隠し、魔導王に一矢報いるチャンスを狙うことだ。進軍する化け物の先鋒と対峙することではない。

大局を見据えろ、馬鹿な真似はよせと人は言うかもしれない。

しかし、ブレインは剣士として生きると人生を定めたのだ。ならば好き勝手戦わせてもらおう。

かなりの時間が経過し、ようやく全身像が摑めるぐらいの距離になった。

敵は人ではない。

しかしながらよく分かる。青白い巨体が存在として上位種であるということが。

やがて——

（…………寒い）

相手の方角から吹き抜けてくる風が真冬の如き寒さを宿しており、ブレインは身を震わせる。殺気や覇気《はき》を感じたのではなく、寒さが事実として存在した。ブレインの口から流れた白い息がそれを物語っている。

「なんだ……？」

思わず独り言が漏れる。

相手は冷気を纏う存在なのか。そう思うと先の門——あれは氷で覆い尽くし、それを砕いたのではないだろうか。

（どんだけ……）

あの門はそんなに小さくはない。もし本当にそんなことをしたとするなら、それはあまりにも恐ろしい化け物の領域だ。

無論——分かっていることだ。

ブレインは抜き身の刀を強く握りしめ、相手を待つ。

手が震える。武者震いではない。寒さのせいでさえない。ある感情のせいだ。

その名を恐怖と言う。

何度も何度も心の中の自分が悲鳴を上げ、道を譲り、端っこで小さくなれと言ってくる。あれは化け物だが、ハルバードを引っ提げて歩む姿には武の匂いが漂っている。怯懦《きょうだ》で蹲っていれば、路傍の石のごとく無視してくれるだろう。

事実、通りの左右に並ぶ家屋に人の気配を感じているだろうが、何もする様子が見られない。

だからこそ——ブレインもそうすればいい。

そうすれば命は助かる。

しかし——その足は動かない。

相手から逃げることはしない。

柄《つか》を握る手に力をグッと込め、もう片方の手で頬をピシャリと叩く。

「よし！」

震えは収まった。体の、そして心の覚悟が出来た。

ブレインを視認しつつも、青白い巨体が一切速度を変えずに真正面から歩いてくる。

その手にはハルバードが握られており、近寄るほどに増してくる威圧感にブレインはごくりと唾を飲み込む。

近づいてくる青白い巨体の道を塞ぐように待ち構える。

圧倒的威圧感で気が付くのが遅れたが、その異形《いぎょう》の後ろに女たちが付き従っている。白い衣装を纏ったその肌は青白く、長い髪は黒い。それらからも冷気が漂っている。

全員の視線がブレインに向けられているのが痛いほど感じ取れた。

通りのど真ん中に立つブレインに対して、敵は未だ何もしてこない。

ブレインは腰に下げたベルトから瓶を取り出し、それを飲み干す。続いて、もう一本。更にもう一本。合計して三つの強化魔法がブレインを包む。

ポーションを飲むという戦闘行動を取ってなお、敵が攻撃してくる気配はない。ただ、戦意のようなものは感じる。

距離は五メートルほどにまで縮まる。

（おいおいおい。また絶壁だよ）

こうして近づかれると一段と分かる。相手は絶対的な強者であり、ブレインではどれだけ努力しても到達できない高みに立つ存在。指が一本届いた程度のブレインでは絶対に勝てない存在だ。

それでも――それが分かってもなお、ブレインは道を譲らない。

相手の足が止まった。

距離は三メートル。

相手の持つハルバードと腕の長さを考慮すれば十分な攻撃範囲だろう。

「――ブレイン・アングラウス」

そう名乗ってから刀を正眼に構え、神経を張り詰めさせる。

「至高ナル御方、アインズ・ウール・ゴウン魔導王陛下ニ仕エシ者ノ一人。コキュートス」

一瞬、ブレインは瞠目する。

それが目の前の敵の名、だというのだろう。まさか答えてくれるとは思わなかった。

ブレインは驚きと同時に既視感を覚えた。

何か、ずっと前にその名前を聞いた覚えがあるような気がする。ただ、思い出せない。もしかすると気のせいかもしれない。

次の瞬間、ブレインは己の浅はかな行いに対し、心の中で舌打ちをする。

答えてくれたあれほどの相手を目の前にし、不鮮明な記憶をたどっているのは失礼だ。

というのも相手は己の手の届くところにないモンスターだ。おそらくはセバス級、もしくはあのシャルティア・ブラッドフォールン級だろう。つまりは相手からすればこちらは地を這う蟻と同じ存在。

にもかかわらず、相手が見せたのはそんな下等な生き物に対しての行動ではないのだから。

これが逆だったらブレインはどうしただろう。おそらく相手を無視して一刀の下《もと》に切り捨てて進んだはずだ。己の前に立った相手のことなど記憶にもとどめない。

ブレインは背筋を正し、軽く頭を下げる。まるで弟子が師に対するように。

「感謝する」

「不要」

ブレインは柄をぎゅっと握る。強く、強く。

策も練らずに絶対の強者に対して武器を構えるのは、ブレインを救ってくれた者たちへの裏切りなのかもしれない。自分は今から自殺するようなものだから。

第一、ここで相手を足止めして何になる。

何にもならない。

それでも――

(馬鹿だな。攻めて来ているのはこのコキュートス殿だけじゃないだろう。二人とも……いや、子供じゃないんだ。己の未来を決めるのは自分だ。そう……自分だけだ)

ブレインを見ていたコキュートスがハルバードを大地に突き立てた。

「――斬神刀皇」

ブレインの身長を超えるのでは、と思える巨大な刀を空間から取り出した。そして上段に構える。

ありがたかった。

言葉は不要であり、あとは剣で決着を付けると言ってくれているのだ。

ふぅーと息を長く細く吐き出し、すぅーと長く吸い込む。心の澱みを全て吐き出すように。

その間あまりにも無防備だったが、コキュートスは微動だにしない。その姿にブレインは強い敬意を感じる。

強さだけではなく、その心までもが一級だ。

あのシャルティアという化け物と同等だと考えれば、おそらく棒立ちの状態からでもブレインを遥かに超える速度で武器を振るえることだろう。にもかかわらず、コキュートスは構えてくれた。

ブレインを強敵と見做《みな》しての行動ではない。

ブレインの覚悟を理解し、戦士として対峙してくれているのだ。

その行為が嬉しい。

（あのシャルティアとは違うな）

いや、比較することが失礼かもしれない。

（ん？　シャルティア？　コキュートス？　やはりどこかで……。摑ま——いや、いかん！　今の、この瞬間に不要なことに意識をそらす余裕がお前にあるのか。この馬鹿が）

ブレインは勝つためだけに全ての思考を働かせる。

あの大上段から振り下ろされる刀を受け切ることは間違いなく困難だろう。シャルティア級の肉体スペックを持っているなら、よしんば刀で受けられたとしてもその力を殺しきれず、そのまま頭部を真っ二つにされるだろう。もしかすると刀もろとも切断されるかもしれない。

ならばコキュートスの初太刀《しょだち》を避けるか。

いや、運あって初太刀を避けられたとしても、相手がそこで止まるとは限らない。二の太刀、三の太刀と連続して攻撃が続くだろう。本来なら初太刀を受け流し、体勢を崩したところで反撃に転じるのがセオリーだ。しかしこの規格外の相手の攻撃をいなそうとするなら、そのためだけに全身全霊を傾ける必要がある。つまりは攻撃に転じる余裕はないだろう。従って、続く太刀のどこかで斬られて終わりだ。

つまり――

（死中に活を求めよ、だったか？）

ヴェスチャーから聞いた言葉を思い出す。

コキュートスに勝つには、コンマ一秒でも早く相手を斬るほかない。しかし、体や頭に打ち込めたとしても、振り下ろされる刀についた勢いはほとんど変わらないだろう。その時はきっと相打ちで終わるはずだ。

ならば狙うのは相手が刀を持つ腕だ。

シャルティア級の化け物より少しでも早く動き、相手の腕を切り飛ばすなど笑い話でしかない。

だが――

（それをしなくてはならない。ならば使うのはあれしかない……）

ブレインはゆっくりと腰を落とす。

かのシャルティア・ブラッドフォールンの爪を欠落させた――秘剣爪切りの構え。


――否。


それはもはや秘剣爪切りなどではない。

元々、爪切りは絶対必中の〈領域〉と神速の〈神閃〉を使用し、攻撃には〈四光連斬〉を使う。これはブレインの持つ最高の技の結晶だ、それでもシャルティアの爪を切り飛ばすのが精一杯だった。無論、あのシャルティアの爪を切断したということがどれほど――人類史に残るほどの偉業かは言うまでもない。だが、シャルティアという頂点に手を伸ばそうとするブレインはそこで立ち止まるわけにはいかない。

そのためにより強さを求めたブレインはかの――ガゼフ・ストロノーフの師匠とも言える元アダマンタイト級冒険者、ヴェスチャー・クロフ・ディ・ローファンに協力を仰ぎ、訓練に訓練を重ねた。結果として〈六光連斬〉まで習得することができた。残念ながらガゼフの習得した奥義《おうぎ》までは届かなかったが。

そうして〈領域〉と〈神閃〉は同じだが、〈四光連斬〉の代わりに〈六光連斬〉を使う新技を開発するに至った。

武技は集中力のようなものを使い、強大な武技になればなるほど使用量が大きくなる。優秀な戦士

――高レベルの戦士はこの容量が大きくなるが、それでも強大過ぎる武技の複数併用は非常に困難だ。

確かにブレインは集中力のキャパシティが通常の戦士よりも大きいのは事実。それでもかつてシャルティア・ブラッドフォールンに対して爪切りを放った時は、集中力の限界まで武技を組み合わせていた。

ならば〈四光連斬〉よりも集中力を使う〈六光連斬〉を併用して使うことは不可能だ。

にも関わらずそれが使える理由はたったの一つ。

今ここにいるのが、ガゼフ・ストロノーフを超えた――英雄の領域に到達したブレイン・アングラウスだからこそ、だ。

そしてそんなブレインの新技――それこそ真・爪切り。


コキュートスが僅かに足を前に動かし、距離を詰める。本当に僅かな距離だ。

肉体能力の差を考えれば、おもむろに距離を詰め、その後、刀を振るって来ても可笑しくはない。

なぜ、そのようなことをするのか。

その答えは簡単だ。ブレインを戦士として葬ると決断してくれているからこそ、だ。

戦士としての敬意をより一層強くしながら、真・爪切りの構えに入ったブレインは考える。

まだ、だ。

まだ、届かない。

ポーションを飲むことによって三つの魔法を発動させたブレインは、シャルティアと対峙した時のブレインよりも強い。

それでも、だ。

ブレイン・アングラウスという人間ではコキュートスという化け物には及ばない。

仕方がない。蟻はドラゴンには勝てない。それは受け入れるしかない事実だ。

だが、それでも負けたくはない。ならばどうすればよい。どうすればこの圧倒的能力差を少しでも縮めることが出来るのか。

（――俺は戦士だ。ならば戦士の出来ることをしていけば良い）

「――〈能力向上〉」

ブレインは武技を発動させる。

真・爪切りの構成に集中力の全てのキャパシティは持っていかれている。その他の武技を発動させる余力はない。

しかし――ブレインの目は徐々に充血し、鼻から血が流れる。毛細血管が破裂した証拠だ。

ガチンと音を立てて切り替わるように、肉体の能力が一段上がった。

武技は発動した。

肉体能力は高まった。

だが――まだ、だ。

これでもまだ届かない。

ならばどうするか。

答えはやはり一つしかない。

ブレインは再び武技を発動させる。

「――〈能力超向上〉」

ブレイン・アングラウスは再び、あり得ないことを起こす。

ブレイン・アングラウスの知らないことがある。

彼が持つタレントの正体は集中力のキャパシティが増えるというものだ。それがあったからこそ爪切りのための武技を発動することが出来、レベルが上がったことによって真・爪切りのための武技を発動することが出来た。

しかし、そんなブレインでもそこが限度だった。それ以上の武技を使用することはできない。それが世界のルールだ。

だが、この瞬間――ブレインは再び世界のルールから外れる。

これで二度目の奇跡だ。

一度目はシャルティアの爪を切ったこと。

そしてもう一度は、今の――この瞬間。

鼻から大量の血が流れ出す。

ルールから外れた影響で肉体が崩壊しようとしている。
もう一分もすればブレインは自滅するだろう。
だが——強者たちの前に一分という時間は長すぎる。
コキュートスが踏み込む——
ブレインの間合いへ——
斬神刀皇が上段から——
迎え撃つ抜き放たれた刀が——
そして——

——肉を断つ音がした。


斬神刀皇を一振りし、血や脂をそれだけで拭い落としたコキュートスは、刀を空間へとしまった。

そしてハルバードを大地から抜き取り、切り殺した男の死体を見下ろす。

良い——戦士だった。

コキュートスの身には傷一つ付いてはいない。刀は届かなかった。それでも賞賛されるべき戦士だった。

（……コレホドノ者ガイルトハ聞イテイナカッタガ……）

殺したのは惜しかった。

出来れば命を助け、我が主人に忠誠を誓わせたかった。相手の刀だけをへし折ることも、一撃を受け流すことも、両腕両足をへし折ることも容易だった。しかし、それは戦士のすることではない。

コキュートスは遠方に一人で立つこの男を見た時に感じ、そして対面した時に強く理解した。これは覚悟を決めた戦士だ、と。

そんな男を辱《はずかし》めることはコキュートスにはできなかった。

これほどの戦士を配下にすれば大きな利益があると理解しているにもかかわらず殺したのだ。それはナザリックに対する背信かもしれない。

それでも、だ。

剣での戦いで生死をかけた勝敗を決したかった。

もしここに武人建御雷《ぶじんたけみかづち》がいればそんな決定をしたコキュートスを褒めてくれるだろう。

（レベルニシテ四十トイウトコロダロウカ……）

ただ、あの一撃以外はそこまで高くはないような感じもした。もしかするとコキュートスの明王撃のように強い特殊技術を使っていたのかもしれない。

彼はコキュートスからすれば弱い。しかし、この世界の基準からすれば強者だった。

コキュートスは落ちているブレインの刀を拾う。

「モラッテイク」

コキュートスが持つ武器の中では断トツで弱い――役にも立たない刀だ。彼の傍らに突き立てておく方が、墓標代わりとなって良いかもしれない。しかし、コキュートスはそれを貰っていくことにした。

彼の死体をこのままにしていくのは忍びない。

「オ前タチ、コノ者ヲ氷漬ケニシロ」

フロストヴァージン達に命令を下すと、徐々にブレインなる男の体が凍り付いていく。

コキュートスはブレインを通り越そうとして再び足を止める。

そしてブレインの後ろに見える王城へと目をやった。

「…………」

コキュートスは無言で振り向き通りを戻った。

そこで右に一度折れ、先程よりは細い通りに入ると、そのまま直進。そしてまた通りに出ると右へと折れる。城が真正面にあることを確認しつつ歩き、再び右手に細い通りを見つけるとそこに入った。

直進していけば大通りへと出る。

コキュートスは右手の方角を見る。

少し離れたところにブレインの亡骸《なきがら》がそのまま残っていた。

コキュートスは何も言わずに左手――王城へと歩いて行った。

「はーい、邪魔をしないでね」

市壁の上で怯えている兵士たちに向かって、下から大声で呼びかけたアウラは、僅かな壁の凹凸を蹴りつけながら一気に市壁を登り始める。

上に並んだ兵士たちが槍を突きだそうとするが、それを人間では絶対に不可能な動き——兵士をジャンプで飛び越え、空中で大きく回転をして——

「よっと」

——反対側の胸壁に見事な着地を決めた。

「ブイ！」

Vサインを居並ぶ兵士たちに見せつける。

子供の外見を持っているアウラに集まる視線は、恐怖に駆られたものだ。先程の異常な身の軽さを見せられて、普通の子供のように思う者がいるはずがない。更には下でアウラを待つ、彼女が引き連れてきた魔獣たちの存在もある。

そんな人間たちを無視して、アウラは腰につけたポーチの中から紙を無造作に取り出す。

兵士たちがじりじりとアウラを包囲する形で近づきつつ、槍を構えているが眼中にはない。

「はーい、皆さん。もう一回言いますねー。あたしの邪魔をしないでねー」

アウラは紙を広げる。そして目の前の王都と紙に描かれた地図を比較していく。

目立つものが一致すれば話は早い。

最初の目的地である魔術師組合の本部は簡単に見つかった。

満足したアウラは振り返り、包囲網を形成した兵士たちを見る。幾本もの槍の穂先はアウラに突きつけられており、身動きしただけで刺さりそうな近さだ。

「あのさ。あたししか上に登って来てないからって、こっちに気を取られていても良いの？　一緒に来たんだよ？」

兵士たちが顔を見合わせ、そして弾かれたように王都の外側の壁に張り付く。しかしもう遅い。アウラの魔獣たちが相次いで市壁を登り切ってきた。

兵士たちの情けない悲鳴が木霊《こだま》する。

戦闘能力はアウラの方が高いが、やはり見た目の違いが一番大きい。

完全に戦意を喪失した兵士たちが我先にと逃げ出す。

ここで踏みとどまらなくては、と考える者たちも中にはいたが、自分以外の仲間たちが一目散に逃げていく中で、その戦意を維持するのは困難だ。

歩廊は市壁が分厚いこともあってそれなりの幅があるが、恐怖に駆られた兵士たちはそこを押し合いへし合いして逃げる。秩序だって撤退すればもっと早いのだろうが、先を争ってひしめき合う兵士たちの遁走《とんそう》はあまりにもお粗末だった。

追いかけて殲滅《せんめつ》することは容易過ぎるが、そこに魅力を感じる魔獣はおらず、主人からの命令もないのであえて無視する。ある一頭以外は。

七十一レベルの魔獣にして、今回連れてきたものの中では最も巨大な魔獣である虹の暴王《イーリス・テュランノス・バシリウス》だ。ティラノサウルス・レックスに似た姿をしている。ただし背びれがあり、そこが名前の由来で、文字通り七色に輝いている。

アウラは詳しくは知らないが、主人たちが「これの元ネタは絶対に怪獣王だ」と言っていたのを聞いた覚えがあった。

イーリス・テュランノス・バシリウスが咆哮を上げる。

ビリビリと大地が鳴動するような大きな鳴き声だ。

それは威嚇でもなければ、己の感情を表現するものでもなかった。

特殊能力の一つ——恐怖の咆哮だ。

レベルが近かったり、精神作用に耐性があればただ煩《うるさ》いだけの雄叫びに過ぎないが、それらがないとどうなるかは逃げ出した兵士たちが身をもって証明してくれた。

恐怖に大きく顔を歪めながら、崩れ落ちたのだ。

恐怖による即死だ。

逃げ惑う人間を殺すのが楽しいからというわけではなく、目の前をうろちょろして邪魔だなと思った程度だろう。その程度の思いで兵士たちは皆死んでいく。

だが、イーリス・テュランノス・バシリウスも無事ではない。その力を解放した代償は大きかった。

イーリス・テュランノス・バシリウスを囲むのはアウラが連れてきた残り六体の魔獣の内五体——七十八レベルの神狩狼《フェンリル》を筆頭に、七十七レベルの精霊狩猟団《ハウンド・オブ・ワイルドハント》の猟犬、七十六レベルの麒麟《キリン》、同七十六レベルの双頭蛇《アンフィスバエナ》、七十四レベルの石王翼蜥蜴《バジリックス》だ。

最初にキリンの後ろ蹴りが入った。続いてハウンド・オブ・ワイルドハントの蹴りだ。そして他の面々がイーリス・テュランノス・バシリウスを順々に蹴り始める。

お前、うるさいよ、というところだろうか。

戦闘能力は別としても自分よりも高いレベルの魔獣たちに突っつかれ、イーリス・テュランノス・バシリウスはアウラの同情を買うように鳴いた。その瞬間、他の魔獣たちの攻撃がいっそう厳しくなる。

先程のが部活の先輩から後輩への可愛がりというレベルであったとしたら、次は折檻というレベルだ。

ちなみに唯一、それに参加しなかったのは五十八レベルのモンスター貪欲蛙《ガガルツプル》だ。

悪夢に出てくるかのような歪んだ巨大蛙の姿をしたモンスターで、その口には汚れで黄ばんだような臼歯《きゅうし》がずらっと生えており、その目は欲望にまみれた壮年の人間のものだ。

「はーい。皆、あたしは怒ってないから、イーちゃんを苛《いじ》めるのはそれぐらいにしなさい」

アウラが腰に両手を当て、目を半眼にして各魔獣たちを見ると、面々は一斉に哀れっぽく鳴き出した。

「はいはい。お前たちのことも怒ってないからね」

そう言うとイーリス・テュランノス・バシリウスを除く魔獣たちが一斉にアウラの元に集まってきて、アウラよりも巨大な体を擦りつけてくる。

「むぎゅ！」

アウラが可愛らしい悲鳴を上げた。肉体能力では負けないかもしれないが、巨大なものに左右前後上下から押し潰されそうにもなればそんな声も出てしまう。

「こらー！　離れなさーい！」バッと魔獣たちが一斉に離れる。「遊ぶのはそこまでにしなさーい」

パンパンと手を叩くアウラの前――と言っても魔獣たちの体は皆巨大で歩廊に整列するのは難しい。そのために思い思いの場所できりっとした顔を作る。アウラに体を擦りつけているときのおどけたような表情はもはやどこにもない。

「それじゃ、これから王都内に侵入し、いくつかの建物を落としていきます。一部の子は出番がないんですけどねー」

しょぼーんとしたのは最大の大きさを持つイーリス・テュランノス・バシリウスだ。

「そんな君に特別任務を与えます！　この市壁の周りを歩いて、人をプチプチ踏み潰しなさい！」

「ゴオーォォ……」

イーリス・テュランノス・バシリウスからビリビリと空気が震えるような雄叫びが上がり、徐々に小さくなる。そして項垂《うなだ》れるようにしながら他の魔獣やアウラの様子を窺う。

「……まぁ、よろしい。それじゃ、各員、行動開始！　急げー」

市壁を飛び降り、アウラは王都内に侵入を果たす。着地したのはどこかの民家の屋根だ。そのまま屋根伝いに走っていく。

それに従って他の魔獣たちも飛び降りた。どの魔獣も、重力を感じさせないような軽やかな動きでアウラに追従してくる。

魔獣たちの様子を確認しようとアウラが後ろを振り返った時、イーリス・テュランノス・バシリウスがぶんぶんと太く長い尻尾を振っているのが見えた。アウラもそれに手を振り返すと、尻尾の動きは一層激しくなり、胸壁の一部が吹き飛ぶ。

——お前も早く行動を開始しなさい！

思念で命令を下すと、ピクンと跳ねたイーリス・テュランノス・バシリウスが市壁の上をのしのしと歩き出す。

アウラたちが最初に向かったのは魔術師組合だ。数多くのマジックアイテムを守るために相応の警護が予測され、王都において最も抵抗があると推測される場所である。

敵の戦力は問題ないのだが、そこにあるはずの全てのマジックアイテムを回収するとなるとかなりの時間がかかるだろう。もしかすると援軍を頼まなくてはならないかもしれない。

そんなことを考えながら、屋根の上を一直線に王都を横切るようにアウラは進む。

広大な王都だが、アウラの本気の移動速度からすれば大したことはない。

市壁から飛び降りてほんの少しの時間で目的地に到着する。

アウラに後れをとるような魔獣はいない。いや、唯一ガガルップルは移動速度が遅いため、バジリックスに運ばれている。

長い塀に囲まれた中に五階建ての塔が三つ、二階建ての細長い建物が複数ある魔術師組合本部の格子状の扉は閉ざされ、門の左右には二階建ての詰め所があった。

外に人がいる気配はないが、建物内部にはちらほらと人の姿がある。外を警戒している者たちの姿だ。

敷地に飛び降りたアウラは、手に持っていた地図を広げ、建物の外見と比べる。

「ふーん。あれがあっちだからこっちかな？」

王国の協力者たちからの情報で、おおよそではあるが組合内部の見取り図は出来上がっている。そしてどこにマジックアイテムがしまい込まれているかも。

ただし、予測される場所が複数あるため、どこにどんなマジックアイテムがあるかまでは不明だ。流石に高位の魔法詠唱者《マジック・キャスター》を捕虜にして、情報を引き出すということまでは不可能だったらしい。なので、アウラがそれをしないといけない。

面倒だが、魔術師組合の敷地面積を考慮すると、やはり人海戦術よりはそういった方法が有効だろう。

「それじゃ、行こうか」

アウラが正面の扉に向かって歩き出すと、同時に詰め所から複数人の人間たちが姿を見せた。男が五人、女が一人。その先頭に立つのは老人だ。

一瞬、アウラは「おっ」と思った。

もしこれが魔術師組合でも上の地位に就いている者であれば、面倒な手間が省けるからだ。しかしながら老人の姿を観察したアウラは落胆する。

老人はどうも戦士系のようなのだ。

下は黒、上は浅葱色《あさぎいろ》の道場着を纏い、腰に刀を二本佩《は》いて、胸当てを着けている。

髪は完全に白く染まっており、黒色は一本もない。腕などは老人に相応しく細いが、ただ、弛《たる》んでいるなどということはない。細くとも鋼の如き硬さがある様子だ。

鋭い目は猛禽《もうきん》のごとくアウラを見据えている。

堂々たる立ち姿は己の腕に自信があることを十分に伝えてくる。

「一応、確認をさせてもらおう。坊主。お主は魔導王の部下、かね?」

アウラは老人の後ろにいる人間たちを見渡す。老人と同じような格好をしているが、刀を持っている者はいない。ならば、この老人が道場主で、彼らはその門下というところか。

魔術師組合と道場というのが少しピンと来ないが、何かの関係があって守りにでも来たのだろう。

その辺の魔法詠唱者《マジック・キャスター》よりは情報を持っていると思われるが、本当に重要な情報までは持っていないだろう。

「――なぜ、答えん？　坊主と言えども容赦はせんぞ？」

あれほどの魔獣を率いたアウラに対しそういった態度を取れるのは、アウラ達が誰も敵意や戦意、殺意といったものを一切放っていないからこそだろう。それと相手側に勇気や覚悟、その上自信などがあってしまうからだ。

「うーん。あのさ、案内してくれるならあたしが殺さないであげても良いよ？　あ、この子たちにも襲わせないであげる」

約束は守るつもりだ。それにどうせ、マーレに殺されることになるのだから。

「言うのお、坊主。しかしながら、ここより先に進ませるわけにはいかんのじゃよ。悪魔が湧き出るという危険なアイテム。それをおぬしらの手に渡すことは出来ん」

アウラはにっこりと笑う。

それがここにまだあると分かっただけでも十分だ。ちゃんと回収してデミウルゴスに渡さないといけない。

「あー、そうなんだ。それであたしの質問に対する答えは？」

「お断りじゃ。これでもこのヴェ――」

ドチャリと老人が崩れ落ちた。

アウラが矢を抜き撃ちで放ったのだ。

神速の一射を食らった老人の頭はザクロのように爆ぜ割れ、周囲に内容物を飛散させていた。

「あんまりだらだら話す時間はないんだよねー。さ、それじゃ、次の人……はみんな同じ感じかな？　だったらやっぱり中に入って偉そうな魔法詠唱者《マジック・キャスター》を捕まえるのが一番かな？」

老人の後ろに並ぶ人間たちが呆けたような表情でかたまっている。再起動を待つのも面倒だとアウラは魔獣たちに指示を出す。

「あれらは全部殺しちゃって」

そう言いながらアウラは扉の方へと歩きだし、その横を魔獣たちが疾風のように通り抜けながら残りの人間たちに襲い掛かる。あとには、一面に広がる血と肉の残骸しか残っていなかった。

•

マーレは王城の二番目に高い塔に一人腰かけながら王都を見下ろす。

この都市に来る三日ほど前の戦いでかなりの数の人間を殺した。しかしながらあそこにいたのは男が殆どで、女子供の姿はなかった。ならばここにいるのはそういった弱者たちだ。

マーレの顔が少し悲しみに歪んだ。

頭の中で必死に何度目かの計算を繰り返す。

——どうしても無理だ。

「どうしよう……」

誰かがいれば相談したいところだが、今、ここには誰もいない。いや、恐らくハンゾウはいるだろうが、マーレの前には出てこないし、彼らに聞いてもこれはどうしようもない問題だ。

(え、っとどうすれば……この広い都市を効率よく破壊して、人間たちを全員、綺麗に殺せるかなぁ……)

マーレは王都に来るまで、主人と一緒に幾つもの都市を壊滅させ、経験を積んできた。だからこそよく分かった。都市の破壊——及び住人の殲滅というのがどれ程奥深く、難しい作業なのか、ということを。

魔法を何度も何度も繰り返せば、建築物を完全に破壊し、都市を瓦礫の山にすることは出来る。しかしながら住人を完全に皆殺しにするというのはかなり難しい。

例えば、地震を引き起こす魔法を使ったとしよう。これは地上の構造物、及び地下施設を破壊することには抜群の適性を持っているし、屋内にいる者の多くは倒壊する建物の下敷きになって命を落とす。

こうした魔法などで地震を起こした場合、その範囲外には何の影響も及ぼさないので、ほかの区域の家屋に隠れた住人たちに気付かれる恐れはない。ただし、家屋の崩壊する音、そして住人達が上げる悲鳴は別だ。

そのような音が聞こえれば、引きこもっていた人々も様子を見るため外に出たり、窓から覗く者が多数出てくる。

耳や目を塞《ふさ》いで怯える人間は最高だ。自分の家で、布団にでも包《くる》まっていれば全てが通り過ぎると思っている者は、次の魔法で潰せばよいので楽だからだ。

問題になるのは、次は自分たちも潰されると、勘が働いたり、勇敢だったりする一部の人間。そしてそれ以上に問題になるのは、混乱していたり、自棄《やけ》になったりしている弱者だ。こういった輩《やから》は想定外の方向に逃げ出す。

そして得てしてそういう空気は伝染する。

逃げていく者を見た住人もまた、家を棄て逃げ出すのだ。

まだ破壊してない建造物が立ち並ぶところに逃げてくれるならまだ良い。しかしパニック状態になった者が、血迷って崩壊したエリアを逃走経路に選ぶ場合があるのだ。更に崩壊した建物から住民を助けようとする人間もいるので始末が悪い。

(逃げないでほしいなぁ……)

そうなるとそういった者たちを殺すのに、もう一度広範囲に影響が及ぶ魔法を使う必要が出てくる。二度手間だ。

時間があればそれでもいい。しかしながら主人と一緒のときなどにそのようなことが出来るはずがない。

主人の大切な時間を奪うわけにはいかないし、一回の掃除で綺麗に出来ませんと認めるのも恥ずかしい。

それに地震などの場合、確実に死んでいるという保証はない。意外に生き残る場合が多いのだ。駄目押しに火災を起こして、中の者たちを殺すことはできるが、火事だと遠目からでも目立つ上に、原初の恐怖心を刺激するのか逃げ出す者が多くなってしまう。

あちらを立てればこちらが立たず、だ。

(もっともっと、一杯練習して上手くならないと!)

本来マーレはぶくぶく茶釜によって多くの相手を倒すための能力を与えられた。階層守護者の中でも広範囲に影響を及ぼす能力では、自分に並ぶ者はいないと自慢に思っていたぐらいだ。なので、上手く都市を崩壊させ、住人を殲滅させることが出来ないという状況は、存在意義に関わってくる問題だ。

もしこんなマーレを見たらぶくぶく茶釜が怒るかもしれない。

「う、うぅ…………」

ぶくぶく茶釜に叱咤される想像をしてしまい、マーレは瞳に涙を滲ませる。だが、その涙が零れ落ちる前に拭う。

「頑張らなくちゃ……。アインズ様も言っていたもの」

マーレはアインズに強い感謝と敬意を抱いている。

もしアインズがマーレに都市を崩壊させる練習を積ませてくれなかったら、そしてそういった経験を何度もさせてくれなかったら、ここまで成長は出来なかった。

思い返しても、マーレが初めて作戦に従事し、小さな町を崩壊させたときは酷かった。

あれはぶくぶく茶釜の顔に泥を塗る結果だった。

そうしてショックを受けていた時に、アインズがかけてくれた優しい言葉は泣きそうになるほど嬉しかった。

経験が乏しいことが分かったのであれば、あとは努力して、もっと出来るようになればいいだけだ、と言ってくれたのだ。

同じ守護者の言葉だったらそこまで心に響かなかったかもしれない。しかし、言ってくれたのはぶくぶく茶釜と同じ至高の存在だ。

マーレは決意した。

もっともっと村や町や都市を滅ぼして、もっともっと住人を殲滅して、ぶくぶく茶釜が求めてくれた自分になる、と。

「よし！」

可愛い子供の声ではあるが、先程の時と同じく、普段のマーレからは信じられないような大きく気合に満ちた声を出す。もし他の守護者が見たら瞠目したかもしれない。マーレにこんな一面があると知って。

「やるぞー！」

マーレは体の前で両手をぐっと握りしめる。

取りあえずは今まで勉強してきたことをちゃんと活かして――

「王都を壊滅させて、住人を全員殺すぞー。えいえい、おー」

ぐっとマーレは握り拳を掲げた。


ちなみに後ろで隠れて見ていたハンゾウたちも、一緒に握り拳を突きあげていた。

●

クライムは廊下で、少し厚いガラス越しに外の景色を眺める。

ラナーが王に会いに行く前に、魔導国の軍勢が来るのなら恥ずかしくないように化粧をするということで廊下に出されたのだ。もしかするとドレスも着がえるかもしれないと言われたので、少し時間がかかることも考えられる。

視線を廊下に戻せば、誰もいないようなひっそりとした空気がある。

最後まで王宮にいた僅かな騎士たちは本来の持ち場を離れ、魔導国軍を迎撃するために封鎖した王宮の入り口に集結していた。

　無意味な抵抗と笑う者がいるかもしれない。あのガゼフ・ストロノーフが指揮した戦士団とは違って、彼らの殆どが一般的な兵士に毛が生えた程度の腕前だ。魔導国の化け物たちと戦っても鎧《がい》袖《しゅう》一《いっ》触《しょく》されるだけだろう。それでも騎士爵位を王家より与えられた者たちとして、忠誠を尽くすべき存在のために最後の忠勤を果たしに行ったのだ。それを笑う者こそ哀れな存在だ。

　正直、色々とあったせいで一握りの騎士を除いて、彼らにはあまり良い感情を持っていなかった。だから、きっと逃げ散るだろうと勝手に思い込んでいた。クライムは自分の了見の狭さを自嘲する。

　彼らの忠誠が真実であるからこそ、仕える王家の近くに浮浪児がいることが許せなかっただけのことなのだろう。クライムは彼らの忠義の強さを見誤っていたということだ。

　クライムは視線を王宮の入り口の方角へ動かす。

　自分も騎士たちと肩を並べて戦うべきだっただろうか、と考える。ただ、その考えは即座に否定した。

　クライムはあの時、王家に救われたのではない。ラナーという個人に救われたのだ。

　もし仮にラナーに行けと言われればすぐさま向かうつもりではある。しかし、そうでないのであればラナーの傍に仕え、そしてラナーよりも一秒でも先に死ぬことこそが自分の務めであり、全てだ。

　この魂は、この命は、救われたあの瞬間からラナーのものなのだ。

　誰もいない、静かな空間が、クライムにさまざまなことを想起させる。

　自分の今までのこと、ラナーのこと、もしかしたらありえた未来。そして——

クライムは自分の横を見る。無論、誰もいない。自分の横にいてくれたブレイン・アングラウスは王宮の外に出たのだから。

ブレインは一体どこまで行っただろうか。

魔導国の軍勢が王城まで乗り込んできているとしたら、もう既に命を落としているかもしれない。

クライムの心が悲鳴を上げる。

ブレインはクライムに様々なことを教え、導いてくれた。

師のように、友達のように、兄のように。

ガゼフよりもブレインの方がはるかに親しかった。そしてラナーしかいないクライムにとって、二番目に親しい人物だった。

「なんでこんなことになったんだろう……」

クライムの呟きは誰もいない廊下に溶けて消えていく。

本当にどうしてこんなことになったのだろう。

平和な毎日がずっと続いていくと思っていた。明日も、明後日も。それが今では——その時、乱暴に扉が開かれ、バタンと大きな音が響いた。

普段からは考えられない騒がしさにクライムが慌てて扉を見れば、そこにはラナーの姿があった。ドレスは着がえてはおらず、化粧もしているかどうかよくわからない程度の薄紅をさしているだけの様子だ。

時間をかけたにも関わらず普段のラナーと大差ない姿だった。

何かあったのだろうか。クライムが問いかけようとするが、それ以上にはやくラナーが短く言った。

「クライム、急ぎますよ」

「はっ！」

ラナーはそれだけ言うと小走りに廊下を駆けだす。

クライムはその横に並ぶように足を早めると問いかけた。

「なにか御座いましたか？」

チラリとラナーの視線だけがクライムに向けられ、すぐに前へと戻る。

「はい。一つすべきことを思い出しました。魔導国へのちょっとした復讐です。なので、このまま急いでお父様の元へと向かいます。まずは私室に向かいますよ！」

「はっ！」

言われたとおり王の私室へ向かった。

こちらも当然だが、騎士の姿はない。

ラナーはそのまま勢いを一切殺さず、扉をバンと開いた。

そこにはぎょっとしたランポッサⅢ世の姿があった。

「ラナー。一体……」

自分の娘の、というよりもこんなけたたましい音を立てて誰かが入ってきたことなどなかったのだろう、ランポッサⅢ世の言葉が途中で途切れる。

そして視線がラナーから自分に向けられたのに気が付いたクライムは謝罪の意味も含めて大きく頭を下げた。

「あ、いらっしゃいましたね、お父様！　私、重要なことを考え付いたんです！」

ラナーがすぐに話しかける。

小走りでここまで来たのに息がまったく乱れていない。無論、クライムもそうだが、ほとんど走ったこともないようなラナーが、という疑問もある。しかしながらそこまで速く走ったわけではないから、別に気にすることもないか、と考え直した。

「どうしたんだ、ラナー。というよりもそのような扉の開け方は」

「そんな話は、今はどうでもいいと思います」

普段よりも少しばかり早いラナーの口調にランポッサⅢ世が苦笑した。

「……まぁ、それもそうだな。それでラナーどうしたんだね？　重要なことと言っていたが？」

「はい！　それはですね――」そこでラナーは可愛らしく首を傾げた。「お父様はどうしてこちらにいらっしゃるのですか？」

「あの子にここに閉じ込められていたのは知っているかね？」

「はい。お兄様ですね」

「ああ。ザナックの大馬鹿者だ。二人して父より先に亡くなるなど本当に……」

　ランポッサⅢ世が辛そうな表情を浮かべた。七日前に王都から出発した軍が誰一人として戻って来なかったのは誰もが知っている。何があったのかは誰にも想像がつかないが、戻って来られなかった理由は誰もが想像がついている。

「……それで昨日、解放されたのだが、魔導王が来る前に色々と準備をしておかなくては、と思ってな。今、私一人で用意をしていたところなのだよ。騎士たちが手伝おうとは言ってくれたが、彼らにはここから離れるように言っておいた。今頃、彼らはどこまで逃げられたか……」

　騎士たちが最後の抵抗をするため、王宮の入り口に集まっていることをクライムは口にはしない。ラナーも同じだった。

「準備というのはあれらですね」

「うむ、その通りだ」

　二人の視線の先には王冠などの宝物、それに何冊かの本などが置かれていた。

「……それではラナーはなぜ、ここに残っているのだね？　あの子は……お前を逃がそうとしなかったのか？」

「それは――お父様もそうです」

「私は逃げんよ。あの子はまだ王子であり責任を取るべきは私だった。にも関わらずあの子は……む？　その剣は……」

　クライムが腰から下げる剣に気が付いたランポッサⅢ世がクライムのさらに後ろに目をやる。そしてすぐにラナーに戻った。

「お前の雇った……ガゼフに匹敵するという戦士はどうした？」

「ブレインさんは魔導王陛下を倒すべくここから出て行きました」

「……あの魔導王を倒せるとは思えんが、それならなおのこと、なぜ、その剣を置いて行ったのだ？その剣があればもしかしたなら……」

「無理、だと思います。戦士長様ですら勝てなかった相手なのですから。それに事ここに至っては魔導王陛下を倒したところでどうすることもできないでしょう」

「そうか……。そうだな。その通りだな。魔導国の軍勢を撃退しなくては意味がないな」

ランポッサⅢ世は窓にちらっと視線をやったのち、話を続けた。

「……私がどうしてここに残っているかだったな。私がここに残っているのは王家の歴史などを征服者に委《ゆだ》ねる必要があると思ったからだよ。最後の王として恥ずかしくない姿を見せねばな」

ランポッサⅢ世が疲れたように笑った。いや実際、疲れているのだろう。

「――クライムよ。王命である。ラナーを連れて逃げよ。今更難しいかもしれないが、この王宮内には王都の外に通じる隠し通路がある。それを使って魔導国の軍勢が王宮に入りこんだタイミングに合わせれば、すれ違いになって安全に外まで逃げ出せよう」

「――その必要はありません、クライム」

今まで王とラナーの命令が矛盾することはなかった。しかし、今は違う。

クライムは少し考え、そして動かない。ただ、拳を強く、強く握りしめる。

確かにラナーには死んでもらいたくはない。しかし、それ以上にラナーの命令に従う方が重要だ。

第一、その命令に従えるのであれば、イビルアイに一緒に連れて行ってもらっていた。

「――クライム」

「――クライム」

クライムが動かないのを知ると二人が同時に自分の名を呼んだ。しかし、そこに含まれた感情は正反対だ。

「お父様、クライムは私のものです。お父様の命令でも聞きませんよ」

「そうだな……。その様子だな……。しかし、本当に忠義を考えるなら、この子を連れて逃げるべきだと思うのだが……クライムよ。ヴァイセルフの血を繋ぐという意味でも、その子を連れて逃げるのであれば褒美《ほうび》としてその子をやろう」

クライムは目を見開く。

あまりにも魅力的な提案に、一瞬、心が大きく揺れる。そんな夢を見たことがないと言ったら嘘になる。ラナーのことを思って自分を慰めたことだってある。

しかしながら自分はラナーの盾となって死ぬことを選んだのだ。

「過分すぎる……魅力的な褒美ですが……お断りします……」

まさに血を吐くような思いでクライムは言う。

ちらりとラナーを窺うと、彼女は不思議な笑みを浮かべていた。きっと忠義を貫いたことを褒めてくれているのだろう。

「……それでは私が急いできた理由を言う番ですよね。……お父様。王冠をお渡しください」

「なぜ、だ？」

「魔導王陛下に歴史ある我が王家の――王冠も含めた由緒ある財産を渡してはならないと思うからです」

「……この国を滅ぼす相手だ。ならば伝統ある王冠なども差し出すべきだろう。それにこれら王冠などが残る限り、王家の歴史もまた残る。私はそう思ったからこそ、宝物庫からここまで運んできたのだ」

「私はこれらを王都の中に隠すのがいいと思います。そして、魔導王に言ってやるのです。『王たる地位を示す物は全て都市内に隠した。もし王都を破壊するのであれば、それらは決してお前の手には入らないぞ』と」

「……なるほど。それは確かに……良案かもしれん。王冠欲しさに王都の破壊を少しぐらいはためらうかもしれないか。私の命は仕方がないが、民たちが少しでも助かる手段は取るべきだな」

ランポッサⅢ世が自らの頭にあった王冠を外した。

「お父様。そちらではなく、あちら。王位継承の際に使われる王冠こそ隠すべきだと思います」

「あ、ああ、そうだな」

「それにお父様が持ってこられた、王笏《おうしゃく》、戴冠式に使われる宝石、国璽《こくじ》。王位や国を示すそれら全てをお預かりしてもよろしいですか？　手札は多いほど良いので」

「……うむ。勿論だ。構わんよ」

「それではクライム。これらを隠すのをお願いしても良い？」

「勿論です、ラナー様。しかし、どちらに隠せばよろしいのでしょうか？」

「はい。その辺りもお兄様と一緒に考えてあるんですよ」

「何!?　ザナックとか？」

「はい。お父様。私にこのアイデアをくれたのも実はお兄様なんです。それらを隠す手筈も全て整えてくれたんですよ。レエブン侯から聞いたのかもしれないのが少し不安ですが……」

　そうか、あの子はそこまで、と消え入るような声でランポッサⅢ世は呟くと、少し涙ぐんだように見えた。

「それではクライム。かつてヤルダバオトの襲撃で荒らされた倉庫街がありますよね。そこにちょっとした倉庫があるんです」

　ラナーが詳しく説明をしてくれる。だが、結構複雑で少し自信がない。そんなクライムの気持ちを察知したのか、ラナーがランポッサⅢ世に断って、机の上にあった紙に簡単な地図を書いてくれた。簡単な物だが、これがあれば迷う心配はなさそうだ。

「ここに隠された地下室があるそうなんです。そこにそれらを隠してきてください」

「はっ！　畏まりました！」

「それが終わったら――」

クライムはラナーの顔を見る。戻ってくるな、などと言わないでほしい。最後の瞬間は絶対に傍に仕えさせてほしい。そんな気持ちが伝わったのか、多少の逡巡《しゅんじゅん》の後、ラナーは告げた。

「必ず――無事に戻って来てくださいね」

魔導国の軍勢が何処まで侵攻してきたかは不明だが、既に王都内に入り込み、蹂躙している可能性は高い。ならばここを出ていくという選択肢は危険が伴うということだ。しかし、クライムに迷いなどあるはずがない。主人に命じられればそれをするのみだ。

「はっ！」

「本当に無事に戻って来てくださいね。戦うのではなく、逃げるんですよ？」

クライムの覚悟は理解してもらっていても、残念ながらその能力までは信頼してもらえなかったのだろう。ラナーが重ねて念を押す。

「はっ！」

クライムは強く頷き、今度はラナーに納得してもらえたようだった。

「――はい。それじゃ、お父様、もはや宮殿を出るのは難しいかもしれないのですが……クライムに教えてもらう訳にはいきませんか？」

「王宮から王都へと出る隠し通路を教えろ、というのだな？」

「はい」

「分かった。教えよう」

王の説明を聞いたクライムは純粋に驚く。何度か通ったことのある通路だったのだ。そんなところに隠し通路があるとは気が付きもしなかった。

ラナーの要望でレイザーエッジを渡す。これも隠すのかと思ったらどうやら違うようだ。

「クライム。少し遅くなっても構いません。それらを奪われるようなことがないように、注意深く向かって下さいますか？」

「勿論です、ラナー様！　この身に代えましても！」

「そしてそれが終わったら、何か心配事や気になる事があっても、真っ直ぐに戻って来てください。いつ魔導王の軍勢が来るか分からない状況ですから」

言葉は違うが、同じようなことをラナーが幾度も繰り返すのは、それだけ心配しているということなのだろう。だからクライムもその心配が少しでも和らぐように、と気合を込めて返事をする。

「もちろんです！　大急ぎで戻ってまいります」

「――はい。よろしくお願いしますね」

ラナーがいつもの笑顔を向けてくれる。クライムは部屋を出ようとしたその時、ランポッサⅢ世がラナーに、何か薬瓶のようなものを渡しているのを見た。

何となく想像はつく。

クライムは頭を下げ、部屋を出ると教えられた隠し通路のある場所に向かう。

そしてそこを使って王都へと出た。

そんなはずはないのだが、王都内の全住人がいなくなったかのように王都は静まり返っている。

そんな中、遠くの方で何か巨大な獣の咆哮のようなものが聞こえたが、ここからでは何が起きているのかさっぱり分からない。それに王都も広い。王城や王都を囲む市壁にでも登らなければ、周囲の状況の把握は困難だろう。

ただ、現在クライムがすべきことはそんなことではない。言われた倉庫まで全力で走り抜ける。

誰に遭遇することもなく、目的地の倉庫まで到着する。急いだつもりだが、やはり距離があり、また警戒もしていたため、かなり時間がかかってしまった。

倉庫は思ったほど大きくなく、扉に近づいたクライムはそれが開いていることに気が付く。

用意していたハンドベルを鞄に戻し、そっと中に忍び込んだ。

荷物が何も置かれていない、がらんとした倉庫だ。

埃っぽい匂いがクライムを出迎えた。明かりはないし、鎧戸がおりているため室内は暗いが、隙間から僅かな日光が入ってくるお陰で真っ暗闇というわけではない。

クライムは暫くの間、入り口付近で息を潜め、外の音に注意を払う。

倉庫に接近してくる音がないことを確かめると、指示通り入り口とは反対側の壁に近寄った。

そこには空の棚が幾つも並んでおり、その右から三番目の棚をぐっと押す。

最初はビクともしなかったのだが、力を緩めず徐々に力をかけていくと、ガチッという感触と共に急に抵抗がなくなる。そして棚が扉のようにゆっくりと向こう側に開いていった。

中は完全な暗闇だった。明かり取りの窓もない小部屋のためだ。

クライムは兜を被る。

すると魔法の力によって室内が見渡せるようになった。がらんとした部屋の床には取っ手が突き出しており、それを持ち上げると地下への螺旋階段が姿を見せた。

螺旋階段を少し下ると棚が置かれた小部屋になっていた。

こちらも上と同じくがらんとしており、何も置かれてはいない。埃の溜まり具合も相当なものだ。

そこに預かった王家の宝を置いていく。

役目はこれで終わりだ。

クライムは地上に戻り、倉庫を出る。

ここからは全力で走って帰る必要がある。

向かう先である王城を見たクライムは「え？」と呟いてしまった。

王城が白い。王城は分厚い城壁に守られているのだが、それが白く染まっている。しかも光を浴びてキラキラと輝いている。

何も関係がない第三者なら美しい光景だと言えるかもしれないが、そこで生きた者からすると余りの異常事態に——

「あ！　よ、良かった。潰さなかった……。あの……そこにいると危ないですよ？」

子供の声がした。

見れば近くの倉庫の屋根から見下ろす女の子がいた。黒いスタッフを持った、肌の黒い——ダークエルフと言われる種族のようだ。

「君は……？」

「……え、あ、あの、ですね。まずはこの辺りから破壊する予定なんです……だから、その……まきこんじゃいますから、早く行った方が良いですよ？」

こうまで言われれば誰だって分かる。

この少女は間違いなく魔導国の手の者だ。

剣を抜こうとした手を止める。

強そうには見えないが一人でいるはずがないし、ここまで侵入してきたのだ。単なる少女と考えるのは危険だろう。

戦ったら勝てるかもしれないが、騒ぎを聞きつけて魔導国のアンデッドたちが集まってきたら、ラナーの元に戻れなくなる。自分の使命は敵を倒すことではない。あくまでラナーの側にいることだ。

第一、ラナーにあれほど念を押されたではないか。

一瞬、自分が出てきた倉庫に視線をやりそうになり、ぐっと堪える。口封じ出来ないのだから、怪しまれる行動は避けなくてはならない。

クライムは少女に背を向け、駆け出す。後ろから攻撃が飛んでくるかもしれないという恐怖はあった。しかしそれ以上に王宮にいるラナーの元に一秒でも早く戻らねば、という気持ちの方が強かった。

クライムが駆け出し、最初の曲がり角を曲がった辺りで家屋が崩壊するような音が響き出し始めた。様子を確かめたい気持ちを押し殺す。

警戒していた追撃はなく、クライムは隠し通路付近まで無事に到着した。尾行してきている者がいないか振り返ったクライムは黒煙が天へと伸びているのを見つける。

「……王都が燃えている？」

建物で視線が遮られているので正確なところは分からないが、一つや二つではない数の煙があちらこちらで上がっていると思われた。

先の少女は先行部隊ではなく、かなりの数の魔導国軍がすでに中に入り込み、略奪を行っているのだろうか。

ただ、それにしては悲鳴などが聞こえないが――。

クライムは自分の疑問に蓋をする。

今はそんな疑問に時間を割く必要などない。ただ、ラナーの元に戻り、自分が務めを果たしてきたことを告げるだけだ。そして最期の時までラナーの横に侍《はべ》るのだ。

クライムは隠し通路を走り抜け、王宮へと戻る。

王宮内も静かだ。それが理解できない。

先程の王城。あれは凍り付いているように見えた。間違いなく、魔導国の何らかの攻撃によるものだろう。となれば、わずかとはいえ、残った騎士たちが防衛に当たっているはずだ。

ここは騎士たちが防衛線を張っている場所から離れているとはいえ、剣戟の音の一つも聞こえてもいいようなものだ。ところが――

（さっきよりも静かになっている気がする）

先程以上に気持ち悪い静けさだ。王宮どころか、世界に自分一人だけになってしまったような寂しさがある。

クライムは少しワザと音を立てながら走り、王の部屋へと戻った。礼儀正しく扉を開けるべきなのかもしれないが、クライムはそれを無視して勢いよく扉を開く。

いない。

見渡すがラナーの姿も、ランポッサⅢ世の姿もない。

王の私室には隣の部屋もある。もしかするとそちらにいるのかも、と思って部屋を横断しようとしたクライムは、テーブルの上に紙が一枚置かれているのに気が付く。

先程ラナーが地図を書くのに使った紙と同じ種類のものだ。

それを手に取って眺める。

見馴れたラナーの文字で玉座の間に向かうという旨が走り書きされていた。

その瞬間、クライムは部屋を飛び出す。

玉座の間に近づいたクライムは足を止める。玉座の間への扉の左右に幾つかの人影を確認したのだ。それは今まで王宮内で見たことがある者たちではない。

青白い――人間ではあり得ないような色の女たちだ。まず間違いなく魔導国の手の者なのだろうが、走ってきたクライムを見ながらも敵意をあらわさない。いや、興味がなさそうな態度だ。

剣を抜くべきか、抜かざるべきか。

クライムが逡巡していると、女の一人が口を開いた。

「入りなさい。この宮殿の最後の人間」

それだけ言うとつまらなそうに口を閉ざす。

その言葉の不吉さにクライムは総毛立つ。

クライムは女たちの間を駆け抜け、玉座の間へ突入する。

次の瞬間、そこで見たものの情報量の多さに頭がパンクしそうになる。

玉座に座るのはランポッサⅢ世ではない。圧倒的な死を感じさせる骸骨の化け物――魔導王アインズ・ウール・ゴウンだ。その左右に並ぶのは尻尾の生えた男。魔導国宰相アルベド。それと氷で出来たような昆虫の化け物だ。

少し離れたところにランポッサⅢ世がうつ伏せで倒れ、ピクリとも動かない。服が赤黒く染まっている。そしてすぐ横に服を血に濡らしたラナーが床にぺたりと座り込み、近くにレイザーエッジが落ちていた。

剣の刀身には血が付いており、これがランポッサⅢ世を切り殺した武器に違いない。

「姫！」

「クライム」

ふっと、人外の者どもが笑ったようだった。嘲笑、だろう。

ラナーの前に立ちはだかり、剣を構える。ここで二人とも死ぬだろう。それでもラナーを最後まで守るのがクライムの忠義だ。

「アインズ様の前で頭《ず》が高い。『平伏したまえ』」

クライムは即座に平伏する。抵抗など不可能だ。気が付いたら既にその姿勢になってしまっていたというのが正しい。同時に自分の背後でも同じ姿勢を取った気配がした。

ラナーだ。

精神操作を受けたラキュースの姿がフラッシュバックし、クライムの中で全てが一本の糸でつながる。

「これで――これでラナー様を操ったな!!」

玉座の間で起きた惨劇が、操られて自分の父親を否応もなしに殺すことになったラナーの姿が目に浮かぶ。その湧き出る怒りを全て込めても体はピクリとも動かない。まるで自分の体ではなくなったように。

「あぁ、今、思い出した。そういえばガゼフ・ストロノーフとの一騎打ちの時に見たな。呪言を解除せよ」

「はっ！『自由にしたまえ』」

束縛が解かれ、クライムは横っ飛びをして床に落ちたままのレイザーエッジを掴むと、そのままの勢いで素早く立ち上がった。そして呼吸を整えながら剣を正眼に構え、魔導王に対峙する。

無論、こんなことに意味など無いだろう。あの戦士長を一瞬で、目にも留まらぬ速さで殺した相手だ。しかし、ラナーの盾である自分が敵に身構えないでどうするというのか。

魔導王が立ち上がり玉座から離れると、ゆっくりとクライムへと歩を進めてきた。

「感謝すると良い。王たる私がお前に一騎打ちを挑んでやろう。そうだな……私が勝ったらその剣は貰う」

ゆっくりと歩いてくる魔導王には警戒というものが一切感じられなかった。

怒りがクライムの全身を支配する。

全てこいつが悪い。

こいつがいなければ平和な日常は今も続いていた。誰一人として死ぬことなく――

「――姫様が悲しむことなく！」

魔導王が嗤ったように見えた。

剣で切り付けても届かないかもしれない。戦士長が何をされたか分からない間に殺されてしまったことを思い出す。

ならば何が最善なのか。

レイザーエッジを握りしめ——

魔導王が一歩、クライムに足を踏み出したその瞬間、レイザーエッジを全力で投げつけた。

流石の魔導王もこればかりは予測していなかったようだ。

剣を払いのけたものの、大きくバランスを崩す。

クライムは間合いを詰め、固く握りしめた拳で殴りかかる。

魔導王の顔面に拳が突き刺さった。

「クライム！」

自分の名を呼ぶラナーの悲鳴のような声が聞こえた。

スケルトン系は殴打攻撃に弱いというのが定説だ。しかし、殴りつけた拳に激痛が走る。

魔導王は、といえば何の痛痒《つうよう》も感じていない様子だった。

「物語であれば——」

魔導王が驚くような速さで手を伸ばし、クライムの鎧の胸元を掴んだ。離れようとするが、その手を払うことさえできない。

「——激情が眠っていた力を呼び起こし、この私を打ち破ることのきっかけとなるだろう」

魔導王がクライムを持ち上げる。必死に抵抗するが何の効果も与えた様子がなかった。まるで分厚い壁に守られているようだ。

「だが――これは現実だ。決してそんなことはない」

ブンと放り投げられ、クライムの体は異様に長く感じる滞空時間を経たのち、床に打ちつけられる。背中から叩き付けられた衝撃で口から息が漏れる。

クライムは慌てて立ち上がり、魔導王を見る。クライムを放り出した位置から一歩も動いていない。追撃など考えないその姿は、圧倒的強者だからこその余裕だ。

「お前はここで死ぬ。……お前には助けるほどの価値がない。特別な才も能力も持たないお前には、な。だが、嘆くことはない」

魔導王はクライムを見ているようで見ていない。その瞳はどこか遠くを見ているように思えた。

「世界は不公平だ。生まれた瞬間から不公平は始まる。才能を持って生まれる者もいれば持たざる者もいる。生まれる環境だってそうだ。裕福な家庭と困窮した家庭。そればかりか両親や兄弟の性格だって重要だろう。運が良い者は恵まれた人生を、不運な者には不幸せな人生が与えられる。しかし、繰り返すがその不公平を嘆くことはない。なぜなら――死だけは全ての者に与えられる平等。つまり――この私である。死の支配者たる私による慈悲のみが、この不公平な世界における絶対なる公平だ」

何を言っているのか分からないが、おそらく安心して死ねとでも言っているのだろう。

気圧される。

己こそが、死という生きる者ではあらがえない存在だという魔導王の自負に飲み込まれそうになる。

格が違う。

無論、一国の王であり一軍を容易く滅ぼす魔法を使う魔導王と、才能のない戦士にしか過ぎないクライムでは大きな隔たりがある。だが、その程度の差ではない。

蟻が空を仰ぎ見るような、比較の領域が違うような差だ。

それでも――元々勝てないというのは分かっていたことだ。それに最後の最後まで、全力でラナーの盾になると決意しているのだ。

少しだけ勇気が湧いた。

へし折れそうな心に炎が灯る。

そうだ。

全てはラナーのために。

あの雨の日に、自分を救ってくれた女性のために。

自分を人にしてくれた彼女のために――。

「……そうか。その瞳か」

魔導王が不思議なことを言う。

まだこちらに戦意があると伝わったのだろう。魔導王が無防備な後ろ姿を見せ、落ちていたレイザーエッジを拾った。そしてそれをクライムへと放り投げた。

「拾うと良い」

魔導王が手を伸ばすと、その手の中に黒い剣が握られていた。刀身の長さからするとロングソードぐらいだろうか。

クライムは油断なく魔導王を睨みつけながらレイザーエッジを拾う。隙を見せることはこの際仕方がない。ガゼフの戦いを思い出したのだ。正確に言えばその直前。魔導王は自らの口で言っていた。強い魔法の力が込められた武器でなければ、自分には傷一つつけられないと。そしてこの剣は自分を殺すことのできる剣だと。

この鎧――ラナーより賜った幾つもの魔法が込められたこの鎧では、その防御を突破できないという少し悲しい事実は先ほど分かった。

「クライム……」

近寄ってきて心配そうに見つめるラナーに、クライムは微笑むと小さい声で語りかける。

「姫、時間を稼ぎます。もし……その場合はお早めに」

言いたいことは伝わっただろう。ラナーがコクリと頷いてくれる。

クライムはラナーから少し離れてレイザーエッジを構えた。

「お別れの挨拶は済んだか？」

「聞きたい。私を殺したら次は姫の番か？」

魔導王が黙る。

クライムは訝しく思った。黙るようなところではないはずだ。疑問が解消されたのは、ふふ、という小さな笑い声が魔導王から聞こえた時だった。

「どうした方がお前は苦しむ？　……きっと、一番良いのはその質問には答えないことだろうな」

「魔導王!!」

レイザーエッジで切りかかると、それを魔導王が剣で容易く受け止める。何度も繰り返し攻撃をするが、魔導王はその場に立ったままびくともしない。

魔導王から攻撃してくる様子がないのは、遊んでいるからだ。じゃれつく子供の相手をする大人のように。

しかし、だからこそ良い。

レイザーエッジを高く掲げる。この一撃に全てをかけるという意志を込めて。

先ほどから繰り返された攻防で見せたように、魔導王は漆黒の剣で受け止めるべく動かす。

ここだ。

ここに全てをかける。

クライムは武技を発動させる。それだけではない。あの指輪の力も、だ。この瞬間、クライムの戦闘能力は一気に増した。

ならば——今までのクライムの動きに目を慣れさせた今、この一撃はこれ以上ない不意打ちになる。

渾身の力を込めて振り下ろすと見せかけ、力を抜く。簡単に剣が受け止められた瞬間、全力で引き戻し、一気に魔導王の腹部にある真紅の宝玉目掛けて突きこむ。

前から思っていたのだ。

もしかするとこれこそが魔導王の弱点ではないだろうか、と。

たとえ違っても、これを潰すことが出来れば一矢報いることが出来るのではないだろうか。

「——くっ」

「——なるほど。良い攻撃だ」

全力で突きこんだ一撃は、魔導王の片手で摑まれていた。

クライムの肩を灼熱が走った。そこを中心に濡れたような感触が広がった。次の瞬間、熱いという感覚は激痛に変わる。

クライムは飛びのき、自分が肩を切られたことを知る。

ラナーがくれたこの鎧を、魔導王の剣は容易く断ち切ったのだ。とはいえ、武器破壊系の効果は持っていない様子なので、鎧が破壊されたというわけではない。

腕はまだ動く。しかし問題はもう先程のような攻撃は通じないということだ。

魔導王に一矢報いるということはもはやできなくなったと考えてよい。

「……レイザーエッジで世界級《ワールド》アイテムが破壊できるのか。非常に興味深い実験だな。もしこれで傷をつけることが出来るのであれば、その剣の価値は非常に高まる。とはいえ——」魔導王が剣を放り投げると、それは虚空に消えていった。「——お前を殺してからだ」

魔導王が魔法を使うようだ。

少しだけクライムは笑ってしまう。あの魔導王が自分ごときに魔法を使って戦う気になったというのだから。

相手に魔法を使う時間を与えても良いことはない。

クライムは突進し、〈心臓掌握《グラスプ・ハート》〉という言葉と共に、己の中で破裂するような音と激痛を感じた。

「見事だったぞ」

そして――

視界が――

真っ――

意――

――

●

「それでは失礼します、わん」

聞いた覚えのない声がして、ぱたりと扉が閉まる音が聞こえた。

それが引き金になったように目が覚めた。

何かあったはずだが、そのすべてが零れ落ちたようだ。朝、目が覚めた時に夢を忘れているのと同じような感じだ。

筋肉や骨が全てどろどろに溶けてしまったかのように力が入らない。首を動かすのですら一苦労だ。

努力してあたりを見回す。

クライムが見てきた中で最も豪華な部屋はラナーの部屋だが、ここはそれ以上だ。一度見れば忘れないと思うのだが、こんな部屋は王宮内で見た覚えがない。

自分は一体どうしたのか。

なぜ、生きているのか。

そして――自らの主《あるじ》はどうしたのか。

体は碌に動かないが、この部屋に誰かいるような気配が感じられる。

「あぁ……」

呼ぼうと思っても声が上手く出ない。しかし、部屋にいる人物には十分に伝わったようで、慌てるように駆けてくる気配があった。

「クライム！　起きたのね！」

クライムは声を出せなかった。無論、全身から力がなくなっており、声帯もろくに動かすことができない。ただ、そのせいではなく、幾つもの感情のうねりに支配されて、声を発することが出来なかったのだ。

涙があふれる。

そうだ。全て悪い夢だったんだ。

王国が魔導国に襲われるなど、そしてラナーが死を覚悟しなくてはならなかったなど悪い夢だ。

「ぁあ、さぁ……」

「ええ、そうよ。ラナーよ。クライム」

いつもの笑顔。

いや、ずっと横で見てきたクライムには分かる。今のラナーの笑顔は普段のものとは少し違う。

何があったのか。

クライムは目だけをキョロキョロと動かし、ラナーの後ろに奇妙なものを見つける。

黒い翼だ。

それも蝙蝠《こうもり》のようなもの。

それがパタパタと動いている。

作り物だと思いたいが、あまりにもリアルだ。どうやっても自身を騙すことが出来ない。

クライムの驚愕が何に起因しているのかを理解したのだろう。ラナーの顔が曇った。

「これですか……。魔導王の力で変えられてしまいました。今の私は人ではなく——悪魔です」

クライムは目を見開く。

「らあぁぁあ……」

「無様な話です。私だけ生き残ってしまいました」

そのようなことはないと口に出したいが力が出ない。「あー」とか「うー」とか呻《うめ》くばかりだ。

ボロボロと涙が零れる。

その涙をラナーが優しく拭ってくれた。

ああ、とクライムは感動に打ち震える。たとえ姿は少し変わってもその心はラナーのままだ。

「それで……きっと自分がどうして生きているのか不思議に思っていますよね？　答える前に一つ……クライムは……私の我が儘を聞いてくれませんか。私は悪魔に変えられ、永劫《えいごう》の時を生きることになります。一人で永劫を生きるのは辛いです……」

ラナーが覗き込んでくる。

「クライム。貴方も悪魔になってくれますか？」

迷う時間など無い。己の全てはラナーに捧げているのだ。

動けない体を必死に動かし、クライムは頷く。

「ありがとうございます……。先程の疑問に答えますね。実は私は魔導王陛下に服従を約束しました。その代価として貴方を蘇らせてもらったのです」

クライムは目を見開く。

「ショックを受けないでください。私は悪い取引ではないと思っています。一人で生きて行かないので済むのですから。……クライム。貴方も魔導王陛下に服従を誓ってくれますか？」

「は……い」

迷うが、ラナーが自分のために服従を誓ったのであれば、自分も従うほかない。いや、ここで自分だけ服従を誓わないなどという選択肢はない。

「ありがとうございます、クライム。きっと魔導王陛下は本当に服従を誓ったのか、踏み絵をあなたに強制してくるでしょう。それはきっとあなたを苦しめる。それが私には辛いです……」

「そ、んあ、こおない、えす」

「……ありがとうございます。……クライム、話は一旦、これで終わりにしましょう。ゆっくり休んで。貴方のお世話は私がしてあげますから」

ニコリと笑うと、ラナーがすっと離れた。

「ゆっくり休んでくださいね」

そして視界から消えて行ったラナーの向かった方から、扉が開き、閉まる音だけが聞こえた。

クライムは体から力を抜く。

すると、またすぐに睡魔が襲ってくる。

泥に沈み込むように、ボロボロと涙を零しながらクライムは意識を失った。その涙はあまりにも複雑な感情から引き起こされており、何の涙かを説明することはクライム自身にも出来なかった。

ベッドルームを出て、二つ部屋を移動したラナーは、そこに置かれたソファーに座っている人物を見て、慌てて片膝をついた。

「これはアルベド様」ラナーは深々と頭を下げる。「感謝を申し上げるのが遅くなり、誠に申し訳ございませんでした。毒の手配や玉座の間での演技など、魔導王陛下にご協力を賜《たまわ》れるようにして下さり、誠にありがとうございました」

「ふふ。良いのよ。気にする必要はないわ。私たちは優秀な人材のためであれば労は惜しまないわ」

「ありがとうございます、アルベド様」

であれば、というところに僅かにアクセントが置かれた言葉に、ラナーは少しだけ身震いをする。その心の動きも相手には見抜かれているのだろうが、アルベドは何も言ってこない。ただ、自らの後頭部に視線を感じるだけだ。

「…………ふふ。そんなに緊張することはないわ。あなたの実力のことは私もデミウルゴスも今回の王国の件で十分に理解しているわ」

あの時、デミウルゴスという悪魔と出会ってから王国が滅びるまでの出来事の九割がラナーの発案であり、上手く誘導できたという自負がある。唯一、王国の住人の殆んどを殺すという方向に切り替わった時だけ、切り捨てられたかと心配したが、それ以外はほぼ誤差だ。

「その優秀な能力をこのナザリック――私の下でもしっかりと発揮して頂戴」

「勿論です、アルベド様」

「アインズ様があれだけ高く評価しているのだから、失望させないでね」

わずかな、ラナーをして本当に僅かにしか感じられない程度にアルベドの口調が変化していた。

ラナーはただ黙って臣下の礼をとり続ける。それがこの場合、最も賢いと判断してだ。

「今後、数千年に渡るあなたの労力に釣り合うだけの褒美を先に渡しましょう」

コトンと机の上に何かが置かれる音がした。

「貴方にも渡した堕落の種子。これがもう一つね。あと贄《にえ》の準備も良いわ。彼の体力が回復し次第、行いましょう。魔法で回復した方がはるかに早いのだけど、あなたの希望通り、それはしないでおくわ」

「ありがとうございます、アルベド様。魔導王陛下にも感謝をお伝えください」

「ラナー。繰り返すわ。……私を失望させないでね。それは人質として価値を見出したからではなく、貴方の働きを信頼して渡すのですからね？」

親しみすら感じさせる柔らかい声にラナーはより深く頭を下げる。

「……はい、アルベド様。ご厚意に見合うだけの、いえそれ以上の働きでお返しいたします」

微かな笑い声を残し、自らの直接の上司が立ち上がり歩き去っていく。

その間もずっと頭を下げていたラナーは扉が閉まる音でようやく頭を上げ、そして大きく息を吐くが、その中には僅かな恐怖が混じっていた。

最後の関門を抜けることが出来た。

相手は悪魔だ。ここまで来て、ラナーの希望を奪うために持ち上げていたんだ、などと言われずに済んで、ようやく安心出来た。しかしながら、絶対に安全な位置に自分がいると勘違いしてはいけない。

自分がこの場所で信頼されている——はずがない。あくまでも利用価値が高いから自分はこれだけの恩を得られたのだ。だからこそラナーはここでしっかりと働き、恩を受けた以上の価値があることを証明しないと不味い。

ここはまさに化け物の巣であり、自分ごときが何をしても無力だというのは相手側も十分に分かっている。だが、それだけでは不十分なのだ。

そのためにもラナーは弱みを作らなければならなかった。それも多ければ多いほど良い。自分の首に巻かれた綱の先を相手に渡すことで、自分は犬であり、あなた方が主人だという絶対的な上下関係を目に見える形で示す必要があった。それがなければかりそめの信頼さえもなかっただろう。

だからこそ、あの玉座の間で芝居が上演された。

ラナーの最も大きな弱点であるクライム——そのためにクライムが自分にとってどれだけ大切かを初めて出会った時にアルベドに語ったのだ——に、あの場での真実を見せないという首輪を嵌めるために。

そしてクライムにどれだけ人質としての価値があるかということを知ってもらうために。とはいえ、こちらはもう一つ狙いがあったのだがやはり見抜かれてしまった。しかしながら良い方向に転がったのだから問題はない。

ただ、一つだけラナーとしても計算外だったことがある。

まさか、魔導王が自身でその役をするとは思わなかった。

（恐ろしい御方……）

ラナーはアインズ・ウール・ゴウンという人物を思うたびに、我知らず戦慄が走る。

宰相であるアルベドが演技をするだけで十分にも関わらず、あのような道化を魔導王自らが演じてくれたのは、それだけラナーを高く評価してくれたからだろう。つまり一国の支配者がお前の下らない演技の舞台でわざわざ踊ってやるのだ、その代わり分かっているよな？　という奴だ。

そしてアルベドはそれを良くは思っていない。

自分が崇拝する人物があのような演技の場に立ったということが不快なのだ。つまりそれをさせたラナーにもあまり良い感情を抱いていないということ。

（魔導王陛下が反対するアルベド様をわざわざ説得されてまで芝居をされたとしたらより不味いわね。少しでも無能なところを見せたらすぐに処分されるわ……）

当初の予定ではある一定レベルの才を見せ、本気は温存しようと思っていたが、魔導王が自ら演技の場に立ってくれたことで、それはそれで不味い立場に追い詰められた。

（……魔導王陛下はそこまで計算していたんでしょうね。上に立つ者が優秀すぎるというのは下にとって良くない点もあるのね……）

それでも、ラナーは小さく笑ってしまう。

昔の夢はもっと小さかった。それが彼らを知ったことでここまで奇跡のような夢を持てた。

その夢が王国一つを売り渡す程度の代価で叶ったのは幸運だ。

踊りたい。

歌いたい。

この胸の内から湧き出して止まらない歓喜を声に出したい。

あまりにも、あまりにも幸せで頭がおかしくなってしまいそうだ。

悪魔は永遠の命を持つ。そしてここに閉じこもっていれば誰よりも安全だろう。

ならば——ラナーは自分が出てきた扉を見る。いや、その先のベッドに寝ている少年を。

「クライム。ここで私と一緒に永遠に睦み合いましょうね。まずは今日中にお互いの初めてを交換しましょうね」

蕩《とろ》けるようにラナーは言った。

「それとももっと大切にして——今日はその前段階ぐらいに抑えておいた方が良いかしら？　うふふ。こんなに迷うのは初めてかもしれないわね——あぁ、何て私は幸せなのかしら」

Epilogue

馬車から降りたエリアス・ブラント・デイル・レエブンは心胆を寒からしめるその光景に無言で立ち尽くす他なかった。

眼前に広がるのは瓦礫の山だった。

ここが王都だというのが信じられない。幻術を掛けられたという方が納得がいく。しかしながらそんなはずはない。目の前の光景は真実のものであり、戦争の結末だ。

レエブン侯は痛ましげに顔を歪めた。

あの巨大な王都をここまで破壊しつくすためにはどれだけの労力を必要とし、どれほどの時間がかかったのだろうか。

どちらも想像が出来ない。それを行える魔導王の力はまさに人外の一言で表現できる。

後ろから足音が近づき、声がかけられる。

「侯……」

ここまで共に旅をしてきた、自らの派閥に属する貴族の声だ。地位自体は男爵だが、その才をレエブン侯は高く買っており、方々に手を回して昇爵させようとしていたぐらいだ。

だからこそ、魔導王の配下に助ける価値のある優秀な貴族の名前を聞かれた時に、二番目に挙げた名前でもある。そんな彼の声に力はなく、隠しきれない恐怖から僅かに震えていた。目の前の光景にレエブン侯と同じ感情を抱いているのは間違いない。

レエブン侯は振り返り、十台の馬車から合計十二名の貴族、つまり全員が降りたことを確認する。

「拝謁しに行くぞ」

異論は上がらない。当たり前だ。ここには魔導王から呼び出しを受けて、来ているのだ。ここでやっぱり会いませんなどと言えるはずもないし、その勇気——いや蛮勇もない。

ただ、王都に来いとは言われたが、場所までは指定されていない。

レエブン侯は辺りを見渡し、ずっと遠くに建物が一つだけ残っているのを見つける。王宮だ。その周囲を囲んでいたはずの王城は瓦礫の山となっている。

レエブン侯たちがいる場所からそこまで視線が通るのは、わざわざ瓦礫を取り除いたためだろう。瓦礫の山の中、ポツンと無事な建物がある。それが救いではなく、喩えようのない違和感や嫌悪感を抱かせるものになるとは、レエブン侯も思ってもみなかった。

出来ればそんな建物には向かいたくはないが、魔導王はあそこにいるのだろう。

「歩くぞ」

レエブン侯たちがいるのは王都の市壁跡だ。王宮まではかなりの距離がある。馬車で向かえば早いだろうが、相手の目の前まで馬車で乗り付けて不敬と受け取られるのは避けなければならない。それに指定された時間までまだまだ余裕がある。歩いて行ったとしても時間は余ることだろう。

　レエブン侯たちはトボトボと歩き出した。

「ここがあの大通りか……」

　ポツリと誰かが言うのが後ろから聞こえた。

　王宮へと続く大通りにも瓦礫は一つとしてない。掃き清められたように綺麗だ。逆に言えば無事なのは道だけで、通り沿いの家も市壁も何もかも、完膚なきまでに打ち壊された上に焼き討ちにあった跡まである。王都へ向かう途中、同じように滅ぼされた都市や村はいくつか見てきた。ただ、ここまで徹底的に破壊を受けた場所は見た覚えがない。

「侯。王都の住人の……」

「――言うな」

　王都の住人の安否を気にしているのだろう。ただ、レエブン侯はどこかに輸送したという話は聞いていないし、王都跡の周りに避難民の姿も見ていない。だとすれば、考えられるのは一つだろう。

　レエブン侯は左右の残骸を見る。これらの下にはどれだけの人間が埋もれているのだろうか。巨大な墓地を歩いている気分にさえなってくる。

　レエブン侯は鼻から息を吸うことを止める。死臭まで嗅ぎたくはなかった。いや、そんな臭いは全くしていないのが不思議だ。ただ、焦げ付いたような臭いと埃っぽい臭いは強い。

しばらく歩いてみたが、まだまだ王宮までは遠い。

酷い有様に心が弱くなったのか、ポツリと声が聞こえた。

「――狂王」

即座に、レエブン侯は振り返り、怒鳴る。

「貴様！」

鋭い目つきで派閥の貴族たちを見渡す。中に一人、青い顔をして顔を引きつらせている貴族がいた。

貴族として長く生きれば、己の感情を殺すすべも表情を取りつくろうやり方も学んでくる。それでもこの景色には心がへし折れてしまうのだろう。

その気持ちは痛いほど分かる。レエブン侯だってその考えに賛同する。だが、この場、あの相手では非常にまずい。だから叱咤する。

「お前たちは優秀な人材だ。だからこそ私は助けるように動いた。……つまらない失言でその努力を無駄にするようなことは避けてくれ。……謝罪も感謝もいらない。それを理解してくれ」

返事はない。しかし十分に伝わったと信じたい。

「侯爵様。あれです。何も話さないで歩くから暗い想像だけして押し潰されるようになるんです。ここは明るい話をしながら向かったらどうでしょう？」

「……確かにそれは良いな。では……私に次の子供ができたという話でどうだ？」

おめでとうございます、と貴族たちが口々に言ってくれる。辛かったこの数ヶ月の間、レエブン侯にとっては唯一といってもよい明るい話題だった。だからこの話題は彼らに何度も聞かせている。

子供の自慢は語れば長いが、建設的でないのは事実だ。

しかし多少でも語ることで雰囲気を和ませるべきだと考えたレエブン侯は子供のことを話し始める。

そして気が付くと長いと思われた王宮までの道のりも半分は過ぎ去っていた。

少し——そう、本当に少しだけ——喋り過ぎてしまったようだ。

話したいことはまだまだあるが、この辺にすべきだろう。レエブン侯はわざとらしく咳払いをする。

何故か右から左へと聞き流していたようだった面々の顔が引き締まった。

「さて、子供の話のつづきは帰りにするとして、今後、我が子たちが幸せに暮らすことができるように、どのように魔導王陛下に提案するか、だな」

ここに来るまでの間に何度も討論はしてきた。その結論をここで出そうというのだ。

レエブン侯は周囲を見渡し、魔導国の兵士がいないことを確認しておく。

「初日に問題視されたことですが、魔導王陛下はアンデッドです。ですので、生者の我々とは違い、あの御方の治世は永遠に続きます。将来的に我々の孫やそのひ孫がこの光景を忘れ、陛下の怒りを買うようなことはないでしょうか？」

「それは十分にあるだろう。孫、までは大丈夫かもしれないが、それ以降になると少し不安だな」

「愚かな者が家督を継ぐことだってある」

「……正直、そこまでの責任は取れないんですけどね。その時は潔く滅びればよいではないですか」

貴族という血を誇りに思う者からすれば驚きの発言を述べたのは、父親の代から貴族となった女領主である。病気の父親の代理としてここに来ている。

貴族としての歴史を持たないからこその発言に、幾人かが不快そうな顔をした。

「この光景を見る限り、家が滅びるだけで済むとは思えないな」レエブン侯の発言に、女領主は目を伏せた。「……だからこうするほかないだろう。この惨劇のさまを様々な絵に残し、それらについて子供たちに話して聞かせる。そして魔導王陛下にお願いして、ここのありさまを残してもらうのだ」

「ここに新しい都市を建設するのではないでしょうか？」

という話が右側から聞こえれば、左側からはそれを否定する発言があった。

「ここまで完膚なきまでに破壊しておいて？　それは少し考えにくいのではないでしょうか？」

レエブン侯としても後者の意見に賛同する。しかし、魔導王は自分たち人間では及ばない力の持ち主。一から都市を作った方が理想の都市が作れると判断しての行動かもしれない。

しかし、それを考え始めていたら何も決まらないだろう。

「あと、人質はどうしますか、侯？」

一番嫌な話題だ。

レエブン侯は下唇を嚙む。

魔導王が人質を求めてくるかどうかは分からない。しかし、向こうから提案するよりはこちらから提案した方が相手の覚えが良いだろう。

レエブン侯はしばらく苦悩し、そして結論を出す。

「私の方から魔導王陛下に提案しておこう」

つまり人質を差し出すということだ。おそらく貴族たちの幾人かは、思うところがあることだろう。

しかし、口に出すことも表情に出すこともなかった。

その後も色々なことを最終決定させていく中、やがて王宮がはっきりと見えてくる。

入り口の扉を封鎖するように積まれた瓦礫の山がレエブン侯たちの目に入る。そしてそこに腰かけるアンデッドがいた。

アンデッドは隣にいる魔導国宰相アルベドと話をしている様子だが、こちらに気が付いたのか、顔が動いた。まだまだ距離はある。しかしレエブン侯たちは駆け出した。

近寄るにつれ、魔導王が腰かける瓦礫の山の正体が分かる。いや、正体というのは正しい言い方ではない。あれが瓦礫の山であることは間違いないのだ。しかし、その一方であれは瓦礫の山ではない。

その頂点に置かれた光を反射する塊。それは王冠。

あれは瓦礫で作られた玉座。王国の終焉《しゅうえん》を意味する創作物だ。

この都市のどこの瓦礫を持ってきたのかまでは皆目見当がつかない。しかし、恐らく全てが瞠目してしかるべき場所から運ばれたものなのだろう。

恐ろしい。

そんなことを考え、実行する化け物が恐ろしい。

必死に走り、転がるように足元に片膝をつく。ぜいぜい、と切れる息を必死に整えつつ、声を出す。

「魔導王陛下、参りました」

ほんの少し、魔導王がこちらを観察しているのをレエブン侯は下げた頭の後頭部に感じた。

「レエブン、だったな。よく来た。それにしてもその……なんだ、息を整えていいぞ。……汗も流れているし」

「み、見苦しいものをお見せしてしまい、申し訳ありません」

驚くほど親切な声だ。だからこそ怖い。

罠、という言葉が脳裏をよぎるが、見苦しい方が不味いだろうと考え、レエブン侯はハンカチを取り出し、額の汗を拭う。

「……わざわざ来てもらったのだ。本来であれば労《ねぎら》うべきなのかもしれないが、私は無駄な会話はそれほど好きではない。だからさっさと話を終わらせてしまおう」

「はっ！」

レエブン侯たちにそれ以外の何が言えるというのだろうか。

「我が――魔導国軍はここより西、南にある王国貴族の領地を滅ぼし、その後、帰還する。お前たちは自領をそのまま管理せよ。将来的に転封《てんぽう》してもらうかもしれないが、現状のところはまだ考えていない――だったな、アルベド」

「はい。アインズ様の仰る通りです」

「そういうことだ。今後、お前たちの領地に関する詳しい要件等はアルベドより知らせるつもりだ。それまでは今までの法律に従っておけ」

「はっ！」

レエブン侯だけではなく、他の貴族たちも声をそろえる。

「何か質問やその他問題点などはあるか？」

「何もございません！　ただ、我々の忠誠の証として幾つか提案させていただきたい儀がございます」

断腸の思いを込めて血を吐くように言うと、魔導王はゆっくりと首を巡らせるように遠くへ視線を移した。人間風情が諾の返事以外の言葉を吐いたことが意にそぐわなかったのかもしれない。

レエブン侯は不興を買ってしまったのかと胃に鉛でも詰め込まれたような気分になった。ハードな仕事がもうすぐ終わるというときに追加の書類を積まれた部下が、今の魔導王と同じ仕草をしていたなと現実逃避してしまう。

永劫に続くかと思えるほど長い一瞬の間を置き、魔導王は物憂げな口調で「うむ、そうか、それらは後ほどアルベドに伝えておくがよい」と告げた。

「それでは話は終わりだ。……そうだ。私や我が国に敵する愚か者がどうなるかを見せつけるために、この場所はこのままにしておけ。ただ、病気が発生すると面倒だ。焼き払うために魔法を幾つか使用する。巻き込まれないようにここに人を入れることのないように」

「はっ！」

「――アルベド。紅蓮《ぐれん》をここに呼び、完膚なきまでに焼き尽くせ。ただし王宮の外見だけは綺麗な状態で残しておけ。家具などはエ・ランテルにでも運んでおくように」

「畏まりました」

紅蓮というのは誰のことだ、と思ったが聞いても良いことはないだろう。知っておいた方が良いことと知って不味いことがあるのであれば、魔導王に関する全ては後者に属する。

「さて、これで王国は完全に滅びるわけだが――レエブン。一つだけ聞きたい。これで私に逆らうことの愚かさが多くの者たちに知れ渡るかな？」

「はい……。偉大なる魔導王陛下に逆らうことの愚かさを未来永劫、多くの者が間違いなく知ることになるでしょう」

顔を伏せているために魔導王がどのような表情をしているかは分からない――無論、顔の皮膚がない魔導王には表情は一切ないのだが――ただ、返答に喜悦のような色が見えた。

「そうか。それはやった甲斐があったというもの。私はかなり満足しているよ」

王国八百万の民を殺しつくした魔王の感想を聞き、レエブン侯は強い吐き気を覚える。そして願う。

この魔王が勇者によって撃ち滅ぼされんことを、と。

「俺は何も悪くない」

フィリップはこの数週間、幾度も繰り返した言葉をもう一度繰り返す。

そうだ。自分の行いが戦争の切っ掛けになったのではない。これは魔導国の陰謀だったのだ。そう考えれば全ての話は矛盾なく通る。

自分は利用されたのだ。

もしかすると領地が豊かでないのも、自分の案が通らなかったのも、魔導国の陰謀かもしれない。

（あいつらに金を払うとか、俺の悪口を言うとか、何かやったんだ。そうだ。そうに違いない！）

フィリップは寝台から体を起こし、ベッド脇のテーブルに手を伸ばす。置かれた瓶を持ち上げ、軽く振る。持ち上げた時の軽さから分かっていたが、僅かな水音すらしない。

「ちぃ」

舌打ちを一つしたフィリップは室内を見渡す。

床には飲んだ酒瓶が散乱している。おそらく室内には凄い酒の匂いがこもっていることだろうが、フィリップの鼻は既に慣れてしまっているのでさっぱり分からない。

転がっている適当な瓶を持ち上げ、口に運ぶが一滴も喉に流れ込んでこなかった。

「くそ！」

酒瓶を放り出す。

ガチャンと割れる音がして、苛立ちが強くなる。

「おい！　酒がないぞ！」

叫んでも、酒を持ってくる者がいない。普段なら部屋に詰めているメイド――ヒルマからの贈り物――がいるはずだが、思い返せばここしばらくその姿を見た覚えがない。

「酒を持ってこい！」

もう一度怒鳴り、立ち上がる。

体がふらりと揺れた。「おっと」とつぶやき、ベッドに手をつく。酒に酔っているというよりも、ここ数日以上、部屋から出ない生活を続けていたことによって、少し体がなまったのかもしれない。

フィリップはゆっくりと歩き、扉のところまで来た。

「おい!!　誰もいないのか!!」

怒鳴り、扉を強く蹴る。痛い思いはしたくないので殴ることはしない。

返事がない。舌打ちをすると、フィリップは扉を開け、もう一度怒鳴った。

「聞こえないのか!!　酒がないと言っているんだ!!　持って来い!!」

やはり返事がない。

激怒し、フィリップは部屋を出る。

家の中は静かだ。

父親も兄の家族も、フィリップがこの屋敷を使うようになってから、離れに移ったからだ。ここにいるのは使用人だけだ。

貴族の邸宅と言っても小さな領土の男爵のものだ。自室から食堂まではすぐ、だ。

食堂への扉を開けたフィリップは目を丸くする。

椅子に座る白い女を見つけたからだ。

「あら、起きてきたの。いい加減遅いから私の方から出向こうかと思っていたところよ」

魔導国宰相アルベドである。出会った時と変わらない微笑みを浮かべている。フィリップのしたことに対する恨みなんかなさそうだ。ふと、フィリップは考える。魔導国はフィリップのやったことなど何とも思っていなかったのではないだろうか、と。

そうだ。

もし本当に不快に思っていたのなら、フィリップの領土が最初に攻めこまれても可笑しくはなかったはず。しかし、そんなことはなかった。つまり、そういうことなのだ。逆にフィリップのお陰で魔導国は王国との戦端を開くことが出来た。もしかすると感謝しているかもしれない。

いや、いや、それとも彼女は知らないのではないだろうか。フィリップがやったということを。

アルベドの微笑みにつられて、フィリップも笑顔を浮かべる。

「こ、このようなみすぼらしい所によくぞ来てくださいました、アルベド様。貴女をこのような場所でお待たせするとは！　臣下の者たちを強く叱責しておきます」

アルベドが一瞬、呆けたような表情を浮かべ、それから苦笑いを浮かべた。

「ここまで来ると逆に凄いわね。少し感心してしまうわ……。ふふ。ここに来たのは用事を済ませるためなんだけど、その前に一つプレゼントを持ってきたの。開けてくださる？」

テーブルの上に置かれたのは白い箱だ。横幅が五十センチ以上はある。

フィリップは今までベッドの上で怯える必要はなかったんだと後悔しつつ、箱の蓋を持ち上げた。

華のような良い香りが鼻をくすぐる。どれほどのものが入っているのか、とワクワクした気持ちで箱を開けたフィリップは、中の物と目があった。

デルヴィ男爵にロキルレン男爵。その二人の首だった。

あまりの苦痛を受けたのか、その形相は悍《おぞ》ましいほど歪んでいる。

「――ひぃ！」

体が硬直したフィリップにアルベドが静かに語りかけてくる。

「よくもまぁ、私の顔に泥を塗ってくれたわね。馬鹿を用意するつもりだったけど、ここまでの馬鹿とは想像もしてなかったわ」

がたりと音がした。アルベドが立ち上がったのだ。

笑顔だ。しかし、ことここに至ってはフィリップにも分かる。

彼女は激怒している。

逃げないと不味い。

フィリップは身を翻して走り出そうとするが、慌てふためいたせいで足がもつれてしまい、そのまま大きな音を立てて床に転がった。

カツカツという足音が迫ってくる。すぐそこまで。

「それじゃ——行きましょう」

「嫌だ！　嫌だ！　嫌だ！　俺は行かないぞ！」

せめてもの抵抗として体を丸めて縮こまる。

「そんな甘えた子供みたいなことは止めてくれるかしら？」

耳を摘まれたまま引っ張られ、耳が裂けるのではないかという痛みが走る。

「痛い！　痛い！　止めてくれ！」

「なら歩かないとダメでしょ。ほら、立ちなさい」

フィリップは耳を引っ張るアルベドの両手を逆に引っ張ろうとするが、女の細腕にも関わらず、アルベドの腕力の方が強い。

「痛い！　痛い！」

引っ張られるままに立ち上がる。

涙によって滲む世界の中、フィリップはアルベドの顔面目掛けて拳を振るう。が、その拳は空中で容易く摑まれた。そして——。

「いぎゃあああ!!」

このままでは潰されると思うほどの力が込められ、拳がみしみしと音を立てる。

「……素直に歩くなら潰さないでおいてあげるけど、どうする？」

「分かりました！　分かりました！　歩くからやめてください！」拳から力が抜ける。「なんでだよぉ……。おれがなにをしたっていうんだよぉ」

フィリップはあまりの悲しみに涙が止まらない。

自分は一生懸命努力をした。だが、それら全てが上手くいかなかっただけであり、こんなことをされるような覚えはない。

なぜこんな暴力を振るわれなくてはいけないのか。

なぜ誰も自分を助けに来ないのか。自分を魔導国に売り渡すことで身の安全を図ろうというのか。

卑怯者ばかりだ。

全員、卑怯者だ。

拳と耳の痛みからボロボロと涙をこぼすフィリップに対し、何の感想も持っていないような平然とした様子でアルベドが歩き出す。耳を摘まれたままなので、フィリップは抵抗せずにそれに続く。

玄関から外に出る。

「――ひぃ」

外の光景を見たフィリップは悲鳴を上げた。

館の前が林に変わっていた。

普通の林と違うのは、構成しているものが木や草ではないということだ。

おびただしい数の異形の木。

手足の生えた杭と言えばよいのか。

杭が生えた人間と言えばよいのか。

串刺しだ。

村人たちが全員串刺しにされている。

老若男女。誰一人として生かされてはいないのではというほどの数の柱が突き立っている。

誰も彼も、地面から延びた杭に股間から貫かれ、その切っ先が口から飛び出ていた。

例外なく苦悶の表情を浮かべ、体の穴という穴から血を噴き出して杭の根元に血だまりを作っている。


いつの間にこんなことをしたのか。幾らなんでもこんなことをフィリップに気が付かれないでやれるはずがない。

「夢、ではないわよ。あなたの部屋の周りの音を魔法で遮断していたの。だから静かだったでしょ？まぁ、貴方がもう少し賢ければ異状に気が付いたかもしれないけど……今までの様子を見ていると少しも気が付いてなかったようね」

フィリップはアルベドの腕を再び摑み、自分の耳を解放しようと全力で努力する。そんなフィリップに対し、アルベドは顔を寄せ、話しかけた。

「本当は村人たちにあなたをリンチさせようかとか考えたんだけど、それじゃつまらないじゃない。私の尊敬する——アインズ様は練習や訓練などを重視されるお方。だから私も特別な情報収集の練習を貴方でしてみようと思ったの。少しは――私の役に立ってね」

顔が裂けるような笑みを浮かべたアルベドの表情にフィリップの意識が遠のく。

「あら……。こいつ、本当に……。まぁ、良いわ。あなたのお父さんからも頼まれているの。あの馬鹿に皆の苦しみを教えてやってくれ、ってね。ちゃんとその約束は守ってあげるわ」

その言葉は既にフィリップの耳には入って来ていなかった。

•

アルベドは落とし前をつけに行くということなので途中で別れ、一人で自室に戻ってきたアインズは、本日のアインズ番のメイドに重々しく語りかけた。

「寝室で今後の魔導国の取るべき戦略を検討する。お前はここに残り、誰もここより先に進ませないようにせよ」

アインズ番メイドが、部屋のドア脇にいる本日の部屋付きメイドへと視線を動かすのが分かった。

彼女の言いたいところは「それは彼女に任せて、自分はアインズ様の御傍に侍ります」というところだろう。彼女たちのパターンだ。

それを知るからこそアインズは先手を打つ。

「年単位で今後の展開を読まなくてはならん。誰かの気配があるだけで思考が乱れる。分かるな？」

「はい！　今後は気配を消せるように努力します！」

そういう意味ではないんだが、と思ったが、まぁいいやと思う。正直色々と考えるのが億劫《おっくう》だ。

「よろしい。では、消せない今はここに残れ」

「畏まりました、アインズ様」

アインズ番メイドを執務室に残し、アインズは寝室に直行する。

肉体的にではなく、精神的に疲れ果てたアインズはベッドにダイブ。

ふかふかのベッドがアインズを優しく受け止めてくれた。

見事なダイブだ。

滞空時間、跳躍距離、落下した場所、着地した姿勢と様々なところを考え合わせれば、まさに見る者が見れば手放しに賞賛せずにはいられない、瞠目に値するダイブだった。

これもアインズが精神的に疲労するたびにダイブしてきたからこそ――繰り返し経験を積んできたからこその熟練の技だ。

「はぁ」

おっさん臭い、疲れ切ったため息をアインズは吐き出す。これもまた見事なため息だった。千人いれば千人ともが「おっさん臭いな」という感想のみを抱くようなものだ。これも同じだけ、幾度も繰り返しアインズがため息をついてきたからこそだ。

そしてアインズはベッドの上でゴロゴロと、右へ行ったり左へ行ったりする。

先程まで廃墟となった王都にいたのだ。土埃などで体は汚れている。先にスライム風呂に入った方が良かったかもしれないが、その気力がどうも湧いてこなかった。

(疲れた……)

悪役が上手くできたかとか、白金の鎧との戦術とか、色々と考えるべきことや反省することはあるが、とりあえずはこれで一つ大きな案件が片付いた。

――否。

大きなプロジェクトの最初の一歩が成功しただけだ。これからがより面倒だと言える。というのも簡単だった大きな破壊は終わり、これから細やかな作業が必要な小さな破壊、その後に面倒な創造だ。今までの魔導国は小さな領土――カッツェ平野を除く――に大きな属国という状況だった。しかしもはや違う。大きな領地を手にした。ならば様々な問題が生じることは自明の理だ。

無論、忙しいのは内政を全て見ているアルベドだろうが、起こりえる大問題はアインズのところまで上がってくるだろう。おそらくは今までよりも重要かつ難しい問題だ。それらを自分に捌くことができるとは到底思えない。

それに何を勘違いしたのか分からないがアルベドやデミウルゴスだけではなく、知者としてラナーという頭のおかしい女がナザリックに参入した。ユグドラシルとは一切関係のない、生粋《きっすい》の部外者である。設定うんぬんが一切加味されない完全な客観視線でアインズを見ることができる上に、ナザリックの頭脳担当二大巨頭と同じくらいの才人ときている。

そんな者の前で今までの支配者アインズ・ウール・ゴウンを演じ切ることができるだろうか。

「――逃げてぇ」

全身全霊――全てが籠もった魂の言葉であった。

明日、会社で自分のミスが発覚すると知っているサラリーマンのようにアインズは呟いた。

(前から限界だったんだ。もう、俺は無能なんだよ、って皆に知ってもらうチャンスじゃないか。前から覚悟していただろ、俺)

だが――

(その瞬間が迫っていると思うと……皆がどんな反応をするか怖いな……。クソ。この程度では精神が安定化されないのか……)

この程度の動揺は大したことがないとアインズの能力は言っているようだ。

アインズは考え、考え、そして結論を出す。

「――よし、逃げよう」

流石にすぐに、ということは難しい。全てを放り出して逃げるなど許されるはずがない。引き継ぎ資料も何も作ってないのに、退職一ヶ月前に有給休暇を全て使ってそのまま辞めるような行為は決して許されないのだ。

それに逃げるといっても「はい、逃げます」などと言ったらその方が軽蔑の対象になる。

逃げるにはそれなりの理由が必要だ。

何か、ないか。

アインズは必死に入っていない脳みそを働かせる。

（そうだ！）

閃きが走った。

有給休暇などの計画は幾度も考え、破棄してきた。だからこそ——アインズが率先して休暇を取るという名目にしたらどうだろうか。

少しの間でもナザリックを離れ、のんびりする。その間の仕事は全てアルベドに任せてしまえば、アインズが採択するよりも絶対に安全な筈だ。

最上位者であるアインズの策定は必要だと彼女は言うかもしれない。そうしたらこう言うのだ。

「私が死んだという仮定での訓練はすでに行った。今度はその続きだ。私と連絡がとれなくなったという名目でアルベドが全てを決めよ——これだ」

アインズは拳を握り締める。

ただ——

（どこに行く？）

帝国でジルクニフと交友を深め、帝国のあちらこちらを見る。

ドワーフの国を中心にあの山脈を調べる。

聖王国は――

（――魅力がないから却下だな）

色々と夢が膨らむ。

その時、ふとアインズは思い出した。

（あの子たちにエルフの友達を作るというのはどうだ？）

アウラとマーレ。幼い二人をかなり酷使してしまっているのではないか、と前から思っていたところだ。向こうの世界では当たり前ではあったが、やまいこは常々こんな世の中はおかしいと言っていた。ならば、こちらでは少しは子供に優しくしてやろう。

では、どうするかと言うと、あの二人を連れて旅行というのはどうだろうか。

（悪くない気がするな……。いや、結構良いんじゃないか？　そうすれば階層守護者が有休を取るという実績も作れるし、あの二人が抜けた穴をどう埋めるかという実験にもなる）

各階層守護者の仕事が増大しているのは問題に感じていた。その問題を解決することにも繋がるのではないだろうか。

「よし！」

ある程度仕事が片付いたらエルフの国に行って、あの子たちに友達を作る。

そう固く決心したアインズは身を起こし、寝室から出ようと歩き出した。

OVERLORD
Characters

キャラクター紹介

Character 58

ラナー・ティエール・シャルドロン・ライル・ヴァイセルフ

異形種

renner theiere chardelon ryle vaiself

黄金の姫

役職――●●。(将来)

住居――ナザリック第九階層の一室。

種族レベル―小悪魔《インプ》――1lv

職業《クラス》レベル―アクトレス(一般)――4lv

ジーニアス――5lv

誕生日――上火月7日

趣味――クライムと●●●すること。

{ personal character }

王国に住む多くの者の幸せを踏みにじり、己の夢を最高の形で叶えたこの世で最も幸せな女。王国の民に対し罪悪感などは抱いていないが、一応は感謝の気持ちがある様子。食材への感謝と同程度だが。ジーニアスはありとあらゆる基本職、一般職にレベルを置き換えることが出来る特別な職業。ただし、一度に置き換えられる職業は(現在は)一つとなっており、これを使って普段はプリンセスと置き換えていた。希少な職業であり、保有している者は数えられる程度しかいない。

Character 59

ザナック・ヴァルレオン・イガナ・ライル・ヴァイセルフ

人間種

zanac valleon igana ryle vaiself

ヴァイセルフ王家
最後の王

役職——ヴァイセルフ王家王子。

住居——ロ・レンテ城。

職業《クラス》レベル——キング(一般)——1lv

プリンス(一般)——4lv

カリスマ(一般)——2lv

ファイター——1lv

誕生日——下水月14日

趣味——食べること、寝ること、ぼんやりすること。

{ personal character }

兄が王になるのは確実という状況下のため、彼の立場はあまり良いものではなかった。後援してくれる貴族も、王宮内に親しい者もいない。それでも決して屈せず、王家の将来を考えてコツコツと自分の出来ることをすべく努力した才人。ザナック、ラナー、レエブン侯、ガゼフ。この四人が本心で協力しあえば、帝国の侵攻を撥ね除け、強い王国が取り戻せたことだろう。不可能に思えるかもしれないが、ナザリックが来ない状態でバルブロが王になる前に死ねばそうなる。

Character 60

アズス・アインドラ

人間種

azuth aindra

演技派冒険者

役職——朱の雫リーダー。

住居——アーグランド評議国首都
ドラゴンズブレスの高級宿屋。

職業《クラス》レベル—ファイター——?lv
スナイパー——?lv
アスレチックマスター——?lv
など

誕生日——下水月15日

趣味——美味い酒を飲むこと。（あまり強くはない）

{ personal character }

正式に名を名乗るともっと長い（騎士爵などがあるので）のだが、今回は彼が最も好む名前で紹介。彼個人の戦闘能力はおそらくアダマンタイト級冒険者の中では低い方で、チーム内でも一番低い。しかもパワードスーツを運用するためのクラス構成になっているため、素の彼はあまりぱっとしない人物だ。パワードスーツ頼みのところはあるが、それでもオリハルコン級までは実力で登りつめただけの才能は持っているため、弱いとは決して言えない。

Character 61

ツァインドルクス＝ヴァイシオン

異形種

tsaindorcus vaision

白金の竜王

役職——複数あるため、特定はできず。

住居——複数あるため、特定はできず。

職業《クラス》レベル——プリミティブ・キャスター——？lv

ワールド・コネクター——？lv

オーバード・ドラゴン——？lv

ソウル・アドラー——？lv

など

誕生日——星の降る夜

趣味——世界の観察。

{ personal character }

竜王では最強クラス。プレイヤーを殺したこともある。温厚で慈悲深い性格だが、大局を見据え、血を流すことも辞さない覚悟を持つ。ある竜王のグループとは概ね目的が一致しており協力しあうこともあるが、最終目標が違うため、仲はあまり良くない。幾つもの拠点を作り、各場所で組織作りの実験をしている。評議国自体、実験の一環だ。最も力を持っている地は東方であり、腹心の竜王が運営している。ツアーとの決戦があるとしたら東方の地だろう。

OVERLORD
Characters

キャラクター紹介

至高の四十一人

編

11/41

るし★ふぁー

異形種

luci★fer

天使人形、ナザリックの困ったちゃん

personal character

コミュニケーション能力に欠けている所があり、
相手との距離感を上手くつかめない人物。余り知らない相手の前では
口を一切開こうとはしないが、自分の趣味を語る時は非常に饒舌で
持論を曲げない頑固さを持つ。仲良くなったと思った相手にはグイグイ行き、
これぐらいしても怒らないだろうと考えて笑いながら迷惑なことをしでかす。
彼に悪意はないのだが、その辺がギルド内でも良く思われていなかった。
あのモモンガですら眉をひそめていたというレベルだ。

あとがき

Postscript

皆さんお久しぶりです、丸山くがねです。ここから先は少しだけ本編に触れますので未読の方はご注意ください。

さて、十三巻の発売日を見てみると二〇一八年四月二十七日。今回の本が三月……これを書いている段階ではまだ年を越えていないのですが、二〇二〇年三月に発売する予定なので、おおよそ二年が経過したということになります。ならば、やはりここはお久しぶりという言葉になってしまいますね。

ギリギリ二年弱になっているところに丸山の努力を……感じませんか？　感じませんか……。しょんぼりです。

しかし、おおよそ二年というのは長い時間です。皆さんも色々とあったと思いますが、私も色々とありました。それに年号も平成から令和へと変わりましたね。

個人的には色々と仕事はしていたので前巻からあまり時間が経過していないような感じなのですが、皆さんが「長い間待った」と思ってくださっていたとしたら、ある意味、それに勝る喜びはないのかもしれません。

それだけオーバーロードを楽しみにしてくださっている人がいるということなのですから。

さて、そういうわけで十四巻。一巻からたびたび舞台となった王国。そこにいる多くのキャラクターたちに終止符が打たれました。生き残ったキャラ、死亡したキャラ。多くの方が予見した通りだったと思います。しかしながら、実のところ、この巻を書いている最中、ある面々だけが死から逃れました。

あの人たちです。書いていて「このキャラたちがこんな馬鹿な死に方をするか？」と疑問を抱いてしまったところ、あんな感じになりました。本当は引き摺られて全滅するはずだったんですけどね。

非常に残念です。

そんな丸山の思惑は置いておいて、良いキャラたちが退場していったなぁ、と思ってくださったら嬉しいです。やはりそのために紙面を結構割いてきたわけですから！

そういうことでこれからラストスパートに突入します。

読者の皆様や、お世話になった方々、ありがとうございました！

残り三巻、お付き合いいただければ嬉しいです。あと国は一国ですしね！

それでは最長の巻をここまで読んでくださってお疲れ様でした！

ゆっくり休んでください！

二〇一九年十二月　丸山くがね

Postscript by So-bin

このあとがきを描いてる時点では
まだ1月なので新年のあいさつな
感じになってしまいますね 気分的に…
今年もオーバーロードをよろしく
お願いします!!
so-bin

オーバーロード　14
滅国の魔女

2020年 3 月12日――初版発行
2023年 4 月10日――第6刷発行

著者――丸山くがね
イラスト――so-bin

OVERLORD

発行者――山下直久
編集――ホビー書籍編集部
担当――藤田明子
装丁――コードデザインスタジオ
発行――株式会社KADOKAWA
〒102-8177 東京都千代田区富士見2-13-3
電話 0570-002-301［ナビダイヤル］
印刷・製本――大日本印刷株式会社

◉ お問い合わせ
https://www.kadokawa.co.jp/［「お問い合わせ」へお進みください］
※内容によっては、お答えできない場合があります。※サポートは日本国内のみとさせていただきます。※Japanese text only

定価はカバーに表示してあります。

©Kugane Maruyama 2020　Printed in Japan　ISBN978-4-04-735885-0　C0093

第15巻
Volume Fifteen

構想中。

「我が名はシャドウ。陰に潜み、陰を狩る者……」
みたいな中二病設定を楽しんでいたら、
あれ？ まさかの現実に!?